Erika Swyler

Der Tag, an dem mein Vater die Zeit anhielt

ERIKA SWYLER

Der Tag, an dem mein Vater die Zeit anhielt

Roman

Aus dem Amerikanischen
von Astrid Finke

blanvalet

Die Originalausgabe erschien 2019 unter dem Titel
»Light from other Stars« bei Bloomsbury, New York.

FSC www.fsc.org MIX Papier aus verantwortungsvollen Quellen FSC® C014496

Klimaneutral* Druckprodukt ClimatePartner.com/14044-1912-1001

Penguin Random House Verlagsgruppe FSC® N001967

1. Auflage
Taschenbuchausgabe 2022 by Blanvalet,
einem Unternehmen der Penguin Random House Verlagsgruppe GmbH,
Neumarkter Str. 28, 81673 München

Redaktion: Bernd Stratthaus
Umschlaggestaltung und -motiv: www.buerosued.de
LA · Herstellung: DM
Satz: Uhl + Massopust, Aalen
Druck und Bindung: GGP Media GmbH, Pößneck
Printed in Germany
ISBN 978-3-7341-1124-2

www.blanvalet.de

Dieses Buch ist dem Hubble-Weltraumteleskop gewidmet,
das mir das Universum eröffnet hat.
Es ist ebenfalls den Lehrern gewidmet,
die nicht glauben wollten, dass eine Fünftklässlerin sachkundig
über das Hubble-Weltraumteleskop reden kann. Zu ihrer
Schande haben sie nach wie vor unrecht.

Ich entschlüpfte den schweren Fesseln der Erde
Und tanzte im Himmel auf lächelnd versilberten Schwingen;
Der Sonne entgegen, traf ich auf die taumelnde Glückseligkeit
der von der Sonne geteilten Wolken und tat hundert Dinge,
von denen Du nie träumtest – ich stieg auf, schwang mich empor
Hoch in die sonnenbeschienene Stille.
Dort hielt ich inne,
jagte dem heulenden Wind hinterher und warf
mein williges Flugzeug durch die endlosen Lüfte.
Auf, hoch hinaus,
entlang des fiebrig leuchtenden Blaus,
ritt ich die stürmischen Höhen mit Leichtigkeit,
Dort, wo nicht die Lerche, nicht der Adler je flog.
Und während ich mit stillem, edlem Geist
Die Heiligkeit des unbefleckten Raums betrat,
hob ich die Hand und berührte das Angesicht Gottes.

John Gillespie Magee Jr., »High Flight«

An Bord der Chawla

Beim Aufwachen hörte Nedda Papas Vogelgesang, den durchdringenden, heiseren Ruf einer Schwarzen Strandammer bei Wellenrauschen – eine Erinnerung an ihre Heimat und an Dinge, die sie nie wiedersehen würde. Als man sie gefragt hatte, von welcher Musik sie am liebsten geweckt werden wolle, war ihr nichts eingefallen. Bei der Auswahl hatte sie ihre Besatzungskollegen mitberücksichtigen müssen, noch erschwert durch die jahrzehntelange Lücke in ihrem eigenen Musikwissen. Jewgeni hatte sich für eine russische Popgruppe entschieden, wodurch der Donnerstagmorgen zur Qual wurde. Vögel waren das Unaufdringlichste, was Nedda in den Sinn gekommen war. Vögel gab es überall. Nur sie wusste, dass ein NASA-Praktikant sich durch die uralten Audio-Archive des Naturkundemuseums von Florida gewühlt hatte, um den Ruf einer 1987 ausgestorbenen Spezies aufzutreiben. Als sie nun die Augen aufschlug, sah sie ein holografisches Meer auf einen Strand aus Pixeln plätschern, die zerriebene Muscheln und Quarzfragmente darstellen sollten.

Sie drehte sich zum Fenster und der Schwärze um. In den Akklimatisierungswochen auf der internationalen Raumstation hatte sie die Erde betrachtet und auf das Einsetzen von nostalgischen Gefühlen gewartet. Die Psychologen behaupteten steif und fest, das sei unausweichlich. Die Erde aus solcher Entfernung zu sehen, erzeuge ein als Selbstreflexion maskiertes Heimweh oder aber ein gefährliches Hochgefühl, das heftigen Stimmungstiefs vorausgehe. Bei Neddas Besatzungskollegen war es passiert. Bei ihr hatte die Melancholie gewartet, bis sie sich an Bord des Moduls befand.

Es gab zahlreiche Untersuchungen über Heimweh bei Astronauten, die Nedda zu lesen ablehnte; die eigene Reaktion mit einer Studie zu vergleichen, war befremdlich. Sie ertrug Heimweh nicht zum ersten Mal, und die Erde von oben zu sehen, bewegte sie nicht. Ihre Heimat war kein weit entfernter Ort, sondern eine Zeit und eine Ammer.

Der Weltraum war einladender als der Blick zurück. Das teilte sie der Besatzungspsychologin Dr. Stein während der obligatorischen Videositzungen mit. In Neddas Augen ähnelten sich Psychologie und Gynäkologie, da der Arzt mehr von den eigenen intimsten Prozessen sah als man selbst.

Jede Woche fragte Dr. Stein: »Was sehen Sie vor dem Fenster?« Ihr Eingabestift tauchte nie im Bild auf, aber Nedda hörte ihn über ein Tablet gleiten.

Was sie sah, war schwer zu erklären, noch schwerer zu analysieren. Der Raum zwischen den Sternen erzeugte leicht einmal Trübsal, da man ins Grübeln kam, wie klein man im Vergleich zum Universum war. Amit Singh sah, obwohl er Kommandant war, so selten wie möglich aus dem Fenster, er zog Sternkarten vor, Teleskopmaterial und die Daten der Sonden und Terraformer. Er legte nach wie vor Wert darauf, sich selbst als Menschen zu betrachten und nicht als einzelne Zelle in einem Organismus von der Größe des Universums. Nedda fühlte sich gern klein.

»Endloser Raum bedeutet endlose Möglichkeiten«, hatte sie zu Dr. Stein gesagt. Hoffnungsvoll zu klingen, war gut. Etwas heikler war, zu erklären, dass sie Ausschau nach Licht hielt, es zerpflückte, die unterschiedlichen Wellenlängen erspüren wollte, nach dem Vertrauten suchte. Denn in der Schwärze war Licht, auf dem Weg zu und von fernen Planeten, Licht von Sternen, das zusammenprallte, im leeren Raum aufeinandertraf. Licht trug Gedanken und Hoffnungen, die Essenz dessen, woraus jeder bestand. Solche Überlegungen musste Nedda eindämmen, sonst verpasste sie die morgendliche Videoschaltung, geriet mit ihrer Arbeit an den Pflanzen in Verzug und fand in dem Drucker in ihrer Kabine ein Antidepressivum. Wenn sie an Antidepressiva dachte, schwirrten ihr sofort verschiedenste Namen von Psychopharmaka durch den Kopf, alles, worauf die Bordärztin Louisa Marcanta problemlos Zugriff hatte, sowie das, was heutzutage nicht mehr verschrieben wurde. Sie sinnierte über die Struktur von Ketamin, einem wunderschönen Molekül, das in Neddas Augen aussah, als hielten die Symbole für die beiden Geschlechter miteinander Händchen.

»Papas? Nicht verschlafen.« Marcantas Stimme schreckte sie auf.

Das Hologramm erlosch mit einem Flackern, statt des Strandes erschien die kalte weiße Wand der *Chawla*.

Die morgendliche Konferenzschaltung mit dem Kontrollzentrum verlief ereignislos. Die vier Besatzungsmitglieder der *Chawla* quetschten sich in den zentralen Wohnbereich, um mit Houston zu sprechen, behindert wie üblich durch Signalverzögerungen und Bürokratie. An diesem Tag erhielt Marcanta einen Videogruß von ihrer Nichte, die Geburtstag hatte. Das Mädchen grinste zahnlückig und umklammerte einen Stofftintenfisch, den Tante Louisa ihr geschickt hatte.

Marcanta hatte Geschenke auf Jahre im Voraus bestellt. Schlau. Singh war sauer, dass ihm das nicht eingefallen war.

In solchen Momenten gab es wenig Unterschiede dazwischen, nicht im Land oder nicht auf dem Planeten zu sein. Mit gesenktem Blick sortierte Nedda ihre Notizen. So nah sie auch alle gezwungenermaßen zusammenlebten, eine für jemand anderen bestimmte persönliche Nachricht mitzuerleben blieb eine unbehagliche Erfahrung. Es war entblößender als Nacktheit; die Menschen zu sehen, die sie nie wieder berühren konnten, ging unter die Haut.

Jewgeni lieferte einen kurzen Bericht über die Modulsysteme ab, danach hörten sie sich Daten vom Zielplaneten an. Die Rover und Roboter kamen mit dem Bau der Raumstation und der Kuppel gut voran, lagen im Plan für die Ankunft. Un und Trio, zwei der Rover, planierten gerade den Boden für einen Landeplatz und gruben eine Rinne, um den Dampf abzuleiten, den die *Chawla* beim Aufsetzen erzeugen würde. Dués Daten zur Bodenzusammensetzung lagen innerhalb des erwarteten Bereichs.

Nedda referierte über Hydroponik: Sie unternahmen ihre ersten Schritte auf dem Weg zur Selbstversorgung. Verwendbares Saatgut für einen neuen Zyklus lag bereit, die Bausteine, die sie als Kolonisten benötigten.

Jewgenis Sehkraft hatte sich verschlechtert, aber das erwähnten weder er noch Marcanta. Nedda und Singh folgten ihrem Beispiel. Es handelte sich um fortschreitenden Astigmatismus aufgrund von mangelnder Gravitation, die zu abgeflachter Hornhaut und einem Druck von Zerebrospinalflüssigkeit auf den Sehnerv führte. Ihr Gehirn ertränkte ihre Augen. Früher oder später würde die Schwerkraft das wieder in Ordnung bringen, bis zu ihrer Ankunft dauerte es allerdings noch drei Jahre. Der Borddrucker spuckte Linsen zur Korrektur aus, aber es war schwer, mit der beständigen Veränderung Schritt zu halten. Irgendwann kam ein

Punkt, an dem die Augen nicht mehr zu retten waren. Diesem Punkt näherte Jewgeni sich allmählich.

Auch Nedda zeigte bereits ähnliche Symptome. Mittlerweile schlief sie mit einer Druckbrille, obwohl das wahrscheinlich nichts brachte. Zweiunddreißig Prozent der Schwerkraft der Erde erwarteten sie. Noch weniger als auf dem Mars. Ein Teil des Sehvermögens kehrte voraussichtlich zurück, aber wohl nicht die 20/20, auf die sie alle getestet worden waren. Das Risiko war bekannt. Jewgeni hatte einfach Pech, was die Geschwindigkeit seiner Verschlechterung betraf. Für den Ingenieur eines Moduls war nachlassende Sehkraft ein Handicap.

»Uns sind einige Spannungsspitzen bei Amadeus aufgefallen«, sagte Jewgeni in den Monitor. Das Lebenserhaltungssystem hatte eine eigene Stromquelle, einen Radioisotopengenerator namens Amadeus, der getrennt von den Triebwerken arbeitete. Amadeus sollte auf dem Planeten weiterlaufen und das Modul versorgen, solange es als Unterkunft diente.

»Ist was kaputt?« Die Frage kam von einer der jüngeren Mitarbeiterinnen des Jet Propulsion Laboratory der NASA. Ein leuchtend rotes Tattoo zierte die rasierte Seite ihres Kopfes. Kato, Jennifer Kato. Durch die Tätowierung konnte man sie sich unter den vielen Gesichtern leichter merken.

»Flugbahn und Tempo stimmen noch«, sagte Nedda. »Alles funktioniert. Fürs Erste laden wir die Strahlung in unserem Landewasser ab.« Was nicht gerade ideal war. Das für die Dampfstrahler bestimmte Wasser, mit dem das Aufsetzen der *Chawla* abgefedert werden sollte, war damit radioaktiv. Ihr Landeplatz wäre verstrahlt. »Je schneller wir das reparieren können, desto besser. Wir müssen die atmosphärischen Auswirkungen minimieren.«

»Ich hätte gern die Konstruktionsdetails des Generators«, sagte Jewgeni. »Irgendwas stimmt da nicht.«

»Schicken Sie uns einfach Ihre Daten. Wir analysieren sie und kümmern uns darum«, sagte Kato.

»Tun Sie mir bitte den Gefallen. Es hilft mir, zu wissen, wo es herkommt«, sagte er.

»Na gut, Mr. Sokolow. Am Ende der Konferenz haben Sie die Pläne auf Ihrem Reader. Wenn das Wasserpolster die Überlast aufnehmen kann, belassen Sie es einfach dabei, bis wir eine genaue Ursache feststellen können.«

Nach der Besprechung drückte Jewgeni sich die Hände auf die Augen. Blinzelfalten gruben sich in sein Gesicht. Er war schon vorher stämmig und blass gewesen, doch der Weltraum hatte ihn noch runder gemacht, sodass er inzwischen beinahe spitzbübisch wirkte. Wenn er grinste, sah er aus wie ein Kind mit einem Geheimnis.

Alle setzten sich Druckbrillen auf. Vier Stunden pro Tag musste die Besatzung sie tragen, aber die Videoschaltungen fielen ihnen ohne leichter. Die Brillen fühlten sich wie eine weitere Schicht Entfernung zwischen ihnen und der Erde an. Marcanta sah mit ihrer ganz von allein geheimnisvoll aus, wie ein europäisches Model. Über ihre eigene Erscheinung machte Nedda sich keine Gedanken; nichts verschlimmerte oder verbesserte je ihre spezielle Art der Unscheinbarkeit.

»Wie geht's deinen Augen? Besser, schlechter oder gleich? Ich kann dich mal auf Betablocker setzen, um auszuprobieren, ob das den Druck verändert«, schlug Marcanta vor.

»Gleich, aber auch besser«, erwiderte Jewgeni. »Die Linsen helfen ein bisschen. Das Bodenpersonal sieht gut aus, wie Monet. Oder Renoir vielleicht.«

»Und du nervst sie auch noch, dass du Lesematerial willst«, sagte Nedda.

»Wie du bin ich eben leicht masochistisch veranlagt.« Er pikte sie in die Rippen.

Auf die morgendliche Konferenz folgten zweieinhalb Stunden Sport, um der Verkümmerung der Muskulatur entgegenzuwirken. Wegen der Länge ihrer Reise hatte das Ärzteteam am Boden die übliche Dauer um eine halbe Stunde ausgedehnt. Marcanta meckerte darüber, Nedda störte es nicht, für sie war das Laufband ein Ventil. Ohne Uhr wäre sie vielleicht tagelang gelaufen. Es gab einen Videobildschirm, um zu simulieren, dass man am Strand oder durch einen Wald joggte. Eine darauf voreingestellte Strecke hatte durch den Enchanted Forest bei Titusville geführt, nicht weit von Neddas Heimatort entfernt. Dr. Stein war der Meinung gewesen, sie bräuchte eine Erinnerung an zu Hause. Der Waldweg war von Kaffeepflanzen gesäumt; dabei hatte Nedda an Denny denken müssen und ihn vermisst. Sie war die Strecke einmal gelaufen, dann hatte sie die Datei gelöscht. Jetzt wandte sie sich mit dem Gesicht zum Fenster und joggte in die Schwärze.

Amit Singh klopfte ihr auf die Schulter. Nedda mochte die Form seiner Fingernägel: perfekte rosa-braune Ovale. Als Grund, jemanden zu mögen, genauso gut wie jeder andere.

»Ich bin dran. Geht's dir gut?« Singh blinzelte, immer noch groggy von seinem letzten Schlafzyklus, die Haare standen von seinem Kopf ab wie Löwenzahnflaum. Von der in seinem Gewebe eingelagerten Flüssigkeit hatte er ein Mondgesicht. Die Druckanzüge taten ihren Gesichtern überhaupt keinen Gefallen. Immerhin sah Singh dadurch freundlich aus. Nedda wusste, dass sie wie betrunken wirkte.

»Hervorragend. Jewgeni bekommt Infos über den Generator geschickt. Würdest du nachher mal bei ihm vorbeigehen? Er wird es nicht zugeben, aber wahrscheinlich braucht er deine Augen.«

Sie wischte sich den Schweiß ab und verbrachte die nächsten Stunden mit ihren Pflanzen im Labor. Über Objektträger gebeugt untersuchte sie Zellstrukturen, bombardierte sie mit Strahlung, protokollierte und sandte Daten zurück an die Marsstation. Sie hatte schon überlegt, ihren Schlafsack mit ins Labor zu nehmen, um Jewgenis Musik zu entfliehen. Als Kind hatte sie oft in einem Labor geschlafen. Es gab ein Bild von ihr als Baby, auf dem sie in ihrer Windel in einer Schublade im Schreibtisch ihres Vaters lag. Jetzt hier zu schlafen würde allerdings eine Runde Antidepressiva aus dem 3-D-Drucker nach sich ziehen sowie weitere Blutbilder und Sitzungen mit Dr. Stein. Also kein Laborschlaf.

Abends aßen sie die ersten Gurken aus der Hydro, deren Kerne Nedda vorher sorgsam entfernt hatte. Der Mangel an Schwerkraft hatte sich verheerend auf ihre Struktur ausgewirkt, sie sahen aus wie kleine Wassermelonen.

»Die sind wässrig«, sagte Nedda. »In der nächsten Generation kann ich versuchen, daran was zu drehen.«

»Wässrig ist gut«, sagte Singh. »Flüssigkeitszufuhr ist gut, wir bestehen alle aus Wasser.«

»Aber sie schmecken ziemlich fade.«

»Das ist der Geschmack der Verheißung«, sagte Jewgeni zwischen zwei großen knackenden Bissen.

Bei der abendlichen Videokonferenz schlug Singh vor, ein kurzes Video über Relativität für Schüler zu drehen. Un war in einem Sandsturm beschädigt worden. Jewgeni schickte eine Aufforderung an Fiver, ihn zu reparieren. Fiver war ein langsamer Roboter, und die Arbeiten würden sich nun verzögern, bis Un wieder einsatzbereit war. Dennoch lagen sie noch gut in der Zeit.

Es gab keinen Bericht über Sehkraft. Jewgeni nannte die über Amadeus geschickten Dateien *interessant*. »Ich hatte nicht damit gerechnet, dass ihr eine ganze Bibliothek schickt«, sagte er. »Es dauert mindestens einen Monat, das zu lesen.«

»Sie hatten um Konstruktionsdetails gebeten, Mr. Sokolow«, erwiderte Kato. »Die Dateien enthalten alles, was JPL vorliegt, von Amadeus' Prototypen-Zeichnung bis zu 3-D-Modellen Ihres Generators an Bord. Wir sind gern gründlich.«

»Selbst schuld, wenn ich danach frage«, sagte er. »Zu viel Information ist wohl besser als zu wenig.«

Am Ende der Schaltung sagte Dr. Stein, jemand habe einen privaten Videoanruf für Nedda angemeldet.

Die übrige Besatzung verließ den Wohnbereich, während die Verbindung mit Übertragungsverzögerung hergestellt wurde.

Betheens Gesicht erschreckte Nedda. Die Krepppapier-Haut des Alters hatte sich schließlich durchgesetzt. Ihre Mutter trug die Haare offen und mittlerweile so blond, dass schwer zu erkennen war, wo die Farbe endete und das Weiß begann. Ganz anders als Neddas eigenes Straßenköterblond. In ihrer Jugend war Betheen so schön gewesen, dass es schmerzte, aber die Jahrzehnte hatten sie eher zu einer Perle als zu einem Diamanten abgemildert. Nedda wünschte, sie könnte sie in ihrem Arbeitszimmer sehen, an ihrem Schreibtisch. In der grauen Telefonkabine schien Betheen sich nicht wohlzufühlen.

Nedda hielt den Atem an.

»Hallo, mein Schatz.«

Die Stimme ihrer Mutter brachte sie immer noch zum Zittern. Ein Signal war nicht das Gleiche wie eine Berührung und war es doch. Es roch nach Zuhause, nach Orangen, was unmöglich war, weil Nedda noch nicht mit der Züchtung begonnen hatte; vorerst war das Labor nicht auf Bäume ausgerichtet. Sie bekam eine Gänsehaut und musste weinen – seichte Rinnsale statt richtiger Tropfen.

»Ach, Schätzchen, nicht weinen. Du hast mich noch nicht mal begrüßt.«

»Hallo Mama.«

»Hallo«, sagte Betheen. Und dann weinte auch sie, was beide zum Lachen brachte.

»Nicht, dass ich mich nicht freue, dich zu sehen, Mama, aber wie hast du die Privatleitung so schnell wieder genehmigt gekriegt?«

»Desmond Prater ist gestorben.«

Den Namen hatte Nedda seit Ewigkeiten nicht mehr gehört, aber sofort zog sich ihr Magen zusammen. »Wie nimmt Denny es denn auf?«

»Er verkauft die Plantage.«

»Deshalb rufst du an?«

»Ich fand, du solltest das erfahren.«

Nedda erinnerte sich: zwischen den Orangenbaumreihen herumrennen, nackte Füße auf rauem Boden, ockergelbe Erde, Unkrautbüschel an den für die Mäher unzugänglichen Stellen, Fliegen. »Man möchte meinen, dass Denny mir das selbst erzählen könnte.«

»Es ist nicht leicht, einen Telefontermin mit dir zu bekommen, und es gibt Dinge, über die zu sprechen ihm vielleicht immer noch schwerfällt. Das kannst du doch verstehen.«

Konnte sie nicht. In manche Erinnerungen von Denny war sie nie eingeweiht worden. Und dennoch. Sie waren miteinander durch die Plantage und die Geschehnisse dort verbunden, in gleichem Maße durch ein Trauma wie durch Freundschaft. Ein mittlerweile dünnes Band, von Zeit und Raum, zu straff gedehnt. Seit ihrer Abreise hatte er nicht mehr mit ihr gesprochen, nicht einmal, als sie noch auf der ISS war, vor dem Mars, wo es noch einfach gewesen wäre. Aber sie konnte genauso wenig erklären, warum sie weggehen musste, wie er erklären konnte, woran er sich erinnerte.

»Wie geht's dir, Mama?«

»Ich vermisse dich.«

Naheliegende Worte, aber dadurch nicht weniger schmerzlich. »Ich dich auch.«

Sie wollte nach Betheens Arbeit fragen, nach ihrer Beförderung im Labor, wie ihr die Durchführung ihrer Studie gefiel, nach dem Wetter, egal wonach, wollte nur, dass ihre Mutter weitersprach, sie einfach nur ihre Stimme hörte. Doch die Worte wollten ihr nicht über die Lippen kommen. Beide beobachteten sie die Lichtreflexe auf dem Gesicht der anderen.

»Du bist rund geworden«, sagte ihre Mutter. »Sieht aus, als würdest du endlich mehr essen.«

Nedda lachte. »Wenn ich von deiner Küche nicht dick werden konnte, werde ich es garantiert nicht von dem Zeug hier. Das liegt nur am Weltraum. Der macht das.«

»Damit meinte ich nur, dass du gut aussiehst. Wunderschön.«

»Nicht lügen, Mama.«

Betheen beugte sich dicht vor die Kamera. Die Linse verzerrte sie, ließ ihre Augen puppenhaft erscheinen. »Bist du glücklich?«

»Ich bin zufrieden.«

Die Jahre hatten das Seufzen ihrer Mutter oder die Scham, die es bei Nedda auslösen konnte, nicht verändert.

»Dein Vater hätte es verstanden, Nedda. Das weißt du doch. Wir haben getan, was wir tun mussten. Du tust, was du tun musst.«

»Ja, ich weiß.« Im All war Stille anders, sie dehnte sich über Entfernung und Zeit, hatte etwas Unberührtes, das Nedda nur zögerlich durchbrach. »Ich hab dich lieb«, sagte sie.

»Ich hab dich auch lieb.«

»Gehst du unter Leute, Mama? Kommst du vor die Tür?«

»Alle fragen nur ständig nach dir. Ich muss mich praktisch verstecken. Die ganze letzte Woche hatte ich die Labortür abgeschlossen. Es war himmlisch.« Ein Zucken ihrer Lippen. Das war ebenfalls wunderschön.

Nach dem Gespräch rieb Nedda sich über das Gesicht. Desmond Prater war tot. Es hatte sich seit Jahren angekündigt. Und sie hatte sich immer gefragt, ob sie Erleichterung spüren würde, wenn er schließlich starb. Aber Denny musste sich mit den Nachwehen herumschlagen – sich um die Plantage und seine Mutter kümmern. Er musste jetzt tun, was Desmond getan hatte, das Geschäft am Laufen halten. Das Leben hatte so eine unschöne Art, einen in die eigenen Eltern zu verwandeln.

Der Rest der Crew spielte in der Küche Poker, bevor Marcanta sich zu einem zweiwöchigen Schlafzyklus anhängte. Meistens gewann Jewgeni, und sein Gewinn war, dass alle für ihn sauber machen mussten. An den Sprossen hangelte Nedda sich quer durch das Modul zurück zu ihrer Kabine.

Marcanta fragte: »Alles klar bei dir, Papas?«

»Ja. Nur ein Anruf von zu Hause.«

»Komm her, probier doch mal, aus Singh rauszukriegen, wo er die Schokolade versteckt hat«, sagte Jewgeni.

»Schlaf ein bisschen«, meinte Singh. »Ein anständiges

Nickerchen hilft immer. Oder du siehst dir mit mir zusammen die Amadeus-Dateien an, die Jewgeni nicht lesen kann.«

Marcanta gab ihm einen Klaps auf den Hinterkopf.

»Ich mache einfach das mit dem Schlafen«, antwortete Nedda. »Du weißt, wo du mich findest, falls du Hilfe brauchst.« Wenn er Hilfe brauchte.

Sie kroch in ihren Schlafsack, ließ das Hologramm laufen und suchte nach Muscheln – einem Engelsflügel, einer Trogmuschel –, fand aber keine. Sie lauschte dem Rauschen der Wellen, bis es sie langsam wahnsinnig machte; dann lauschte sie der Dunkelheit, dem Modul. *Chawla* hatte einen Herzschlag, ein Lebenserhaltungssystem, das von Amadeus betrieben wurde. Nedda horchte nach Stromschwankungen und versuchte, nicht mehr an zu Hause zu denken, an Denny, an ihre Eltern.

Ein ganzes Leben war es her, dass sie ihren Vater zuletzt gesehen hatte. Ihre Liebe zu ihm war durch die Entfernung reiner geworden.

Er war Gedanke. Licht, das durch das Universum flog.

Genau wie sie.

1986: Sieben

Am Abend des 27. Januar 1986 saß Nedda Papas mit ihrem Vater auf der Motorhaube seiner grauen Chevette, zwischen sich das lange Rohr eines Teleskops. Sie hatten bei der Merritt-Island-Causeway-Brücke am Straßenrand angehalten, um möglichst wenig vom Licht gestört zu werden. Es herrschte hoher Wellengang und ein Wind, der so kalt war, dass ihre Ohren von innen schmerzten.

»Wenn wir es noch dunkler haben wollten, müssten wir aufs Wasser«, sagte ihr Vater.

»Warum machen wir das dann nicht?«

»Weil morgen Schule ist, wir kein Boot haben und ich niemanden kenne, der uns eins leihen würde.« Er tätschelte ihr den Kopf, seine Hand war warm und schwer. »Schon was entdeckt?«

»Nein.« Der Halley'sche Komet war ganz nah. Sie wechselten sich am Teleskop ab, in der Hoffnung, einen Lichtklecks wie einen gelblichen Wattebausch zu sehen. Nedda war vertraut mit dem Oriongürtel, dem Großen Bär, den Plejaden und konnte sie lesen wie eine Landkarte; schwerer war es, nach etwas Ausschau zu halten, was normalerweise nicht da war. »Warum nennt man den Weltraum ›Himmel‹?«

»Ach, vermutlich, weil Menschen gern das Gefühl haben, dass jemand das Kommando hat, und der Himmel gehört

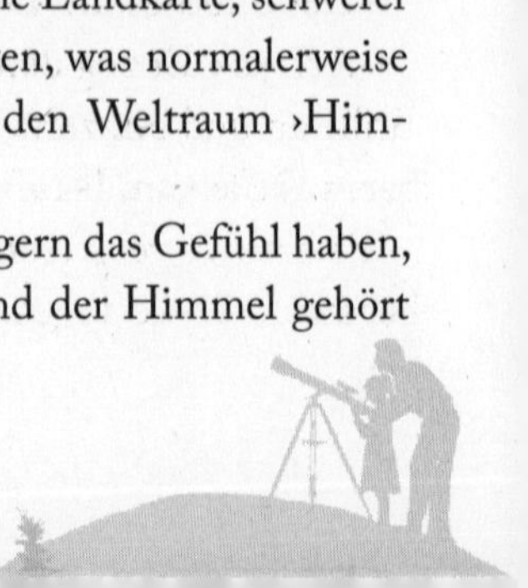

zu dieser Vorstellung. Die Leute glauben, dass dort Gott ist, dass sie Gott sehen und er sie.«

»Wir glauben das nicht.«

»Ja und nein. Wir wissen es nicht. Ist nicht die Frage interessanter, was Sterne sind? Woraus sie bestehen? Die könnten wir beantworten.«

Als er sich vor das Teleskop hockte, streifte seine Wange ihre Hand, Stoppeln schabten über ihre Finger. Der Bart ihres Vaters war borstig und gleichzeitig weich, schwarz ohne einen Anflug von göttlichem Weiß, aber wie Gott wusste er alles. Er erklärte Dinge, und die Welt öffnete sich. Letzte Weihnachten hatte Tante June eine Karte mit einem Bild von Gott geschickt, auf dem er einem Mann, der angeblich Adam war, die Hand reichte. Für Nedda bedeutete Gott zu berühren das sanfte Kratzen von Barthaaren auf ihrem Handrücken.

Ihr Vater drückte sich das Teleskop an die Brille und versuchte, es mit der Hand abzudunkeln. »Ich kann auch nicht viel sehen.« Er war nicht für Teleskope gemacht; seine Glasbaustein-Brille bedeutete verschmierte Linsen und einsickerndes Licht, doch ohne sie bekam er es gar nicht scharfgestellt. Ohne Brille war Nedda eine weichgezeichnete Version ihrer selbst, und Sterne entzogen sich seinem Blick.

»Ich stelle mir den Wecker auf vier«, sagte sie. »Ich will morgen einen guten Platz.«

»Hm?«

»Der Shuttlestart. Du hast gesagt, du gehst mit mir hin.«

»Ach ja?« Er zog den Kopf vom Teleskop zurück, hob die Brille an und blinzelte, bevor er sie wieder in die gut sichtbaren Dellen am Nasenrücken zurückschob.

Er hatte es vergessen, tatsächlich vergessen. Seit November strich sie die Tage in ihrem Kalender durch, und er hatte es vergessen. »Ja. Du und Mama habt gesagt, dass Denny und ich nicht in den neuen Freddy-Film dürfen, und ich hab gesagt, das ist ungerecht, weil wir den ersten schon gesehen haben. Dann hast du gesagt, dass du dafür mit mir zu dem Start gehst. Du hast es versprochen.«

»Stimmt, das habe ich gesagt. Entschuldige bitte, aber ich hab's vergessen.« Er legte ihr den Arm um die Schultern und drückte sie sanft an sich. »Morgen kann ich nicht, Nedda. Ich muss früh am College sein. Aber nächstes Mal, versprochen.«

»Immer musst du früh am College sein. Und du hast es schon mal versprochen und vergessen. Woher weiß ich, dass du es nicht wieder vergisst?«

»Ich schreibe es mir auf.«

»Das hast du beim letzten Mal auch gesagt.«

»Dann erinnere mich dran. Du darfst mich jeden Tag erinnern.«

»Mach ich auch.«

»Ich mach dir einen Vorschlag: Wenn du es deiner Mutter nicht verrätst, darfst du dir den Film ansehen, wenn er auf Video rauskommt.«

»Na gut«, sagte sie, genau, wie es ihre Mutter immer tat, damit er wusste, dass absolut gar nichts gut war. Außerdem kannte sie den Film schon. Dennys Mutter hatte sie an einem Samstagnachmittag ins Kino gefahren und ihnen Geld für einen Film ihrer Wahl gegeben.

»Tut mir leid, Nedda.« So sah er auch aus: müde, die Mundwinkel nach unten gezogen wie bei einem traurigen Hund.

Der Komet kam alle sechsundsechzig Jahre vorbei. Es gab andere Abende, um ihn zu betrachten, aber er hatte diesen gewählt. Er hatte sich ein Teleskop von einem Kollegen ausgeliehen. Nedda hatte zwei Erdnussbutterbrote essen dürfen statt des Boeuf Stroganoff, das Betheen zu kochen vorgehabt hatte. Ihr Vater hatte die Rinde von den Scheiben abgeschnitten. Sie hatte die Musik im Auto aussuchen und Wham! hören dürfen, dann Madonna. Als sie an der Raststätte neben Jonny's Jungle World getankt hatten, hatte er ihr einen Vorschuss auf ihr Taschengeld gegeben, damit sie sich einen Alligatorbabykopf kaufen konnte, der jetzt in der Tasche ihrer blauen Satinjacke steckte. Sie drückte die Finger auf die winzigen Zähne.

Er gab sich wirklich Mühe.

»Okay.« Sie verzieh ihm, fügte es aber der Liste von Dingen hinzu, die ihre Eltern bei ihr wiedergutzumachen hatten.

Stunden vergingen. Neddas Cordhose war schlecht gepolstert, und ihre Knochen taten allmählich weh. *Einmal im Leben* war schwer zu begreifen, wenn man sich unmöglich vorstellen konnte, alt zu sein.

Ihr Vater rieb sich den Rücken, als wäre er steif.

»Es wird spät.«

»Bitte, nur noch ein bisschen.« Sie schwenkte das Teleskop über Himmelsbereiche, die sie noch nicht abgesucht hatte.

»Tut mir leid, es klappt einfach nicht, oder? Wir können es an einem anderen Abend noch mal probieren.«

Sie schloss die Augen. Wahrscheinlich gäbe es keinen anderen Abend mehr. Keinen Raketenstart, keinen Kometen, nur Kälte und wunde Ellbogen vom Aufstützen auf der Motorhaube. »Fünf Minuten?«

Jupiter, Venus, die Plejaden, alles war, wo es hingehörte. Nichts war zusätzlich oder neu. Sie presste sich das Rohr fest an die Haut, ihre Wimpern stießen an die Linse. Der Satz kam ohne nachzudenken, wie ein Atemzug.

»Ich sehe ihn!«

Vielleicht sah sie wirklich etwas, Sterne oder Planeten, aber der Himmel bestand überwiegend aus Wolken und Kälte. Noch nie hatte sie sich so sehr gewünscht, etwas zu sehen. Weil ihr Vater es nicht sehen konnte, weil sie es niemals wieder sehen würde, weil er sich so bemüht und ein sichtlich schlechtes Gewissen hatte und weil ein Alligatorbabykopf in ihrer Tasche und rindenlose Erdnussbutterbrote in ihrem Magen lagen, weil sie zusammen Ausschau hielten.

Am nächsten Morgen im Klassenzimmer, fünfzehn Kilometer und einen halben Sumpf vom Kennedy Space Center entfernt, fror Nedda trotz ihres dicken Pullis. Frost überzog Easter, Florida, wie eine Spitzendecke und zerstörte ein Viertel der Orangen auf der Prater-Plantage. Es fühlte sich an, als würde ihr nie wieder warm werden. Später schrieb sie sich das auf, notierte *kalt* in ein marmoriertes Büchlein. Eine Liste nahm Gestalt an, eine Aufstellung all der Dinge, die sie sich zu merken versuchte. Sie füllte ein ganzes Heft mit ihrem Vater, Briefen und allem, woran sie sich erinnern konnte, weil sie wusste, dass Gedanken im Laufe der Zeit verblassten. In diesem Moment aber stellte Nedda nur fest, dass es ziemlich kalt für einen Shuttlestart war, und fragte sich, ob die Astronauten Pullis unter ihren Overalls trugen. Darüber hatte in ihren Büchern nichts gestanden.

Mrs. Wheeler hockte vor dem Medienwagen, einem großen braunen Metallkarren, auf den ein Fernsehgerät geschnallt war. Als sie an dem Kabel wackelte, wechselten sich auf dem Bildschirm Schnee und Wellen ab, die aussahen wie Regenbogen mit Bauchweh.

Nedda zappelte. Sie hätte dort sein müssen, beim Start. Den ganzen Vormittag flatterten in ihrem Inneren Buchstaben und Ziffern herum: Mission STS-51-L. Das war OV-99.

Orbiter Vehicle. Judy Resnik flog das OV-99. Nedda würde es später einmal fliegen. OV-99, STS-51-L. STS. *Space Transportation System*. STS. STS.

»Oh mein Gott, zischst du etwa?«, flüsterte Tonya Meyers.

»Nein«, sagte Nedda.

Tonya mit dem dauergewellten Pony. Tonya, die Stofftierchen und Hunde-Radiergummis auf ihrem Pult aufreihte. Nedda versteckte ihr My Little Pony wenigstens in ihrer Schultasche, so gern sie Cotton Candy auch auf dem Pult stehen gehabt hätte. Sie wusste, dass sie schon zu alt für Plastikponys war, aber immerhin wusste sie es. Einmal war ihr Cotton Candy in der Pause aus der Tasche gefallen. Nur ein Mal, und alle hatten es mitbekommen. Ihr Gesicht hatte so gebrannt, dass sie hätte weinen wollen. Tonya hatte gelacht. Andere zu hauen war dumm. So was machten nur dumme Menschen, aber dieses Mal, nur dieses eine Mal hätte es sich richtig gut angefühlt, da war sie sicher.

Sie hatte ihrem Vater verziehen, dass er nicht mit ihr zum Start gefahren war, aber deshalb durfte sie trotzdem wütend sein. In letzter Zeit war er für vieles zu beschäftigt: Abendessen, Fernsehen, Bücher. Er verwendete seine Zeit für seinen Unterricht, sein Labor und sein Projekt. Nichts machte einen so wütend, wie jemanden zu vermissen. Sie hatte ihre Mutter gebeten, mit ihr zum Shuttlestart zu fahren, aber Betheen arbeitete gerade an einem Kuchen, einem von denen, die drei Tage dauerten, und sie ging dann erst wieder vor die Tür, wenn jede Verzierung und jede Zuckerrose genau richtig saßen. Das Haus stank, sauer nach Lötzinn aus dem Labor im Keller, schwer nach Vanille und Fett aus der Küche. Vanille war an sich in Ordnung, wenn man nicht jeden Tag von früh bis spät damit lebte. Bei Neddas Mutter machten Kuchen keinen Spaß.

Tuck Broderick von News 14 waberte ins Bild, die Haut zu einem satten Dunkelrot verbrannt.

Ein Schemen segelte quer durch den Raum und traf mit einem nassen Brennen auf Neddas Wange. Papierkügelchen. Jimmy La Morte saß links von ihr, das leere Plastikrohr eines Kulis in der Hand. Na super! Jimmys Familie trank Sumpfwasser. Seine Spucke enthielt wahrscheinlich Bakterien, von denen ihre Haut verfaulte. Die Sümpfe waren vergiftet von Straßenabrieb und Pestiziden aus ehemaligen Orangenplantagen, was in diesem Wasser überlebte, musste also zwangsläufig zäh sein. Mit dem Ärmel wischte sie sich den Schleim von der Wange.

Tuck Broderick zog sich aus dem Bild zurück, und die Kamera schwenkte über die Zuschauermenge. Tausende von Gesichtern. Nedda schob die Hand in die Jeanstasche und zog einen kleinen, aus Papier ausgeschnittenen Kreis heraus. Ein Missions-Emblem, genau wie die auf den Raumanzügen der Astronauten. Hinterher kaufte ihr Vater ihr immer ein echtes besticktes Stoffabzeichen im Kennedy Space Center, aber sie liebte es, in der Nacht vor einem Start aufzubleiben und das Motiv von Fotos in den Zeitungen abzumalen. Neben ihr auf dem Schreibtisch hatte ihr Pony gestanden in seinem Astronautenanzug. Den hatte Betheen gekauft, was das Netteste war, was Betheen je getan hatte. Dieses Missions-Emblem war gut, aber nicht Neddas bestes. Da sie so spät nach Hause gekommen war, hatte sie nicht mehr viel Zeit gehabt. Der Apfel sah irgendwie nicht richtig aus. Vielleicht stimmten die Proportionen nicht.

Im Fernsehen wirkte die Raumfähre plump wie ein von gutem Essen und faulen Strandtagen zu dick gewordenes Flugzeug. Kein Vergleich mit der schlanken Rakete, von der sie träumte: silbern wie eine Agena, aber schnittiger, glänzender, mit Platz in der Spitze für Bücher und einen Labortisch aus Stahl mit Mikroskopen, Bechergläsern und Lasern. Sie träumte von einem Sitz, der sie sanft abfederte, wenn die Andruckkräfte die Eingeweide gegen ihre Wirbelsäule pressten. Sie träumte von einem Erkerfenster aus Pyrex, um Hitze und Kälte zu widerstehen, durch das sie die Luft ihre Farbe ändern sah, bis das Blau zu einem mit fernen Sternen gepunkteten Schwarz geworden war. Ihr Vater sagte, Sterne zu beobachten sei wie ein Blick in die Vergangenheit; das Licht, das sie sehe, sei vor Tausenden von Jahren dort losgeflogen. Sie stellte sich die Dinosaurier anderer Planeten vor und eine andere Nedda, die am Ursprung eines dieser fernen Lichter die Erde, vielleicht sogar Florida betrachtete und dabei die gummiartige Schnauze eines Elasmosaurus entdeckte, der den Kopf aus einem Sumpf hob.

Der Countdown begann. Sie tippte mit den Fingern mit. *Zehn*. Die Stimme aus dem Kontrollzentrum klang wie ein Telefonat von 1950, blechern und krächzig. Die Wanduhr im Klassenzimmer hatte einen kurzen Schluckauf und verlor eine Sekunde. *Neun*. Wolken wallten unter dem Shuttle auf.

»Das ist Dampf«, erklärte sie. »Mit dem Wasser wird der Schall gedämpft.« Niemand hörte zu. *Acht*. Alles in der Raumfähre wackelte jetzt. Nedda drückte ihre Turnschuhe flach auf den Boden, in der Hoffnung, die Erschütterung zu spüren.

Tuck Broderick hielt das T von *T-minus* volle zwei Zahlen lang hoch. Das Kontrollzentrum war bereits bei Sieben angelangt, als er wieder aufgeschlossen hatte. *Sechs*. Nedda strich mit den Fingern über das Emblem, ertastete die Rillen ihres Stifts. *Fünf*. Jenny Demarco schrie die Zahlen, nur um brüllen zu können. Die letzten Sekunden gingen im Dröhnen der Motoren von OV-99 unter. Verbrennung war die kühnste chemische Reaktion. Keine andere war so aufregend. Wenn ihr Vater sie Pyropapier anzünden ließ, spürte sie einen Adrenalinschub, der es mit der Flamme aufnehmen konnte. Nedda klappte für jede verbliebene Sekunde einen Finger um. *Vier*. Kleiner. *Drei*. Ring. *Zwei*. Der Stinkefinger. *Eins*. Zeige.

Der Boden bebte, als wachte er auf und wollte die Pulte und Schüler abschütteln, die sich auf ihm niedergelassen hatten, während er schlief. Linoleum wellte sich unter ihren Füßen, und sie lachte. Der Boden *sollte* erzittern, wenn jemand ihn verließ. Es war wie Schwimmen und Fliegen gleichzeitig, als könnte ihr Pult jeden Moment abgeworfen werden und sie auf der Shuttlespur aus Feuer und Dampf schweben. Als Bleistifte von Pulten rollten, fing Nedda wieder zu zählen an. *Fünf. Sechs. Sieben*. Mrs. Wheeler stützte sich am Fernseher ab. Das Klassenzimmer roch nach Kreide und Putzmittel, und Nedda wünschte, jemand hätte ein Fenster geöffnet. Nach einem Raketenstart roch Easter immer verraucht und gut.

Die schwarze Nase der Raumfähre war ein Tintenklecks vor den Wolken auf dem Fernsehbildschirm. Später erinnerte sie sich an diese Wolken und schrieb es auf. Keith Wilmer hinter ihr machte ein Furzgeräusch, und jemand kicherte.

»Halt die Klappe«, flüsterte Nedda. *Fünfundvierzig. Sechsundvierzig*. Die ersten zwei Minuten waren die wichtigsten. Nach zwei Minuten wäre alles, was schiefgehen konnte, bereits schiefgegangen. Alles andere passierte ansonsten im Weltall, wo niemand es sehen konnte, oder beim Wiedereintritt.

Noch ein feuchtes Klatschen, dieses Mal an ihrem Hals, knapp an ihrem Zopf vorbei. Nedda wirbelte zu Jimmy herum, in dessen zu weit auseinanderstehenden Augen Gehässigkeit und Dummheit zu erkennen waren. Mit einer Hand ließ er den Kuli kreiseln, mit der anderen zeigte er ihr den Mittelfinger.

Im vergangenen Winter hatte Betheen in einem Anfall von Erziehungseifer verlangt, dass Nedda ihre Ausdrucksweise mäßigte. Um das ordentlich durchführen zu können, wollte Nedda damals jedes einzelne verbotene Wort und dessen Herkunft wissen. Auf dem Regal neben ihrem Bett sammelten sich Listen von Kraftausdrücken an, die sie hörte oder las, und die Reaktion ihrer Mutter darauf. Nach und nach ging es weniger um die Dokumentation als vielmehr um die Evolution des Fluchens. Als sie die üblichen Schimpfwörter und ihre gängigen Abwandlungen erschöpft hatte, erfand sie neue; zusammengesetzte Schimpfwörter, Schimpfwörter, die nur bei bestimmten Gelegenheiten Schimpfwörter waren, und Schimpfwörter für Dinge, die für die meisten Menschen gar nicht schrecklich waren. Als Nedda also Jimmy La Morte einen Wichser nannte, beruhte das auf vielen Stunden ausgiebiger Recherche.

Alles erstarrte. Das Wort hing in der Luft, so greifbar, dass sie fast die Hand danach ausgestreckt hätte. Aber Schall konnte man nicht zurücknehmen, er breitete sich aus wie ein Erdbeben. Jimmys Sumpf-Welpen-Gesicht wurde schlaff, und sein Kuli-Blasrohr fiel ihm aus der Hand. Das Klappern vermischte sich mit dem Shuttlestart und dem *Kss* aus Wichser.

»Nedda Susanne Papas«, rief Mrs. Wheeler. Alle drei Teile ihres Namens, die eigentlich nur Betheen benutzen durfte.

Nedda wurde rot, aber ehe sie noch protestieren konnte, erklang ein lauter Knall im Fernseher.

Marilyn Ellison schrie auf.

Das Bild war falsch. Da hätten Nachbrenner sein müssen,

Kondensation vom Durchbrechen der Schallmauer, die Silhouette der Raumfähre, die sich aus der Atmosphäre löste. Nichts stimmte.

Man sah acht Rauchfahnen. Rauch, nicht Kondensation.

Die Kamera schwenkte, verfolgte eine davon, und an deren Spitze brannte ein Stück – sie wusste nicht, was. Ein Teil des Shuttles. Nedda biss sich auf die Zunge, kaute mit den Backenzähnen darauf herum. Verbrennung veränderte den Zustand von Dingen, alles wurde zu Kohlenstoff oder Gas. Was übrig blieb, war keine Raumfähre. Es war Gas, Kohlenstoff, Metall und … was?

Im Fernsehen leierte Tuck Broderick: »Oh Gott. Oh Gott. Oh Gott. Meine Damen und Herren, da ist was schiefgegangen.« Das Bild hüpfte, als der Kameramann sich um einen guten Platz rangelte.

Nedda rieb über das gemalte Emblem, drückte sich Tinte in die Rillen der Fingerspitzen. Die Raumfähre war jetzt Gas, Kohlenstoff und verbogenes Metall. Judith Resniks Raumfähre und alle darin. Judy Resnik. Pullis waren egal, dachte sie, und sofort wurde ihr schlecht.

Die Reglosigkeit dehnte den Moment zum zweidimensionalen Bild eines Klassenzimmers voller Schüler. Niemand atmete. Niemand bewegte sich. Dann fiel Kim Wallaces Ringordner von ihrem Pult, und das leise Scheppern erweckte alle wieder zum Leben.

Nedda konnte nicht ausrechnen, wie lange es dauerte, bis die Schallwellen der Explosion die Schule erreichten, nicht bei dieser Luftfeuchtigkeit, nicht so dicht am Meeresspiegel. Sie rubbelte über das Papier-Emblem. Ihr Vater wüsste es.

Mrs. Wheeler schaltete den Fernseher aus, und der Knopf machte dasselbe Plastikklicken wie immer. Sie blieb mit dem Rücken zur Klasse stehen. Nedda starrte ihre zartrosa

Bluse an. Die Farbe kannte sie; ihre Mutter besaß genau die gleiche von Dillard's und hatte sie an diesem Morgen getragen. Mrs. Wheeler gab keinen Ton von sich, weinte aber trotzdem. Marilyn Ellison auch, und sie klang exakt wie ein Grillenfrosch. Lisa Nuñes hatte Schluckauf. Nedda konnte die Schallwellen beinahe sehen, wie sie benommen gegen Schultern und Rücken prallten.

Sie hatten sieben Menschen sterben sehen.

Aus dem Lautsprecher ertönte ein Knistern und Zischen. Rektor Lauder verkündete, dass alle Klassen in die Aula zu kommen hätten. Bei dem Wort *Aula* brach seine Stimme. Vielleicht bebte sein Rücken ebenfalls.

Nedda drängelte sich in der Schlange nach vorn, neben Mrs. Wheeler. Der Vorfall mit dem Schimpfwort war vergessen, Mrs. Wheeler drückte jede Schulter, während sie die Zweierreihe bis zum Ende abschritt, dann wieder zurück. Ihre Augen waren verquollen, und ihre Nasenspitze glänzte schwach. In ihren Blusenärmeln fing sich das Licht, und Nedda stellte sich ihre Mutter vor, wie sie vor den Schülern entlangging, Schultern berührte. Wenn sie das Schimpfwort noch einmal sagte, würde Mrs. Wheeler sie rügen. Sie würde ins Rektorat geschickt. Mr. Lauder riefe ihren Vater an, und sie müsste nach Hause. Vielleicht käme ihr dann alles wieder normal vor.

Sie blieb stumm.

Hinter Mr. Stanzas Klasse her schlurften sie durch den Flur. Nedda wickelte sich das Abzeichen um den Daumen, dann umschloss sie ihn mit der Faust. Wenn sie jemanden so schlüge, bräche sie sich den Daumen. Wie sehr täte das wohl weh? Nicht genug. Als sie beim Kunstsaal um die Ecke bogen, unterdrückte Mrs. Wheeler hörbar ein Schluchzen. Die Zierschleife an ihrer Bluse bebte.

»Wir haben es nicht gesehen«, sagte Nedda.

Mrs. Wheeler erwiderte nichts.

»Mein Papa hat mir erklärt, dass das Licht erst eine Weile unterwegs ist, bevor es auf das Auge trifft. Die genaue Geschwindigkeit habe ich vergessen, aber das kann ich später für Sie nachschlagen. Jedenfalls ist es wie ein Boot auf dem Wasser, weil es sich in Wellen fortbewegt. Wenn man also was sieht, ist es schon vorbei. Es ist schon passiert, weil das Licht erst zu einem vordringen muss, damit man es sehen kann.«

»Nedda.«

»Deshalb haben wir es eigentlich nicht gesehen. Vielleicht nur so was wie ein Echo davon.« Echo stimmte nicht. Echo war Schall, nicht Licht, aber der bewegte sich auch in Wellen fort. Das war es nicht, aber *es* zu definieren, war unmöglich. »Das Licht war an vielen unterschiedlichen Orten, bevor es hier angekommen ist.«

»Nedda, sei still. Bitte.«

Obwohl sie vorhin so gefroren hatte, war Nedda jetzt heiß und stickig, und ihr Magen rumorte. Das Abzeichen klebte an ihr. Wenn sie es abzöge, bliebe ein kleiner roter Tintenfleck zurück, ein Spiegelbild des Apfels. Niemand würde ihren Eltern das mit dem Schimpfwort sagen.

Als sie ankamen, war die Aula halb voll. Die Viertklässler kamen zuletzt herein, manche weinten, manche tuschelten miteinander, die meisten schwiegen. Es blieben Plätze frei, weil einige Kinder krank oder mit ihren Eltern zum Raketenstart gefahren waren. Neddas Klasse, die sechste, strömte in den mittleren Bereich. Sie setzte sich neben Tricia Villaverde, die sofort zwei Stühle weiterrutschte. Nedda sah sich nach Denny Prater um, aber seine Klasse saß ganz hinten. Da niemand den leeren Stuhl wollte, setzte Mrs. Wheeler sich neben sie.

Mrs. Leigh, die Vertrauenslehrerin, stellte sich auf die Bühne und bat um Ruhe.

Dann folgte ein Gebet.

Während die anderen beteten, dachte Nedda über das Licht nach, über Verbrennung. Darüber, wie sie mit ihrem Vater auf dem Dach saß und die Sterne beobachtete. Nicht nur Sterne, denn manche Lichtpunkte waren Kometen, Asteroiden, Nebelflecke und Planeten. Manche der Planeten, die ihr Vater und sie betrachteten, gab es schon nicht mehr. Das war nicht traurig; es war einfach wahr. Das war etwas anderes.

Rektor Lauder sagte, sie dürften früher nach Hause, dann forderte er alle noch einmal zu einer Schweigeminute auf. In der Reihe vor ihr schniefte Liza und zupfte am Stoff der Stuhllehne. Sie ertappte Nedda beim Starren und flüsterte Keith etwas ins Ohr. Hastig sah Nedda zu Boden, dann auf die Tinte an ihrem Daumen, in die Luft zwischen ihrem Platz und dem von Liza.

Sie musste schon Millionen von toten Sachen gesehen haben, Sachen, die Lichtjahre entfernt waren, Äonen. Sie kaute auf einer kleinen offenen Stelle an ihrer Lippe herum. Ihre Füße tippten auf den Teppich. Das Klopfen kam ihr irgendwie falsch vor. Alles kam ihr falsch vor. Sie musste nach Hause, in das kleine Labor ihres Vaters im Keller, um sich wie früher auf einen der Tische zu legen. Es war lange her, dass sie zuletzt eine Decke mit nach unten genommen und es sich zwischen den Büchern, Röhrchen und Drähten gemütlich gemacht hatte – eine Million Jahre oder wie lange das Licht eben brauchte. Sie wollte die Wange auf den Tisch schmiegen und ihrem Vater lauschen, der über das Weltall sprach. Sie war noch klein gewesen, als er ihr vom Beginn des Universums und der Geburt des Sonnensystems erzählt hatte. Dass die Sonne wie eine Insel und die Planeten wie Schiffe waren, die um sie herumglitten. Er hatte »Pluto ist unser ferner Sternsegler« gesagt wie andere Leute »Es war einmal«.

Sie wünschte, sie hätte ihr NASA-Buch dabei, mit sechs ganzen Seiten über die »Fünfunddreißig Neuen«, den Astronauten-Jahrgang von 1978, die erste neue Gruppe bei der NASA seit 1969. Über Sally Ride auf der *Challenger* (die es, begriff Nedda, jetzt nicht mehr gab) und über Judy Resnik, Missionsspezialistin, die zweite Amerikanerin im Weltall. Die Neddas großes Vorbild war. Die es jetzt ebenfalls nicht mehr gab. Sie waren jetzt Gas und Kohlenstoff und was noch? Irgendetwas anderes mussten sie doch sein.

Sie wollte ihr albernes Kleinkinder-Pony haben, aber das war noch im Klassenzimmer. Sie wollte mit Denny angeln gehen, auch wenn es zu kalt war. Sie wollte das Parfüm ihrer Mutter riechen, bis ihr schlecht wurde. Sie wollte alle Zuckerrosen von diesem blöden Kuchen essen, bis Betheen schimpfte. Sie sollte ausgeschimpft werden. Dafür, dass sie *Wichser* gesagt hatte. Dafür, dass sie sich neben Tricia gesetzt hatte, obwohl Tricia sie hasste. Dafür, dass sie vor Ablauf der zwei Minuten das Zählen unterbrochen hatte. Sie hätte nicht aufhören dürfen zu zählen.

Es war ihre Schuld.

Sie wollte nicht darüber nachdenken, dass sie, obwohl Licht aus Wellen bestand und trotz der Zeit und der Entfernung, die es zurücklegen musste, um von Startrampe 39B zur Thomas A. Covey Highschool zu gelangen, sieben Menschen hatte sterben sehen.

Judy Resnik war tot.

1986: Fertigung und Verlust

Fast fertige Prototypen hatten eine Persönlichkeit, und Crucible war ein echter Mistkerl. Bei der geringsten Temperaturveränderung verzog er sich, was an diesem Tag bedeutete, dass jede einzelne Mutter sich gelockert und drei Dichtungen einen Riss hatten, weshalb Theo Papas fluchte. Metall lebte, was den Fertigungsprozess zu einem Krieg zwischen Zufriedenheit und Frustration machte.

Er schleuderte einen Schraubenschlüssel gegen die Wand und bereute es sofort. Als ein Student durch das Fenster der Labortür spähte, zwang er sich zu einem Winken. Erschöpft rieb er sich die Augen, sehnte sich nach der Zeit seiner Promotion und der amphetaminbefeuerten Energie zurück. Er sehnte sich nach Zugang zu den Materialien, die er bei der NASA gehabt hatte. Der Partnerschaft. Er sehnte sich danach, Avi Liebowitz' Meinung zu seinen Ideen einzuholen. Es hatte Kürzungen gegeben, Theo war entlassen worden und hatte schließlich eine Stelle an diesem College gefunden. Jetzt verbrachte er seine Tage damit, Einführungskurse und Überblicksveranstaltungen zu geben, um Forschungssemester zu schachern und Dekan Babcock davon zu überzeugen, dass seine Arbeit zweckmäßig, durchführbar und förderungswürdig war. Der Dekan duldete sein Projekt, erkannte aber, im Gegensatz zu Liebowitz, seine praktische Anwendbarkeit nicht. Babcock glaubte, er hätte es auf kalte Fusion abgesehen. Halbwertzeitverkürzung sagte ihm nichts. Die Hauptsorge des Instituts war, dass das Cäsium-137 vorschriftsgemäß gelagert und in eventuellen Patenten das Haverstone College namentlich genannt wurde.

Liebowitz wusste, was Halbwertzeitverkürzung bedeutete: das meiste aus einer kleineren Masse herauszuholen. Größere Gegenstände für praktische Anwendungen mit Energie zu versorgen. Halbwertzeitverkürzung konnte die Raumfahrt verändern. Halbwertzeitverlängerung? Er konnte etwas bauen, was bis zum sprichwörtlichen Ende des Universums lief. Doch er steckte in einem Raum aus gestrichenem Beton fest, mit weißen Regalen voller Kartons und Kisten, die vor Drähten, Glasröhrchen und Schaltern überquollen. Das College hielt ihn hin und würde die ihm verbleibenden Arbeitsjahre für so wenig Geld wie nur irgend möglich aus ihm herausquetschen.

Aber Nedda war glücklich hier. Hier gab es Dinge, die sie liebte. Kometen beobachten war gut. So konnte sie sich später an etwas Wunderbares erinnern, und er hatte es durch ihre Augen sehen dürfen. Was genauso gut war, wie es selbst zu sehen, vielleicht sogar noch besser.

Wäre er gerade zu Hause, läge Nedda quer über einem Tisch in seinem Kellerlabor und stellte Fragen. Halb hatte er gehofft, auch Betheen würde sich dafür interessieren, vielleicht sogar helfen wollen. Aber sie hatte Grenzen des im Haus Erlaubten festgelegt, und Crucible überschritt diese deutlich. Radioaktive Isotope im Keller waren verboten.

Um den Schaden an Crucible zu begutachten, hockte er sich unter eins der Beine. Entropie und Zeit waren nicht die akkuratesten Konzepte, und die Gestalt seiner Maschine griff dieses Chaos bereitwillig auf. Crucible sah aus wie ein Weberknecht: aus einer in der Mitte befindlichen

Kugel aus Glas, Gold und Blei ragten lange Metallbeine hervor, was ihm eine spinnenartige Anmutung gab. Die Beine dienten einem doppelten Zweck, nämlich das Zentrum zu tragen und es zu kühlen, indem sie es auf einer Magnetschiene umkreisten. In der Kugel befand sich eine Tür, die durch einen Spurkranz aus Gummi und Blei abgedichtet war. Sie schirmte die Cäsiumproben ab, sodass nicht nur keine Strahlung, sondern auch kein Licht entweichen und für hochgezogene Augenbrauen sorgen konnte.

Die Maschine sah aus wie ein gigantischer Bockmist. Wobei *gigantisch* das Hauptproblem war.

Sie brauchte zu viel Strom. Er hatte sich an seine Notizen aus der Zeit bei der NASA gehalten, als seine Hände noch nicht von der Psoriasisarthritis unbrauchbar gemacht worden waren. Damals hatte er noch Fördergelder gehabt und Liebowitz als Kollegen. Liebowitz, der Crucible in der richtigen Größe hätte bauen können. Aber infolge des damaligen Personalabbaus hatte Theo jetzt nur noch ein Dozentengehalt und sieben verworfene Versuche statt einer fertigen Maschine mit dem Potenzial, die Raumfahrt, die Medizin und das Zeitkonzept zu revolutionieren. Die Arthritis war sein Verderben. Seine Hände weigerten sich, mit seinem Verstand Schritt zu halten. Selbst mit Liebowitz, der im Oak Ridge National Laboratory weich gelandet war, zu korrespondieren, fiel ihm oft schwer. Wenn die Hautrötungen auftraten, wurden seine Knöchel heiß und schwollen an, wodurch filigrane Arbeiten unmöglich wurden. Häufig war überhaupt kein Arbeiten mehr möglich. Wenn doch, musste er in großem Maßstab bauen, daher dieser Riesenapparat, der das Stromnetz lahmlegen konnte. Sein ursprünglicher Plan hatte eine Tür vorgesehen, die gerade groß genug für kleine Testmaterialien war, eine winzige Cäsiummenge, nichtisotopische Proben, höchstens eine Laborratte. In seiner derzeitigen Fassung hätte ein kleiner Mensch hineinsteigen und die Tür hinter sich schließen können. Aber Theo liebte Crucible, auch wenn er hässlich war.

Fünf vergilbende Zettel vom Hausmeister lagen auf seinem Schreibtisch. Heute hatte er früher kommen müssen, um nachzuweisen, dass seine Arbeit kein Brandrisiko darstellte, dass die Belüftung ausreichte und dass irgendwelche Stromausfälle im Gebäude mit ihr nichts zu tun hatten. Selbst wenn doch. Was war schon ein weiterer Hausmeisterzettel? Er hätte mit Nedda zu dem Raketenstart fahren sollen.

Nedda großzuziehen, war auf eine Art schmerzhaft, die er nicht erwartet hatte, als wären sie durch eine Schnur verbunden, die stärker als jedes chemische Band war. Eines Tages würde sie zerreißen und Nedda gehen. Elf war ein fantastisches Alter. Ihr Gehirn blühte auf, ihr Verstand war so aufnahmefähig. Sie bildete neue Zellen aus, um alles, was sie lernte, aufzubewahren, entwickelte neue Nervenbahnen, und jeden Tag war sie anders, ein bisschen weiter, ein bisschen klüger. Gleichzeitig verschliss sein eigenes Gehirn; das galt für jedes Gehirn über fünfundzwanzig. Nedda stand am Punkt unendlichen Potenzials, dem Moment, in dem Genialität geboren wurde.

Wie unglaublich es wäre, genau diesen Moment festzuhalten.

Er staunte darüber, wie sie ihr Auge an ein Teleskop presste, wie sie sich sämtliche Mondkrater eingeprägt hatte. Welches Kind verdiente nicht ein Leben endloser Entdeckungen? Und welches Kind verdiente es mehr als Nedda?

Was wäre wenn?

Er zog ein Beingelenk fest und brachte Crucible so wieder ins Lot. Die Dichtung im Spurkranz wurde spröde, vielleicht fand er in Pete McIntyres Werkstatt etwas, um das zu beheben. Er schüttelte die Hände aus. Das Kribbeln wanderte durch seine Knöchel, bald gefolgt von einem Brennen, wenn sein Körper sich selbst attackierte. Nach dem Abklingen des Anfalls, in einigen Tagen oder auch Wochen, hätte er neue Knoten auf den Gelenken und eine Hand, die wieder etwas schlechter funktionierte. Beim letzten Mal hatte sich sein Ringfinger deformiert, der oberste Knöchel war jetzt gekrümmt wie in einem Todesgriff um einen unsichtbaren Gegenstand. Er nahm zwei Aspirin aus seiner Hemdtasche und zermahlte sie mit den Zähnen.

Um zwanzig nach elf zwangen seine Hände ihn dazu, das College zu verlassen und zurück in sein Labor mit den Notizheften zu fahren, in ein Haus, das nach Zucker roch, der nicht für ihn bestimmt war. Der Schmerz setzte schnell ein. Er hatte Übung darin, mit Knien und Ellbogen zu steuern, aber das Schalten verursachte ihm ein heftiges Stechen. Seine Träume für Nedda, für die viele Zeit, die sie hatte, und die viele Zeit, die er ihr schenken wollte, wurden überlagert von einem drängenden Bedürfnis: sich selbst zurechtzuflicken, einen Körper instand zu setzen, der der Zerstörung ausgeliefert war.

Sobald er sich in seinem Arbeitsraum im Keller niedergelassen hatte – Keller, ewig wurde er in Keller verbannt –, blätterte Theo durch seine ersten Notizen über Crucible, als er noch nicht Crucible gewesen war. Er und Liebowitz hatten ihn die »Entropiemaschine« genannt, und seine praktischen Anwendungsmöglichkeiten schienen ihnen damals schier unendlich: Raumfahrt, Brennstoffeinsparung, Konservierung von Präparaten, wiederverwendbare Orbiter. Die

Möglichkeiten für den Menschen hatten ihn ganz egoistisch angezogen. Wenige Innovationen entsprangen reinem Altruismus.

Oben konnte er Betheen auf und ab gehen hören. In ihren Schritten lag Distanz. Sie hatten einen Punkt erreicht, an dem alles etwas anderes bedeutete, jedes Gespräch mehrere Schichten hatte, die alle anstrengend waren. Wenn Nedda groß genug wäre, würde Betheen ihn wahrscheinlich verlassen.

Aber sie hätten es zumindest versucht. So war das eben, wenn man Geheimnisse voreinander hatte, auch wenn beide wussten, dass es besser so war.

Als der Boden erbebte und damit den Raketenstart anzeigte, horchte er kurz und verfluchte den Blödmann von einem Hausmeister und seine idiotischen Zettel.

Zum Elterndasein gehörte, seinem Kind am Gesicht abzulesen, wenn man ihm das Herz brach, und es wissentlich immer wieder zu tun. Neddas Enttäuschung manifestierte sich als mendelsche Kreuzung von Betheen und Theo. Sie bekam fleckige Haut wie ihre Mutter und kaute auf der Lippe wie er. Noch hatte sie keine Schuppenflechte, und dafür dankte er Betheen. Die guten Dinge. Das Kind sollte doch das Beste von einem erben.

Durch das Beben begann sein Schreibtisch zu wackeln, und eine Kiste Notizhefte fiel hinunter, wirbelte eine Staubwolke auf und kippte die Jakobsleiter um, die er gekauft hatte, um Nedda an Halloween zu unterhalten. In seinem Labor sah es später sicherlich schlimm aus, gesprungenes Glas und Leitungen mussten ersetzt werden, neue Hausmeisterzettel waren zu erwarten. Crucibles Ausstoß, gasförmiges N-Methyl-2-pyrrolidon, giftiges Zeug, brachte gern mal Gummischläuche zum Schmelzen. Daher war nur Glas infrage gekommen, zerbrechlich und jedem seismischen Schluckauf ausgeliefert.

»Theo!« Betheens Stimme hallte durch den Wäscheschacht.

Er hörte das Weinen, bevor er sie sah. Sie umklammerte die Lehne eines Küchenstuhls. Betheen war Kunst, empirisch schön, sie rief Ehrfurcht in ihrer reinsten Form hervor – Staunen und Angst. Er hielt sich an ihren gemeinsamen Rhythmus von Abarten, Annäherung und Rückzug.

»Beth?«

»Sie sind tot.« Ihr Körper war starr wie eine steife Verlängerung der Holzlehne. Die Knöchel blutleer. Früher einmal hatte sie seine Hand so gehalten, die Knöchel gequetscht, bis die Gelenke knackten. Jetzt hätte dieser zu feste Griff ihn zerbrechen können. Sie beide taten, als vermissten sie solche Dinge nicht.

»Was ist denn passiert?«

»Sie ist weg, die komplette Raumfähre. Explodiert.« Ein Flackern im Wohnzimmer verriet, dass der Fernseher lief. Qualm vor blauem Himmel. »Angeblich sind die doch heutzutage sicher«, sagte sie. »Wie Schulbusse.«

»Hundertprozentige Sicherheit gibt es nicht«, entgegnete er. Auf dem Bildschirm herrschte Chaos, Aufnahmen der Zuschauer, des Himmels, wabernder Rauch.

»Das ist doch unverantwortlich«, sagte Betheen.

»Alle kennen die Risiken. Jeder von ihnen hat diese Entscheidung getroffen.«

Sie drehte ihm das Gesicht zu. »Immer hast du eine Antwort parat. Immer.«

»Und immer die falsche, oder? Das tut mir leid.«

Es konnte am Küchenlicht liegen, dass es wärmer war als Laborneonröhren, aber er sah die sanften Konturen ihres

Kinns, die zarten Strähnen, die sich aus ihrer Spange befreit hatten, und dass egal, wie gerade sie stand, sie innerlich gebeugt war – wie er selbst.

»Meistens. Hin und wieder hast du recht.«

»Komm her.«

Er breitete die Arme aus, doch sie streifte nur flüchtig seine Wange mit den Lippen und ging weg. Sie begann, die Arbeitsfläche zu schrubben, als wollte sie sie abschleifen. »Du weißt, dass sie sich das in der Schule ansehen.«

Die Lehrerin, genau. Wegen der Lehrerinnen-Astronautin wurde es in der Schule gezeigt. Nedda hatte bestimmt alles mit angesehen. »Mist. Eigentlich hätte ich mit ihr hinfahren sollen.«

Das Telefon klingelte.

»Einer von uns wird mit ihr reden müssen. Wahrscheinlich besser du.«

»Natürlich.«

»Wenn du es kalt und steril hältst, wird ihr das gefallen. Das kannst du gut«, sagte Betheen. Sie hob ab, straffte das Telefonkabel und ließ es dann wieder gegen die geblümte Tapete schnalzen. »Ja, ich bin dran. Hallo, Mrs. Ocasio.«

Steril. Nach der ersten Fehlgeburt hatte er sich ein Entbindungslehrbuch gekauft. Die Kapitel über Spontanabort hatte er Betheen laut vorgelesen, während sie auf der Couch gelegen hatte, die Hände zwischen die Knie geklemmt. Er hatte sich mit Worten und Begriffen befasst, die ihnen die Umstände aufgedrängt hatten. *Kisspeptin.* Das klang unschuldig, romantisch. Sie hatte zugehört, bis sie eingeschlafen war. Immer wenn sie aufwachte und weinte, las er weiter. Er hätte etwas anderes probieren können, aber Wissenschaft war ihre gemeinsame Sprache, das Vokabular, das sie beide geliebt hatten, und der einzige Weg für ihn, etwas zu verstehen. Sie war eben nicht kalt. In der Litanei von Latein und Griechisch – Hormonschwankungen, niedrige Plasmaspiegel, Prozentsätze – steckte Wissenschaft, die klare Aussage, dass es nicht ihre Schuld war. Als sie einander kennenlernten, hatte Betheen für die Chemie gelebt. Sie konnten die Beschaffenheit von Kisspeptin zerpflücken, die Schönheit in der Struktur entdecken.

Anfangs hatte Sterilität gereicht, ihnen über die Fehlgeburten hinweggeholfen, bis sie Nedda bekamen. Dann war Michael gekommen und nach ihm die Mauer des Schweigens. Erst war es leichter gewesen, überhaupt nicht über ihn zu sprechen, später zu schwierig, das Thema anzuschneiden.

»Das verstehe ich«, sagte Betheen jetzt. »Ja. Unter diesen Umständen ist das sicher sinnvoll. Genau. Ich leiere die Telefonkette an. Nedda läuft meistens mit Denny Prater nach Hause. Wahrscheinlich ist es das Beste, wenn sie dabeibleiben, um eine Normalität aufrechtzuerhalten.«

Sie legte auf. Er griff nach ihr, seine Hand und ihre, und die Berührung brannte in seinen Knochen. Sie ließ sich von ihm anfassen. Mit dem Daumen strich sie über die raue Stelle an seinem Handgelenk.

»Sie schicken sie früher nach Hause?«

»Ja«, sagte sie. »Die Kinder haben alles gesehen. Momentan haben sie eine Schulversammlung. Wozu das gut sein soll, weiß ich nicht. Was sind schon ein paar Stunden mehr? Passiert ist passiert.«

»Ich lasse meinen Nachmittagskurs ausfallen.«

»Das ist wahrscheinlich eine gute Idee.«

Früher hatte er sich oft vorgestellt, dass die Linien ihrer Handflächen zusammen eine Schraffur ergaben, sich genau ineinanderfügten. Jetzt hielten sie einander zu sanft. Der große Zeiger seiner Uhr stotterte wie üblich, zuckte bei der

Fünfundfünfzig rückwärts. Das Geräusch dehnte sich zwischen ihnen aus.

»Wann kommt sie?«

»Sie lassen sie in einer Stunde gehen.«

Eine Stunde war eine Ewigkeit.

»Hättest du Lust, mir beim Lehrplan für den Physik-Grundkurs zu helfen? Es wäre eine Ablenkung. Und ein frischer Blick täte ihm gut.«

Betheen strich sich den Rock glatt. »Ich muss mit der Telefonkette anfangen. Und danach den Kuchen an den Rotary Club liefern. Es mögen ja Raumfähren vom Himmel fallen, aber wehe, ein Rotarier muss ohne Zitronenkuchen auskommen. Gott bewahre!«

Wieder hatte er etwas Falsches gesagt. Er hätte ihr seine Hilfe anbieten sollen, aber er hatte schon genug Aspirin gekaut, um ein Pferd umzuhauen. Und die Rotarier sahen ihn immer an, als hätte er Lepra.

»Betheen?«

Doch sie telefonierte bereits wieder und sah dabei aus dem Fenster auf die Straße. An den Tagen, an denen sein Stundenplan es erlaubte, stand er an derselben Stelle und hielt Ausschau nach Nedda, die Vorhänge fast zugezogen, damit sie nichts bemerkte. Dann erschien sie als Punkt in der Ferne neben den Palmettopalmen, Denny im Schlepptau. Herabhängendes Moos erzeugte im Licht optische Täuschungen, und er gestattete sich die Vorstellung, dass sie nur erschienen war, weil er es sich gewünscht hatte. In gewisser Hinsicht waren Kinder genau das, Gedanken, die man durch den eigenen Willen ins Dasein gerufen hatte.

Er zog seine Uhr auf und malte sich aus, dass seine kluge Tochter, die nur er schön fand, auf das Haus zuging, aber nie ankam. Sich in Bruchteilen vorwärtsbewegte. Wie in

Zenons Paradox von Achilles und der Schildkröte, immer näher rückend, aber nie ganz das Ziel erreichend.

Der Fernseher blinkte, und plötzlich erlosch das Bild. Betheen zuckte zusammen.

»Der Sender muss die Übertragung abgeschaltet haben«, sagte er. Ein vernehmliches Knacken drang durch den Wäscheschacht aus dem Keller, gefolgt von einem leicht verschmorten Geruch. Überspannung. Nicht unüblich bei Raketenstarts. »Wahrscheinlich ist eine Sicherung rausgeflogen. Ich seh mal nach.«

Er war schon auf halbem Weg zur Treppe, als sie sagte: »Bleibst du kurz hier? Nur so lange, bis ich den Kuchen eingepackt habe. Ich möchte nicht allein sein.« Sie wich seinem Blick aus, sprach die Hängeschränke an, während sie nach einer Schachtel griff. Das Sonnenlicht und die Vorhänge ließen sie gelb erscheinen, die gleiche Butterfarbe wie die Küche.

Er blieb.

»Entschuldige, dass ich das gesagt habe. Das mit der Sterilität. Das war unfair«, murmelte sie.

»Es stimmt ja. Du hast es nicht böse gemeint.«

»Manchmal weiß ich nicht, was ich meine.«

»Woran arbeitest du gerade?«, fragte er, als sie schnell etwas auf einer Karteikarte notierte.

»Ich tüftle an einer Art Wassertorte. Ein Dessert, das Ähnlichkeit mit einem Gelee hat, aber wie ein Regentropfen aussieht. Also Konsistenz, Oberflächenspannung und Zucker. Ach, und Alkohol. Es ist eine Hochzeitstorte, also Sekt.«

»Dafür brauchst du also den ganzen Agar-Agar?« In den Schränken lagerte er säckeweise.

»Kanten-Flocken, genau. Gelatine ist zu steif und nicht klar genug. Die Torte muss sich noch bewegen können.«

»Dann machst du also alkoholischen Wackelpudding.«

»Nein, keinen Wackelpudding. Und nenn es auch nicht Aspik. Es wird eine Hochzeitstorte, und ich reiche sie auf der Orlando Cake Show in der Kategorie Konzeptbacken ein und werde gewinnen, danke. Das sind doch Kleingeister da, die kapieren nicht, was Kuchen alles kann. Oder wie langweilig Hochzeitstorten sind. Alle sind an harte Klumpen gewöhnt, Ziegel mit Zuckerguss. Für die ist ein Konzeptkuchen einer, der wie ein neues Haus aussieht. Die wissen nicht, was sie wollen, nämlich was Weiches, Zartes, schwer Greifbares, Bewegliches. Das sollte sich ändern.«

So wie Ehen.

Das Brennen wanderte allmählich seine Wirbelsäule hinauf, und er musste die Hand wegziehen. Ausschütteln. »Ich muss an meiner Vorlesung arbeiten. Bist du sicher, dass du nicht helfen willst?«

»Das hier ist was Gutes. Vielleicht kann ich ja bei einigen Leuten eine Vorstellung verändern. Mehr Aufträge an Land ziehen. Ich will die Tipperei für dich nicht mehr machen, Theo. Das kann ich nicht.«

»Das habe ich damit nicht gemeint.« Er hatte nur an sie gedacht. Wobei es vielleicht das Bild von ihr an einer Schreibmaschine gewesen war.

»Tut mir leid«, sagte er.

Sie lächelte. »Mir auch.«

Crucible

Der Boden unter Easter ist neu, geologisch fragil und wird unweigerlich einmal zurück ins Meer sinken. Ein Jahrhundert zuvor wurde er von Menschen entwässert, urbar gemacht und mit den Orangenbäumen bepflanzt, die sich in Easter wohler fühlten als irgendwo sonst auf der Welt. Es wurden Häuser auf das neue Land gebaut, und mit jeder Veränderung streckte und dehnte es sich, um sich seine neuen Umrisse einzuprägen. Bauten wurde aus dem geschaffen, was die Umgebung bot: Kiefernholz und Kalkstein. Die Betonwände von Theo Papas' Labor im naturwissenschaftlichen Institut bestehen aus lokalem Sand und Gestein und enthalten fossilisierte Schatten von Muscheln und Korallen. Diese Schatten spiegeln Meeresströmungen wider.

Der brutale Aufstieg der *Challenger* gebiert ein seismisches Brummen, das die Grundmauern des Labors erschüttert. Es bewegt sich, als wäre es lebendig und auf der Suche nach Wasser.

Ein Grollen schiebt sich durch einen Ventilationsschlauch und schubst eine Magnetspur an.

Eine Metallstrebe beugt sich, und Theo Papas' Riesenspinne geht langsam in die Knie, verneigt sich vor dem Gestein und seiner Erinnerung an das Leben.

Der Raketenstart hüllt die Maschine mit Wellen aus

Schall und Bewegung ein. Aus dem Inneren der Kugel aus Glas und Gold dringt ein leises Schnalzen. Eine Spur aus Qualm, rußig und satt. Ein Funken, vielleicht die Wiederspiegelung von Funken – und dann ist diese abnorme elektrische Ladung fort, rast durch eine Stromleitung. Sie hat etwas Zähes an sich, wie ein samtiger Siruptropfen, und Licht und Luft krümmen sich um sie herum, während sie den Draht entlangfließt, sich durch Straßen und Gebäude und schließlich zum Städtischen Pumpwerk von Easter schlängelt, wo die Lichter wie ein langsames Blinzeln zu flackern beginnen. Jeff Guthrie bemerkt es und tauscht die Birne über seinem Schreibtisch aus. Dabei bekommt er einen leichten Schlag durch eine statische Ladung, die sich von seinen Schuhen auf dem Teppich aufgebaut hat. Er spürt ihn, aber nicht die Bewegung darunter.

Unter dem Kalkstein und der dünnen Landschicht, auf der Easter liegt, befindet sich süßes Grundwasser, das der Erde ihren Geschmack gibt und die Orangen wachsen lässt. Die Stadtwerke pumpen es ab, damit der Ort nicht absinkt, in Seen und Teiche hinter Häusern, in Kanäle, die Straßen säumen und Easter somit fast zu einer Insel machen.

Unter der Stadt und unter Jeff Guthries Füßen, in den Pumpen, die das Land trocken halten, trifft Wasser auf Funken. In der unterirdischen Dunkelheit, im Wasser, ist niemand, der die zarten Wellen oder ihr wunderschönes Schimmern sehen könnte.

1986: Mico argentatus

Die Welt sauste vorbei, nicht in dem ruckartigen Suchlauf von Filmen, sondern in einer schemenhaften Hast. Vorsichtig stellte Nedda einen Schuh auf den Asphalt, um auszuprobieren, ob er trug, und wurde von einem Viertklässler gerammt. Der Parkplatz war voll von Bussen und Mama-Autos, den Kombis, die alle außer Betheen fuhren. Sie hatte einen alten Cadillac, ein regelrechtes Schiff, das genauso auffiel wie sie selbst. Auch ein Übertragungswagen stand dort, und ein Reporter mit glänzenden Haaren sprach mit Rektor Lauder.

»Doofie.« Das Wort kam von einer Gruppe von Mädchen, deutlich vernehmbar war es an Nedda gerichtet.

Der Himmel war aufgewühlt, zog Wolken in die Länge, verstreute die Raketenbruchstücke, Moleküle und Atome im Wind. Sie waren dort oben; Millionen von Fragmenten, die über Easter, über Florida, über den Atlantik schwebten und herabfielen, niedergingen, regneten.

Eine vertraute Schulter rempelte sie an.

»Hallo«, sagte Denny. »Sollen wir los?«

Das komische sachte Kribbeln zwischen ihrem Magen und den Rippen ließ nach.

Sie gingen im Gleichschritt, quetschten sich durch die Schlangen vor den Schulbussen und überquerten die Wiese hin zu dem Palmenwald, der die Schule vom südlichen

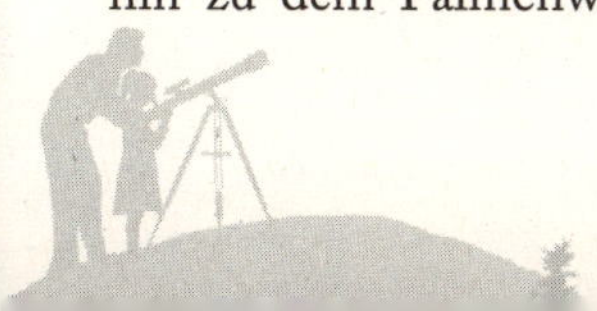

Teil Easters und dem alten Park trennte. Hohes Gras wich stämmigen, moosbewachsenen Eichen, dann Palmettos und einem Pfad, der sich durch die Bäume schlängelte, über Jahrzehnte ausgetreten von Rehen und Menschen, die denselben Weg wie sie und Denny genommen hatten. Nedda liebte dichte Wälder. Schlangen. Käfer. Wälder, die laut und leise waren.

Seit der Schulversammlung hatte sie nicht gesprochen, nicht einmal als Mrs. Wheeler sie aufgefordert hatte, mit Denny nach Hause zu gehen, und in ihrem Kopf wimmelte es nur so vor Wörtern. Ihr Raumschiff war nicht mehr da. Judy Resnik war nicht mehr da. Es gab ein Loch, wo vorher keines gewesen war, in ihr und auch in der Welt, obwohl Löcher so nicht sein sollten. Es tat ihr weh. Sally Ride musste es wehtun. Sie hatte ein Raumschiff verloren, ihr Raumschiff, und ihre Freunde. Sie mussten Freunde gewesen sein. Nedda kannte Fakten, Statistiken, aber so etwas Einfaches wie die Frage, ob Astronauten Freunde waren, konnte sie nicht beantworten. Es war ihr bisher nicht wichtig erschienen.

Es war aber wichtig.

»Guck mal, Kaffee«, sagte Denny und ging in die Hocke, kauerte sich hin wie eine Kröte. Seine zotteligen schwarzen Haare mischten sich mit dem Schatten, als er mehrere Handvoll wächsern lila Beeren pflückte. Lässig. Er war so lässig. Normal. »Wetten, wir könnten fünf Liter aus dem ganzen Zeug brauen?«

Sie war neun gewesen, Denny zehn, als Nedda gelesen hatte, dass die glänzenden Pflanzen wilder Kaffee waren. Sie hatten geplant, die Beeren zu sammeln, zu trocknen und zu rösten, um sich welchen daraus zu kochen. In Dennys Baumhaus hatten sie einen Vorrat angelegt, aber Ratten und

Vögel hatten den Großteil davon stibitzt, bevor sie überhaupt ganz trocken waren. Später hatte Nedda herausgefunden, dass man aus dieser Art von Beeren gar keinen richtigen Kaffee kochen konnte, aber das hatte sie Denny nicht erzählt. Es machte Spaß, sich die Rucksäcke und Turnschuhe damit zu füllen, und es gefiel ihr, wenn ihm Beeren aus allen Taschen quollen. Glücklich. Einmal hatte er lila Zehen bekommen, weil er vergessen hatte, sie aus den Schuhen zu schütteln. Denny mit lila Zehen war ihr Lieblings-Denny. Sie ging neben ihm in die Hocke und stopfte sich Beeren in die vordere Tasche ihres Schulranzens. Die Schalen waren straff und glatt, zum Platzen reif.

»Hast du es gesehen?«, fragte er.

»Ja.« Sie schluckte an einem Kloß aus Gedanken vorbei. *Bolus*, das war das Wort. Den richtigen Begriff zu finden, entfesselte den Rest. »OV-99. OV steht für Orbiter Vehicle. Wusstest du, dass die *Challenger* so heißt? Ein Orbit ist eine Umlaufbahn, auf der Satelliten oder Raketen um einen größeren Himmelskörper kreisen. Das ist wie ein kontrollierter Sturz. OVs stürzen um die Erde herum.« Sie kniff das linke Auge zu. »Die NASA hat die *Challenger* für alles benutzt. Den ersten Weltraumspaziergang ohne Sicherungsleine, McCandless und Stewart. Die erste Amerikanerin im All, Sally Ride. Den ersten Afroamerikaner im All, Guion Bluford. Alles Mögliche zum ersten Mal.« Hieß, nicht heißt. Die *Challenger* hieß OV-99. Nedda bohrte den Fingernagel durch ein Blatt, riss es dann ab und zerfetzte es. »Erste Mission mit zwei Frauen. Erster Nachtstart. Erste Nachtlandung. Erstes Shuttle, das in Kennedy gelandet ist. Drei Einsätze des Spacelab. Sie ist das Arbeitstier der Flotte. Die *Challenger* fliegt öfter als die *Columbia*.« Flog. Immer wieder dachte sie das Wort, bis es bedeutungslos war. Dann kamen die Namen: Scobee, McNair, Smith, Onizuka, Jarvis, McAuliffe, Resnik. Dann die Gesichter. In ihrer Schreibtischschublade lagen neue Zeitungsausschnitte. Der Gedanken-Bolus enthielt jede Information, die sie je gelesen hatte, alles wartete nur darauf, ausgekotzt zu werden. Denny brauchte es gar nicht zu hören. Sie zerriss ein weiteres Blatt. »Die Mission sollte den Halley'schen Kometen untersuchen. Sie hatten einen Satelliten an Bord, der ihn in ultraviolettem Licht betrachten sollte. Jetzt ist er nicht mehr da. Nichts ist mehr da.«

»Hast du das Emblem?«

Nedda kramte die Zeichnung aus der Tasche, inzwischen aufgeweicht von Sorge und Schweiß.

Die Beschreibung schlaksig passte auf sie beide, aber Denny konnte hoffen, daraus herauszuwachsen. Papa Prater war groß und kräftig. Denny sah ihm ähnlich, gleiche Haare, gleiches strahlendes Lächeln, aber das von Denny war besser. Er hatte sich einen Schneidezahn abgebrochen, als er mal vom Klettergerüst gefallen war, und jetzt hatte er ein Gesicht wie eine Kürbislaterne, eine von den netten. Seine Tollpatschigkeit machte ihn auch nett. Papa Prater sah aus wie der, der er war: der Mann, der Prater Citrus führte. Denny sah aus wie ein Freund und hatte so viel von einem Bruder, dass sie manchmal vergaß, dass er keiner war. Das Emblem wirkte, als wäre es in seiner Hand zu Hause.

»Das ist ein gutes, echt gut«, sagte er. »Die Farben kommen cool raus. Das Gelb ist super.« Er stellte sich in die Sonne und hielt das Abzeichen hoch, um es genauer betrachten zu können. »Dein bestes bisher.«

»Danke.« Die überflüssigen Worte verflüchtigten sich, es blieben Ruhe, der Wald und das Loch, das in ihr und draußen klaffte. Denny gab ihr das Emblem zurück. Ihm war egal, ob sie zu viel redete oder nicht genug. Es wäre schön, einfach hierzubleiben, Kaffeebeeren zu sammeln und sich von ihm gegen die Schulter stupsen zu lassen. »Ich hab keine Lust, nach Hause zu gehen«, sagte sie.

»Ich auch nicht. Ich hab eine Sechs in einem Mathetest und muss ihn unterschreiben lassen. Mr. Tressa weiß, dass ich beim letzten Mal die Unterschrift meiner Mutter gefälscht habe.«

Sie kletterten über eine umgestürzte Palme, deren aus dem Boden ragende Wurzeln aussahen wie getrocknete Spaghettitorte. Links von ihnen spähte der Schatten eines riesigen Tiki-Kopfes durch eine Lücke zwischen den Bäumen: der abgezäunte Eingang zum Island Paradise Park and Zoo. Da er schon lange stillgelegt war, waren Teile der Wasserrutsche eingestürzt. Das Tiki-Kopf-Tor war die letzte verbliebene Sehenswürdigkeit von damals, als Easter noch ein Reiseziel gewesen war.

Sie folgten einem Pfad, bis die Palmen sich lichteten und Pete McIntyres Grundstück anfing, wo sie die meisten Nachmittage verbrachten. Mr. Pete hatte während des Apollo-Programms und unmittelbar danach als Wartungsmechaniker bei der NASA gearbeitet und sich damals angewöhnt, Gegenstände mitzunehmen, die nicht mehr gebraucht wurden. Sein Grundstück lag voller Altmetall, Schrott, Maschinen und war das Einzige, was in Easter als Raumfahrtmuseum durchgehen konnte.

Nedda wollte alles haben.

Für zwei Dollar konnten Touristen einen Rundgang durch Mr. Petes Haus machen und Dinge wie etwa die Plastiktüten begaffen, die den Astronauten auf den Mondmissionen als Toilette gedient hatten. Nedda und Denny durften kostenlos gaffen. Mittlerweile reparierte Mr. Pete Autos, was bedeutete, dass sein Grundstück außerdem ein Lager für Ersatzteile und einen vollkommen intakten Pick-up war, den er mit einer Winde aus dem Fox-See gezogen hatte. An Sommerwochenenden stiegen sie und Denny nach dem Angeln auf den Pick-up, ihren Fang in einem Farbeimer, und warteten, bis die Sonne das Wasser aufwärmte und die Schnapper zappelten und ihre missbilligenden Mäuler auf- und zuklappten.

Denny sagte, es sei ein 1948er Ford. Er achtete auf solche Dinge. Jetzt stieg er ein und ließ sich auf den Rücksitz fallen. »Kommst du auch?«

»Gleich.«

Neben Mr. Petes mit Fliegengitter verkleideter Veranda stand eine wunderschöne Kuriosität: ein Startsequenzer. Im Halbschlaf und auf Strom wartend, war er unendlich verlockend. Er stammte aus Startkomplex 36A, hatte Mr. Pete ihr erzählt, aber das hatte sie schon vorher gewusst. Heutzutage steuerten Computer den Abschuss von Raumfähren, aber Raketen und Satelliten liefen immer noch analog. Der Sequenzer war ungefähr zwei Meter hoch, so breit wie die Gefriertruhe im Diner von Easter und mattgrau gestrichen. Jedes der in Reihen angeordneten grünen, weißen und roten Lämpchen war mit einem bestimmten Ereignis verbunden, und all diese Signale flossen in Nadeln, die jeden Pieps und jede Erschütterung auf eine Papierrolle zeichneten. Die Drähte oben waren in eine Steckplatine geklemmt, genau so eine, wie ihr Vater sie benutzte, wenn er mit ihr einen Schaltkreis baute. Nedda berührte eine der Nadeln. Sie glitt geschmeidig nach links, und aus unerfindlichen Gründen brachte sie das fast zum Weinen.

»Glaubst du, eine Rakete hat sie in die Luft gejagt?«, fragte Denny. »Was wetten wir, dass es die Russen waren? Garantiert, so sieht es aus, wenn was von einer Rakete getroffen wird. Und klein war sie bestimmt. Die Russen machen doch alle möglichen Sachen extra winzig.«

Ihr Gesicht juckte an der Stelle, wo Jimmy La Mortes Papierkügelchen gelandet war. »Weiß nicht. Aber das würden sie uns doch sagen, oder? Wenigstens in den Nachrichten.«

»Kann sein. Vielleicht wissen die es selbst noch nicht.«

Abrupt setzte er sich auf, die Zungenspitze in die durch seinen abgebrochenen Zahn entstandene Lücke gesteckt. »Glaubst du, die sind explodiert? Es ging superschnell. Wie sich das wohl anfühlt? Meinst du, es war wie in der Mikrowelle? Wahrscheinlich nicht, oder?«

»Es war nicht wie in der Mikrowelle.«

Sie hatten bei Denny zu Hause Marshmallows in die Mikrowelle gelegt und beobachtet, wie sie aufgingen und platzten. Nach einer halben Tüte hatte Dennys Mutter sie erwischt und gekreischt, dass man blind wurde, wenn man zu dicht davorsaß. Den Rest des Tages hatten sie sich über explodierende Augäpfel unterhalten und *Congo Bongo* auf seiner ColecoVision gespielt. Denny hatte einen Horrorfilm gesehen, in dem einem die Augen geplatzt waren wie Luftballons und bei einem anderen der Kopf explodiert war.

»Mikrowellen machen Sachen heiß, indem sie die ganzen Moleküle drinnen durcheinanderschütteln. So funktioniert das. Vor der Tür ist ein Blech mit Löchern, durch das die Wellen nicht durchkommen, deshalb kann den Augäpfeln gar nichts passieren, egal, was deine Mama sagt.« Dann ergänzte sie, um keine Missverständnisse aufkommen zu lassen: »So war es nicht.«

»Okay«, sagte er, und etwas später: »Gut.«

Nedda kletterte auf die Ladefläche des Pick-ups und warf ihren Schulranzen über die Seite.

Sie konnte ihn nicht gleich einordnen; außerhalb eines Zoos hatte sie noch nie einen gesehen. Es war, als öffnete man den Kühlschrank und stellte fest, dass man im Halbschlaf die Zahnpasta hineingelegt hatte.

»Denny! Ein grünes Äffchen.« Als der Island Paradise Park and Zoo damals geschlossen wurde, waren Tiere entkommen, hatten sich mit der örtlichen Fauna vermischt oder waren aus den Terrarien ihrer Besitzer ausgebrochenen Boas begegnet. Eine Art hatte sich als besonders begabter Entfesselungskünstler erwiesen: Seidenäffchen. Sie pflanzten sich in der Wildnis fort, gediehen sogar prächtig. Bei ihrer Flucht waren sie weiß gewesen, aber das Wetter und die Algen und Moose an den Bäumen hatten sie grün gefärbt. Sie waren auch böse geworden. Nedda hatte gehört, dass sie Kaninchen den Kopf abrissen, und einer hatte mal ein Mädchen skalpiert. Sie hatte in gleichem Maße Angst vor ihnen, wie sie gern eins gefangen und behalten hätte. Hier saß nun eines in einer kleinen Pfütze, nass, mit einem dunklen, katzenartigen Schwanz, rosa Pfoten mit schwarzen Krallen und rotbraunen Augen, die zu groß für sein Gesicht waren und aussahen wie die Steine in Tante Junes klobigem Armband. Kopfhautabreißer. Durch die Matschsprenkel auf seinem Fell fiel das Tier auf dem rostig-schmutzigen Pick-up kaum auf. »Das ist einer aus dem Paradise Park. Ein Silberäffchen.« *Mico argentatus*. Das hatte sie nachgeschlagen, weil sie wissen wollte, warum es grüne Affen gab. Dieser atmete kaum und erschrak auch nicht, als Denny sich neben Nedda setzte. Der Wagen wackelte, aber das Tier blieb vollkommen reglos.

»Fang ihn«, flüsterte Denny. »Meine Mama hat einen Papageienkäfig in der Garage, in dem wir ihn halten können.«

»Pst, du verscheuchst ihn noch.« Mit hohlen Händen rutschte sie ganz langsam vor. »Hallo, du Kleiner.« Nicht einmal ein Zucken. »Vielleicht ist er tot.«

»Er sieht aber nicht tot aus.«

Das stimmte; er wirkte warm und lebendig. Und sie wollte ihn. Unbedingt. Sie wollte mit einem skalpierenden Affen auf der Schulter in die Schule gehen. Sie tippte neben seinen Schwanz. *Poch, poch, poch.* Seine Ohren waren so dünn, dass das Licht durchschien, und das Gesicht war rosa und pfirsichfarben, fein gemasert wie Babyhaut. Aber sein Mund war voller Nadeln, bereit, Kaninchen umzubringen. Warum rannte er nicht weg? Er müsste doch rennen, springen, um sich schlagen oder zumindest blinzeln.

»Hol mal einen Stock. Ich will sehen, ob er tot ist.« Das Bild der explodierenden Augäpfel stand wieder vor ihrem geistigen Auge. »Ich sehe keine Fliegen. Wenn er tot wäre, müssten Fliegen da sein, oder? Vielleicht ist er nur krank.«

»Hm, ich weiß nicht. Auf Kacke sind auch Fliegen, aber Kacke ist nicht tot«, sagte Denny.

»Aber Kacke war noch nie lebendig.« Etwas Metallenes pikste ihr in die Seite und hinterließ einen Fleck auf ihrer Jacke. »Hey.«

»Geht auch ein Ölmessstab?«

»Klar.«

Als Nedda das Äffchen anstupste, wurde der Stab leicht zurückgedrückt. Seltsam. Noch ein Stoß, derselbe Widerstand, obwohl das Tier sich noch immer nicht bewegte.

»Das ist ja komisch.«

»Ich glaube nicht, dass er tot ist.« Lebewesen besaßen eine gewisse Herzschlag-Ausstrahlung, und dieser Affe hatte sie.

»Heb ihn auf. In meiner Tasche ist Platz, und wenn er aufwacht, kann er den Kaffee fressen.«

Schon wollte sie sagen, dass Silberäffchen keinen Kaffee fraßen, aber sie wusste nicht, was sie denn fraßen, außer Kaninchenköpfen und den Haaren kleiner Mädchen.

»Warte mal kurz. Ich will was ausprobieren.« Noch einmal stieß sie zu. Die Spitze des Ölmessstabs verfehlte den Affen, obwohl sie exakt gezielt hatte, mitten auf den Bauch. »Hm.«

Mr. Pete's Fliegengittertür knallte. »Denny Prater, schwänzt du etwa die Schule?«

»Nein, wir durften früher gehen. Nedda und ich sind auf dem Weg nach Hause.«

»Genau so sieht das auch aus, wie du da auf dem Pick-up sitzt. Wo bist du, Nedda Sue?«

Sie reckte einen Arm und winkte. Denny hüpfte von der Ladefläche und ging sich mit Mr. Pete unterhalten. Mit Denny konnte man gut reden, und da er das Kind von Papa Prater war, kannte ihn jeder; früher oder später arbeitete jeder in Easter mal bei Prater Citrus. Jeder außer Neddas Vater.

Erneut schob sie den Stab vor, konnte den Affen aber aus irgendeinem Grund nicht berühren. Und er hatte immer noch nicht geblinzelt. Wenn er tot war, verstieß sie gerade gegen eine Million Regeln. Wenn er lebte, wurde sie gleich skalpiert. Sie legte den Stab weg, streckte den Zeigefinger aus, zielte auf eines der zu großen Augen und stach zu.

Sie spürte ein glitschiges Kribbeln, dann nichts mehr. Ihr Finger rutschte ab, am Gesicht des Affen vorbei, ohne es zu berühren, und das Tier blieb starr, als hätte sie es gerade nicht attackiert. Ein Tropfen Wasser fiel von der Hochspannungsleitung, und auch er verfehlte den Affen knapp. Das Wasser wirkte merkwürdig, dick, fast schillernd. Nedda griff nach dem Schwanz des Äffchens, und wieder glitten ihre Finger ab, strichen über eine unsichtbare Oberfläche wie eine Seifenblase. Die es umgebende Luft sah ebenfalls seltsam aus, fast wie gekrümmt. Nedda rieb die Hände aneinander, aber sie waren nicht schmierig. Normale Haut, Schweiß und der Fleck von dem Apfel auf ihrem Emblem.

»Was ist das denn für ein Mist?«, flüsterte sie.

Denny und Mr. Pete sprachen über den Unfall. »Bumm«, sagte Denny. Nedda konnte den Moment, in dem sie die Explosion gehört hatte oder auch wie sie geklungen hatte, nicht genau bestimmen. Sie hatte sich das Wort mit W sagen hören, dann Schreien, Weinen, Stille. Es konnte *Bumm* gewesen sein, aber das klang zu leise. Sie trat gegen den Pickup, erschreckte sich selbst.

Jetzt versuchte Nedda, den Stab unter den Affen zu bohren – einmal, zweimal, dreimal –, dann die Finger –, viermal, fünfmal, sechsmal, für einen größeren Stichprobenumfang. Bessere Daten. Sie kam nicht darunter, nicht einmal an die Wasserlache heran. Irgendetwas um den Affen herum entwickelte einen federnden Gegendruck, als wollte man zwei Magnete an den gleichen Polen zusammenpressen: Widerstand, und zwar stark.

»Geht's dir gut da oben, Nedda?«

»Ja, ja.« Es ginge ihr gut, wenn er sie in Ruhe ließe. Warum bewegte sich der Affe nicht?

»Ihr geht jetzt besser nach Hause«, entschied Mr. Pete. »Ich würde ja deine Mutter anrufen und Bescheid sagen, dass du hier bist, aber mein Telefon geht nicht. Die Leitung muss überlastet sein oder es gab irgendwo einen Kurzschluss. Mal ist die Leitung tot und dann wieder nicht. Der Strom ist auch weg. Nicht dass eure Eltern sich noch Sorgen machen. Geht nach Hause. Es sieht auch nach Sturm aus.«

»Ist gut, danke«, erwiderte sie, obwohl sie nicht wusste, wofür sie sich bedankte.

»Und grüß deine Mutter schön von mir. Ich hab bald Geburtstag und überlege, ob ich mir dieses Jahr einen Kuchen gönne.« Jedes Mal, wenn Betheen das Auto zur Reparatur brachte, wurde Mr. Pete rot wie eine Erdbeere.

Der lange Heimweg führte sie an Ginty's Angelladen und dem Bird's Eye Diner vorbei, wo Denny ihnen kostenlos Eis besorgen konnte, weil sein Vater Ellery Rees Geld geliehen hatte, als sein Lokal mal überschwemmt gewesen war. Der Parkplatz war voll, und es stand ein Übertragungswagen dort.

»Hast du ihn? Ist er in deiner Tasche?«

»Es ging nicht«, sagte sie. »Er bewegt sich nicht, und ich kann ihn nicht anfassen, aber ich glaube nicht, dass er tot ist.«

»Woher weißt du das, wenn du ihn nicht anfassen konntest?« Er hüpfte über einen Baum, den Hurrikan Bob umgerissen hatte.

»Es ist eine Art Blase drum rum, fast ölig, aber auch wieder nicht. Keine Ahnung. Kennst du Standbilder aus Filmen? So ähnlich sieht es aus, finde ich. Morgen will ich noch mal nachsehen.«

»Wetten, ein Alligator frisst ihn?«

Es war zu kalt für Alligatoren. Nedda wusste, dass das Äffchen eigentlich gefährlich war, aber es war süß mit seinen runden Augen wie ihr My Little Pony. Man sollte solche Sachen liebhaben. Niedlichkeit war ein Abwehrmechanismus; die Leute waren dadurch eher bereit, einen zu mögen. Das wusste sie mit der Gewissheit eines Mädchens, das noch nie niedlich gewesen war und es auch nie sein würde.

»Mein Vater hat mir gestern Abend einen Alligatorbabykopf gekauft.«

»Cool. Darf ich den mal sehen?«

»Ich bring ihn morgen mit. Warte nach der Schule am Notausgang auf mich, wenn du nach dem Affen sehen willst.«

Sie liefen am leeren Mauna Kea Motor Inn vorbei. Ein Schild am durchhängenden Dach listete Preise für Zimmer auf, die seit 1974 nicht mehr vermietet worden waren. Das R am Ende von *Zimmer* baumelte schwankend herunter.

»Okay. Darf ich sehen, woran dein Vater gerade arbeitet?«

»Er ist noch nicht fertig, und er benutzt radioaktives Zeug, deshalb ist es gefährlich.« Das sagte ihr Vater ständig. »Es hat so total lange Beindinger, die sich rumdrehen wie die Teetassen in Disneyland.« Sie streckte die Arme aus und demonstrierte es. »Es ist aus Metall, Stahl vielleicht, und auch mit viel Glas. Weißt du noch, die Magnetschweberennbahn, die er uns gebaut hat?«

»Was?«

»Diese magnetische Spur für unsere Matchbox-Autos? Die hat er auseinandergenommen und daraus eine Schiene gebaut, auf der die Beine der Maschine rumfahren.«

Als ihr Vater sie mit ins College genommen hatte, um ihr beizubringen, wie man das Innere eines Weckglases mit Silber beschichtete, hatte er ihr die Maschine gezeigt und sie einmal die Beine anschubsen lassen; schon bei der geringsten Berührung waren sie einmal im Kreis geglitten. »In der Mitte ist eine Tür, die ist groß genug, dass ein Mensch durchpasst, aber noch ist da nichts drin. Mich wollte er auch nicht reinklettern lassen.«

Sie hatte ihren Vater gefragt, wofür der Raum gedacht war, und er hatte gesagt: »Alles Mögliche, hoffe ich.« Das nervte. Danach hatte er ihr gezeigt, wie man aus den Magensäurepillen, die er im Schreibtisch aufbewahrte, Brennpaste herstellte. Die Flamme war hell und blau gewesen, und es hatte sie zum Lachen gebracht, dass man Feuer aus etwas machen konnte, was eigentlich gegen Sodbrennen helfen sollte.

Vor dem gestrichenen Holzzaun um den Garten von Haverstone House blieben sie stehen. Denny warf Steine auf das viktorianische Haus. Easters einziges denkmalgeschütztes Gebäude war rot, orange und grün und löste in ihren Augen einen Kotzreiz aus.

»Hey, findest du nicht, dass der Himmel komisch aussieht?«, fragte er plötzlich.

Möglicherweise stimmte etwas damit nicht. Er war etwas grauer als sonst, auch ein bisschen gelblich, aber sie wollte nicht darüber nachdenken, warum. Es konnten Überreste des Shuttles sein, der Astronauten. Wahrscheinlich kam ein Sturm auf, wie Mr. Pete gesagt hatte. »Nö.«

»Aha. Okay. Ich hab immer noch keine Lust, nach Hause zu gehen. Bei der letzten Sechs durfte ich zwei Wochen nicht fernsehen.«

»Warum hast du überhaupt die Unterschrift gefälscht?«

»Weiß ich auch nicht. Das war blöd, aber in dem Moment kam es mir einfacher vor.«

»Ich könnte dir helfen, wenn du willst.«

»Ach, nutzt doch nichts. Ich würde trotzdem nichts kapieren. Stört mich auch nicht, aber Papa ärgert sich drüber.«

»Ja.« Sie warf einen Stein, so fest sie konnte, und stellte sich dabei vor, dass die Hausmauer Tonyas Gesicht war. Er traf krachend auf, und etwas rote Farbe platzte von einer Schindel, was Denny aus irgendwelchen Gründen zum Losprusten brachte. Eine Sekunde lang schloss sich das Loch in

Nedda wieder, und es fühlte sich fast so gut an, wie Tonya die Zähne auszuschlagen.

»Wahrscheinlich sollten wir los«, sagte Denny, als er endlich zu lachen aufhörte.

»Kann sein.« Unmittelbar, nachdem es passiert war, hatte sie nach Hause gewollt, aber zu Hause bedeutete auch Hunderte von Zuckerröschen, Kuchenglasurgestank, in ihrem Zimmer sitzen und an Rauchfahnen denken.

»Ich wollte später zur Plantage, falls du mitkommen willst. Vielleicht kannst du den Alligatorbabykopf mitbringen.«

»Ich frag mal.« An einem Schultag war Betheen vermutlich dagegen. Ihr Vater auch, weil sie am Abend vorher schon so lange mit ihm auf gewesen war. Und etwas Schlimmes war passiert, also müssten sie sich zusammensetzen und reden, bis alle sich geeinigt hatten, wie betroffen man zu sein hatte.

Sie gingen bis zur Abzweigung. In Neddas Innerem begann wieder ein Summen, und es summte falsch. Sie musste Pyropapier anzünden oder noch mehr Steine werfen. Irgendwas.

»Hey, darf ich das Emblem noch mal sehen?« Denny betrachtete es lange, drehte es hin und her, bevor er es schließlich zurückgab. »Das ist super. Ich wünschte, ich könnte so was auch zeichnen. Die hätten es bestimmt toll gefunden.«

Damit drehte er sich um und ging.

Sie würde nicht weinen, komme, was da wolle. Weinen würde das nervöse Kribbeln in ihr nur noch verschlimmern.

Streckung und Paradox

Süße Palmettofrüchte, leichtes Klettern, knackig-saftige Käfer im Moos. Nasse Hände. Feuchte Krallen. Hunger, Hunger, Hunger. Brennender Bauch. Ein Satz hinauf in den Baum über dem scharfkantigen Gras. Warten. Sitzen. Rennen. Zum Rad des harten, kalten Tiers flitzen, wo die schweren Früchte manchmal runterfallen, sich in den Schatten kauern. Krabbeln, krabbeln.

Das Primatengehirn macht nie Pause, nie Pause. Seine Gedanken stellen Bienenflügel in den Schatten. Sein Herz schlägt genauso schnell beziehungsweise sollte es das. Aber sein Puls hängt fest, seine Gedanken kommen nicht vom Fleck. Er bewegt sich vorwärts, im Sprung, er hat es auf eine dicke Made abgesehen, die sich in der feuchten Ecke der Ladefläche krümmt und windet.

Die zappelnde Made wird ihn sättigen bis später, wenn er die Finger in gute, reife Frucht bohren und sich den Saft vom Fell lecken kann. Die Hände ablecken, nass. Nass vom Wasser. Kalt und dickflüssig und nass, seltsames Wasser.

Die Made ist weg. Stunden zuvor von einer Drossel geschnappt, die zwischen gedrungenen Palmettostämmen herumflatterte. Das weiß er nicht. Das hat er nicht gesehen. Wo er ist, ist die Made noch da, frisch und fett, wartet nur darauf, gefressen zu werden.

Er reckt sich, streckt sich, giert. Die Sonne ist anders. Das

Licht ist anders. Dicht, schwer wie Wasser. Die Made ist weg. Zwei Kinder waren da, haben seine Ohren angestupst (auf deren Weichheit und Größe er stolz ist; sie sind besser als die seiner Schwestern, mit Abstand die besten), seinen Schwanz, seine Augen – obwohl er es nicht gesehen hat. Sonst hätte er sie gleich blitzschnell mit seinen nadelspitzen Zähnen gebissen. Schöne Zähne.

Gelbe, braune und blaue Streifen dringen in kreisrunde Augen; kreischende Farben, die Bewegung bedeuten, Licht. Licht und Nahrung und Geruch und Geräusch, alles. Er starrt, reglos. Schönheit kennt er nicht, doch eine Sekunde lang, die die halbe Nacht dauert, ist die Welt um ihn herum eine Blume und Regen gleichzeitig. Eine regnende Blume. Eine Sekunde lang, die eine halbe Nacht dauert, beobachtet er und vergisst, dass er hungrig ist, dass in den Bäumen andere warten (Brüder, Cousins und Cousinen, die große, mit Narben übersäte Mutter), auf Palmettofrüchte und Maden, auf kleine Finger, die Nissen aus weichem Fell zupfen.

Die längste Zeit, die er einmal den Hunger vergessen hat, waren zwei Tage, als er in ein Loch in einem Lagerhaus gerutscht war. Seine Krallen eignen sich gut für bittere Rinde, seine Zähne sind zum Durchbohren geschaffen. Er kaute, schluckte und verschlang Orangen, bis sein Bauch ganz rund war und zu voll zum Rennen, als gegen die Kiste, in der saß, getreten wurde. Diese zwei Tage waren seine extremsten, als der Hunger unersättlicher Gier wich. Friss alles, damit niemand sonst es bekommt. Friss alles, falls es nie wieder etwas zu essen gibt. Friss alles, weil es andere Mäuler, andere Zähne, andere Krallen gibt und der Hunger sie barbarisch macht.

Die zu einer halben Nacht gewordene Sekunde, in der er den Hunger vergisst (während der die Welt ihn in rasenden, undefinierbaren Schemen umkreist), ist friedlich. Er nimmt die Suche nach der längst verschwundenen Made wieder auf, nicht ahnend, dass er sich reckt, sich streckt, giert, aber sie nie berühren wird.

1986: Entropie

Nedda drückte das Gesicht in den Spalt, wo der Arm ihres Vaters an seiner Brust lag. Sie war schon zu groß, um auf seinem Schoß zu sitzen, aber sie versuchte, sich noch dichter an ihn zu schmiegen. Sein wie Millimeterpapier kariertes Hemd war besser als alles andere.

»Du mochtest Judy Resnik sehr, oder?«

»Ja.«

»Möchtest du mir davon erzählen?«

Judy Resnik war Ingenieurin. Judy Resnik war schüchtern, machte aber trotzdem, was sie wollte. Auf Fotos zeigte sie beim Lächeln ihre Zähne. Sie hatte keine Angst. Oder doch, vielleicht doch. »Nein.«

»Okay, aber vielleicht ginge es dir dann besser.« Seine Arme umschlossen sie fester, und Nedda spürte ihn zusammenzucken. Seine Knöchel waren angeschwollen, die Hände heiß, aber er tätschelte ihr sanft den Rücken. Sie sollte ihn aufstehen lassen oder ihm Aspirin holen. Am liebsten hätte sie laut geheult, aber sie sah den Labortisch und sein Bücherregal, das Brett, an dem sein ganzes Werkzeug hing. In einem Labor zu weinen kam ihr nicht richtig vor. Wenn man etwas zerbrach oder einen Fehler machte, durfte man wütend werden, aber traurig passte nicht. Also redete sie.

»Sie hat hundertfünfundvierzig Stunden im All verbracht und bei der Entwicklung des mechanischen Arms der *Dis-*

covery mitgeholfen. Sie hat Elektrotechnik studiert.« Es war, wie eine Schranktür zu öffnen – alles fiel heraus. »Judy Resnik hat Klavier gespielt und hatte ein Bild von Tom Selleck in ihrem Spind.« Mr. Pete hatte mehrere Spinde von der NASA in seinem Haus, und Nedda passte hinein. In einem Orbiter war es gut, klein zu sein, weil darin nicht viel Platz war. Mitten in der Mission hatte Judy Resnik ein Schild mit der Aufschrift »Hallo, Papa« hochgehalten. Nedda liebte ihren Vater ebenfalls. Sie erzählte ihm von der Isolierung der *Challenger*, dem Filz, der sie leichter machte, wie viel Gewicht sie zuladen konnte, von Keramikkacheln. Seine Hände verharrten, als sie verstummte, als wüsste er, wann sie leer war.

»Das ist ja eine ganze Menge. Geht's dir jetzt besser?«

»Ich glaub schon.« Es stimmte aber nicht. Sie löste sich von ihm und stieg auf den Labortisch. Sie wünschte, sie hätte eine Decke mitgebracht. »Können wir einfach was in die Luft jagen?«

Er holte die kleine Metallkiste mit dem Pyropapier herunter, das sie im Sommer hergestellt hatten. Er ließ sie so viel davon anzünden, wie sie wollte, und hielt jedes Blatt mit einer Zange fest. Die Flamme war hell und fühlte sich an wie alles, wie Explosionen, wie Jimmy La Morte, wie Tonyas blödes Gesicht.

Als der Raum langsam zugequalmt wurde, wollte er das Fenster öffnen, zog aber vor Schmerz den Arm wieder zurück.

»Du hast einen Schlimme-Hand-Tag.«

»Eher einen Schlimmes-Alles-Tag. Das geht vorbei.«

»Verschlechtern sie sich?« Sein Schweigen war Antwort genug. »Gibt es was dagegen?«

»Momentan nicht, aber bald. Darüber brauchst du dir

keine Gedanken zu machen. Väter werden alt und gehen kaputt. So ist das eben.«

»Ich will nicht, dass du kaputtgehst.«

»Das ist schön zu hören. Ich will das auch nicht, und ich habe es nicht vor. Aber reden wir von was anderem. Was hat mein kleiner Tick so getrieben?«

Der Spitzname hüllte sie ein wie eine Umarmung. Er nannte sie so wegen ihrer vielen Ticks; weil sie Bleistifte zerbiss, mit den Füßen wippte, wenn sie aufgeregt war, auf der Lippe kaute. Weil das guttat. Weil durch Bewegung das Denken besser funktionierte.

Sie könnte ihm von dem Wort mit W erzählen und der seltsamen Farbe des Himmels. Von dem Affen. Aber es hatte Folgen, wenn man mit seinen Eltern über wilde Tiere sprach, die tot waren oder vielleicht auch nicht. Folgen wie Tierfänger und Entsorgung. Der Affe gehörte ihr und Denny, und das war gut so, etwas, was sie behalten und erforschen konnten, nur sie beide. »Nichts.«

»Nichts?«

»Hat die Maschine bei dir in der Arbeit schon einen Namen?«

»Sie heißt Crucible.«

Das Wort kannte sie aus dem Buch *Johnny Tremain*, es bedeutete Schmelztiegel. Die Maschine hatte gar nicht ausgesehen wie etwas, mit dem man Metall schmelzen konnte. Nedda zog die Beine auf den Tisch und setzte sich auf ihre Füße. Wenn man lange genug so blieb, schliefen sie ein; danach erwachten sie mit einem kribbelnden Schmerz wieder zum Leben. Vielleicht war es so auch bei den Händen ihres Vaters. »Willst du da drin was schmelzen?«

»Nicht ganz. Stell es dir als Geschwindigkeitsmaschine vor. Ich beschleunige und verlangsame Entropie. Haben wir schon über Entropie gesprochen? Wärmeverlust? Ich erkläre das gerade schlecht, oder?«

»Ja.« Ehrlichkeit war wichtig in der Wissenschaft.

Er ging auf und ab. Nedda hätte wetten können, dass er auch so unterrichtete, mit den Armen vor gebannten Studenten herumfuchtelte und stehen blieb, wenn etwas wichtig war. »Sagen wir mal, ich hätte eine Schüssel Murmeln, die Hälfte rot, die andere Hälfte weiß. Rot auf der einen Seite, Weiß auf der anderen. Jetzt kommst du und schüttelst die Schüssel durch. Bleiben die Murmeln getrennt oder vermischen sie sich?«

»Sie vermischen sich.«

»Genau. Entropie, das bist du, wenn du die Schüssel schüttelst, dieser Verlauf. Entropie ist, wie sich Dinge von Ordnung zu Unordnung entwickeln. Außerdem ist es ein Denkansatz für Zeit und Zeitmessung.«

»Aha.«

»Kannst du mir folgen?«

Sie zupfte an ihrem geflochtenen Zopf. Sie wollte nicht Nein sagen, aber auch nicht lügen.

»Dann probieren wir es anders. Überleg mal, wie heiß dir wird, wenn du rennst. Nein. Ein besseres Beispiel: Heizspiralen.« Seine Arme hielten sorgsam Abstand zu seinem Körper, die Hände berührten nur Luft. »Die Hitze, die von der Spirale abgestrahlt wird, ist Energie. Dieselbe Energie, die den Herd betreibt. Steckdose zu Stecker, durch das Kabel, zum Schaltkreis, zu den Herdplatten. Die Heizspiralen werden heiß, verbrauchen die Energie. Sobald sie zu Hitze wird, ist die Energie groß, breit und durcheinander, wie die Murmeln, die du geschüttelt hast. Es ist schwer, praktisch unmöglich, diese Energie wieder in den Anfangszustand zurückzuversetzen. Entropie ist also die Entwicklung von der

Elektrizität in dem System zu der Hitze, die von der Spirale in die Luft abgegeben wurde.« Er machte eine Pause. »Hab ich es noch verschlimmert?«

»Nein?«

»Crucible sortiert Dinge. Und zwar sortiert er speziell Energie. Er kann sie schneller durcheinanderbringen, um viel Hitze auf einmal aus etwas herauszuholen statt immer nur ein bisschen. Und er kann Dinge auch ordnen. Wenn ich verhindern kann, dass etwas, ein System, durcheinandergebracht wird, wenn ich es in perfektem Zustand bewahren kann, dann ist das ähnlich, wie die Zeit in dem System anzuhalten.«

»Warum?«

»Okay, noch mal zum Ordnen.«

»Nein.« Sie fiel ihm ins Wort, ehe er wieder von Murmeln anfangen konnte. »Warum willst du die Zeit anhalten?«

»Ah, bessere Frage.« Er setzte sich, ließ sie auf seine Haare hinuntersehen, den borstigen Lockenkopf, so dicht wie sein Bart und mit weißen Strähnen darin. Er sah aus wie Stahlwolle. »Du wirst so schnell groß, mein kleiner Tick. Vielleicht will ich dich einfach länger bei mir behalten.« Er lächelte, aber es wirkte verspannt, eckig. »Was, wenn man die Abnutzung an Gegenständen wie Brücken verhindern könnte? Oder Nahrungsmittel produzieren, die doppelt so lange halten, bevor sie verderben? Ein Arzt könnte damit Gelenkverschleiß verhindern.«

»Du willst ihn für deine Hände benutzen.«

»Irgendwann hilft er vielleicht jemandem wie mir. Ich forsche an einem begrenzten Wirkungsbereich. Und ich möchte auch ein Patent, damit jeder weiß, dass du die klügste Tochter des klügsten Mannes der Welt bist.« Dieses Lächeln war ein gutes.

»Hast du ihn schon ausprobiert?«

»Beim letzten Test gab es einen Kurzschluss, also ist er noch nicht ganz richtig.«

Die Tür von Crucible hatte ausgesehen wie die Luke an einer Apollo-Kapsel, bis hin zu den Scharnieren. Sie hatte hineinklettern wollen. Es war dumm, erwachsene Männer ins All zu schicken, wenn Mädchen doch viel besser passten.

»Was passiert jetzt mit ihnen? Den Astronauten? Nicht mit ihrem Körper, das weiß ich schon. Ich meine mit dem, wer sie waren.«

»Das weiß ich nicht genau«, sagte er. »Niemand weiß das. Unter anderem darum stellen Menschen wie du und ich Fragen und bauen Maschinen. Antworten auf kleinere Fragen zu finden, bringt uns näher an Lösungen für die größeren.«

Das half ihr nicht weiter, und das sagte sie ihm auch.

»Ich glaube, was übrig bleibt, sind unsere Gedanken. Sie sind Impulse, Signale, die in unserem Kopf hin und her springen wie die Energie, über die wir vorhin gesprochen haben. Wenn wir weg sind, bleiben diese Signale und Impulse vielleicht übrig, fliegen als Hitze und Licht durchs Universum.« Mit dem Schuh tippte er einen vertrauten, tröstlichen Rhythmus auf den Boden.

Neddas Fuß ahmte seinen nach, und auch das hatte etwas von einer Umarmung. »Glaubst du, sie sind noch da draußen?«

»Könnte sein.«

»Okay.« Sie half ihm, seine Notizbücher aufzuräumen, schob ein dünnes Heft in ein Regalfach.

Betheens Stimme hallte durch den Wäscheschacht. »Theo? Der Mixer geht nicht. Kannst du den Schutzschalter wieder reinmachen?«

Ihre Eltern waren am glücklichsten, wenn sie eine Treppe und eine geschlossene Tür zwischen sich hatten. Der Wäscheschacht reichte von Theos Labor bis zur Küche darüber, und sie benutzten ihn wie ein Dosentelefon. Ihr Vater brüllte nach oben, ihre Mutter nach unten, und Nedda überprüfte den Sicherungskasten, fuhr mit den Fingern über die Sicherungsbeschriftungen. Wenn eine herausgeflogen war, konnte er sie heute sowieso nicht mehr ersetzen. Küche: Over and Out. Die Sicherung war intakt, und der Schutzschalter hatte nicht ausgelöst. Das sagte sie ihrem Vater und er gab es nach oben weiter.

»Vielleicht liegt es am Motor.«

»Ich weiß, wie ein verschmorter Motor riecht, Theo.«

So ein Brüllen löschte Dinge aus und brachte Dinge, die nicht ausgelöscht werden konnten, zum Verschwinden. Nedda schlich sich weg, trat an der Seite auf die Stufen, damit sie nicht knarzten.

»Er hängt wegen dem Kurzschluss in der Steckdose fest.«

»Es war kein Kurzschluss, Betheen.«

Um zu ihrem Zimmer zu kommen, musste Nedda durch die Küche gehen, was bedeutete, sich vorsichtig mit dem Rücken an der Wand durch den Raum zu tasten, um nicht von Betheen bemerkt zu werden. Was auch gelang, bis ihre Mutter die Klappe zum Wäscheschacht zuknallte.

Der Streit war vorbei.

Betheen stellte einen nackten Fuß auf die Resopalarbeitsfläche und zog am Kabel des Mixers, bis ihre Haare vor Anstrengung zitterten, ordentlich gelegte blonde Locken. »Er denkt an niemand anderen. Er denkt überhaupt nicht. Und jetzt hängt das blöde Ding in einer kaputten Steckdose fest.«

Ihre Mutter war faszinierend, wenn auch etwas Furcht einflößend.

»Komm her, Nedda«, sagte sie. »Hände aufs Kabel.« Etwas schaumiges Weißes befand sich in der Rührschüssel, steif und zischend.

»Was war das?«

»Sekt-Wassertorte.«

»Das klingt eklig.«

»Bitte keine Kommentare. Zieh einfach.«

Nedda stöhnte trotzdem. Sie verschränkte ihre Hände neben denen von Betheen, ihr kleiner Finger berührte den Daumen ihrer Mutter. An Silvester hatte sie einmal Sekt probiert, er schmeckte bitter, und die Bläschen brannten stärker auf der Zunge als Mineralwasser. Wie Sekt war auch das Parfüm ihrer Mutter zu viel. Eigentlich sollte es nach Magnolien riechen, aber vermischt mit Schweiß und Haarspray ergab es ihren ganz speziellen Duft. Am Vormittag hatte Nedda sich danach gesehnt, aber Betheen war jemand, den man nur so lange schrecklich vermisste, bis er tatsächlich da war.

»Auf drei.«

Nedda zog fest, aber der Stecker rührte sich nicht. Sie versuchte es erneut. Nichts.

»Streng dich an, verdammt noch mal.«

»Tu ich doch«, rief Nedda.

»Nicht schreien, einfach fester ziehen.« Sie zerrten, und das Kabel schnitt ihnen in die Haut. Nedda klemmte zwischen Betheen und dem Küchenschrank, ein Bein ihrer Mutter um sich geschlungen wie eine verunglückte Umarmung. Ein Lachen blubberte aus ihrem Bauch nach oben, und sie konnte es nicht zurückhalten.

Dann rutschte Betheen aus und riss Nedda dabei die Füße weg. Einen Moment lang flogen sie durch die Luft, dann lagen sie übereinander auf dem Boden. Nedda landete halb auf dem Boden, halb auf Betheen, den Kopf unter dem

Kinn ihrer Mutter. Der Mixer baumelte von der Arbeitsfläche herab, an einem Kabel, das immer noch fest in der Wand steckte. Das war nicht richtig.

Betheen lag auf dem Boden und schaute zur Decke. Nedda wollte aufstehen, aber Betheen hielt ihre Hand fest. Ihre Handfläche war warm, und der Puls kitzelte, pochte sanft wie der des grünen Affen. Silberäffchen.

»Warte. Nur eine Minute«, sagte Betheen.

»Soll ich Papa holen?«

»Was könnte er denn noch tun, was wir nicht schon probiert haben?«

»Vielleicht den Schutzschalter ausmachen, die Steckdose ausbauen, das Kabel durchschneiden und ein neues dranmachen.« Allerdings nicht heute. Nedda versuchte, ihre Hand wegzuziehen, aber ihre Mutter drückte sie, ihre Haut war so weich wie eine Steppdecke und genauso erstickend. Nedda wollte die schweren Handschuhe, die ihr Vater anzog, wenn er mit Strom hantierte. Es war ein schönes Gefühl, jemandes Hand zu halten, wenn man dicke Handschuhe trug, als wäre derjenige eine Maus und man müsste vorsichtig mit ihm umgehen.

»Schon gut. Ich rühre von Hand oder backe erst die Kekse für das Restaurant.«

»Okay.« Erneut machte Nedda Anstalten, aufzustehen, und wurde zurückgezogen.

»Bleibst du bitte? Nur noch ein bisschen.« Erneut drückte Betheen ihre Hand. »Wir liegen nicht oft genug auf dem Boden und sehen uns Dinge von unten an.«

»Mama, geht's dir gut?«

»Hat dein Vater mit dir über das gesprochen, was passiert ist?«

Neddas Magen zog sich zusammen. »Ja.«

»Tut mir leid, dass du das mit angesehen hast. Es gibt Dinge, die man nicht sehen sollte, vor allem Kinder nicht.«

»Ich bin kein Baby mehr.«

»Nein.« Ein letztes Mal quetschte sie Neddas Hand, dann war sie wieder auf den Beinen und wühlte in den Schränken. »Es ist erstaunlich, wie schnell die Zeit vergeht. Gestern hast du noch im Strampler gesteckt.« Sie stellte einen Stapel knallgelber Rührschüsseln auf die Arbeitsfläche. »Mal sehen, was wir aus dem Zeug noch basteln können.«

Sie hatte den Raketenstart auch gesehen. Betheen hatte ebenfalls die Astronauten sterben sehen.

Nedda wollte etwas sagen, über Licht und Zeit, das, was sie zu Mrs. Wheeler gesagt hatte. Doch sie schwieg.

Ihre Mutter goss die seltsame Mixtur in eine neue Schüssel und streute ein Pulver aus einer grünen Plastiktüte darüber. Die Tüte war in einer fremden Sprache bedruckt. Dann schlug sie die Masse mit dem Schneebesen, vertraut und nervtötend. *Flittap, flittap, flittap, flittap*. Betheens Unterarm war von dünnen, harten Muskeln durchzogen, die daher stammten, dass sie Nahrungsmitteln ihren Willen aufzwang.

Das Schlagen wurde kurz unterbrochen. »Willst du mir helfen?«

»Was wird das?«

»Eine Wassertorte, nur dass ich Sekt benutze, und sie wird genauso, wie das klingt. Sie soll aussehen wie eine durchsichtige Blase, aber schmecken, wonach man will.«

»Wie Wackelpudding?«

»Nein, viel besser. Sekt und Orangenextrakt, vielleicht rote Grapefruit, und sie wird komplett auf der Zunge zergehen. Zart wird sie sein. Stell dir einen Berg Regentropfen auf dem Tisch vor, einem Tisch mit Schlitzen darin und

Gläsern darunter, und alle Regentropfen, die man nicht isst, schmelzen in die Gläser. Hochzeitstorte, die man trinken kann, wenn man will.«

Es klang wundervoll und unmöglich. »Cool.«

»Finde ich auch. Ich glaube, damit kann ich bei der Orlando Cake Show gewinnen. Willst du mithelfen? Ich werde viel experimentieren müssen.«

»Ja.«

»Schön«, sagte Betheen. Dann, leise: »Danke.«

Nedda spürte, dass sie noch etwas hätte sagen sollen, wusste aber nicht, was.

»Ich hab Hausaufgaben auf.«

»Natürlich. Geh nur.«

In ihrem Zimmer schaltete sie das Licht aus, ließ sich aufs Bett fallen und betrachtete die an die Decke geklebten Sterne. Sie leuchteten gerade hell genug, um das Mare Tranquillitatis auf dem dicken Mondaufkleber neben dem Fenster erkennen zu können.

Sie knipste ihr Nachttischlämpchen an und zog ein Heft heraus, das zwischen ihrem Bett und der Wand klemmte. Da ihre Schreibschrift zu unordentlich war, benutzte sie Druckschrift.

Liebe Judy,
du bist Gas, Kohlenstoff und Sternensplitter.

Ihr Bauch tat weh. Gus Grissom hatte gesagt, der Weltraum sei es wert, seine Eroberung sei es wert, sein Leben zu geben. Und er war gestorben.

Das Abendessen war eine kurze und schweigsame Angelegenheit, hastig zubereitetes Backhähnchen, das Nedda bei sich »Streitschnitzel« nannte. Blass, trocken, geschmacklos. Ihr Vater stritt mittels Abwesenheit. Ihre Mutter stritt mittels Essen. In der Küche roch es nach Seetang.

Bevor Nedda ins Bett ging, schlug sie eine neue Seite in ihrem Heft auf und begann eine Liste unter der Überschrift *Beobachtungen*. Sie führte vom Morgen, von der Kälte, der Explosion bis zum Affen und dem Mixer. Das Wort *Affe* unterstrich Nedda drei Mal. Lange hatte sie geargwöhnt, dass das Gerücht mit den Affen gelogen war, aber heute hatte sie einen gesehen, er war echt gewesen, und sie hatte ihn nicht berühren können. Sie notierte die seltsame Himmelsfarbe. Neben *Entropie* malte sie drei Sternchen und ließ Platz für Notizen. Dann *Sekt-Wassertorte*. Sie blätterte um und schrieb die Namen der Astronauten auf. Sieben. Wie die *Friendship* 7. 7 Up. *Die Glorreichen* 7.

Sie blätterte wieder zurück.

Liebe Judy,
du bist Gas, Kohlenstoff und Sternensplitter. Du bist Hitze und Licht. Du breitest dich überall gleichzeitig aus wie das Universum. Nerven sind nicht so schnell wie Verbrennung, deshalb ging es bestimmt zu schnell, um wehzutun. Wenn es doch wehtat, ist es okay. Dein Licht wird den Mond erreichen. Es wird das Mondauto berühren, sodass es weniger einsam ist.
Liebe Grüße,
Nedda

1986: Die Hunde

Die Luft roch komisch. Zweimal Schnüffeln verriet Rebekah La Morte, dass zu viel Hundepisse darinhing. Normalerweise roch sie die Hundepisse nur, wenn es zu heiß wurde oder der Wind stark auffrischte, aber jetzt war es kalt und windstill. Es lag auch noch was anderes in der Luft; vielleicht kam es von dem Raumschiff, aber wer wollte schon darüber nachdenken, dass man das einatmete? Sie wuchtete sich einen Sack Hundefutter auf die Schulter und trat die Fliegengittertür mit dem Flipflop auf. Die Hunde wirkten auch komisch. Irgendwie flach. Nicht, dass Greyhounds jemals richtig was ansetzten, aber ein kranker Greyhound war nur Haut und Knochen und sah aus wie ein eingedrückter Vogelkäfig. Schnelle Hunde, aber fast aus Glas. Eine Explosion, nicht mal so schlimm wie ein Sturm, und sie waren völlig fertig. Ganz schlecht. Dieses Arschloch von Sanford wollte sie sich morgen ansehen.

»Jimmy, du hast sie doch gefüttert, oder?«

»M-hm.«

»Wie heißt das?«

»Ja, Mama, ich hab sie gefüttert. Und ihnen auch beim Fressen zugeguckt.« Ihr Sohn klang kieksig, bald kam er vermutlich in den Stimmbruch, was noch schlimmer machte, dass er eine Heulsuse war. Sein Vater hatte gar nicht den Eindruck gemacht, deshalb musste er es von ihrer Seite der

Familie geerbt haben. Ihre Mutter konnte ja einen Riesenradau veranstalten, wenn nötig, aber mein Gott, schämte sie sich, dass ihr Sohn eine Heulsuse war.

»Tja, pass auf sie auf. Morgen kommt ein Käufer, und die Hunde schleppen sich hier rum, als wären sie durch die Wüste gerannt.«

Die Welpen waren ein braun gestreiftes Knäuel, und sie hüpften nicht genug durch die Gegend, nicht so, wie sie sollten. Rebekah öffnete den Zwinger von Mama Girl, einen hohen Maschendrahtkäfig, und die Hündin humpelte heraus und warf sich vor ihre Füße.

Sie wäre auch müde gewesen, wenn sie sechs Welpen gehabt hätte. Immer nur einer auf einmal reichte dicke. Rebekah war nie glücklicher gewesen als an dem Tag, als Teresa geheiratet und sie endlich wieder ihr Badezimmer für sich gehabt hatte. Das Mädchen bestand halb aus Festiger und Haarspray, und für die Rohre war es die Hölle gewesen. An einem Haken im Bad hing immer noch eine aus einem Kleiderbügel gebastelte Abflussspirale. Jimmy machte sich nicht viel aus Waschen, abgesehen von einem Frotteelappen über der Küchenspüle, und sie drängte ihn bestimmt nicht dazu. Es gab nicht genug Duschen auf der Welt, um den Geruch von Hundezwingern loszuwerden. Besonders, wenn ein paar davon nicht besonders gut gereinigt wurden. In der hinteren Ecke von Mama Girls Käfig lag ein turmhoher Haufen Scheiße, ein deutlicher Hinweis darauf, was die Hündin für ihren letzten Wurf empfand.

»Jimmy? Hab ich dir nicht gesagt, du sollst die Zwinger ausspritzen?«

Ihr Sohn antwortete nicht. Aus der Küche war ein Scheppern zu hören, was bedeutete, dass er sich ein Sandwich schmierte. Na ja, immerhin etwas.

Die Welpen begann zu jaulen, und Rebekah sah auf. Der Himmel hatte ein komisches Gelb, und es roch nach Hurrikan. Das musste es wohl sein. Zu viel Wasser und Blitze in der Luft. Es war zwar die falsche Jahreszeit dafür, aber definitiv der richtige Himmel. Wenn sie ein Boot gehabt hätte, hätte sie es schleunigst an Land gebracht. Kein Wunder, dass die Raumfähre in die Luft geflogen war. Diese NASA-Idioten legten den Abschuss auf den Tag vor einem Hurrikan.

Mama Girl winselte. Ihr Gesicht war so lang gestreckt wie das von einem Pferd.

»Na gut. Sollen wir? Wir sollen.« Rebekah hob Mama Girl hoch und ächzte unter dem Gewicht.

»Jimmy, schwing deinen Arsch rüber und hilf mir, die Welpen reinzutragen. Sieht nach Sturm aus.«

Mama Girl jaulte, und Rebekah tätschelte ihr den Kopf, während sie sich mit der Tür abmühte. Doch der Hund winselte immer noch Richtung Teich.

Der Tümpel hinter dem Haus der La Mortes war zu klein, um See genannt zu werden oder eigentlich auch nur Teich. Rebekah betrachtete ihn gern als Loch, aber eigentlich war er nicht viel mehr als eine große Pfütze aus Easters Kanalisation. Statt Unerwünschtes in den Indian River fließen zu lassen, pumpte die Stadt es auf das Nachbargrundstück der La Mortes. Man konnte es auch *Überlaufbecken* nennen, aber welchen Begriff man sich auch aussuchte, es machte das Ding weder hübsch noch wohlriechend. An den meisten Tagen wimmelte es dort vor Mücken, Grashüpfern und einigen Libellen. Als Rebekah jetzt genauer hinsah, begriff sie, was Mama Girl störte. Es stiegen Wolken daraus auf, und das Schilf kräuselte sich und faulte. Es roch nach versengtem Gras. Versengtes Gras, während es draußen eisig kalt war. Wenn da nicht die Behörden was verbockt hatten, fraß sie einen Besen. Zähen Schlamm hatten die Stadtwerke früher schon auf das Grundstück gepumpt, aber noch nie was kochend Heißes.

»Jimmy, geht das Telefon immer noch nicht?«

»Nein.«

Zeit, sich auf den Weg zum Bürgermeister zu machen und ein bisschen Krach zu schlagen. Sie beäugte den Himmel, diese sturmgelbe Färbung. »Du bleibst morgen zu Hause.«

»Dann brauch ich aber eine Entschuldigung. Mrs. Wheeler hat gesagt, ich darf nicht mehr fehlen.«

»Von mir aus. Ich rede mit ihr, aber du gehst nicht.«

Der Hund winselte, und sie trug ihn ins Haus und hielt die Tür offen, während Jimmy hinaus zu den Welpen stolperte.

Ihr Sohn sah aus wie sein Vater, Eddie Ingram, obwohl das niemand sagte – vor allem nicht Eddie, der verheiratet war. Eddie kriegte immer noch jede Menge Frauen ab, obwohl er allmählich aussah wie Stockfisch und auch ähnlich schlecht roch. Aber wenigstens war für Rebekah Jimmy dabei rausgesprungen, und das war das einzig Positive an der ganzen Sache.

Jimmy rannte herein, ein Welpe schnüffelte an seiner Armbeuge. Es war einer der Kümmerlinge, der, den er Fledermaus nannte, weil seine Ohren wie Flügel abstanden. Nette Jungs konnten gut mit Tieren umgehen. Harte Jungs konnten sie weggeben. Nett und hart? Das war schon was. Sie wünschte, sie könnte Jimmy Fledermaus behalten lassen, aber der Hund brachte gutes Geld, weil Mama Girl starkes Blut hatte. Dieser Welpe würde mal schnell, egal, wie groß er würde.

Vielleicht ließ sie ihn von Mama Girls letztem Wurf

einen behalten und trainieren, eine Hündin für seine eigene kleine Zucht nebenbei. Ein Welpe wollte ihr in den Kragen kriechen, knabberte mit Zähnchen daran, die zu klein waren, um einem bereits völlig kaputten Van Halen-T-Shirt noch etwas anhaben zu können. Sie schob zwei seiner Geschwister in ein Hundekörbchen unter der Küchenspüle. Auf dem Linoleum konnten ihre Krallen nicht viel Schaden anrichten, und das Pipi war leicht aufzuwischen.

»Mama?«

»Was ist denn, Hase?«

»Ich glaube, der Teich kocht.«

Da begannen wie weinende Säuglinge die Frösche zu schreien, ein Geräusch, das Rebekah La Morte bis zu ihrem Tod nicht mehr vergessen sollte.

1986: Blutergüsse und Kassetten

Es war ein bestimmtes Schaben zu hören, das bedeutete, Denny war auf dem Spalier. Er hatte an dem Tag angefangen, daran hinaufzuklettern, an dem er gelernt hatte, auf Bäume zu klettern. Normalerweise klopfte er nicht, aber Nedda hatte wegen der Kälte das Fenster geschlossen. Sie riss die Augen auf, als sie ihn sah. Von der Wange bis quer über den Nasenrücken erstreckte sich ein Bluterguss, und sein rechtes Auge war zwar nicht ganz zugeschwollen, aber es fehlte nicht viel.

»Scheiße noch mal. Was ist denn passiert?«

»Darf ich reinkommen?«

»Klar, aber sei leise.« Unten in der Küche schepperte Betheen mit den Töpfen. Sie mussten die einzige Familie in Easter ohne Spülmaschine sein. »Was ist mit deinem Auge los?«

»Nichts.«

»So sieht es aber nicht aus.« Unter der Stirn und auf der Wange waren dunklere Punkte, die an die tiefe Kuhle erinnerten, die Betheens Faust beim Kneten im Teig hinterließ.

»Ist nicht schlimm.«

»Wieso willst du es nicht sagen?«

»Wieso hast du Jimmy La Morte Wichser genannt?«

»Von mir aus, dann sag es eben nicht. Mir doch egal.« Wie hatte er davon erfahren? Wenn sie wollte, würde Denny Jimmy ein blaues Auge schlagen, so schlimm wie sein eigenes. Er durfte Dinge, die sie nicht durfte, hauen, treten, jemandem wehtun, wenn es ihm recht geschah. Und wenn sie ihn darum bäte, würde er es auch tun. Aber Jimmy zu ertragen, war leichter, wenn sie nicht über ihn sprach, nicht an ihn dachte.

Denny setzte sich mit seinen spitzen Knochen im Schneidersitz auf den geflochtenen Vorleger. »Wahrscheinlich mag er dich nicht, weil er sitzen geblieben ist und du übersprungen hast.«

»Kann sein, aber du bist auch sitzen geblieben und magst mich trotzdem.«

»Klar. Aber du bist cool, und ich weiß, dass ich dumm bin. Jimmy ist *so* dumm, dass er es nicht weiß.«

Sie hasste es, wenn er solche Sachen sagte. »Du bist nicht dumm.«

»Dann bin ich eben faul. Hast du deinen Vater nach dem Affen gefragt?«

»Wir haben über andere Sachen geredet.«

»Nämlich?« Mit noch vom Pick-up schmutzigen Fingernägeln zupfte er an einem Faden aus dem Vorleger.

»Was passiert, wenn man stirbt.«

»Das ist einfach«, sagte er. »Man kommt in den Himmel oder in die Hölle. Außer man ist Jude. Josh Ast sagt, Juden glauben nicht an Himmel und Hölle. Wetten, die sind total überrascht, wenn sie dort landen. Stell dir vor, wie sauer du wärst, wenn du tot bist und merkst, dass du voll danebengelegen hast.«

Judy Resnik war Jüdin, und Nedda glaubte nicht an Himmel oder Hölle. Wenn ihr Vater recht hatte, wurden Menschen, die starben, einfach zu Gedanken, die wie Licht durchs Universum flogen, fortbestanden. Es war traurig, aber irgendwie auch nicht. Sich über Dinge sicher zu sein, wie Denny es war, erschien ihr leichter. »Glaubst du, in der Batterie von dem Pick-up bei Mr. Pete ist noch Saft? Vielleicht hat der Affe einen Stromschlag gekriegt.«

»Ach, ich weiß nicht. Autobatterien entladen sich, wenn man nicht fährt, und Kälte tut denen auch nicht gut.«

Das Telefon hatte den ganzen Tag mal funktioniert und mal nicht, daher erschrak Nedda, als der Apparat in der Küche nun klingelte. Manchmal telefonierte Betheen abends stundenlang mit Tante June, aber normalerweise rief niemand nach neun Uhr an. Nedda legte das Ohr an die Tür. Denny kroch neben sie und stieß sich den Kopf am Pfosten an. Einzelne Wörter gingen auf der Treppe verloren.

»Nein«, sagte Betheen. »Du weißt doch, dass wir ihn gern hier haben. Natürlich. Und du hast ihn geschickt? Gut. Wie geht's dir?« Es war nicht Tante June. Tante June hatte Hörgeräte so groß wie Trompetenschnecken, und man musste sich die Seele aus dem Hals schreien, wenn man mit ihr sprach. »Nein, das macht keine Umstände. Theo wird es nicht stören. Er bemerkt es bestimmt kaum.«

Damit endete das Gespräch. Denny lag auf dem Boden und drückte sich die Hand aufs Auge.

»Tut's sehr weh?«

»Ja, aber nicht so schlimm, wie wenn man von einem Baseball getroffen wird.« Im letzten Frühjahr war ihm im Sportunterricht einer ins Gesicht geflogen. Er war stolz darauf gewesen, dass sich die Nähte auf seiner Wange abgezeichnet hatten. In diesem Bluterguss zeichneten sich Fingerknöchel ab.

Neddas bisher schlimmste Verletzung war ein gebrochener kleiner Zeh gewesen, als sie in dem Baumhaus hinter Haverstone House durch ein morsches Brett gebrochen war. Auf Denny gestützt war sie den ganzen Weg zu ihm nach Hause gehumpelt, wo seine Mutter ihren kleinen Zeh mit Heftpflaster an den anderen festgeklebt und sie mit einem Eisbeutel aufs Sofa gesetzt hatte. »Wenn Betheen schläft, hole ich Eis.«

»Vielleicht können wir den blauen Fleck aufschneiden wie in *Rocky*. Angeblich hilft es gegen die Schwellung, wenn das Blut abfließen kann.«

»Meine Mama bringt mich um, wenn wir Blutflecke auf den Teppich machen.«

»Okay, dann nicht. Hey, darf ich deine Missions-Embleme sehen? Du hast doch auch Bilder, oder?«

»Ja«, sagte sie.

»Unser Fernseher ist kaputt, und irgendwie will ich sie noch mal sehen.«

»Komisch, unser Fernseher ist auch kaputt.«

»Ja, und ein paar Lampen gehen auch nicht. Papa sagt, die NASA hat wohl was durchgeschmort.«

»Kann sein.« Nedda holte ihre Tupperdose mit den Missions-Abzeichen und breitete sie auf dem Vorleger aus. Die gestickte Erde von Mercury 6 lag neben dem Planwagen von Gemini 5. Dann die Apollos. Sie strichen mit den Fingern über Namen, Skylab, Apollo-Sojus, gefolgt von den Shuttles. Dann gab es keine echten Abzeichen mehr, nur noch Zeichnungen. Nedda legte den Finger auf den Apfel von 51-L. Den blöden Apfel.

»Glaubst du, es hat wehgetan? Ich wette, es ging zu schnell.«

Es war blöd, dass etwas so schnell explodieren konnte. Blöd, dass ein ganzes Raumschiff und alle darin nicht mehr da sein konnten. Bumm. »Ja, es ging zu schnell.«

»Gut.« Er hielt ein Emblem gegen das Licht. Mercury 6, John Glenn.

Das verzogene Brett auf der zweiten Stufe knarzte. Sie warteten darauf, dass Betheen vorbeiging, aber am oberen Treppenabsatz blieb sie stehen.

Nedda schob Denny unter das Bett. »Versteck dich.«

Denny gehorchte hastig und zog die Überdecke nach unten. Nedda ließ die Beine über die Matratzenkante baumeln.

Als Betheen die Tür öffnete, klemmte etwas unter ihrem Arm, was im Halbdunkel nicht zu erkennen war. »Nedda, ich habe heute Morgen gewaschen. Im Schrank sind frische Handtücher und Bettzeug. Das muss gewechselt werden.«

»Ja, Mama.«

Betheen stand halb im Zimmer, halb draußen.

Sie waren noch nie erwischt worden. Ihr Vater ging erst mitten in der Nacht ins Bett, da war Denny immer schon lange weg. Manchmal besuchte Nedda ihn noch in seinem Arbeitszimmer und fragte ihn, woran er arbeitete, und er erzählte ihr von Molekülen, die umeinanderglitten wie Tänzer, dass manche Tänze eng waren wie ein Walzer, andere mit großem Abstand ausgeführt wurden wie Squaredance.

»Also gut.« Betheen nahm das Päckchen unter ihrer Achsel heraus und warf es Nedda zu.

Kälte verbrannte ihr die Finger. Tiefgefrorene Erbsen.

»Leg das auf sein Auge. Das ist gut bei Blutergüssen«, sagte sie. »Seid nicht so laut und bleibt nicht zu lange auf. Und lass deine Embleme nicht rumliegen, sonst verlierst du sie noch. Morgen probieren wir die Sekt-Wassertorte aus, einverstanden?«

Betheen schloss die Tür hinter sich.

Dennys Atem war heiß an ihren Fersen. »Werden wir ausgeschimpft?«

»Nein, leg die einfach auf dein Auge.« Sie ließ die Tüte auf den Boden fallen und ging Bettzeug und eine Decke holen.

»Jawoll, Chef«, sagte er ohne Schärfe im Tonfall.

Eigentlich hätte sie schimpfen müssen, aber Betheen hatte fast nett gewirkt. Sie war heute seltsam. Vielleicht war es auch für sie schlimm gewesen, die *Challenger* zu sehen. Nedda gab Denny ihr zweites Kissen; eins landete ohnehin immer zusammen mit ihren Socken auf dem Fußboden.

»Fühlt sich an, als würden mir die Augen einfrieren.« Denny behielt die Erbsen auf dem Gesicht.

»Innen ist dein Auge sowieso wie Gelee, also stimmt das irgendwie.«

»Cool.«

»Du kannst das Bett haben, wenn du magst«, bot sie ihm an. »Mir macht es nichts aus, auf dem Boden zu schlafen. Von da aus kann man die Sterne an der Decke besser sehen.«

»Nee, Boden reicht mir. Aber weck mich früh, ja? Papa wird stinksauer, wenn wir nicht alle zusammen frühstücken.«

»Ist gut.« Desmond Prater hatte Hände, die so groß wie Baseballhandschuhe waren und von der jahrelangen Arbeit auf der Plantage genauso hart. Der Bluterguss war groß genug. »Ich glaube, es werden eine Zeit lang keine Shuttles mehr starten«, sagte sie. »So war es nach Apollo 1.«

»Das ist doch blöd.« Denny warf die Erbsen auf Neddas Arm. »Aber wetten, es dauert nicht so lange. Man kann kein Raumfahrtzentrum ohne Raumfahrt haben.«

»Genau.«

»Das ist das Gute an der Plantage. Sie wächst einfach, und Orangen brauchen die Leute immer.«

Das stimmte. Andere Plantagen an diesem Teil des Indian River waren vom Staat aufgekauft worden, als das Militär und die NASA hierherverlegt worden waren. Prater Citrus verweigerte sich noch als letzte und hatte mittlerweile drei verheerende Fröste und einen Weltraum-Boom überlebt. Denny war ein Prater, deshalb war es keine Frage, was er einmal werden wollte. Er hatte Glück, dass er die Plantage auch mochte. Es hatte etwas Fröhliches, dass der eigene Schweiß dadurch nach Grapefruit roch.

Sie blätterten durch die Freddy-Kruger-Ausgabe der *Fangoria*. Mit Klebstoff, Farbe und Mastix konnte Nedda ihre Haut genauso aussehen lassen, und es wäre besser als die gekauften Gummimasken, und zum nächsten Halloween konnten sie und Denny dann als Freddy gehen. Beim letzten waren alle Mädchen in Easter als Katzen, Cheerleader oder Prinzessinnen gegangen und Tricia Villaverde als Fee mit Flügeln, die ihre Mutter aus Frischhaltefolie gebastelt hatte. Freddy war besser.

»Zwei Freddys ist komisch«, sagte Denny.

»Dann geh du als Jason.« Wenn es ihr Bastelzeug war, dann durfte Nedda ihrer Meinung nach sein, wer sie wollte.

»Jason ist doof.«

»Tja, es ist mein Kleber.«

»Und meine Zeitschrift«, sagte er.

Nedda grinste und schlug ihm damit auf den Arm. »Nicht, solange ich sie habe.«

Denny lehnte sich ans Bett. »Was macht eigentlich die Maschine von deinem Vater? Wie ist die so?«

»Sie soll wohl Entropie verlangsamen oder beschleunigen, also die Zeit oder so.«

Bei dem Wort *Entropie* machte er ein Geräusch.

»Ich zeig's dir. Hol mir *E*.« In dem Bücherregal neben

ihrem Schreibtisch standen die leuchtend roten Rücken des Lexikons, das Betheen ihr zwei Jahre zuvor gekauft hatte. Nedda hatte angefangen, es zu lesen, wenn sie nicht schlafen konnte, und festgestellt, dass sie nicht mehr aufhören wollte. Sie hatte bei Z angefangen und sich rückwärts weitergearbeitet, und bis zum Ende des Schuljahres wollte sie fertig sein.

Denny drückte ihr den Band in die Hand. »Lies du«, sagte er. »Mein Auge tut weh.«

Außerdem war es leichter für sie. Sie setzte sich neben ihn, das Buch auf den Knien.

In dem Lexikon stand eine abgewandelte Version von dem, was ihr Vater gesagt hatte, aber sie musste zwischendurch kurz überlegen, was sie überspringen und was sie erklären sollte. Sie notierte sich das Wort *Thermodynamik* in ihr Heft, nur für alle Fälle. Am Schluss des Eintrags war noch ein Querverweis. *Siehe auch: Zeitpfeil.* Sie holte sich Z.

»Es ist nett von deiner Mutter, dir ein Lexikon zu schenken.«

»Das hat sie nur, weil ich keinen Easy-Bake-Ofen wollte.«

»Ja, aber die kann man auch im Geschäft kaufen. Ein Lexikon muss man extra bestellen. Ich wette, dass es auch mehr kostet.«

»Kann schon sein.«

»Es ist nett von ihr, dass ich übernachten darf«, sagte er.

Ich lasse dich übernachten, dachte Nedda. Sie konnte ihn wegschicken. Würde sie zwar niemals tun, konnte sie aber. Sie blätterte durch den Band. Er hatte mehr gekostet als ein Kinderofen. Das Lexikon war zu viel gewesen, ein peinliches Geschenk, das sich wie eine Entschuldigung angefühlt hatte. Es wurde von einem erwartet, seine Mutter zu mögen. Sie mochte Mrs. Prater. Betheen war einfach anders. Sie war wie eine Zuckerblume, knackig und süß, aber nicht im positiven Sinne.

Neddas Blick landete auf einer Zeile.

> Mit fortschreitender Zeit steigt die Unordnung in einem geschlossenen System an und schafft ein Ungleichgewicht. Die Erforschung des Ungleichgewichts und der Unordnung in einem System kann genutzt werden, um innerhalb dieses Systems zwischen Vergangenheit und Gegenwart zu unterscheiden.

Nedda saugte an ihrem Zopf. Ihr Vater hatte gesagt, in einem perfekten System könnte man zwischen Vergangenheit und Gegenwart nicht unterscheiden.

»Hast du was gefunden?«

»Vielleicht«, sagte sie. »Was würdest du tun, wenn du die Zeit anhalten könntest?«

»Das ist leicht. Zu dem Feuerwerksladen in Renlo gehen und ihn ausräumen, ohne erwischt zu werden. Bis jemand merken würde, dass wir das waren, könnten wir alles am Mauna Kea abgebrannt haben.«

»Es wäre witziger, wenn wir es in dem Tiki-Kopf anzünden würden.«

»Ja, als würde er Feuer spucken. Vielleicht würde das die restlichen Affen dort aufscheuchen und sie würden anfangen, Gesichter aufzureißen.«

»Das machen die nicht, glaube ich. Das Äffchen war viel zu klein.«

»Kann sein«, sagte Denny. »Aber es wäre toll, wenn man die Zeit zurückdrehen könnte. Wenn man was kaputt gemacht hätte, könnte man einfach auf Anfang spulen, und es wäre wieder ganz. Man könnte alles Mögliche zurücknehmen, und niemand außer einem selbst wüsste davon, oder? Die *Challenger* könnte wieder ganz sein und alle noch am Leben.«

Was, wenn alles falsch wieder zusammengesetzt wurde und Mensch sich mit Maschine mischte, ein verdrehtes Durcheinander von Fleisch, Keramik und Metall? »So funktioniert das, glaube ich, nicht.«

»Warum nicht? Könnte es doch.«

»Ist einfach so.« Wenn man eine Kassette oft genug vor- und zurückspulte, wurde das Band dünn oder knittrig. In ihrem Hals steckte etwas Schmerzhaftes, wie ein Stern, und sie wünschte, Denny wäre gar nicht gekommen. Woraufhin sie ein schlechtes Gewissen bekam.

»Mein Auge tut weh. Ich mach es mal ein Weilchen zu.« Er zog sich die Decke über die Schultern und rollte sich auf dem Boden zusammen. »Kannst du bitte die Jalousie runterziehen? Es ist echt hell da draußen.«

Es war wirklich hell. Mehr Sonnenuntergang als richtige Nacht und auch die falsche Farbe für Januar. Bibbernd zog sie an der Jalousie. Von überall her kam Kälte, durch das Dach, die Fenster, selbst durch den Fußboden, obwohl Kälte so etwas eigentlich nicht machte. Außerdem sollte der Winter hier auch nicht so sein. Man sollte nicht in einem Wollpulli schlafen wollen, und es kam nur selten vor, dass man die Heizung anschalten musste, aber schon den ganzen Monat hatte es nach versengtem Staub auf Radiatoren gerochen.

»Mein Vater sagt, man könnte seine Maschine als Energiequelle für Raumsonden und so benutzen, aber ich bin mir ziemlich sicher, dass er sie an seinen Händen ausprobieren will. Er will sie heilen oder zumindest verhindern, dass sie noch kränker werden.«

»Das ist cool«, sagte Denny. Ihm hatten die Hände ihres Vaters nie Angst gemacht, auch nicht der Ausschlag, wenn er schlimm war. Er drückte die gesunde Gesichtsseite in das Kissen. »Wenn der Affe nicht tot ist, kannst du ihn haben. Ich schenk dir den Papageienkäfig.«

»Danke.« Sie schob die Lexika ins Regal zurück.

An manchen Abenden starrte sie die lose Ecke ihres Klebemonds an und wünschte sich etwas, ein Stockbett oder einen Bruder, mit dem sie sich ein Zimmer teilen konnte. Vielleicht führten solche Wünsche dazu, dass der beste Freund dann mit einem blauen Auge auf dem Fußboden lag. Vielleicht war es, wie vor Ablauf der zwei Minuten das Zählen zu unterbrechen.

Sie sah an die Decke und versuchte zu tun, als wären ihre aufgeklebten Sterne echt, aber immer wieder musste sie an eine Kassette denken, die man anhielt, zurückspulte, vorspulte, bis das Band so dünn und brüchig wurde, dass es riss.

An Bord der Chawla

Jewgeni befestigte sich mithilfe der Magnetschnallen an Neddas Kabinenwand, wodurch er eigenartig aussah, als säße er in der Luft. Der Text auf seinem Reader war so stark vergrößert, dass man ihn wahrscheinlich von der ISS aus hätte lesen können.

»Es gibt keine Entschuldigung für die Spannungsspitzen«, sagte er. »Das ist keine neue Technologie. So ein Problem hätte schon vor Jahrzehnten bei den Prototypen beseitigt werden sollen.«

»Schlamperei, Sparmaßnahmen. Wir sollten nicht mal auf der *Chawla* sein, wir sollten auf einem Raumschiff sein, das Schwerkraft hat und mit dem man sich schön Zeit lassen kann. Dinge ändern sich, wenn man gehetzt wird. Dinge gehen schief«, sagte Nedda. Ein Raumschiff mit Schwerkraft hätte es ihren Körpern leichter gemacht. Hätte ihnen zusätzliche Jahre für die Aufzucht der Nutzpflanzen an Bord verschafft. Aber die Kolonisierungsmission war einem Zeitplan unterworfen: Betreten des Zielplaneten bis zum Ende des Jahrzehnts. Dürren, Buschbrände und das Versinken Manilas hatten den Druck nur weiter erhöht. Der Klimawandel hatte den technischen Fortschritt zu guter Letzt eingeholt und überrundet.

»Da. Sag mir, was da steht.« Jewgeni tippte auf ein Wort.

»Strontium.«

Er sagte etwas Unflätiges auf Russisch und klatschte sich aufs Bein. Durch den Schwung löste sich eine Schnalle von der Wand, und er zappelte wie eine Schildkröte auf dem Rücken. »Es müsste Plutonium sein.«

Strontium war billiger, leichter erhältlich, aber nicht das, wofür Amadeus kalibriert war. Die Strahlungsleistung und die Hitze waren anders. »Wissen wir, wie viel wir davon haben?«

»Der Masse nach ungefähr das Gleiche. Unterwegs dürfte es eigentlich keinen Unterschied machen.«

»Aber nach der Landung schon.« Wenn *Chawla* ihr Zuhause, wenn das Lebenserhaltungssystem am wichtigsten wäre, wenn sie die ersten Siedlungsgebäude errichten würden.

»Genau.«

»Und was haben die Spannungsspitzen zu bedeuten?«

»Vielleicht nichts, vielleicht, dass sich unser Lebenserhaltungssystem im All abschaltet. Eins von beidem.«

»Mist.« Sie rieb sich die Augen, obwohl dadurch nichts klarer wurde. Es ähnelte einem klassischen amerikanischen Energieeffizienz-Schwindel, aber ein Austausch gegen Strontium erinnerte irgendwie an Osteuropa. »War das jetzt dein Staat oder meiner?«

»Das ist unerheblich. Wir gehören zu keinem von beiden mehr. Wir sind ein Staat aus vier Menschen, was uns effektiv macht. Das hier ist ein mechanisches Problem. Wir. Können. Es. *Reparieren.*« Er pikste ihr in die Schulter.

»Ich rechne es mit Amit durch, vielleicht können wir ein Schema erstellen.«

Marcanta steckte den Kopf herein. »Hey, Papas. Wollte nur noch mal nachfragen: Muss ich irgendwas Spezielles über die Hydro wissen, während du weg bist?«

»Steht alles in den Laborbüchern. Aber vielleicht behältst du den Hafer im Auge. Vor zwei Wochen habe ich an den Stickstoffwerten rumgedoktert.« Gräser und Getreide brauchten Fläche, vernünftigen Boden. Hafer war eine Wunschsorte. Hoffnungsbotanik.

»Du, Wodka-Wesen, raus hier. Es wird Zeit, die alte Dame ins Bettchen zu bringen«, sagte Marcanta.

»Du stänkerst ja nur, weil du ohne mich nicht leben kannst«, sagte Jewgeni, während er sich in den Korridor zog.

»Ja, weil du das Lüftungssystem in Gang hältst.«

Nedda schnallte sich im Schlafsack fest und pumpte ihn auf. »Du brauchst mich nicht zuzudecken. Aber danke.«

»Weiß ich. Ich würde nur nicht wollen, dass er mir, kurz bevor ich schlafen gehe, die Ohren über versagende Lebenserhaltungssysteme abkaut. Singh wird rechnen, Jewgeni tüftelt die Logistik der Reparatur aus, und ich sorge dafür, dass wir in der Zwischenzeit nicht an unseren eigenen mutierten Bakterien sterben. Ach ja. Und ich mache deine Augen wieder gesund. Ein Kinderspiel. Kein Grund zur Sorge.«

»Dein Umgang mit Patienten ist fantastisch.«

»Weiß ich. Ich bin die geborene Heilerin. Streck die Beine aus. Wir wollen doch nicht, dass du dir die Adern abklemmst. So ist es brav.«

Der Schlafsack presste Körperflüssigkeiten aus den Extremitäten zurück in die Mitte. Zuerst hatte der Druck gekribbelt wie Ameisen, aber allmählich war das rhythmische Pulsieren zum Einschlafen genauso notwendig geworden wie Dunkelheit. Leider brachte er für die Augen nur wenig. Jewgenis Sehkraftverlust verlief zwar ungewöhnlich schnell, aber auch Neddas Welt sah mittlerweile deutlich weichgezeichneter aus. Trotz der Druckanzüge, Kontaktlinsen, Brillen und Schlafsäcke schritt der Astigmatismus voran.

»Wenn ich wieder auf bin, testest du meine Augen, okay?«

»Klar.«

Die Schlafwochen dienten dazu, den Sehkraftverlust zu verlangsamen und die Zeit schneller vergehen zu lassen, wodurch sich eine fünfjährige Reise nur halb so lang anfühlte. Das sollte die Moral der Besatzung stärken; weniger wache Zeit bedeutete weniger Zeit, Abneigung gegen die Kollegen zu entwickeln, und weniger Zeit, um in die Dunkelheit des Alls zu sehen, zu dissoziieren, sich zu verlieren.

»Möchtest du zu was Bestimmtem wegdämmern?«

Marcanta war gut in kleinen mütterlichen Gesten, was Nedda nie so richtig gekonnt hatte. »Ja. Meinst du, jemand kann die Beach Boys ausbuddeln?« Sie waren viel zu alt für Marcantas Musikrepertoire, viel zu alt sogar für Nedda, aber sie wollte sie trotzdem hören.

»Ich habe sie nicht, glaub ich, aber ich möchte wetten, dass ich weiß, wer sie hat. Jewgeni mag so komisches Zeug. Bin gleich wieder da.«

Komisches Zeug. Marcantas Beleidigung tat nicht weh, vielleicht, weil sie lächelte und es offenbar aufrichtig meinte. Vielleicht, weil sie beim Lächeln Zähne zeigte.

Nach ein paar Minuten kam sie zurück und schob einen kleinen schwarzen Chip in den Bildschirm. »Es kann losgehen. Brauchst du sonst noch was?«

»Du bist so nett zu mir. Brauchst du was?«

»Du bist meine Vertretung; ich sollte besser nett zu dir sein, oder? Außerdem bringe ich wahrscheinlich den Hafer um.«

»Das ist es nicht.«

»Ich kann nachvollziehen, wie es dir mit dem Schlafen geht. Dieses Kontrollding. Ich dachte, ich könnte es dir leichter machen.«

»Danke. Kannst du mich bitte anschließen? Ich hole mir immer blaue Flecken.«

»Beim nächsten Mal machst du es bei mir. Du musst es sowieso lernen.« Aus irgendeinem Grund waren Marcantas Hände nicht ausgetrocknet. Ihre Finger waren feingliedrig und zart, und Nedda spürte es kaum, als ihr Arm an den Tropf gehängt wurde. »Träum was Schönes.«

»Gute Nacht, Louisa.« Nedda schloss die Augen. »Spiel die *Pet Sounds.*«

Nach kurzem Suchen begann die vertraute Melodie und summte durch ihre Herzkammern. *Wouldn't it be nice?*

Der NASA war bekannt, dass sie lieber nicht schlafen würde. Nedda hatte Dr. Stein gesagt, dass sie doch schon genug Zeit verpasst habe, noch mehr mache ihr Angst. Dr. Stein hatte eingewandt, es könne die Furcht lindern, wenn man wisse, dass ein Zeitsprung bevorstehe.

»Dann fehlt mir noch mehr von meinem Leben«, hatte Nedda gesagt. Es war unmöglich zu erklären, worin dieser Verlust bestand, den Schmerz oder auch die Wut, wenn jemand behauptete zu verstehen, jemand, der nicht die geringste Ahnung hatte. Dr. Stein deprimierte sie; ihre Stimme, ihre weichen Gesichtszüge, ihr schwer zu bestimmendes Alter – all das brachte Nedda gegen sie auf.

Dr. Stein hatte gesagt: »Fehlt Ihnen etwas, oder ist Ihr Leben einfach nicht so linear verlaufen, wie Sie es erwartet haben?«

»Warum stellen Sie Fragen, die sich selbst beantworten?«

»Weil Sie sich weigern, sie zu stellen.«

»Sie kriegen viel Geld dafür, uns zu zerpflücken.«

»Ja, stimmt.«

»Ich muss die Schlafzyklen mitmachen, oder?«

»Ja.«

Sie schlief nach Plan, weigerte sich aber, so zu tun, als würde sie es genießen oder als würde es helfen oder sich auf die Beziehungen innerhalb der Crew oder die Angst auswirken. Die Wissenschaft verlangte, dass sie sich in die Schlafwochen fügte. Sie war Probandin einer Studie, und die Bedingungen mussten innerhalb einer Studie für alle gleich sein; die anderen schliefen, also musste sie ebenfalls schlafen.

Ein niedrig dosiertes Muskelrelaxans. Ein Hypnotikum. Ein Beruhigungsmittel. Flüssignahrung.

Aus den Lautsprechern in Neddas Kabine plätscherten die Beach Boys, während das Beruhigungsmittel ihr allmählich den Schrecken vor dem Zeitverlust nahm. Zeit war der Grund für alles, ein weiteres Thema, das sie gegenüber Dr. Stein nicht ansprechen konnte. Dann versetzte sie die Mischung aus Hypnotikum und Muskelrelaxans in einen Schwebezustand, körperlos und verloren.

Sie träumte und baute die Stadt wieder auf, nach der sie sich sehnte, die Orte, an die sie sich erinnerte, und was dazwischen geschehen war. Als Kind hatte sie mit Stickgarn und Zahnstochern sogenannte Gottesaugen gebastelt. Das Wickeln sollte Kinder angeblich ruhig und still machen. Erzwungene Träume wickelten sich auf wie dieses Garn.

Von oben sah sie auf eine von Kudzu überwucherte Miniaturstadt. Streichholzstraßen führten von Mims und Titusville nach Easter und verschwanden im Dickicht. Ihr wurde unbehaglich zumute. Sie näherte sich dem Boden, schwebte über Geflüster, prallte gegen die Schallwellen eines Lkw-Fahrers, der einem Freund erzählte, er habe bei McIntyre in Easter angerufen, um sich abschleppen zu lassen, aber niemand habe abgenommen; Stimmen aus dem Landesinneren, die von nicht ausgeführten Aufträgen berichteten; aus Gainesville die Nachricht, dass schon länger niemand was von Großtante Ginny gehört habe.

»Weltraumtorte«, sagte eine ältere Stimme, dünn und trocken. »Kokosnuss, Marshmallows und Zitrone, mit silbernen Sternen. Die gab's nur im Bird's Eye in Easter. Warst du schon mal da?«

»Gottchen, das ist ewig her.«

»Kann mich nicht erinnern, wann ich das letzte Mal da unten gewesen bin.«

»Ja, Ginny kann nicht so gut mit Leuten. Ich nehme an, sie schmollt wegen irgendwas. Die ruft schon wieder an, wenn ihr danach ist.«

»Ich musste den Zulieferer wechseln. Prater kommt einfach nicht und geht auch nicht ans Telefon.«

Ihr Blick senkte sich auf ein Haus, ein kleines grellbuntes viktorianisches Gebäude, und zwei Kinder, nicht größer als Kellerasseln, die daran vorbeigingen.

Sie sah mit an, wie die Stadt sich dem Blick der Welt entzog, wie sie verschluckt wurde, wie die Straßen überwuchert wurden, wie der Asphalt aufplatzte, erschüttert von der Vegetation, die zurückforderte, was ihr einst gehört hatte. Nedda wollte die Orangen riechen, aber der Traum ließ das nicht zu.

Sie versuchte, die Augen zu verschließen vor den Jahren der Hurrikans und den Autos, die sich neue Wege um ihr Städtchen suchten. Lastwagen folgten Straßen, die sich abspulten wie Garn.

Es war leicht, vergessen zu werden.

1986: Dämmerung

Theo schaltete den Geigerzähler an und lauschte dem Klicken der natürlichen Strahlung im Raum. Es war die einfachste und grundlegendste Sicherheitsvorkehrung. Die radioaktiven Proben, die er für Crucible benutzte, lagerten in einer beschichteten Dose in einem kleinen Kühlschrank. Natürlich war dieser Kühlschrank nicht strahlensicher, aber er beschwichtigte den Hausmeister, der irgendwie auf die Idee gekommen war, dass Isotope »schlecht werden« könnten. Theo drehte ein paar Runden, notierte sich Messwerte und zog sich dann die Schutzkleidung über. Es war paradox, dass die Arzneimittelfirma, von der er die zahllosen Hautmedikamente bezog, die ihn wahrscheinlich irgendwann vergiften würden, ebenfalls die bleigefütterte Weste und die Handschuhe lieferte, die er trug, um sich *nicht* zu vergiften. Die Cäsiumprobe hatte nur ein einziges Mikrocurie, in Wasser aufgelöst, leicht zu transportieren in einem perfekten kleinen Behälter in der Form von Betheens Mehldosen. Dicht verschlossen. So sicher, wie Radioaktives eben sein konnte.

Der Geigerzähler knisterte und zwitscherte wie ein Delfin, als er den Messwert des Cäsiums ablas. Auch das war im Normalbereich. Das Geräusch machte ihn ganz aufgeregt, ein Summen des Lebens. Noch einmal notierte er sich die Zählerstände im Raum, nachdem die Probe sicher hinter der Tür in der Kugel von Crucible verstaut war.

In den Gängen war es still. Das war um sechs Uhr morgens zu erwarten, aber die Ruhe gab Theo das Gefühl, dass er der einzig lebende Mensch war, dass dies das einzig brennende Licht und er und Crucible ganz allein waren. In praktischer Hinsicht bedeutete das frühe Arbeiten vor allem weniger Menschen, die Geräte benutzten, und damit ein geringeres Risiko, das Gebäude durch einen Kurzschluss lahmzulegen. Wieder mal.

Er ignorierte das leichte Stechen in der Hand und legte den Schalter um.

Dieses Gefühl, seine Maschine zum Leben erwachen zu sehen, hatte er nie richtig beschreiben können. Ein- oder zweimal hatte er es mit Liebowitz erlebt, wenn sie Satellitenstarts beobachteten, aber das war nicht speziell ihre eigene Arbeit und die Begeisterung daher gedämpft gewesen.

Die Beine der Maschine begannen sich zu drehen wie der Rock einer Tänzerin. Langsam, dann immer schneller, sodass Luft durch das Labor gedrückt wurde, durch Theos Haare. Eine kalte Brise. Er notierte sich die Zeit, schrieb Beobachtungen auf. Ein Temperaturrückgang von zwei Grad. Dann entstand Licht.

Zuerst dachte er, es dränge durch die Dichtung in der Tür, aber es wuchs an, und es stammte nicht aus dem Inneren der Kugel, sondern kam von der Kugel selbst. Das Metall strahlte Licht ab, erzeugte Photonen. Er schrieb, so schnell es seine Hände zuließen, vermerkte die Beschaffenheit des Lichts – zitronenähnlich, klar – sehr unwissenschaftlich, aber Adjektive, die ihm später als Anhaltspunkte dienen konnten. Das Ticken in seinem Herzen beschleunigte sich. Sechs Uhr fünfzehn. Die Beine leuchteten jetzt ebenfalls. Plötzlich sah er vor seinem geistigen Auge einen Kürbis, der sich in eine Kutsche verwandelte, Trübheit, die zu Licht und

Staunen wurde. Crucible wirbelte im Kreis herum und verschwamm vor Theos Augen, ein brennendes Leuchtfeuer.

»Ich weiß, dass du deine Projekte für deine Kinder hältst«, hatte Betheen einmal gesagt. Aber so war es nicht. Das müsste sie eigentlich wissen. An diesem Morgen war er an ihrem merkwürdigen Experiment vorbeigelaufen, einer Schüssel mit einer gelartigen Masse, aus der sie etwas zu gestalten entschlossen war. Betheen müsste doch verstehen, wie er empfand, was er empfand.

Seine Projekte waren keine Kinder, es waren körperlich gewordene Teile seines Geistes. Eine Idee, mit der er seit Jahren rang, war komplett und drehte sich vor ihm, erschuf Licht.

Mein Gott, Crucible war wunderschön, und *er* hatte ihn gebaut.

Um sechs Uhr sechzehn legte er den Schalter wieder um und beobachtete, wie die Beine nach und nach langsamer wurden, das Licht immer schwächer. Der Rahmen hatte den Kräften standgehalten und sich nicht verzogen. Es hatte keinen Kurzschluss gegeben.

Als die Beine sich nicht mehr bewegten, öffnete er die Tür, stellte eine Probe hinein und lauschte dem Geigerzähler. Er klickte in einem langsamen, präzisen Rhythmus.

Er zwang sich, sich auf die Zahlen zu konzentrieren, nicht, was das Ganze bedeutete oder bedeuten konnte. Erst die Daten, die Theorie später.

Die Zerfallsrate des Cäsiums hatte sich verlangsamt. Er überprüfte die Werte zweimal, dreimal. Schrieb sie auf, vergewisserte sich, notierte sie erneut – seine Hand zitterte zu sehr, um leserlich zu schreiben – und jubelte.

Theo hatte noch nie gejubelt. Er hatte noch keine Gelegenheit dazu gehabt. Bei seiner Hochzeit hatte er sich zu viele Gedanken über Verantwortung gemacht; bei Neddas Geburt hatte er zu viel Angst gehabt, sie fallen zu lassen. Noch nie hatte er einen Moment der Freude erlebt, der ausschließlich ihm gehörte. Er unterdrückte das Geräusch, zwang es nach innen, bis es ihn regelrecht vibrieren ließ. Seinen Institutsleiter würde er später informieren. Nach weiteren Tests, einer Wiederholung des Versuchs. Betheen wollte er am Abend davon erzählen, beim Essen. Er würde Liebowitz anrufen. Liebowitz hatte sicherlich Vorschläge für weitere Probeläufe, würde auf ihn einreden, es sei ein reiner Glückstreffer gewesen, und falls nicht, dann sei dennoch eine gründliche Testreihe erforderlich. Es war wichtig, Menschen zu haben, die einem die Theorien und die Fortschritte zerpflückten. Aber oh.

Ein Kichern entschlüpfte ihm. Und ja, er zitterte. *Ach, Papas, du alter Teufelskerl, das hast du gut gemacht.*

Es hatte geklappt. Er schlug sich mit den Händen auf die Oberschenkel, der stechende, klare Schmerz machte es real. Freudig real.

Es war ein vorläufiges Ergebnis. Er musste es noch mit anderen Proben wiederholen. Die Veränderung in der Cäsiumprobe über Stunden, Tage überprüfen. Er schlurfte herum, stellte die Probe in den beschichteten Behälter zurück, dann in den Kühlschrank. Er hielt den Geigerzähler in und neben die Maschine, um Strahlenspuren zu messen. Nichts. Perfekt abgedichtet.

Es funktionierte.

Er schloss die Augen und ließ sich von der bleigefütterten Weste auf den Stuhl drücken. Ein gutes Gewicht. Crucibles helles Wirbeln brannte noch in seinen Augen. Flüchtig malte er sich Testläufe mit anderen Isotopen aus, Versuche zur Bestätigung, unterschiedliche Proben, die endlose

Dokumentation und danach Stipendienanträge, Patente. Er dachte an Knie, die sich nie abnutzten, Hände, die nie schmerzten, Gehirne, die nicht mit dem Alter verkümmerten. Und wenn solche Gedanken eine zitronengelbe Farbe hatten, ein klares Licht, dann war das natürlich.

Theos Herz klopfte, als wollte es ihm aus der Brust springen, tanzte, wie sein Körper es ihm nicht gestattete. Erfindungen waren keine Kinder. Kinder waren die eigenen Fehler, die einem so gezeigt wurden, dass man sie einfach lieben musste: sein Schlechtestes in Gutes verwandelt. Erfindungen dagegen waren die Bemühung um schönes Denken. Sie waren objektiv; sie funktionierten oder eben nicht. Sie hatten ein Ziel, das sie erreichten oder nicht. Sie gehörten einem immer, indem sie einen nie verließen oder sich abwandten.

Es funktionierte.

Theos Lachen hallte durch einen leeren Flur.

1986: Plantage und Licht

Als sie aufwachte, war Dennys Gesicht nur Zentimeter von ihrem entfernt, durch das Fenster strömendes Licht glitzerte in seinem gesunden Auge.

»Bist du wach?«

»Jetzt schon.« Die blauen Ziffern auf ihrem Radiowecker zeigten 5:15. Warum war es draußen schon so hell?

»Ich muss zur Plantage. Willst du mit?«

Ihr Gehirn war wie das Innere eines Kissens. War er nicht gestern erst dort gewesen? Seine Schuhe hatte er schon an. Vielleicht war er eingeschlafen, ohne sie auszuziehen. »Ich dachte, du willst zum Frühstück zu Hause sein.«

»Ich hab da was kaputt gemacht und muss es reparieren«, sagte er. »Kommst du mit?«

»Du hast auf der Plantage was kaputt gemacht?«

»Ja. Aber ich krieg das wieder hin.«

Um sechs stand Betheen auf und rührte und schlug, was auch immer an diesem Tag in den Ofen musste.

»Können wir später gehen? Betheen macht bestimmt Pancakes aus Kuchenteig.« Nedda hatte zu viele solche Pancakes gegessen, um sie noch zu mögen, aber Denny wäre begeistert.

»Ich will es wirklich gern reparieren. Ich bin früh aufgewacht und hab drüber nachgedacht, und ich bin mir ziemlich sicher, dass ich es kann, aber ich brauche Hilfe. Kommst du bitte mit?« Er spielte mit der Zunge an dem kaputten Zahn herum.

»Was hast du denn kaputt gemacht?«

»Eine der Maschinen von meinem Vater. Wenn ich bis nach der Schule warte, lässt er mich nicht mehr in den Schuppen und lässt einen von den Mikes sie reparieren. Aber *ich* muss das machen. Willst du mir nicht helfen, was auseinanderzunehmen?«

Sie wusste, dass er auch ohne sie gehen würde. Wenn sie Nein sagte, würde er warten, bis sie aufs Klo musste, und aus dem Fenster klettern. Aber er wollte nicht allein sein und sie auch nicht. Außerdem wollte sie nicht verpassen, das Innenleben wovon auch immer zu sehen.

»Was, wenn du sie noch kaputter machst?« Sie zog ihre Schuhe unter dem Bett hervor.

»Das passiert nicht. Du bist ja dabei.«

Sie holte ihr Fahrrad. Dennys stand unter ihrem Fenster an das Spalier gelehnt, abgepolstert von rankender Bougainvillea. Der Mond teilte sich den Himmel mit der Sonne, er hing tief – ein Mond, der Judy Resnik gefallen hätte, einer, an dem man sich orientieren konnte. Wie schnell flogen Gedanken? Falls sie sich schneller bewegten als Licht, hatten sie den Mond schon kurz nach der Explosion erreicht. Vielleicht schwebten sie über Krater, trieben über ausgetrocknete Meere. Es war seltsam, dass die Sonne im Winter so früh aufging. Aber vielleicht passierte das nach Explosionen, die Luft krümmte das Licht anders. Heute Nacht war es auch nicht ganz dunkel gewesen.

Die gesamten drei Kilometer Richtung Osten auf der Acacia Lane und auf dem Orange Way, auf den sie zur Plantage hin abbogen, begegneten ihnen keine Autos. Nedda trat fest genug in die Pedale, um ihr kleines Vorderlicht mit Strom zu versorgen, das Dennys Katzenaugen aufleuchten ließ. Seine Lampe war größer. Ihre war besser; ihr Vater hatte sie gebastelt, und sie war heller als jedes andere Dynamolicht, das sie je gesehen hatte. Sie machte beinahe den Bananensattel wett. Ihre Lunge schmerzte, denn Denny fuhr schnell und sah sich kein einziges Mal nach ihr um. Er wusste, dass sie hinter ihm war.

Auf dem Kies vor dem Tor warf Denny sein Fahrrad hin und kletterte am Zaun hinauf.

Da bemerkte Nedda das Glühen über den Bäumen. Es war nicht das richtige Wort dafür, aber ihr fiel kein passenderes ein. Ein Licht, das aussah, als klebte es an den Bäumen oder würde von ihnen abgestrahlt, und es war von einer ungesunden gelbgrünen Färbung. Über dem Glühen lag der Dunst der Wassersprenger, Regen in Zeitlupe.

»Komm schon«, sagte Denny.

Sie wollte nicht, aber er war schon über den Zaun und losgerannt. Ihre Hose verfing sich im Maschendraht und riss, eins dieser Löcher, die nach dem Flicken wie eine dicke Narbe aussahen.

»Hier lang.« Er lief zum Geräteschuppen, seine Schuhe wirbelten eine Staubwolke auf.

Eigentlich war es weniger ein Schuppen als eine riesige Metallscheune, in der ein Flugzeug Platz gehabt hätte, in der aber die größeren Gerätschaften der Plantage aufbewahrt wurden, Stammschüttler, Sprühanhänger und Apparate, deren Namen Nedda nicht kannte. Als sie ihn einholte, zerrte Denny schon am Tor, setzte sein gesamtes Körpergewicht ein, um es über eine rostige Schiene aufzuziehen.

»Passt du durch? Links muss irgendwo ein Lichtschalter

sein. Vielleicht kriegen wir es auf, wenn du von innen schiebst.«

Sie war dünner als Denny, ihre Statur ein Erbe mütterlicherseits. Betheen war gertenschlank. Höfliche Menschen nannten Nedda drahtig; für alle anderen war sie dürr. Tiffany und Vicky näherten sich schon der Verheißung eines Busens. Nedda hatte Dellen – Dellen waren perfekt, um durch die Türspalte zu passen. Mit einer Hand auf dem Metall tastete sie nach dem Schalter. So mussten sich Weltraumspaziergänge anfühlen, ins Nichts greifen, sich in die Dunkelheit recken.

Es wurde von hinten nach vorne hell im Schuppen. Ein hicksendes elektrisches Klackern offenbarte die Umrisse von Traktoren, Schüttlern und Geräten mit breiten Klingen.

Als sich das Tor quietschend noch ungefähr fünf Zentimeter weiter öffnen ließ, quetschte Denny sich hindurch. Er ging zu einer stumpfnasigen Maschine, einem traktorähnlichen Gefährt mit kurzer Motorhaube. An der Seite hingen vier runde Sägeblätter, die an einer Art Klapparm befestigt waren.

Er sah aus wie der Lastengreifer auf der *Challenger*. *Canadarm*, weil er in Kanada hergestellt worden war. *Canadarm*, weil in großen Buchstaben Canada darauf stand. *Canadarm*, *Canadarm*. Sie kniff sich, um das Wort nicht mehr zu denken.

»Die da hast du kaputt gemacht?«

»Eigentlich hab ich gar nichts getan«, sagte er.

»Schon klar.«

Er öffnete die Motorhaube und steckte den Arm tief hinein. Nedda hätte erst überprüft, ob Ventilatorflügel oder andere scharfe Gegenstände im Weg waren, aber Denny bewegte sich immer, als könnte ihm nichts etwas anhaben.

»Was ist das?«

»Ein Baumschneider. Damit kann man die Kronen stutzen, damit sie nicht zu dicht zusammenwachsen. Wahrscheinlich könnte man auch Hecken damit schneiden. Vielleicht macht man das mit Kumquats. Hast du schon mal einen Kumquatstrauch gesehen? Kumquat. *Kumm*-kwatt. Kum-*kwatt*.«

Sie lachte, konnte aber die Nervosität nicht abschütteln. »Wie lange brauchst du?

»Keine Ahnung. Ein Weilchen schon.«

»Wann kommt dein Vater?«

»Unterschiedlich. Aber er geht immer zuerst ins Büro. Wir hören auf jeden Fall seinen Wagen.«

»Okay.«

Durch den Türspalt fiel Licht von den Bäumen herein. Gelblich wie Zitrusfrüchte, wie Limetten und Orangen, Grapefruits. Ein saures Licht. Wieder spähte Nedda durch das Tor zu den Bäumen. Sie wirkten irgendwie nicht richtig. Fast, als würden sie sich bewegen.

Neben Dennys Arm zischte es. »Kannst du mal kommen? Ich brauche Hilfe.«

Innen sah der Baumschneider für Nedda aus wie jedes andere Auto: schwarz und ölig, mit einer samtenen Schmutzschicht. Kein Vergleich zu den glänzend sauberen Geräten, die ihr Vater baute. Sie hielt das Knäuel von Schläuchen und Leitungen fest, auf das Denny zeigte. Batteriekabel, Kühlwasserschlauch, den Rest kannte sie nicht. »Wie hast du ihn kaputt gemacht?«

Ein Schmierölfleck auf Dennys Wange vermischte sich mit dem dunklen Rand des Blutergusses. »Hab ich ja nicht. Er ist stehen geblieben, als ich draufsaß. Ich hab nichts anders gemacht als sonst. Ich kann den fahren.«

Das glaubte sie ihm. Im Sommer hatte er sie auf einem Traktor herumkutschiert, auf und ab durch die schmalen Reihen. Mühsam, holprig. Aber sie hatte sich sicher gefühlt.

»Als ich gestern aus der Schule kam, war Mama nicht da, deshalb bin ich hergekommen. Der kleine Mike hat mir schon vor einer ganzen Weile beigebracht, wie man den hier fährt. Er zeigt mir manchmal Sachen.« Der kleine Mike war einer der Arbeiter auf der Plantage. Er war nicht viel größer als Nedda, stämmig und sonnengebräunt. Einen großen Mike gab es auch. »Das Tor stand offen, aber es war niemand hier drin. Ich wollte nur den Arm anschalten, ein bisschen rumschwingen lassen. Der hat nämlich eine separate Gangschaltung, und es gibt nicht viele Sachen, die man mit zwei Gangschaltungen gleichzeitig fahren kann. Die Sägeblätter klingen immer so schön. Die machen so ein *Sssrrrrrr*, wie eine Kettensäge, aber wenn er durch Bäume schneidet, ist er wie ein Rasenmäher. Ich wollte ja nichts absägen, ich wollte nur ein bisschen mit dem Arm rumspielen. Draußen am Westtor hab ich ihn dann angeschaltet, aber die Gänge gehen schwer rein. Dann bin ich in eine Pfütze von einem der Sprenger gerollt, und das ganze Ding hat plötzlich gestreikt und keinen Mucks mehr gemacht. Genau da ist Papa gekommen.«

»Was hat er gemacht?«

»Er hat ihn mit dem Pick-up abgeschleppt.«

Sie wollte nachfragen, ausprobieren, ob er verraten würde, dass sein Vater ihn geschlagen hatte. Aber es wäre die Art von Frage gewesen, die man nicht zurücknehmen konnte.

»Jimmy La Morte hat mich während dem Raketenstart mit Papierkügelchen beschossen. Deshalb hab ich ihn so genannt.«

Denny erstarrte. »Ich kann Jimmy ins Essen spucken. So, dass es wie ein Versehen aussieht.«

»Nein, brauchst du nicht.«

»Der Baumschneider hat viel Geld gekostet.« Er warf zwei Schrauben auf den Sitz. »Und Papa war sowieso schon schlecht gelaunt wegen dem Frost. Wenn ich ihn wieder zum Laufen bringen kann, ist es nicht so schlimm. Ich bin sicher, dass ich das kann. Nur weiß ich nicht genau, warum er stehen geblieben ist. Ölstand ist okay. Benzin ist drin, Batterie ist voll. Ich dachte, es müsste die Batterie sein, weil es so kalt ist, oder?«

»Für Gummi ist Kälte auch schlecht.«

Er grinste fast. »Ja, das könnte sein. Vielleicht ist irgendein Schlauch kaputt. Hinten hängen ganz viele an so einem Haken. Kannst du mir ein paar davon holen? Und ein Messer. In der mittleren Schublade von dem roten Werkzeugschrank liegt eins.«

Nedda ging weiter in den Schuppen hinein, schlängelte sich zwischen den Maschinen hindurch. Wie sollte man sie nicht ausprobieren wollen, sie sich gehorchen lassen, sich groß fühlen? Die Schatten der Fahrzeuge ragten auf wie Dinosaurierskelette in einem Museum, bedrohlich durch das, was sie hätten sein können, als sie noch lebten, als sie noch liefen. In all diesen dunklen Ecken hielt sie Ausschau nach Papa Prater.

Sie fand die Schlauchrollen und hob sie mit beiden Armen vom Haken. »Hey, Denny?«

»Ja?« Er sah vom Motor auf.

Ein Knattern wie von Feuerwerk ertönte aus den Bäumen, als eine Reihe von Sprengern sich anschaltete. Begleitet wurde es von einem Lichtstrahl, der quer über Denny fiel, einem leuchtenden Grüngelb, das durch das offene Tor hereinströmte, schwerer, zäher als Bewässerungsdunst. Nedda ging hinter einem Traktor in Deckung. Denny drehte sich mit offenem Mund danach um. Seine Haare wurden zurückgeweht.

Es waren hübsche Haare, dachte sie, und dann verschlang das Licht ihn blitzartig und blendete sie.

Klirrende Kälte ließ den Schleim in ihrer Nase und die Worte in ihrem Mund gefrieren. Ein Eisfilm streifte über ihre Haut, nicht feucht, nicht trocken, sondern kalt und glasartig. Sie schrie, aber der Ton wurde vom Licht verschluckt. Atem, ihr stockte der Atem, bis er mit Wucht wieder einsetzte und sie keuchte, als hätte sie noch nie zuvor geatmet.

Die Kälte zog sich so schnell wieder zurück, wie sie gekommen war, es blieben nur ein Klingeln in Neddas Ohren und Dunkelheit.

Als sie allmählich wieder etwas sehen konnte, waren es blinkende Punkte, blau und lila, weiß umrandet. Hornhautverbrennung. Sie wusste, dass auch Augen einen Sonnenbrand bekommen konnten, das steckte hinter der Schneeblindheit. »Denny?«

Er gab keine Antwort.

Sie ging langsam auf ihn zu, stützte sich an den Maschinen ab, tastete sich voran. Da war der Stammschüttler mit seiner breiten Zange. Der Tisch mit einer Werkzeugkiste. Sie rief nach Denny. Je näher sie ihm kam, desto heißer war es im Schuppen. Warum antwortete er nicht? Er war bestimmt nicht weggelaufen. Er hatte sie noch nie im Stich gelassen, nicht ein Mal. Nicht, als sich auf dem Weg zum Alligator-Park ihr Reifen am Fahrrad gelöst hatte, nicht einmal, als ihr in der Mittagspause schlecht geworden war und sie auf Melissa Simms rotes Esprit-Sweatshirt gespuckt hatte. Da flatterten Motten in ihr, unter ihren Rippen. Oder Libellen. Irgendwie waren Libellen in sie hineingeraten.

Er war noch da, auf dem Baumschneider, den Kopf nach

hinten gedreht, und war es doch nicht. Seine Hände wirkten größer, die Arme länger, dünner. Vor ihren Augen veränderte er sich. Die ganze Zeit musste sie an Plastic Man denken, wie er sich dehnte und verformte, aber Plastic Man war albern und furchtbar. Denny sah einfach nur verkehrt aus. Seine Augen sahen verkehrt aus. Verschwommen.

»Denny?«

Auch sein Mund war unscharf. Hatte er etwas gesagt?

Die Temperatur stieg schlagartig wieder an. Damit veränderte er sich.

Dennys Arme bewegten sich zu schnell, als dass sie sie hätte sehen können, er raste und verwischte wie in einem vorgespulten Film. Dellen tauchten in der Motorhaube des Baumschneiders auf. Er trat und schlug dagegen. Es wurde heißer und heißer. Dennys Haare sahen länger aus, ungekämmt. Allmählich verdeckten sie sein Gesicht, lockten sich und verfilzten. Dann verschwamm er noch stärker und war nicht mehr zu erkennen. Als er schließlich stillhielt, saß er auf dem Boden, mit dem Rücken zur Maschine. Über einem Ohr war ein kahler Fleck, blass und rot, und aus seiner Faust ragte eine weich aussehende Haarsträhne. Ein kalter Luftzug kam auf, er schien von ihm auszugehen.

Jetzt schrie Nedda seinen Namen. In der Sekunde, in der er sich umsah, spürte sie ein Ziehen in ihrer Brust, in ihrem Herzen, dem leeren Platz in sich und draußen. Die Kälte verwandelte sich in Hitze, und erneut wurde Denny unscharf.

Der Baumschneider bewegte sich überhaupt nicht, aber er begann zu rosten. Die Farbe warf Blasen und löste sich in langen orangen Streifen ab, dann wurde sie rissig und rieselte zu Boden, sodass das rotbraune Metall darunter zum Vorschein kam. Monate. Es hätte Monate im Freien stehen müssen, bis etwas so rostete.

Als Denny das nächste Mal ruhig wurde, war er größer, dünner. Denny und auch wieder nicht.

Sie rannte auf ihn zu, aber etwas hielt sie auf. Mit Händen und Füßen stieß sie gegen etwas, keine Mauer, nicht so hart, sondern etwas Warmes, glitschig Elastisches, glatt wie eine von Betheens Blusen. Wie eine Qualle, dachte sie. Eine durchsichtige zarte Qualle. Nedda beugte sich vor, prallte aber wieder ab.

Eine Blase schloss Denny ein wie die um das Äffchen. Aber das Äffchen war ganz ruhig gewesen, praktisch erstarrt. Denny hingegen nicht.

»Leg die Hände drauf«, rief sie. »Taste sie ab!« Menschen, die unter einer Eisdecke gefangen waren, mussten sich an der Unterseite entlangtasten, bis sie das Loch fanden, durch das sie gefallen waren, und zwar mit geschlossenen Augen, damit sie nicht gefroren. Nedda probierte es ebenfalls, konnte aber keine Lücke in der Mauer erfühlen.

Denny suchte nicht auf seiner Seite; er trat gegen den Baumschneider. Dann wallte wieder Hitze auf, und er verwischte vor ihren Augen. Neue Dellen entstanden, mehr Farbe blätterte ab, und ein Haufen wuchs, wo er gestanden hatte. Bei der nächsten Pause wusste sie, was passierte. Zu schnell. Er bewegte sich zu schnell. Und der Denny, den sie vor sich sah, war älter, als er sein durfte.

Da waren Narben auf ihm, Wunden, die verheilt waren. In seinen Schuhen waren Löcher. Sein Blick war hungrig und verloren. Er hatte etwas von einem Tier an sich, was sie an Bären im Zoo erinnerte, die auf und ab liefen und sich kahle Stellen ins Fell leckten. Diesen Denny kannte sie nicht. Das hier bei ihr im Schuppen war nicht Denny. Er war nicht mehr da.

Bald käme Papa Prater. Er würde sie finden. Spielte das

denn eine Rolle? Sie hatte nichts gemacht. Denny hatte nichts gemacht. Ihr Magen zog sich kurz zusammen. Die Angst war wie Essig in ihrem Mund, überraschend, beinahe schmerzhaft.

»Ich helfe dir«, sagte sie. »Ich hole Hilfe.« Konnte er sie überhaupt hören?

Der Schuppen hatte eine Hintertür, und dorthin rannte sie. Sie ließ ihn nicht im Stich – im Stich lassen war nicht im Stich lassen, wenn man wusste, dass man zurückkam. Sie würde zurückkommen. Was, wenn es noch einmal passierte? Was, wenn die Bewässerungsanlage wieder ansprang und es noch einen Lichtblitz gab und sie hier festsaß wie Denny? Wie das Äffchen? Sich streckte und zerriss.

So schnell sie konnte, lief Nedda zu ihrem Fahrrad. Die klappernden Perlen an ihren Speichen waren Explosionen im Dunst. Sie hätte Denny aufhalten sollen. Sie hatte sehen wollen, wie die Maschine funktionierte. Sie hatte nicht allein sein wollen.

Als sie sich die Augen rieb, wurde ihr Jackenärmel feucht von Tränen und Rotz. Nicht gut. Sie musste etwas sehen, um fahren zu können.

Sie brauchte ihren Vater.

Man hatte ihr beigebracht, Angst sei die Sorge, dass einem etwas Schlimmes zustieß. Das stimmte nicht. Angst war, wenn jemandem, den man liebte, den man brauchte, etwas Schreckliches zustieß und man ganz allein zurückblieb.

An Bord der Chawla

Im Schlaf reiste Neddas Traumauge weiter, suchte nach alldem, was sie vermisste: der Stadt, den Bauten darin, den Häusern, Zimmern und Menschen, wie Puppen, deren Herzen sie kannte. Der seismische Schluckauf des Raketenstarts durchfuhr sie. Sie sah Gläser im Bird's Eye zerbrechen und Ellery Rees die Scherben eines Eisbechers auffegen. Die Alligatoren in Johnnys Dschungelwelt versanken in ihren Teichen wie Bohnen in Suppe, schmiegten sich in den Schlamm am Grund. Dann schoss die Spannung von Crucible durch ihre Gliedmaße wie ein Stromstoß, heiß und kalt zugleich. Stark. Sie kroch durch Stromleitungen, die Leitungen zum College, die Kabel in den Wänden, durch die Steckdosen in die Labore. Sie überquerte einen goldbeschichteten Schalter, zerschmetterte einen Spannungsteiler aus Glas darunter.

Licht quoll aus Crucible, infrarot und ultraviolett, entwich aus allem, was er eigentlich abschirmen sollte. Die Maschine ihres Vaters bestand so sehr aus Hoffnung und Wunsch, wie sie aus Metall und Glas bestand.

Die Anomalie bewegte sich wie ein Wasserstrom, fast gläsern im Aussehen. Sie war verflüssigte Zeit, annähernd fest. Die ersten gallertartigen Tropfen wanderten durch die Hochspannungsleitungen, von Elektrizität weitergezogen, sie breiteten sich im Naturwissenschaftstrakt und darüber hinweg aus. Um die Leitungen herum entstand eine

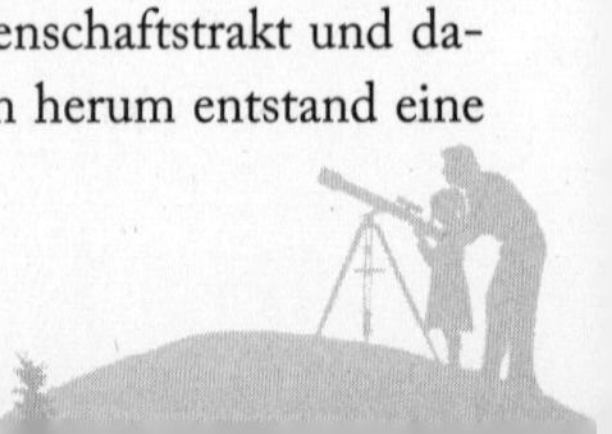

schwache Verzerrung, deformierte die Welt, wie Wasser Licht krümmte. Nedda folgte ihrem Weg, sah, wie Easter sich verschob, Gebäude für Gebäude. Die Leitung zwischen dem Telefonmast auf der Latchee Street und Pete McIntyres Grundstück war zerfasert, eine Folge der über Jahre hinweg nachlässigen Beziehung zu Florida Power & Light, und die Zeit tröpfelte langsam von dem Kabel auf die Ladefläche eines Pick-ups in seinem Garten. Die Tropfen sammelten sich, jeder davon ein klares, schimmerndes Universum im Kleinen. Geronnene Regentropfen wie die in Betheens Sekttorte.

Nun erreichte die Anomalie die Tankstelle, wo sie auf Wasser traf, die Rohre, die durch Easter verliefen, die Beregnungsanlagen, die Seen. Obwohl es noch Jahrzehnte dauern sollte, bis Liberati und Maccione über eine flüssige Raumzeit nachdachten, hatte die Zeit in Easter auf einem Grundwasserleiter, umgeben von Kanälen und Sprengern, ein perfektes Zuhause gefunden.

In den Rohren dehnte sie sich aus, bahnte sich ihren Weg durch die Stadt und schließlich in das Bewässerungssystem, das Prater Citrus beregnete, die letzte sich noch behauptende Plantage.

Nicht hinsehen.

Die Sprenger in der südöstlichen Ecke prusteten Regenbogen über Bäume. Ein Netz aus Zeit verwebte sich zu einer durchsichtigen Kuppel. Sie war wunderschön und brach Nedda das Herz. Tröpfchen klebten aneinander, an den Bäumen, hefteten sich an Blätter, liebkosten die gefleckten Schalen roter Grapefruits, sanken in die Poren der Orangen.

Früchte wurden runzlig und verfaulten, Zweige brachen ab und wuchsen neu. Vor ihren Augen gingen Bäume ein und sprossen wieder.

Wach auf, Nedda. STEH AUF.

Eine Gestalt bewegte sich im Süden der Plantage, stand außerhalb. Sie sah genauer hin. Der kleine Mike Costas beobachtete, wie Früchte an knorrigen Ästen zu Blüten zurückschrumpften, wie Bäume schmaler wurden, gerader, sich wieder zu Pfropfreisern und Wurzelstöcken entwickelten, die dann in der Erde verschwanden.

Seine Gedanken wurden zu ihren.

Er maß seinen Puls, fest davon überzeugt, dass er gerade einen Schlaganfall hatte. Seine Mutter Yosie hatte im Alter von fünfundvierzig einen erlitten. Das hatte sie erst begriffen, als die Hollywoodschaukel angefangen hatte, ihr auf Englisch vorzusingen. Ein ganzes in schwüler Hitze verbrachtes Leben konnte das Wasser aus dem Blut kochen, bis es verklumpte wie alter Honig. Der kleine Mike schuftete auf der sengenden Prater-Plantage, seit er vierzehn war. Nach ungefähr einer Stunde kam er zu dem Schluss, dass ein Schlaganfall ihn mittlerweile umgebracht hätte. Was auch immer hier geschah, es war Furcht erregend. Er lief zum Büro, hob den Hörer ab und wählte Desmond Praters Nummer. Ein Mann sollte erfahren, wenn seine Plantage zugrunde ging.

Dann war er fort, und nur Nedda sah den Bäumen noch beim Sterben zu.

Sie sang leise vor sich hin, beobachtete das Wachsen von Ranken, das Aufplatzen von Straßen, wartete, wartete, dass Marcanta sie weckte. *Wouldn't it be nice?*

Sie weigerte sich, den Geräteschuppen anzusehen.

Marcanta, weck mich auf.

Der Kopfschmerz nach einer Schlafwoche konnte es mit dem Kater nach dem Genuss dessen aufnehmen, was man früher Abspülwasser genannt hatte: zehn verschiedene Sorten Alkohol, in einen Sektkübel geschüttet. Normalerweise gewährten sie einander Schonfristen zum Aufwachen. Aber Singh war schon da.

»Lass dich von Marcanta mit Kochsalzlösung vollpumpen. Ich bin auf der Brücke.«

Nedda gab ein Krächzen von sich. Sie steckte ihren Finger in den Printer und wartete, dass er Vomex ausspuckte. Er piepste und knirschte, bevor er neben der üblichen Tablette noch eine andere produzierte. Sie sah auf die Anzeige. *Acetazolamid.* Sie wischte über den Bildschirm, bis ihr klar wurde: Der Drucker hatte entschieden, dass sie eine gute alte Glaukombehandlung brauchte.

Während der Kochsalzinfusion führte Marcanta ihren üblichen Augentest durch.

»Hast du uns alle auf Diuretika gesetzt, oder habe ich nur Glück, weil ich ein Fossil bin?«

»Was?« Marcanta rutschte ab und riss beinahe den Schlauch aus Neddas Zugang.

»Ich habe heute Morgen neue Pillen bekommen.«

»Mist«, sagte Marcanta. »Das muss an den ganzen Daten liegen, die sich bei den Tests anhäufen. Der Printer führt Back-ups durch. Wenn ich beim Blutbild was übersehe, fällt es ihm auf und er teilt vorbeugend Medikamente aus. Sag mir immer Bescheid, wenn es neue Tabletten gibt, okay? Wir werden feststellen, dass ich ein Arsch bin, der ständig Dinge übersieht, aber wir werden alle gesünder sein.« Sie tippte auf ihrem Tablet. »Acetazolamid? Das ist wirklich altmodisch. Ich frage mich, ob es nur dich betrifft oder uns alle.«

»Soll ich sie nehmen?«

»In diesem Zyklus ja. Einen Versuch ist es wert. Wer weiß?

Wir warten mal ab.« Sie klang nicht optimistisch, aber das gehörte zu ihren guten Eigenschaften. Falsche Hoffnungen zu wecken, war nicht Louisas Stil. Sie ging den Dingen gemeinsam mit ihnen allen auf den Grund.

Amit starrte auf eine Datenkonsole. Matte grüne Ziffern flossen über das Glas. Er rieb sich die Augen. Es kam ihr falsch vor, dass sie die Blindheit nicht sehen konnte, dass ihre Besatzungskollegen äußerlich gleich blieben, während sie sich von innen heraus veränderten. Amits Augen hatten denselben braunen, fast schwarzen Farbton wie immer, und die Haut darunter wirkte weich, zart.

»Hi. Sieh dir das an.« Er rief eine Datei auf. »Die Spitzen treten in gleichmäßigen Intervallen auf. Da, da und da. Die erzeugte Energie ist … das ist wie Strontium auf Steroiden. Ich weiß nicht, wie ich es sonst ausdrücken soll.«

Sie zog sich näher heran und hakte den Fuß um eine Sprosse. An Amits Hinterkopf befand sich ein dunkler Haarkringel, der an einen Hurrikan erinnerte. »Gibt es irgendeinen Rückschwung?«

»Nein. Es geht direkt auf die Halbwertzeit zurück, die bei beschleunigtem Strontium zu erwarten ist.«

»Verstehe, du hast sie schon gemacht.«

»Was meinst du?«

»Die Berechnungen.«

Singh wandte sich vom Bildschirm ab. Er sah auf ihre Nasenspitze, nicht in ihre Augen.

»Normalerweise, ohne beschleunigte Verbrennung, würden wir bei Plutonium-238 ungefähr achtundachtzig Jahre und bei Strontium-90 um die neunundzwanzig Jahre Strom bekommen. Ein Austausch des Isotopen-Brennstoffs hätte also kein Problem sein dürfen. Wenn Amadeus richtig funktionieren würde, hätten wir auch mit Strontium auf dem Zielplaneten jahrelang genug für das Lebenserhaltungssystem, bevor der Generator ausfällt. Reichlich Zeit, um andere Reserven für unsere Versorgung anzulegen.«

»Oder schon an was anderem gestorben zu sein.«

Singh ignorierte ihren Einwand. »Amadeus wurde allerdings nicht für Strontium kalibriert, deswegen die Spannungsspitzen. Bei der jetzigen Fehlfunktion sinkt die Halbwertzeit erheblich. Wenn wir nichts unternehmen und es bei dem Muster bleibt, können wir davon ausgehen, dass das Lebenserhaltungssystem sechs Monate vor der Landung ausfällt.«

»Eine Rückkehr zum Mars oder ein Rendezvous kommen nicht in Frage, oder?«

»Wir sind zu weit draußen. Selbst wenn ein Rendezvous arrangiert werden könnte, die Vorbereitungszeit für so eine Mission, ganz zu schweigen von der Reise ... Die Zeit reicht nicht.«

»Wir würden festsitzen, und der Zeitplan wäre derselbe«, sagte Nedda. Es war die schlimmste aller Möglichkeiten, schlimmer als auf dem Zielplaneten zu sterben. Sie würden gar nicht erst ankommen. »Was glaubst du, warum das Plutonium durch Strontium ersetzt wurde?«

»Jewgeni glaubt, es gehört zum Gerangel um mehr Plätze für europäische Kolonisten auf der *Fortitude*. Russland ist immer noch der größte Strontiumlieferant, und wer den Brennstoff liefert, hat größeren Einfluss auf die Zuteilung der Betten auf der *Fortitude*. Wenn die Euroregierung beweist, dass sie den Brennstoff billiger liefern kann als Amerika, gewinnt sie die Oberhand.« Die *Fortitude* stand in einem Hangar auf dem Mond. Ihre Wohnquartiere befanden sich in einer sich drehenden Trommel, die eine schwache künstliche Schwerkraft erzeugte. Eine Schwerkraft, die Haut, Organe und Sehvermögen schonte. Der Einbruch des britischen Pfunds hatte ihren Bau um weitere fünf Jahre verzögert. Städte versanken, und zwar schnell. Eines Tages würde die *Fortitude* Kolonisten bringen – aber sie wären die Ablösung für die *Chawla*. Siedler. Es wäre naiv, nicht damit zu rechnen, dass es auch zu Landnahme käme.

»Billigerer Brennstoff ist sinnvoll, wenn das Geld für andere Verbesserungen verwendet wird. Soweit ich weiß, gab es aber keine großen Veränderungen an *Chawlas* ursprünglicher Konstruktion.«

»Ich vermute mal, dass es bei dem Brennstoffwechsel nicht um uns geht. Es geht um die *Fortitude* und das, was danach kommt. Vielleicht wurde es sogar von der Missionsleitung und höheren Stellen abgesegnet. Falls wir sterben, ist es ein Glücksfall für die eine Regierung, weil es beweist, dass man der anderen als Brennstofflieferant nicht trauen kann. Wenn wir nicht sterben, ist es ein Glücksfall für die andere, weil man billiger und effizienter reisen kann. Marcanta glaubt, Amerika setzt auf einen Fehlschlag. Wenn es schiefgeht, stechen sie die europäischen Brennstofflieferanten aus, und unsere Regierung übernimmt die Kontrolle über die zukünftige Kolonisierung.«

Nedda drückte seine Schulter. »Für uns spielt es keine Rolle, oder?«

»Nein.«

»Also, was haben wir für Optionen?«

»Wir können versuchen, das Lebenserhaltungssystem von Amadeus abzukoppeln und über den Hauptantrieb zu versorgen, aber dann wird der Treibstoff knapp. Wir könnten versuchen, die Differenz zwischen dem Antrieb und Amadeus aufzuteilen, um beide Reserven zu strecken, aber ich weiß nicht, wie man den Wechsel bewerkstelligt, und es besteht immer noch ein hohes Risiko, dass uns der Treibstoff ausgeht und wir den Zielplaneten nicht erreichen. Wir könnten auch versuchen, Amadeus zu reparieren, was am vernünftigsten wäre, aber dabei setzen wir uns möglicherweise tödlicher Strahlung aus … Ach ja, und keiner von uns hat schon mal an einem Generator wie Amadeus gearbeitet.«

»Gib mir die Konstruktionsdetails.«

Er schickte die Daten auf ihr Tablet. »Sollen wir die da unten fragen, wie es passieren konnte, dass wir den falschen Brennstoff bekommen haben?«

»Würde es uns irgendwie helfen?«

»Nein.«

»Dann nicht. Wir reparieren ihn einfach«, sagte sie. »Wie Jewgeni schon sagte, wir haben das Kommando.«

1986: Knallerbsentanz

Annie Praters Lieblingsgeheimnis war das Mariposa-Kino in Cocoa, ein Gebäude im Art-déco-Stil, das sie an Ausflüge nach Miami als Kind erinnerte. An Werktagen liefen dort günstige Vormittagsvorstellungen, und seit Denny in die Schule ging, fuhr Annie zweimal pro Woche dorthin. Eine kleine Portion Popcorn und eine Limo waren ihr Mittagessen. Ohne Butter hatte das Popcorn kaum Kalorien, was bedeutete, dass die Limo als Mittagessen zählte. Die Ausgabe war leicht im Haushaltsgeld zu verstecken. Nur ein bisschen Schwindeln über den Preis von Eiern und Milch, auf den Des ohnehin nie richtig achtete. Aber ach, es war die kleine Lüge wert, für zwei Stunden lang allein in einen Samtsessel gekuschelt dazusitzen. Es war eine lange Fahrt und verschlang ein Gutteil des Tages, Zeit, die sich gestohlen und damit umso besser anfühlte. Diese Woche gaben sie *Musik, Musik*, ihren Lieblingsfilm. Heute brach sie früh auf. Nicht etwa, weil sie Des aus dem Weg ging. Oder vielleicht doch. Und vielleicht war es auch gar nicht so früh. Die Sonne war schon aufgegangen, also musste es später sein, als sie glaubte. *Musik, Musik*. Bing Crosby, Fred Astaire und Marjorie Reynolds, die zwar keine Ginger Rogers war, aber das war niemand. Es war ihr Lieblingsfilm, wegen Astaires Knallerbsentanz. *Bumm! Krach!* Federleicht. Der Mann war einfach federleicht. Ja, es gab die Szene an

Lincolns Geburtstag mit den schwarz geschminkten Gesichtern, und ja, sie wusste, dass man das eigentlich nicht machte, aber es war nur die eine Tanzeinlage, das ruinierte doch sicherlich nicht den ganzen Film, vor allem, weil es darum ja gar nicht ging. Sie würde sich ansehen, wie Astaire Knallerbsen warf und Bing Crosby »White Christmas« sang, und eine Zeit lang wäre sie Marjorie Reynolds und alles wäre gut.

Das Mariposa hatte eine wunderschöne goldene Decke und roten Teppich wie Valentinstagsrosen. Alles am Mariposa kam ihr besser vor als das Leben. Es gab ihr ein Gefühl von *mehr*.

Einmal hatte sie Denny mit in *Lawrence von Arabien* genommen, aber Des hatte gestört, dass er dadurch den ganzen Tag weg gewesen war. Außerdem mochte Des Peter O'Toole nicht, weil er wirkte wie »vom andern Ufer«. Annie dagegen gefielen seine Augen. Er machte einen freundlichen und klugen Eindruck, und sie hätte ihm alles geglaubt, was ja gerade der Witz war in *Wie klaut man eine Million*. Omar Sharif mochte sie auch. Dieses Kinn und diese Wangenknochen.

Denny war bei *Lawrence* eingeschlafen. Sie hätte mit ihm lieber in *Der Schrecken vom Amazonas* gehen sollen.

Ursprünglich hatte sie vorgehabt, ihn abzuholen, ihn die Schule schwänzen zu lassen und sich einen lustigen Tag zu machen, aber sie fuhr einfach an Betheens Haus vorbei. Er übernachtete bei jemand anderem, zum ersten Mal. Auch noch bei einem Mädchen. In seinem Alter hätte sie für so etwas getötet. Das redete sie sich ein, als sie Richtung Cocoa fuhr und das Radio lauter stellte. Doch es kam nur Rauschen, egal, auf welchem Sender. Sie schaltete es aus. Auch gut, es kamen ja sicher Nachrichten. Diese armen Astronauten. Denny hatte es mit angesehen. Er brauchte ein bisschen Spaß, Ablenkung.

Denny ging es gut bei Betheen, und Annie hatte noch einiges gut bei ihr. Sie hatte sich damals so viel um Nedda gekümmert, hatte Theo gezeigt, wie man Kleinkindnahrung pürierte, und nie ein Wort über den kleinen Michael verloren. Deshalb waren ihr beide einiges schuldig. Eine Nacht und ein Morgen waren überhaupt nicht viel.

Ihr Sohn, ihr lieber Sohn mit dem schiefen Fred-Astaire-Grinsen. Des hatte ihn geschlagen. Sie war mit einem Mann verheiratet, der sein Kind schlug.

Sie bog rechts von der Acacia Lane ab und bemerkte Dampf, der über dem Teich der Emersons aufstieg wie Nebel. Es war so ein schicker Koiteich. Ted verdiente gutes Geld an der Börse, vielleicht hatte er neue Pumpen einbauen lassen. Wobei, warum man seinen Fischteich kochend heiß haben wollte, war ihr ein Rätsel. Machte man das, bevor man neue Karpfen einsetzte? Es sah aus wie ein Whirlpool oder eine Badewanne.

Nicht das Kind mit dem Bade ausschütten. Ja, Des hatte Denny geschlagen, aber nur ein Mal. Eine kurze Ohrfeige, mehr nicht. Nur dieses eine Mal. Und Denny hätte sich mit dem Baumschneider böse verletzen können, die Sägeblätter hätten ihm den Arm abtrennen können. Denny hatte seine Lektion gelernt. Und Des machte das sicher nicht noch einmal. Bräuchte er auch nicht. Sie wusste, dass er ein schlechtes Gewissen hatte. Das hatte ihr sein Zittern hinterher verraten. Ihr Vater hatte ihr einmal eine schallende Ohrfeige gegeben, weil sie Geld aus der Keksdose stibitzt hatte, und sie hatte es nie wieder getan. Es würde Denny abhärten.

Er musste härter werden. Sanfte Jungen wurden verletzt.

Des war hart, und sie mochte ihn so. Wie Robert Mitchum, bei dem sie weiche Knie bekam. Bei Des bekam sie auch weiche Knie.

Das wurde schon wieder. Denny wurde schon wieder.

Sie fuhr Richtung Autobahn, aber das unbehagliche Gefühl ließ sich nicht abschütteln. Annie wusste, dass Denny schon öfter aus seinem Fenster geklettert war, um Nedda zu besuchen, nur hatte sie ihn diesmal zum ersten Mal dazu aufgefordert. Betheen war so freundlich gewesen.

Soll ich Theo rüberschicken? Theo kann doch mit ihm reden, ihn beruhigen. Braucht Denny irgendwas? Willst du zu uns kommen? Ach, du Liebe, du kannst bleiben, solange du willst. Wir haben mehr Zimmer als Menschen und genug Süßigkeiten für eine ganze Armee. Es war ein schlimmer Tag für uns alle. Komm doch vorbei. Du musst nicht mal reden, wenn das gerade nicht geht. Komm einfach, wann du willst. Theo schläft kaum, er hört dich, falls ich dich nicht höre.

Freundlichkeit machte es noch schlimmer, oder? Freundlichkeit verlieh dem, was passiert war, eine Bedeutung.

Auf der Red Bug Road staute sich der Verkehr. Wahrscheinlich waren die Leute auf dem Weg zum Space Center. Es war so lange her seit dem letzten Unfall, sie konnte sich kaum erinnern. So früh am Morgen war doch sonst nie Stau. Sie beugte sich aus dem Fenster. Weiter vorne sah sie nur Autos und die Schatten von Bäumen. Es sah ein bisschen zugewuchert aus, andererseits hatte sich die Autobahnmeisterei nie groß um Easter gekümmert. Annie beschloss einfach abzuwarten. Es blieb immer noch reichlich Zeit bis zum Beginn des Films. Mehr als genug, um unterwegs einen Kaffee zu trinken und sich in der Drogerie einen neuen Kajalstift zu kaufen.

Bitte verschwende kein gutes Steak dafür, aber falls du gefro-

rene Erbsen hast, die helfen gegen die Schwellung. Dann kommt er sich vor wie ein großer Junge.

Wo hatte sie jemanden ein Steak auf ein blaues Auge legen sehen?

Des würde ihr nie ein Haar krümmen. Hatte er auch noch nie. Sie war seine Prinzessin, was gut und schlecht war, weil sie es toll fand und auch schrecklich, dass sie es toll fand. Er würde es nie wagen, sie zu schlagen, aber er hatte Denny geschlagen.

Nur dieses eine Mal.

Er war nicht hart, ihr Sohn. Möglicherweise wäre es besser, aber sie wollte es nicht. Sie wollte ihn grinsend und locker wie Gene Kelly, mit einem liebenswürdigen Gesicht wie Fred Astaire, dem man alles glaubte. Sie wollte, dass er sanft war.

Sie behielt den Fuß auf dem Bremspedal und malte sich aus, sich die Taschen mit Knallerbsen zu füllen, sie auf den Boden zu schleudern, sich inmitten ihres Lärms und Qualms zu drehen. Sie malte sich aus, eine ganze Kiste Böller mit einer Zigarette anzuzünden und in dem darauf folgenden Aufblitzen zu verschwinden.

Ausdehnung

Ein grelles Leuchten – ein Blitzschlag über der Plantage plus Wasser aus der Beregnungsanlage. Die Sprenger auf der Südseite übersteuern immer. Er ist klatschnass und fühlt sich an, als würde er aus Würmern bestehen. Nicht wirklich aus Würmern, aber er ist kribbelig, zappelig, fühlt sich unwohl, als wenn er sich heimlich eine ganze Tasse Kaffee aus der Kanne geholt hat. Er könnte eine Million Kilometer am Stück rennen, ohne müde zu werden. Seine Sicht wird klar. Er wischt sich das Gesicht trocken und greift in den Baumschneider, wühlt nach den Zündkerzenkappen. Zündkerzen, warum ist ihm das nicht gleich eingefallen?

Er ruft nach Nedda, aber sie antwortet nicht. Er brüllt und wartet, aber nichts passiert. Sie muss ihn doch hören. Sie ist hinten bei den Schläuchen und Schnüren. Er ruft noch mal, immer noch keine Reaktion. Sie bewegt sich nicht.

Er springt von der Maschine und wird gebremst. Hm. Er streckt die Hand aus und stößt gegen etwas, etwas Trockenes und Glattes. Warm. Ihm ist warm. Heiß sogar. Dabei war es eisig, als sie losgefahren sind, und gestern musste er eine Jacke anziehen. Papas Wut kommt zur Hälfte vom Frost. Sein Auge tut weh, aber er verdrängt es.

Er versucht zu gehen, trifft aber auf die gleiche komische Barriere, obwohl die Luft nicht anders aussieht, der Boden nicht, gar nichts. Nedda rührt sich immer noch nicht. Sie ist wie ein Standbild auf einem Videorekorder, aber ohne gezackte Linie mittendurch. Er ruft ihren Namen.

Er brüllt, bis seine Kehle heiser ist. Sie zuckt nicht mal.

Zwei Tage vergehen. Es müssen zwei Tage sein, weil er die Sekunden zählt und sie mit Minuten multipliziert, dann Stunden. Das Einmaleins kann er nicht so gut, also schreibt er mit den Fingern auf die Erde. Er hat zweimal geschlafen, auf dem Sitz des Baumschneiders. Er hat viermal geweint, aber Nedda ist die Einzige, die es gesehen haben könnte, also macht es nichts. Wahrscheinlich bemerkt sie es nicht mal. Sie hat sich kaum bewegt, ein bisschen aber schon. In Zeitlupe, nicht auf Pause. Sie hat den Kopf gedreht, und ihr Mund steht leicht offen. Das war vorher nicht so. Manchmal bewegen sie sich fast gleichzeitig. Das passiert nur, wenn ihm kalt wird. Dann fängt er zu schwitzen an, und sie erstarrt. Wenn er blinzelt, kann er die Zunge in ihrem Mund sehen. Er beobachtet, fragt sich, ob eine Fliege darauf landen wird.

Bei ihm ist eine Fliege. Sie steht still in der Luft. Nah genug, um die Adern in jedem Flügel zu erkennen, die Haare auf ihrem Rücken zu zählen. Nichts bewegt sich außer ihm. Er ist in einer Blase gefangen. Er ist der Bubble Boy.

Er lacht, bis es nicht mehr lustig ist; dann weint er.

Als er das Weinen satthat, nimmt er den Baumschneider auseinander, holt alles heraus, was mit seinen Schraubenschlüsseln und bloßen Händen geht. Er versucht, den Motorblock hochzuheben, verletzt sich aber. Er leckt das Blut ab. Es muss doch was geben, irgendwas, um den Motor zu starten. Er hat Hunger, aber auch nicht. Durst, aber auch nicht. Es muss schon eine Woche dauern. Er ist schon eine Woche weg, ohne zu essen oder zu trinken. Daran stirbt man normalerweise. Unweigerlich. Das hat er bei *MacGyver* oder *Das A-Team* oder so gesehen. Er weiß es nicht mehr. Seine Füße tun weh. Seine Finger tun weh.

Er wünschte, Nedda wäre mit ihm hier gefangen, dann hat er ein schlechtes Gewissen, weil er sich das gewünscht hat.

Irgendwann gibt es ein Dröhnen, unfassbar leise, zu leise, um es zu hören, aber er spürt es in seinem Brustkorb wie einen zweiten Herzschlag. Das ist Nedda. Nedda ruft.

Sie ist langsam. Alles außer ihm ist langsam.

Er ist das Äffchen, das Nedda seinetwegen mit einem Ölmessstab gepikst hat.

Sie ist klug, denkt er. Richtig klug. Sie kann ihren Vater holen, der der schlauste Mensch aller Zeiten ist, und die beiden kriegen es wieder hin. Er hat Glück. Echt supergroßes Glück. Was, wenn er hier festsitzen und sie nicht kennen würde?

Er setzt sich auf die Motorhaube. Er wartet.

Seiner Schätzung nach eine weitere Woche später gehen ihm die Lieder aus, die er kennt. Da ihm die immer gleichen zum Hals raushängen, denkt er sich selbst welche aus. Er zählt Dinge, die Fugen im Schuppendach, die Schrauben, die er aus dem Baumschneider geholt hat, die Haare auf dem Rücken der Fliege.

Es dauert ungefähr einen Monat, bis ihre Hand die Blase berührt. Er hat aufgehört, mitzuzählen. Die Haut an ihrem linken kleinen Fingernagel ist eingerissen, und auf ihrem Daumen ist ein roter Fleck. Es ist ein Abdruck des Apfels in dem Emblem, das sie gezeichnet hat.

Er geht im Kopf jeden Film durch, den er je gesehen hat, und versucht, sich an die Dialoge zu erinnern. *Die Goonies* war gut, aber viel mehr, als dass Chunk witzig war und Sloth ein bisschen Ähnlichkeit mit Eddie aus dem Angelladen hatte, weiß er nicht mehr. *Indiana Jones und der Tempel des Todes* ist besser als *Goonies*. Viel besser. Er hat ihn viermal im Kino gesehen, kann sich aber nicht an den Text erinnern. Er denkt über die Stelle nach, als sie das Affengehirn essen, und stellt sich das Äffchen auf dem Pick-up mit aufgeschnittenem Kopf vor.

Ein Jahr später sind ihm seine Schuhe zu klein. Er hat sich Löcher in die Hose gezupft und sich die feinen Härchen aus den Unterarmen gerissen. Manchmal, wenn ihm einfällt, dass seine Stimme funktioniert, sagt er ihren Namen. Ihr Arm ist jetzt dichter bei ihm. So viel ist ihm klar, auch wenn es keinen Sinn hat, zu grübeln, wie weit sie pro Tag kommt. Hin und wieder gibt es einen großen Sprung, und sie nähert sich einen halben Meter, aber meistens passiert gar nichts. Diese seltsamen Minuten, in denen er sie sich bewegen sieht, sind kalt und fühlen sich an wie Dezember. Er will ihr den Schmutz aus dem Gesicht wischen.

Er spricht mit ihr, aber sie antwortet nie.

Manchmal schläft er länger als einen Tag. Manchmal versucht er, wochenlang zu schlafen. Er kaut sich die Fingernägel bis aufs Fleisch ab. Er hat keinen Hunger mehr, aber lieber als sich die abgebissenen Stücke anzusehen, isst er sie. Wenn er das nicht macht, zählt er sonst die Wochen und Monate an abgenagten Fingernagelfetzen ab. Seine Zehennägel haben Löcher in die Socken gebohrt.

Wenn er jetzt ruft, überschlägt sich seine Stimme.

Seine Beine kribbeln unangenehm. Er muss rennen, kann aber nicht, muss aber, kann aber nicht, muss aber.

Sie legt ihre Hand auf die Blase, sein Zuhause, die Mauer aus Hitze zwischen ihm und der Welt. Er berührt sie, kann sie aber nicht spüren. Sie ist weg. Er ist auch woanders.

Er weint.

Er schläft. Hin und wieder träumt er, träumt, dass sie zusammen sind, die einzigen Menschen auf der Welt.

Eine Strähne über seinem Ohr lockt sich in die falsche Richtung und macht ihn wahnsinnig. Er zieht daran. Sie löst sich mit Wurzeln und Haut und ein bisschen Blut daran, und das fühlt sich gut an. Es beruhigt ihn. Er zupft noch ein bisschen mehr.

Papa wird kommen. Papa wird ihn auf dem Baumschneider sehen und Bescheid wissen.

Er schreit tagelang, bis er Blutbröckchen und Schleim hustet.

Es dauert Monate, bis sie weggeht, vielleicht ein Jahr, er weiß es nicht. Er hämmert auf das ein, was ihn festhält, den Film, das Glas, die Luft, die ihn einsperrt. Dann steht Nedda mit dem Rücken zu ihm, und er lernt ihn so gut kennen, wie er jemals ihr Gesicht kennengelernt hat: wie schmal ihre Schultern sind, dass ihre Knie leicht nach innen zeigen. Ihr linker Knöchel dreht sich beim Gehen nach außen, sodass ihr Schuh sich komisch austritt.

Ihr Schatten braucht eine Woche zum Verschwinden.

Er spricht nicht, ein Jahr lang, zwei. Er hält Ausschau nach ihr.

Ab dem fünften oder siebten Jahr sucht er nicht mehr. Er schläft auf dem Baumschneider, der unter ihm rostet. Er kuschelt sich auf den Sitz. Er stellt seine Schuhe auf den Boden, weil sie seit Jahren nicht mehr passen.

Er wartet.

1986: Der Faden

Betheen wog Kanten-Flocken mit einer Laufgewichtswaage mit drei Balken ab, Gewichte rasteten hörbar in Kerben ein. Wie in der Chemie war Gewicht präziser als Volumen. Federwaagen waren einfacher zu benutzen und aufzubewahren, aber sie liebte das Hantieren mit den Gewichten, das *Schscht*, wenn sie über die Balken glitten. Es war eine Waage, mit der sie früher die Menge von Giften abgemessen hatte, von ätzenden Stoffen, Chemikalien, die Geschwüre auf der Haut hervorriefen. Sie war mit für ihre Hochzeit bestimmtem Geld erworben worden. Falls jemandem aufgefallen war, dass die Blumen in der Kapelle aus Papier gewesen waren, dann war derjenige so höflich gewesen, es nicht anzusprechen.

Die Lampe über dem Herd flackerte. Sie musste die Birne wechseln. Sie musste so einiges wechseln. Aber lange Beziehungen erzeugten einen abstrakten Wunsch nach etwas anderem. Langeweile konnte das sein, was einen auseinandertrieb, oder auch, was einen zusammenhielt. Zu bleiben war Gewohnheit, genau wie der Gedanke an Trennung. Man blieb, weil man den anderen liebte. Manchmal verwandelte sich diese Liebe von einem lodernden Feuer zu einem Pullover, aber Pullover waren warm und hüllten einen ein.

Gewisse Rezepte konnte man im Schlaf aufsagen, und sie benutzte die Waage nur aus Freude wegen des wohligen

Gefühls der Gewichte. Neue Rezepte zu erfinden erforderte ihr Werkzeug und ihren Verstand, Nachdenken über Alkalität und Acidität, wunderschöne Verbindungen. Konsistenz. Konsistenz war Chemie. Das richtige Gleichgewicht zwischen Biss, Knusprigkeit, Weichheit und Körnigkeit, es lag ganz in der Struktur der Fette, Zucker, Proteine und Flüssigkeiten.

Sie wog und dachte über Agar nach. Es war elastischer als Gelatine. Ein Zuckerpolymer. Zucker statt Peptiden und Proteinen. Eine klarere Süße.

Bei einer von Theos Institutspartys hatte ein Kollege Mokkagelee mitgebracht. Es hatte einen sauberen, dunklen Geschmack, eine glatte Konsistenz, weich, aber fest, das ungelatineartigste Gelee, das sie je gegessen hatte. Betheen hatte seine asiatischstämmige Frau bestürmt, deren zu Tode gelangweilte Miene ihrer eigenen geähnelt hatte.

»Da ist keine Gelatine drin, oder? Das ist fantastisch.«

»Aber nein. Das sind Kanten-Flocken«, erwiderte die Frau. Jetzt fiel Betheen ein, dass sie Jeannie hieß. »Aus getrockneten Algen. Meine Mutter benutzt das für alles Mögliche. Sie hat mir welche geschickt. Damit geliert praktisch alles.«

»Das ist großartig. Wo kriegt man das?«

»Hier in der Gegend gar nicht. Man muss es bestellen.«

Sie hatte ihr Rezept für Grapefruit-Zuckerglas gegen den Namen eines japanischen Lebensmittelhändlers eingetauscht.

Als die Päckchen angekommen waren, hatte sie lachen müssen, weil sie feststellte, dass es Agar-Agar war, was Biologen als Nährboden verwendeten. Was sie damit alles machen konnte: Pralinen, die aussahen wie gegossene Schokolade und die Konsistenz von Mousse hatten, aber nach

Zitronenbonbons schmeckten, oder Desserts, die nach Vanille und Anis schmeckten, aber aussahen wie in Eiswürfeln eingeschlossene Beeren. Ein höherer Agar-Agar-Anteil als Mittel gegen die Acidität, und sie konnte eine ganze Hochzeitstorte aus Sektwürfeln herstellen, mit Puderzucker bestäubt und mit Bläschen darin, die auf der Zunge zischten.

Scheiß auf steife Hochzeitskuchen. Sekttorte würde innerhalb einer halben Stunde schmelzen. Wenn man sie nicht rechtzeitig aß, konnte man sie trinken. Die Präsentation wäre etwas schwierig, sie bräuchte mehrere Tabletts mit Schlitzen darin, mit Hilfe von Sektgläsern aufeinandergestellt. Aber war das nicht der Witz an den sanften Verbindungen von Nahrungsmitteln? Das Reizvolle daran war ihre Unbeständigkeit, ein einziger perfekter Moment. Eine Sekt-Wassertorte konnte mit Leichtigkeit in der Kategorie Konzeptkuchen gewinnen. Die Beiträge des letzten Jahres waren Klischees gewesen, Pferdeskulpturen, gegossene Schokolade, alles in der Konsistenz von Badezimmerfugen. Ein Kuchen, der kein Kuchen war, der seinen Zustand veränderte, würde das gesamte Konzept von Backen hinterfragen. Ein Sieg bei dem Wettbewerb konnte etwas verändern. Allein schon das Geld, fünfhundert Dollar zu ihrer freien Verfügung. Zudem bekäme sie kostenlose Werbung, Aufmerksamkeit und vielleicht einen Kunden, der keinen trockenen, geschmacklosen Tortenturm wollte, griechische Säulen aus Plastik, Fondant oder Hunderte von Zuckerperlen. Nedda würde es auch mögen: ein nicht zu süßer Nachtisch, der Regeln umging. Bemerkte sie, dass Betheen sie behutsam umwarb? Wie merkwürdig, seine eigene Tochter zu überlisten, damit sie zugab, die gleichen Dinge zu mögen wie man selbst. Sie zu locken, damit man sie lieben durfte.

Dessert, die geheime Sprache der Liebe unter Chemikern.

Wenn Kunden Betheen fragten, warum sie besser backte als alle anderen, zwang sie sich, zu erröten und zu verraten, dass ihre Küche windabwärts von Praters Plantage liege; alles habe ein wenig Orangenblüte in sich.

Sie sagte nicht: »Weil ich Chemikerin bin, Arschloch«, obwohl ihr die Worte oft auf der Zunge lagen. Die Frauen im Gemeindehaus wollten volkstümliche Gemütlichkeit. Chemie – auch wenn sie sie mit ihren Herzpillen am Leben erhielt, ihr Essen süßte und ihr Gebiss im Mund verankerte – war nicht erwünscht. Weshalb sie sich nach Theo sehnte, der nicht mit der Wimper zuckte, wenn sie Kanten-Flocken und Xanthan bestellte, der lächelte, wenn es im Haus nach sauer gewordener Papaya oder verbranntem Zucker roch. Weshalb sie blieb, obwohl sie den Mann vermisste, der er einmal gewesen war, als sie sich kennenlernten, die Ehrfurcht, die er vor ihr gehabt hatte. Sie vermisste das berauschende Gefühl des Semesters, das sie mit der Arbeit an Aromastoffen verbracht hatte, und den wohligen Schrecken, ihre hellblauen Ballerinas in einem Raum voller unbeholfener Männer in Slippern zu sehen.

Sie hatte es geliebt, die Einzige zu sein.

Sie hatte nicht gewusst, dass sich das ändern würde.

Die Kanten-Flocken weichten im Wasser ein, die Orangenschale für Extrakt in Alkohol, alles musste ein Weilchen stehen. Sie holte sich ihren Schlüssel und den Mantel. Januar bedeutete, Kekse im Dunklen auszuliefern, obwohl es heute gar nicht dunkel war. Der Himmel war unnatürlich hell, wahrscheinlich wegen der NASA. Sicherlich untersuchten sie den Unfall mit allen möglichen Scheinwerfern und Helikoptern. Die NASA konnte wenn nötig den Himmel erleuchten.

Für Nedda und Denny legte sie drei Muffins auf den

Tisch. Sie hätte Pancakes machen sollen, aber es war ein schmaler Grat zwischen *genau richtig* und *zu viel*. Bei Nedda trat sie oft daneben. June sagte, es liege daran, dass sie zu spät angefangen habe, sich zu bemühen. Aber wie lange hatte sie für Trauer zu sühnen?

Sie fuhr los. Wenigstens war sie nicht Annie und hatte einen Mann geheiratet, der Kinder schlug. Theo konnte schwierig sein, aber er war nicht lieblos. Am Mauna Kea Inn bog sie rechts ab und musste wegen eines Gürteltiers anhalten, eine dunkle, schwerfällige Gestalt. Sie übertrugen Lepra. Betheen hatte das Gefühl, dass sie das ebenfalls tat. Ihre Tochter zog die Gesellschaft jedes anderen Menschen vor. In ihrer Ehe keine Berührungen mehr. Sie nahm an Kuchenbasaren und Elternabenden teil und bemühte sich, Small Talk zu machen, aber ihr fehlte der Draht, den andere Frauen zueinander hatten, die Sprache gemeinsamer Erfahrung, weil man zusammen aufgewachsen war. Sie war als Frau eines Wissenschaftlers nach Easter gezogen, ohne irgendwelche Verbindungen hierher. Es wurde immer noch getuschelt, wie verloren sie nach Michaels Tod gewesen war. Einmal hatte sie das Wort *Nervenzusammenbruch* aufgeschnappt.

Annie Prater hatte nie über sie geurteilt.

Das Bird's Eye bekam drei Bleche Limoncello-Mandelkekse. Ritchie Lester nahm sie an der Hintertür entgegen, beugte sich in den Kofferraum des Cadillacs, wobei sein Hemd nach oben rutschte und den weichen Bauch eines Mannes entblößte, der nach Geschmack arbeitete. Sie arbeitete nach Chemie, bis Zutaten, Zubereitungsweisen und Temperaturen Pfade in ihrem Gehirn hinterlassen hatten und das Gefühl von fünfhundert Gramm so tief darin verwurzelt war wie ihr Name.

So sollte Mutterschaft eigentlich sein, instinktiv, natürliche Empfindung. Doch sosehr sie sich auch bemühte, sie lernte es einfach nicht.

Ritchie stieß gegen ihre Hüfte, als er die Bleche abholte, eine versehentliche Berührung, die nicht versehentlich war. Sie konnte Sex mit ihm haben, wenn sie wollte. Wenn sie nur das geringste Interesse zeigte, würde Ritchie sie auf eine der Bänke im Lokal legen und zur Sache kommen. Es hätte sie beruhigen sollen, dass Männer sie immer noch vögeln wollten, obwohl sie weit über dreißig war und zwei Kinder geboren hatte. War es nicht. Männer waren alle unterschiedliche Ecken im gleichen Raum. Sie ignorierte die Berührung und vereinbarte den nächsten Liefertermin.

Sie fuhr weiter. Nedda und Denny sollten Zeit haben. Es tat ihnen gut, für kürzere Zeitspannen unbeaufsichtigt zu sein. Es formte den Charakter, die Fantasie, half ihnen, ihre Identität zu entwickeln. Betheen kurvte durch die Stadt, bevor sie Richtung Autobahn abbog. Beim Fahren fand sie die Ruhe, Formeln und Rezepte durchzuspielen. Eiweißglasur über einer Schokoladenhülle mit Erdbeerpüree-Füllung: eine Blase, die, wenn sie angestochen wurde, eine Flut von Erdbeergeschmack in dünne Schichten von karamellisiertem Biskuitteig abgäbe. Es würde besser als Parfüm riechen. Oder besser noch, eine künstliche Orange: eine dünne Paraffinhülle, gefüllt mit Orangencreme, überzogen mit Orangenglasur und gesprenkelt mit roten und braunen Punkten aus Lebensmittelfarbe. Ein kleines echtes Blatt, festgeklebt mit einer Glasurperle. Ihre Gedanken wanderten wieder zu der Sekttorte und der Orlando Cake Show. Ihr erster Versuch war zu einem alkoholischen Ziegelstein geraten. Heute wollte sie mehr Sekt benutzen, weniger Kanten. Mehr Flüssigkeit. Sie wollte Tränen. Eine Torte aus einem Turm von

Tränen, der sich nach und nach auflöste. War eine Ehe nicht genauso? Menschen, deren Horizont bei Krümelkonsistenz, Fondant und Zuckerblumen endete, wären empört. Betheen bräuchte eine Magnumflasche. Während Annalise Stevens von Hand Scheinwerfer auf das alberne Auto malte, das sie dieses Jahr backte, würde Betheen den Sekt in einen riesigen Topf mit Kanten und Wasser schütten. Den Rest davon schlürfen, während die Förmchen abkühlten. Kandierte Orangenschalen – aus Prater-Orangen – über gelierte Sekttränen streuen. Und wenn er fertig war, wenn der Kuchen zerschmolz, wie die Ehe von jedem, der eine Hochzeitstorte in Form eines Ferrari bestellte, würde sie die Gläser mit gesüßtem Sekt herumreichen, zu dem er geworden war. Und sie würde niemals preisgeben, wie sie das gemacht hatte. Annalise, Veronica von Veronica's Delights und die toupierten Frauen von Candy's Cakery müssten ihre ungegessenen Autos, Häuser und Pferde zurück in ihre Konditoreien wuchten. Wohingegen Betheen in einem Hotel übernachten, die Reste austrinken und sich auf einem Bett ausstrecken würde, das sie am nächsten Morgen nicht machen musste. Chemie.

Die Träume von einer Nacht in einem Luxushotel wurden unterbrochen, als sie am Ende einer Autoschlange bremsen musste. Die Red Bug Road wurde zu einem Zubringer zum Highway, der sechs stumpfsinnige Fahrstunden an der Küste entlangführte. Hin und wieder würgte jemand auf der Auffahrt den Motor ab. Sie hielt Ausschau nach der Stauursache. Einige Fahrer stiegen aus ihren Wagen, und ein Mann wanderte mit einem Notizbuch in der Hand ungeduldig um ein kleines Auto herum. Da stand ein Laster von Prater, dahinter Pete McIntyre in seinem Pick-up und Anny Praters Mercury. Hatte sie Denny schon abgeholt? Pete McIntyre lief ebenfalls herum, die Hand in den Nacken gelegt.

Betheen lehnte sich aus dem Fenster, um besser sehen zu können. Vor dem Laster war der Asphalt mit dichtem Gestrüpp überwuchert. Die Bäume und Sträucher an den Straßen wurden nie rechtzeitig zurückgeschnitten, daran war man gewöhnt, aber das hier war richtig dicht, wie die unberührten Gegenden in den Everglades. Noch mehr Leute stiegen aus. Der Notizbuch-Mann brüllte dem Lasterfahrer etwas zu und fuchtelte dabei mit den Armen.

Die Raumfahrt-Reporter erkannte man sofort an ihren abgetragenen Hemden und Hornbrillen, Männer, die sich immer noch in den Sechzigerjahren glaubten. Falls er auf dem Weg nach Canaveral war, musste er eine andere Route nehmen. Die Straße war unter einem undurchdringlichen Pflanzendickicht verschwunden. Die Ranken schienen sich zu winden, zogen sich in unterschiedlichen Abständen zurück und gaben hohes Gras darunter frei, das dann wieder von Kudzu und Moos überwuchert wurden.

»Du lieber Gott.« Sie stieg aus und rief: »Weiß jemand, was da los ist?«

»Nein«, antwortete Pete McIntyre. »Ich war auf dem Weg nach Mims, um ein paar Ersatzteile zu besorgen, und es ist seit mindestens einer Stunde so. Ich bin schon bei der Polizei vorbeigefahren, ob die mal bei der Autobahnmeisterei anrufen können, aber ihr Telefon geht nicht.«

Die Telefonleitung der Polizei war tot? Annie saß noch in ihrem Wagen, Denny war nicht bei ihr. Wie lange war sie schon hier? »Hat es schon mal jemand über den Satsuma Drive probiert?« Nein, hatte niemand.

Der Reporter stützte sich auf seiner Motorhaube auf. »Komme ich über den zur 95 oder auf die Autobahn?«

»Beides.« Betheen ging zu Annies Wagen. Annie hielt das Lenkrad fest umklammert, und sie sah durch die Windschutzscheibe, als könnte sich das Problem jede Sekunde klären. Als Betheen an ihr Fenster klopfte, kurbelte sie es langsam herunter.

»Das ist ja verrückt. Geht's dir gut?«

»Ja«, sagte Annie. »Ich kann Denny später abholen. Nach der Schule, versprochen. Ich möchte dir nicht zur Last fallen.« Sie hatte Ringe unter den Augen, aber ihre Haare waren perfekt zu einer dunkelbraunen Prinzessin-Diana-Frisur geföhnt. Diese Erschöpfung kannte Betheen, wenn der Körper nicht arbeiten wollte und Herz und Magen zu einem einzigen schmerzenden Organ verschmolzen, man sich aber trotzdem die Haare föhnen musste, weil jemand einen sehen könnte. Annie hatte auch Betheen schon so erlebt.

»Ihr fallt uns doch nicht zur Last, Annie. Nedda und Denny waren lange auf und haben gelacht.« Genug, um ihr zu vermitteln, dass es ihrem Sohn gut ging, nicht genug, um jemanden in Hörweite ahnen zu lassen, dass dem nicht so sein könnte.

Annies Stimme war außerhalb des Wagens kaum zu hören. »Danke. Es ist albern. Desmond hat nur ein bisschen Dampf abgelassen. Er hat ein furchtbar schlechtes Gewissen. Denny macht das nicht absichtlich, aber er reizt ihn einfach immer wieder bis aufs Blut.«

Man konnte sich unmöglich vorstellen, dass Denny irgendjemanden bis aufs Blut reizte. Er hatte nie auch nur vergessen, sich die Schuhe vor der Tür abzutreten.

»Es eilt überhaupt nicht. Nedda ist fröhlicher, wenn er da ist, und manchmal tut eine Pause von den Kindern gut.« Betheens Tonfall war locker. »Wenn er noch ein bisschen bei uns bleiben soll, ist das kein Problem. Es ist schön, einen Jungen im Haus zu haben. Sie sind so anders als Mädchen.«

»Ich möchte dir wirklich nicht solche Umstände machen.«

»Bist du sicher, dass alles in Ordnung ist?«

»Ja, ja.« Ihr Lächeln war verkrampft. »Danke, Betheen. Dir und Theo.«

Am liebsten hätte Betheen gesagt, dass alles wieder gut werde, aber vom Wünschen allein wurde es das nicht.

Der Lasterfahrer beugte sich aus dem Fenster. »Ich kann nur wenden, wenn jemand zurücksetzt.« Ray Villaverde. Seine Tochter ging mit Nedda zur Schule.

Betheen rief zurück: »Möchte jemand den Satsuma probieren? Wenn das nicht geht, vielleicht die John Lee zur Siebenundvierzig?«

Annies Wagen wälzte sich langsam herum, und die Schlange bewegte sich allmählich rückwärts. Betheen steuerte ihr Auto auf den schmalen Streifen zwischen Straße und Kanal. In einer Kolonne fuhren sie hinter Ray Villaverde auf den seltsam farbigen Himmel zu, ins Zwielicht.

Während sie über die Straßen krochen, bohrte Betheen die Nägel ins Lenkrad. Als sie den Satsuma Drive erreichten, stimmte dort etwas nicht, und zwar gar nicht. Der graubraune Kanal an der Seite, der eigentlich warm sein und in dem es vor Insekten wimmeln sollte, war zugefroren. Eine solche Kälte gab es hier unten normalerweise nicht, und doch war Raureif die Böschung hinaufgekrochen, und Eis, richtiges Eis, überzog den Asphalt so dunkel und flächendeckend, dass kein Anfang oder Ende zu sehen war.

Als der Laster auf das Eis traf und sich querstellte, schien er auf Luft zu tanzen. Theo hätte Gleichungen gesehen: Impuls, Reibung und Geschwindigkeit. Betheen sah das Unausweichliche.

Der Reporter bremste scharf, und sein Wagen geriet ins Schleudern.

Sie trat rhythmisch auf die Bremse, riss am Steuer. »Gegenlenken, gegenlenken, gegenlenken.«

Der Blick des Reporters begegnete ihrem.

Seine Nase war kurz, drei Beulen wie bei einer Cabbage-Patch-Puppe. Das fliehende Kinn verschwand fast an seinem Hals, wobei das auch daran liegen konnte, dass er schrie. Seine dunkle Hornbrille flog ihm vom Gesicht. Unentwegt drehte er das Lenkrad.

Sie versuchte, *Aufhören* zu rufen, konnte aber nicht.

Sie lenkte nach rechts, scharf rechts, trat immer wieder kurz auf die Bremse, wurde herumgeschleudert, als ihr linker hinterer Kotflügel gegen ein anderes Auto prallte, und wandte dabei den Blick nicht von dem schreienden Mann ab.

Sie sah seine Augen. Über die Motorhauben zweier schlingernder Autos hinweg war die Farbe nicht zu erkennen, nicht, wenn einer davon ein Cadillac war, nicht, wenn die Morgensonne so tief stand, aber Betheen wusste, dass sie grau waren, mit der gleichen Gewissheit, mit der sie wusste, dass vor ihren Augen ein Mensch starb.

Die Zeit blieb stehen.

Er sah sie.

Sein Mund schloss sich.

Er war Mitte dreißig, möglicherweise jünger, wenn er aus der Gegend stammte, wo die Sonne einen verbrannte wie eine Erdnuss. Seine Lippen waren dünn. Licht spiegelte sich auf seinem Ehering, einem dicken Klumpen Gelbgold. Als Edelmetall sollte es eigentlich Reinheit oder Beständigkeit bedeuten, aber nichts sah man Abnutzung so an wie Gold. Ihren eigenen Ring hatte sie von ihrer Großmutter geerbt; Theo hatte lächeln müssen, dass er ihr einen Ring schenkte, der ihr schon gehörte. Es gab einen Sog, der sie mit dem Mann auf der anderen Straßenseite verknüpfte.

Eine schwache Bindung, Van-der-Waals-Kräfte. Butter, aufgeweicht, schmelzend.

Die Zeit dehnte sich. Seine Lippen formten ein Wort. *Hilfe.*

Der Moment zerriss. Sein Auto schleuderte und krachte gegen den Laster.

Es überschlug sich schnell, heftig, so abrupt, dass ihr der Atem stockte. Nachdem es die Leitplanke durchbrochen hatte, landete es auf dem Dach und kippte in den Kanal.

Zwanzig, dreißig, vierzig Sekunden. Minuten verrannen, wie lange auch immer es dauerte, bis der Cadillac zum Stehen kam, bis Betheen Atem holte, den Sicherheitsgurt löste und nach draußen stürzte.

Der Kanal zog den Wagen in sich hinein. Wie Treibsand, aber schlimmer. Hände lagen auf ihren Schultern, hielten sie fest. Sie war dabei, über die Leitplanke zu klettern.

Hilfe.

»Sie können nichts machen. Bleiben Sie hier.« Öl unter den Fingernägeln, Sommersprossen und Narben auf den Armen, eine raue Stimme. Pete McIntyre. »Alles gut, alles gut. Mrs. Papas, steigen Sie nicht da drüber, sonst gehen Sie mit unter.«

»Jemand muss ihn doch rausholen«, sagte sie. »Er ist drin. Er ist da drin.«

Petes Finger bohrten sich in ihren Arm. »Nicht, Betheen. Nicht.«

»Er ertrinkt doch.«

»Nein.«

»Wie können Sie jemandem beim Ertrinken zusehen?«

»Er kann nicht ertrinken, Mrs. Papas. Er ist schon tot.« Pete lockerte seinen Griff. »So. Machen Sie die Augen zu, bis ich es sage, ja? Dann werfen Sie einen Blick drauf, ganz kurz.«

Es war leicht, einer so ruhigen Stimme zu gehorchen.

»Augen auf«, sagte er. »Jetzt sehen Sie hin.«

Die Kälte, die vom Kanal aufstieg, betäubte sie. Vor ihr lag das, was vom Seitenfenster des Wagens noch übrig war. Der Rahmen war zerquetscht und ähnelte einem blinzelnden Auge. Dann sah sie ihn.

Der Kopf des Reporters war nach hinten geflogen, wobei *fliegen* Bewegung implizierte, dabei würde sein Kopf sich nie wieder bewegen. Seine Nase berührte die Decke.

Da war Blut.

»Er ist tot, sehen Sie? Er kann nicht ertrinken. Es ging ganz schnell. Machen Sie die Augen wieder zu, okay, Mrs. Papas? Okay, Betheen?« Er brachte sie zu ihrem Wagen zurück. Sie ließ es zu, es fiel ihr nicht schwer.

Sie dachte an diesen gelbgoldenen Ring, an die Frau des Mannes. Wenn Pete sie dazu aufforderte, stieg sie über Gegenstände, wich Glassplittern aus. In der Seite des Cadillacs war eine lange Delle, ein Kotflügel war eingedrückt.

Ray Villaverde stand neben seinem Laster und sagte: »Wir brauchen die Polizei, jemand muss die Polizei rufen.«

Annie Prater war jetzt ebenfalls ausgestiegen, die Hände tief in die Taschen ihres blauen Jeansrocks gesteckt. Ihre Blicke trafen sich. Es entstand keine Verbindung, kein Ineinandergreifen, wie Betheen es bei dem Mann empfunden hatte. In Annies Miene lag nur Angst.

Dieser Sog, das Ziehen, war den Sterbenden vorbehalten. Sie hatte es schon einmal erlebt. Hatte der Mann vielleicht Kinder?

Nedda. Sie musste nach Hause zu Nedda. Ihr Bescheid geben, dass es ihrer Mutter gut ging.

Betheen holte ihre Handtasche aus dem Fußraum des Beifahrersitzes und suchte im Handschuhfach nach ihrem Lippenstift. Bordeaux, eine Farbe, die nach Verheißung und Wein klang. Er bestand hauptsächlich aus Carnaubawachs – langkettige Ester mit einem hohen Schmelzpunkt, hart wie Beton – und als Weichmacher zugesetzten Ölen. Das Wachs, das sie auf ihre Lippen strich, war das gleiche, mit dem sie das Auto polierte. *Wachslippen*, dachte sie und biss sich auf die Zunge.

Er war tot. Dieser arme Mann war gestorben. Jemand musste die Polizei holen. Jemand musste da sein, wenn Nedda und Denny nach Hause kamen. Jemand musste *alles* tun. »Ich muss los«, sagte sie.

»Ich fahre Sie nach Hause«, sagte Pete. »Danach komme ich zurück, schleppe Ihren Wagen in die Werkstatt und sehe ihn mir an.«

Ihr Brustkorb schmerzte. Die Straße war vereist. Niemand hier wusste, wie man bei Glatteis fuhr. Sie dachte an den Hals des Reporters, den unnatürlichen Knick darin, wie ein abgewinkelter Ellbogen. »Nein, ich muss ein paar Schritte gehen. Ein bisschen allein sein. Zu mir kommen.«

»Betheen?« Annies Stimme. Dünn, hoch.

»Mir geht's gut, Annie. Hol du bitte die Polizei.«

Als Annie noch einmal nachhakte, zwang Betheen einen Kloß in ihrer Kehle hinunter. »Mir geht es gut. So weit ist es ja gar nicht, nur zwei, drei Kilometer, und ich brauche ein paar Minuten, um einen klaren Kopf zu kriegen. Das verstehst du doch.«

Als sie loslief, hielt niemand sie auf. Betheen presste sich die Handfläche fest auf die Rippe oberhalb ihrer Brust: Muskeln, Fett und Knochen. Sie knöpfte den Mantel auf, zog den Blusenausschnitt nach unten und entdeckte, dass der Sicherheitsgurt einen Bluterguss hinterlassen hatte. Er sah aus wie Erdbeeren und fühlte sich an, als wollte ihr jemand das Herz stehlen.

Sie folgte der doppelten gelben Linie, setzte die Schuhe zwischen den Farbstreifen auf. Als sie auf den Bluterguss drückte, dachte sie erneut an den Mann, an diesen Moment der Verbindung zwischen ihnen. Er hatte gewusst, dass er gleich sterben würde. Und seine Frau? Hatte sie es ebenfalls gespürt?

Der Weg war schnell zurückgelegt. Entfernungen verschwanden, wenn man von jemandem angezogen wurde, den man liebte. Sie rieb über den dicker werdenden Striemen auf ihrer Brust, klammerte sich an das, was immer da gewesen war, die beiden Fäden, die sie hinaus in die Welt gesponnen hatte. Der eine zu dem kleinen Michael tat immer noch zu weh, um darüber zu sprechen, wenn auch aus anderem Grund als zu Anfang. Ab einem gewissen Punkt war zu viel Zeit vergangen, um seinem Kind von einem Geschwisterchen zu erzählen, das es niemals kennenlernen würde. Die Schuldgefühle eines solchen Geheimnisses erzeugten einen eigenen, seltsam zärtlichen Schmerz. Der andere Faden verband sie mit Nedda. Er war nicht wie der zu Michael oder der, der sie mit dem toten Mann verknüpft hatte. Ihre Tochter mochte ihn vielleicht nicht spüren, aber er war da. Er bildete sich, wenn man Kinder bekam, und blieb intakt bis zu dem Tag, an dem man starb. Eine kovalente Kohlenstoff-Kohlenstoff-Bindung zog Betheen und Nedda fest zueinander.

1986: In den Mund

Das Auto ihrer Mutter war nicht da, und das ihres Vaters stand ebenfalls nicht in der Einfahrt. Ihr Vater hatte drei Plätze: den Keller, den Sessel im Wohnzimmer und das Labor im College. Nedda fuhr schnell, der Wind pfiff ihr in den Ohren. Papa Prater würde bald aufwachen. Dann würde er Denny finden.

Das Ding um Denny herum war wie das um das Äffchen, nicht hart, aber auch nicht richtig weich. Es fühlte sich elastisch an und erinnerte sie an Gelatine. Sie hatte dagegengedrückt und einen Widerstand gespürt; dann war etwas wie eine statische Entladung durch sie gefahren. Die Luft hatte gewabert, sich beinahe gekräuselt.

Es hatte einen Moment gegeben, in dem sie mit ihm hätte reden können, in dem die Luft beinahe normal gewesen war, aber dann hatte sie sich wieder verändert. Was konnte man anfassen, aber nicht sehen? Luft, Quallen, Wasser, wenn man sich darin befand. Gerüche. Atome. Man berührte andauernd Atome, ohne sie zu sehen. Der Affe hatte sich überhaupt nicht bewegt, Denny pausenlos. Gegensätze. Die Bäume in der Plantage bewegten sich ebenfalls ununterbrochen, aber bei ihnen ging es vor und zurück. Denny alterte, alles passierte bei ihm sehr, sehr schnell. In seinem Inneren musste sich ebenfalls alles schnell bewegen, vibrieren, sich erhitzen wie ein Marshmallow in einer Mikrowelle. *Bumm.*

Ihr Vater würde es wieder in Ordnung bringen.

Sie kniff die Augen zu und trat in die Pedale, horchte in sich hinein. Weil ihr Fahrrad wackelte, schlug sie die Augen wieder auf. Über die Straße dauerte es zu lange. Deshalb bog sie scharf ab, um die Abkürzung durch den ehemaligen Paradise Park zu nehmen. Was, wenn Denny erwachsen wurde, bevor ihr Vater etwas unternehmen konnte? Dann müsste sie ohne Denny zur Schule gehen. Er müsste sich ein Haus besorgen. Eine Familie. Sie fuhr auf den Eingang zu und auf den Schatten, den der riesige Tiki-Kopf warf. Was, wenn Denny starb, bevor ihr Vater etwas tun konnte?

Der Zaun um den Island Paradise Park war fast seit dem Tag kaputt, an dem er gebaut worden war. Monatelang hatte die Bank ihn reparieren, neuen Maschendraht spannen lassen, aber nachdem ein Jahr lang immer wieder eingebrochen worden war, blieb der Zaun kaputt, und der Unterschied zwischen Park und Wald verblasste. Stacheldraht und Pfosten ragten aus wildem Wein und Stechwinden hervor. Dieselben Ranken kletterten auch am Eingangstor empor, wodurch der Tiki-Gott mit dem bösen Blick einen Bart bekam. Die Augen waren leere Höhlen, die früher einmal nachts von Gaslaternen erleuchtet worden waren. Jetzt schimmerte unheimlich gelber Himmel hindurch, und man sah ein Vogelnest in der linken.

Nedda fuhr durch den Mund des Gottes. Er war aus gegossenem Beton, genau wie der Pinocchio auf dem Minigolfplatz. Nedda hatte das Gefühl, er beobachtete sie.

Ganze Gebäude wurden vom Kudzu eingehüllt, sie zerbröckelten und wurden zu Boden gezogen wie von einem lebendigen Anker. Die Pflanzen hatten sich die Wasserrutsche einverleibt, die jetzt nur noch eine Mauer aus Blättern und Stängeln war. Alles, was in Easter lange genug stillstand, wurde vom Wald verschlungen. Wenn der Affe sich nicht mehr bewegte, würde der Kudzu ihn früher oder später ebenfalls überwuchern.

Das drohte auch Denny.

Nedda fuhr an dem Teich vorbei, durch den man früher mit Kanus hatte paddeln können, die man mit den Füßen antrieb wie ein Schwanenboot. Er war von Algen und Moosen erobert worden, das Wasser bildete jetzt eine feste grüne Masse. Außerdem dampfte es, Wölkchen stiegen in der Kälte auf. Wie konnte er heiß sein, wenn alles andere kalt war? Denny sagte, Jimmy La Morte badete wahrscheinlich in dem Teich. Man sah dicke Blasen und am hinteren Ende etwas in die Luft ragen, was vielleicht einmal ein Steg gewesen war.

Die Bäume wichen Gras und Sand und dem North Satsuma Drive, der an der Rückseite des Colleges verlief. Sie war allein durch den Paradise Park gefahren. Ganz allein durch den Tiki-Mund gefahren. Eigentlich, dachte sie, hätte sie sich stolz oder mutig fühlen müssen. Aber sie hatte einfach nur schreckliche Angst.

Als sie ihren Vater durch das schmale Fenster in der Labortür sah, begann sie zu weinen. Er konnte es bestimmt wieder in Ordnung bringen, weil er alles wusste.

Sie keuchte und schwitzte, war von Kopf bis Fuß verschmiert, ihre Lippe war wund, weil sie darauf herumgekaut hatte, und Denny war weg.

»Nedda?«

Ein Zittern ergriff sie, erschütterte alles, blitzschnell. Sie konnte nicht erzählen, dass Denny gegen den Baumschneider getreten hatte, dass er sich gedehnt und geschrien und sich in rasender Geschwindigkeit bewegt hatte wie ein vorgespulter Film. Sie hatte das Gefühl, in Licht und Hitze und Gedanken und alles im Universum auf einmal zu zerspringen, wegzufliegen, zu fliegen, zu fliegen. Sie konnte nur weinen.

Die Arme ihres Vaters umschlossen sie. »Was ist denn los? Komm mal her.« Das Ein und Aus seines Atems war wie eine Welle, wie eine Pumpe, wie ein Akkordeon, wie die Sonne – aufgehen und sinken, aufgehen und sinken. Bartstoppeln an ihrer Wange.

Sie war wütend, weil sie weinte, weil sie nicht reden konnte. Sie wollte schlucken, konnte aber nicht, und das Schluchzen wollte nicht aufhören. Eine Rotzblase brachte sie zum Husten.

»Atmen. Atme, dann sprich. Ein, aus. Okay?«

Sie war froh über das Gewicht seiner Arme. Er brachte es bestimmt wieder in Ordnung.

»Mit Denny stimmt irgendwas nicht. Es ist echt schlimm, Papa.« Und dann rutschte alles heraus. Sie war durch den Mund des Gottes im Park gefahren und nicht verschlungen worden, sie war als Schrei herausgekommen – sämtliche Wörter, die jemals stecken geblieben waren, wurden aus ihr befreit.

Sie redete und redete. Erzählte ihrem Vater von Dennys blauem Auge und dass Papa Prater ihn geschlagen habe, weil er eine Maschine kaputt gemacht hatte, aber das habe er nur gemacht, weil er eine Sechs geschrieben und es verheimlicht hatte. Sie erzählte von dem Äffchen und dass sie es nicht hatte anfassen können und es lebendig schien, aber gleichzeitig erstarrt, und von den Orangenbäumen und dass der Himmel krank aussah und es zu früh hell geworden war und dass alles auf der Plantage wuchs und schrumpfte und abstarb und wieder neu wuchs. Sie erzählte von den Wassersprengern und dem grellen Lichtblitz, der Denny verschluckt hatte.

»Ich konnte erst gar nichts mehr sehen, alles wurde schwarz und lila, und hinterher war Denny verschwommen und zu schnell. Ich wollte zu ihm, Papa. Ich hab's versucht, aber es ging nicht, und ich glaube, er stirbt.« Sie lehnte sich an ihren Vater, und ihre Knie trafen auf dem Fußboden auf.

»Er stirbt nicht, *Kleiner Tick*.«

»Woher willst du das wissen?«

»Erzähl ganz genau, was du gesehen hast.«

»Hab ich doch gesagt. Die Sprenger sind angegangen, es hat geblitzt, es war kalt, dann heiß, und ich konnte nicht zu Denny. Er ist eingeschlossen wie das Äffchen. Du verstehst nicht, wir müssen was tun, Papa. Du musst helfen.«

Er hörte nicht zu. Denn sonst hätte er verstanden und würde Sachen aufschreiben oder auseinandernehmen oder ihr Fragen stellen. Warum hörte er nicht zu?

»Nedda, atme.«

Sie versuchte es, betrachtete die Regale an der Wand, die Kartons mit Kabeln für Schaltkreise, die Widerstände und Drosseln, die aussahen wie kleine Ameisenkörper mit Drahtbeinen, und die Steckplatinen. In einem Fach lag ein Haufen gerader Glasröhren, in einem anderen gekrümmte. Lötzinn. Es roch nach Lötzinn, bitter und beißend, wie in den schönen Ecken zu Hause. Hinter ihrem Vater bewegten sich langsam Crucibles Beine, kaum wahrnehmbar, nur die Schatten verrieten es.

Crucible sah anders aus als beim letzten Mal. Sein Innenleben war jetzt unter Metall und Glas versteckt, die ganze Verkabelung lag nicht mehr offen. Drei Entlüftungsschläuche hingen an ihm, glänzende Tentakel aus Aluminium. Auch die Beine waren anders, schwerer, glatter. Die Tür war fest mit einer breiten Dichtung verschlossen. Es war kalt im Raum, um Crucible zu kühlen. Wenn Elektronik überhitzte, war das schlecht. Denny überhitzte. Vielleicht kochte er doch von innen heraus wie die Marshmallows in der Mikrowelle. Vielleicht hatte sie gelogen.

»Ist die Maschine an?«

»Nein.«

»Sie bewegt sich aber.«

»Das ist nur noch das Auslaufen«, sagte er. »Es gab Probleme mit der Erdung nach dem Raketenstart, einen Kurzschluss. Heute Morgen habe ich daran gearbeitet und einen Test gemacht, um mich zu vergewissern, dass ich es repariert habe.«

»Du hast ihn angeschaltet.«

»Natürlich.« Irgendetwas war anders an ihm, ein Funkeln, das nicht richtig wirkte. Glücklich. Er war tatsächlich glücklich. »Es hat funktioniert. Nur vorläufig, aber es funktioniert, Tick. Das ist gut. Gut für uns.«

»Du glaubst mir nicht, stimmt's?«

»Es gibt sicherlich eine Erklärung. Beruhige dich erst mal, atme durch und probier's noch mal.«

Es gab eine Erklärung. Ihr Vater sagte, Crucible ordnete Dinge, verlangsamte das Fortschreiten von Chaos, von Verfall. Und beschleunigen konnte er auch. *Siehe auch: Zeitpfeil.* Von Dennys Haaren hatte sie nicht erzählt, der ausgerissenen Strähne. Dass er so geschrien hatte. Bestimmt wollte er nicht, dass jemand davon erfuhr.

Nedda ergriff die Hand ihres Vaters und drückte, so fest sie konnte, zu, wohl wissend, dass ihm das wehtat. Es sollte so wehtun wie bei Denny. Als Theo fluchte, quetschte sie noch fester und zog ihn zur Tür.

Er entwand sich, beugte sich vor und hielt sich die Hand. Seine Augen waren rot und glasig. Er funkelte sie an, als würde er sie gar nicht erkennen. »Was machst du denn da? Was sollte das?«

»Du musst mitkommen«, flehte sie ihn an. »Entschuldige, tut mir wirklich leid, aber du musst mir glauben. Ich zeig es dir, ja? Ich bring dich zu ihm. Bitte, du musst mitkommen.«

»Ich rufe deine Mutter an.«

Sie hatte noch nie mit Gegenständen geworfen. Leute, die mit Gegenständen warfen oder Papierkügelchen schossen, waren zu dumm, um sich vernünftig auszudrücken, zu dumm, um zu wissen, was sie wollten oder dass es Methoden gab, mit denen man bekam, was man wollte, ohne jemanden darum bitten zu müssen. Aber das Voltmeter fühlte sich gut in ihrer Hand an, die große rote Anzeige leuchtete schön wie in *Zurück in die Zukunft*. Als es an der Wand zerbrach, merkte man, wie viel davon aus billigem Plastik war. Dann die Nadelzange. Ein Stift. Ein Paar schwere Handschuhe.

Er war schuld. »Du musst es reparieren.«

Er brüllte, aber das war ihr egal. Wenn er nicht zuhörte, warum sollte sie? Alles vom Tisch flog quer durchs Zimmer, auf Crucible und seine Beine, die Maschine, die das Ganze ausgelöst hatte. Sie schleuderte fest, schnell, aber nichts traf.

»Nedda, hör auf. Beruhige dich.« Dann lagen seine Hände auf ihren Schultern und schüttelten sie. Sie merkte genau, wann der Schmerz ihn durchfuhr, denn er wurde dann ganz blass.

»Na gut«, schrie sie. »Dann repariere ich es eben selbst.«

Sie rannte los. Er rief ihr nach, aber sie kümmerte sich nicht darum. Er hatte den Apparat gebaut, der Denny wehgetan hatte. Sie hatte das Gefühl abzurutschen, ins Unsichtbare zu gleiten, in die Dunkelheit zu verschwinden. Hastig schnappte sie sich ihr Fahrrad und fuhr los, weg von der

Maschine, vom Labor, seiner Stimme, seinem Glück, von was auch immer kurz vor dem Ausbruch stand.

Zwei Tage vorher hatte sie noch auf der Motorhaube ihres Vaters gelegen und über einen Kometen gelogen, den sie nicht sah, gelogen, um ihm einen Gefallen zu tun. Und jetzt half er ihr nicht. Er glaubte ihr nicht.

So schnell sie konnte, fuhr sie Richtung Wald. Sie erinnerte sich an ihren Vater, wie er schwitzend, mit beschlagener Brille vor dampfenden Kochtöpfen in der stickigen Küche stand. Das war im letzten Winter gewesen, bei ihrem Salzwasserexperiment.

Das Projekt hatte mit einer Frage wie ein Juckreiz begonnen. »Papa, wie viel Salz ist im Meer?« Sie lag mit Windpocken im Bett und unterhielt sich mit ihm. Als sie wieder aufstehen durfte, versuchten sie, die Salzmenge im Atlantik zu messen, im Indian River und in all den Buchten und Sümpfen in der Nähe – Salt Lake, Fox Lake, South Lake, St. Johns River –, denn alles in Meernähe neigte zum Brackigen. Ihre Instrumente waren einfach: ein mit Klebeband an einem Besenstiel befestigtes Marmeladenglas, Alu-Backformen, der Elektroherd.

Proben zu holen bedeutete, mitten im Winter ins Wasser zu waten, während Gischt über den Sand wehte wie Zuckerwatte. Die blauen New-Balance-Turnschuhe ihres Vaters weichten im Salzwasser auf und nahmen einen fauligen Geruch an. Wasser war auf ihre Hände gespritzt, wodurch das Blut daraus gewichen und ihre Finger wächsern, weiß und zittrig geworden waren. Wie jetzt gerade.

Obwohl Gestrüpp ihr über die Stirn kratzte, trat sie weiter keuchend in die Pedale.

Als sie damals die Proben geholt hatten, waren sie mit seiner Chevette gefahren. Im Wasser hatte sie ihren Schatten in seinen geschmiegt und war in dem Raum verschwunden, den er von der Welt abtrennte.

Das Wasser hatte sie auf dem Herd in den Backformen gekocht, bis es verdunstete und das Salz übrig ließ, die Küche mit all den Gewässern einnebelte, mit denen sie je in Berührung gekommen war. Eine Form wog 4,25 Gramm und fasste 473 Milliliter. Sie wogen sie vor und nach dem Kochen mit den Waagen, die ihre Mutter für Mehl und Zucker verwendete. Ihr Vater schob die Gewichte hin und her, und sie starrte auf seine Fingernägel, körnig und kreidig, als bestünden sie ebenfalls aus Salz. Nedda hatte gefragt, ob sie schmerzten.

»Immer ein bisschen, aber meistens nicht sehr. An manchen Tagen furchtbar.«

»Kannst du nichts dagegen machen?«

»Gegen Psoriasisarthritis gibt es nicht viel.«

Heute hatte sie ihm wehgetan. Seine Hand zusammengepresst. Absichtlich.

Damals hatten sie die Werte mit blauen radierbaren Tintenrollern aufgeschrieben, Salz und Wasser auf Liter multipliziert. Mit Marmeladengläsern hatte er ihr beigebracht, die Arme um Ozeane zu schlingen.

Mit einer Maschine brachte er Denny um.

Sie konnte nicht zur Plantage zurückfahren, bevor sie eine Lösung gefunden hatte. Wenn sie zur Schule ginge, müsste sie tun, als wäre nichts passiert. Sie müsste Dennys Schreie vergessen, die verdrehten Augen, das seltsame Licht. Sie konnte zu Mr. Pete fahren, dort gab es Dinge, die vielleicht nützlich waren, in seinem Haus, in seiner Werkstatt, in seinem Raumfahrtmuseum. Dinge, die sogar sie nicht verstand.

Wie bastelte man etwas, das spitz genug war, eine Blase

zu durchstechen, die man nicht anfassen konnte? Und wenn man es schaffte, sie zum Platzen zu bringen, verletzte man dann das, was sich darin befand? *Siehe auch: Zeitpfeil.* Sie brauchte ihr Lexikon. Sie brauchte ihr Zuhause.

Auf Höhe des Haverstone House waren ihre Beine taub, und als sie das Fahrrad schließlich zur Seite schleuderte, fiel sie hin und das Rad auf sie, ein Moment des Schwebens, gefolgt von einem harten Aufprall auf dem Pflaster, dann von lautlosem Weinen, stoßweise, schmerzhaft. Der Himmel war orangegelb, fast reglos, die Wolken erstarrt. Nicht richtig. Sie waren dort oben, die sieben Astronauten. Licht und Hitze und Kohlenstoff, Gas und was?

»Nedda.«

Sie versuchte, die Stimme auszublenden. Sie musste sich organisieren, anfangen. Darüber nachdenken, was spitz genug war.

»Nedda.«

Eine Hand. Ausgestreckt, die Finger genau richtig gekrümmt.

»Jetzt komm schon. Steh auf.«

Sie gehorchte und warf sich gegen ihre Mutter, ihren Mantel und ihre Bluse, und all die Vorsicht fiel von ihr ab. Lippen pressten sich auf Neddas Stirn. Ihre Mutter war kalt. Betheens Duft nach Magnolie und Zucker war vorhanden, aber darüber lag das scharfe, beinahe saure Beißen von Haarspray. Nedda wünschte, sich darin verkriechen zu können.

»Ich war mit Denny auf der Plantage«, sagte sie. Den Rest zu erzählen, fiel ihr leichter als beim ersten Mal, sie hatte die Sätze schon geübt, ausgetreten wie einen Waldpfad. »Papa glaubt mir nicht, aber ich lüge nicht, Mama. Denny hat wirklich schlimme Schmerzen, und ich hab ihn alleingelassen.«

»Alles ist gut, Nedda«, sagte Betheen, als sie geendet hatte.

»Nein, ist es nicht.«

»Doch. Du hast Angst, aber alles wird wieder gut. Wir müssen nur ein paar Sachen machen, okay? Wir müssen nachdenken.« Betheen brachte sie zum Haus, den Arm um ihre Schultern gelegt. Es war seltsam, sich so an ihre Mutter anzulehnen, aber sie konnte nicht anders.

»Mama, wo ist das Auto?«

»Es hat einen Unfall gegeben. Ein Mann wurde schwer verletzt, und mein Auto muss abgeschleppt werden. Aber mir geht's gut, mach dir keine Sorgen. Komm, Kleiner Tick. Gehen wir rein.«

Der Spitzname klang aus dem Mund ihrer Mutter komisch, aber das spielte keine Rolle. »Jemand wurde verletzt?«

»Ja. Aber mir ist nichts passiert und dir auch nicht. Das ist im Moment das einzig Wichtige. Glaubst du, du kannst aufschreiben, was du gesehen hast? Alles, was mit dir und Denny passiert ist?«

»Du glaubst mir?« Auf dem Küchentisch lagen Muffins. Drei Stück. Maismehlmuffins, nicht zu süß, die einzigen, die Nedda gern aß. Der Mixer stand auf der Arbeitsplatte, mit abgeschnittenem Kabel, wie von einem Messer durchgesäbelt.

»Natürlich glaube ich dir.«

»Warum?«

»Weil ich dich kenne.«

Zu jedem anderen Zeitpunkt hätte Nedda widersprochen; jetzt zupfte sie das Papier von einem Muffin ab. Es waren keine Pancakes aus Kuchenteig gewesen, aber etwas, das sie mochte. Das war nett von Betheen gewesen. Trotzdem konnte Nedda ihn nicht essen. »Er ist es gewesen, Papas Maschine ist schuld.«

»Das wissen wir noch nicht. Und selbst wenn, musst du dir darüber keine Gedanken machen.« Sie beugte sich zu Nedda vor, als wollte sie sie umarmen, drückte aber stattdessen ihre Arme aneinander. »Kannst du es aufschreiben?«

»Okay.«

»Gut. Dann mach das bitte. Und bleib ein Weilchen hier. Jemand muss Dennys Mutter Bescheid geben. Und ich muss mit deinem Vater sprechen.«

Betheens Miene war die gleiche, wie wenn sie feine Verzierungen aus Zuckerguss anfertigte, Stunden um Stunden mit der Spritztüte. Sie wirkte entschlossen. Kämpferisch. Mochte sie Kuchen überhaupt?

»Mama«, sagte Nedda; alle anderen Worte waren nicht mehr da.

»Wir kriegen das schon wieder hin«, sagte Betheen. »Wir finden einen Weg, und wir kriegen es hin.«

Nedda wollte sich noch länger an sie klammern. Sie wollte mit ihrer Mutter zusammen in umgekehrter Richtung durch den Tiki-Kopf laufen, sodass er sie rückwärts wieder ausspuckte, alles zurücknahm. »Ist gut.«

»Fahr nicht mit dem Rad. Bleib im Haus, halt dich von den Straßen fern. Irgendwas stimmt damit heute nicht. Ich bin bald zurück, versprochen.«

»Okay.«

Die Tür fiel hinter Betheen ins Schloss. Nedda holte ihr Heft.

Heiß und kalt. Schnell, dann langsam. Glas. Licht. Blase. Wie eine Shampooblase, mit Seifenschaum, der an der Seite runterrutscht. Zerplatzen. Wie man eine Blase zerplatzen lässt. Nägel. Nadel. Druck. Was passiert im Inneren einer Blase, wenn sie platzt? Wassersprenger. Grünes Licht.

Bäume vorwärts und zurück. Dampfender Teich. Komische Kälte. Papa hat was Schlimmes gebaut, was Schreckliches.

Ihr Stift verharrte. Es war zu schwer, zu beschreiben, wie ihre Haut sich angefühlt hatte, dass sie nichts mehr hatte sehen können, als Denny von dem Licht eingeschlossen wurde, wie die Luft um ihn herum gezittert hatte. Aber wenn sie nicht bei ihm gewesen wäre, hätte sie vielleicht tagelang nicht erfahren, was passiert war. In mehreren Tagen war er möglicherweise tot oder ein alter Mann, der sich gar nicht mehr an sie erinnerte.

Sie zupfte an einem Muffin. Innen war er noch ein bisschen warm.

Betheen glaubte ihr.

An Bord der Chawla

»Lumbalpunktion«, sagte Marcanta, während sie auf dem Rücken liegend durch die Tür schwebte.

»Dir auch einen guten Morgen«, sagte Jewgeni.

Nedda schluckte ihren Erdnussbuttertoast. Er kratzte an dem Belag im Hals, den Schlafwochen hinterließen. »Bitte sag mir, dass du nicht von Eingriffen am Spinalkanal träumst.«

»Besser als zu träumen, dass unser Lebenserhaltungssystem mitten zwischen den Planetensystemen den Geist aufgibt. Dagegen kann ich wenigstens was unternehmen.« Marcanta schnappte sich einen Kaffeebeutel aus der Vorratskammer und stach einen Strohhalm hinein. »Überlegt mal. Das Augenproblem. Die Cerebrospinalflüssigkeit trägt dazu bei. Eine Lumbalpunktion würde das CSF-Volumen senken. Wir müssten wöchentlich punktieren, um mit der Flüssigkeitsneubildung Schritt zu halten, aber es ist logisch: weniger Volumen, weniger Druck. Bingo – der Sehnerv kann sich erholen.«

»Ah. Schön. Und wir kriegen Kopfschmerzen wie Atombomben«, sagte Jewgeni. Er kaute auf etwas, das verdächtig nach rehydrierten Sardinen roch. Nedda hielt sich die Erdnussbutter unter die Nase; es brachte nicht viel.

»Ohhh, der große starke Russe kann kein winziges Kopfweh ertragen?« Wenn Marcanta lächelte, sah es aus, als hätte sie zu viele Zähne.

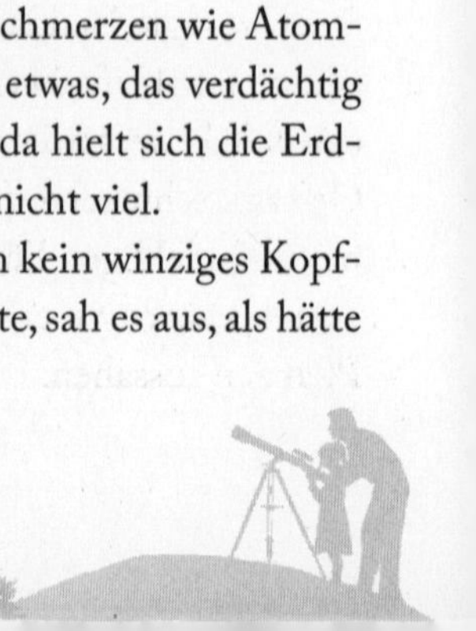

Weiteres Kauen, weiterer Fischgeruch. »Das eine ist das Kopfweh, das andere ist, dass du Löcher in meine Wirbelsäule bohrst, weil dir langweilig ist und du das Lebenserhaltungssystem nicht reparieren kannst.«

»Mach es bei mir«, sagte Nedda.

»Auf keinen Fall. Du bist wertvolle Fracht. Glaub mir, ich sehe jede Woche dein Blutbild. Wahrscheinlich manipuliert jemand beim NIH die Daten.«

Marcanta wusste mehr über Neddas Gesundheitszustand als sie selbst. »Was spricht dagegen, Daten über die Auswirkungen von Lumbalpunktionen bei Menschen wie mir zu bekommen? Ich mache es.«

»Vergiss es, Papas. Außerdem helfen deine ... helfen deine Daten uns anderen nicht.«

»Dann eben Singh«, sagte Jewgeni. »Den magst du. Bei ihm stocherst du nicht so viel im Rücken rum.«

»Du weißt doch, was der für ein Weichei ist. Danach will er eine Woche im Bett liegen und Fußmassagen bekommen.« Marcanta knotete ihr Haar zu einem Dutt, der über ihrem Kopf schwebte; mit ihrem runden Gesicht und dem Overall ähnelte sie einem Gartenzwerg.

Jewgeni stupste sie mit dem Finger an. »Du hast Angst, dass du irgendwas anpikst und er ins Koma fällt und wer dann durchrechnen soll, wie man den Generator repariert?«

»Ich«, sagte Nedda. »Probier es doch bei Singh vor seinem nächsten Schlafzyklus. Wenn er die Brille aufhat, könnte das den Effekt verstärken.« Sie leerte einen Kaffeebeutel. Das Getränk schmeckte fast wie in ihrer Erinnerung, nur dünner und mehliger. Es wurde immer schwieriger, sich an die echten Sachen zu erinnern, sich genau zu erinnern, wie die Pflanzen aussahen.

»Das ist wahrscheinlich vergebliche Liebesmüh. Es dauert nicht lange, bis sich der Liquor erneuert hat; Singh würde den Nutzen größtenteils verschlafen, bevor ich ihn testen könnte.«

»Dann mach es während einer normalen Schlafnacht.«

»Frag ihn vorher«, sagte Jewgeni. »Immer lauerst du uns mit deinen Nadeln auf.«

Marcanta nahm sich ein Stück Käse, zeigte Jewgeni den Mittelfinger und schwebte in ihr Labor.

»Sie will nur helfen. Sie ist die Einzige von uns, die sich nicht mit *Chawlas* Systemen auskennt.«

»Sie ist ganz versessen darauf, mich zu stechen«, sagte Jewgeni.

»Weil sie dich mag.«

Jewgenis Miene erinnerte sie an einen Mops, beleidigt und erschrocken zugleich.

»Was denn?«, sagte Nedda. »Als ich ein Kind war, hieß es, wenn ein Junge einen an den Haaren zieht oder Büroklammern hinten ins Oberteil steckt, heißt das, dass er einen mag.«

Sein Lachen war ein Schnauben. »Ah ja. Nedda-Zeit, in der die Zukunft die Gegenwart ist und jede Handlung das Gegenteil bedeutet. Wenn Louisa mich stechen will, dann deshalb, weil sie mich stechen will.«

»Kann sein. Aber wenn ein Arzt dich stechen will, dann will er dir normalerweise helfen.« Sie aß ihren Toast auf und saugte die Krümel auf.

»Ich habe nie ein Mädchen an den Haaren gezogen«, sagte er.

»Weiß ich«, entgegnete sie. Denny hatte sie nie an den Haaren gezogen oder mit Papierkügelchen beworfen und er hatte sie sehr gern gemocht. Alle Jungen, die sie jemals Fossil genannt, ihr die Bücher aus der Hand geschlagen oder ihre BH-Träger hatten schnalzen lassen, alle Jungen, die geflüstert hatten: »Für ein schlaues Mädchen bist du ziemlich sexy«, hatten sie gehasst.

Jewgeni lächelte. »Jetzt weiß ich, dass ich dich nach deinen Absichten fragen muss, wenn du mich an den Haaren ziehst.«

»Mach ich nicht.«

»Schade für uns beide.«

Er blinzelte und rieb sich die Augen. Auf gewisse Weise waren sie schöner, jetzt, wo sie nur noch der Dekoration dienten. »Nach der morgendlichen Konferenzschaltung sollten wir uns Amadeus ansehen, oder? Du brauchst eine Pause von der Hydro, und ich möchte mich vor Marcantas Nadeln verstecken.«

»Singh wird vorab eingeweiht werden wollen.«

»Und trotzdem finden wir es vor ihm raus. ›Danke, Jewgeni. Du bist genial‹, solltest du sagen. ›Danke, dass du erkennst, dass ich schlauer bin als ein schlafender Singh.‹«

»Danke, Jewgeni, dass du erkennst, dass du ohne mich verloren wärst.«

»Das auch.«

Im Hydrolabor mussten Daten gesammelt werden. Außerdem gab es die körperliche Arbeit der Wartung des Wurzeldrucksystems, des Wasserspeichers und der Justierung der Wachstumslampen. Sie verließ das Labor nicht gern für längere Zeiträume; sie verließ es überhaupt nicht gern, aber ohne das Lebenserhaltungssystem spielte das alles keine Rolle. Die Pflanzen sorgten nicht für Licht, sorgten nicht für Wärme und Sauberkeit, und sie konnten nicht genug Luft für sie aufbereiten. Wovon sie auf lange Sicht leben würden, war auf kurze Sicht völlig nutzlos.

»Du solltest dich von Marcanta anbohren lassen. Es wäre doch scheiße, wenn wir den Generator reparieren, und du wärst blind und könntest die Landung auf dem Planeten nicht sehen.«

»Mach ich ja auch«, sagte er. »Aber du verstehst bestimmt, wenn ich gern die Erkenntnis aufschieben will, dass es keine Heilung gibt.«

»Es geht nicht nur um dich. Du musst sie helfen lassen, Shenja.« Sie benutzte die Koseform, und bei der Anrede wurden seine Schultern rund. Seine Mutter musste ihn so genannt haben. Seine Schwestern, vielleicht auch Marcanta, wenn sie allein waren. »Sie muss alles für uns tun, was nur eben geht.«

Nedda blieb an seiner Seite, als die Konferenzschaltung begann, und beobachtete seine Augen, während er die Druckbrille absetzte und die dunklen Ringe massierte, die sie hinterließ. Bevor das Rufzeichen summte, schob Nedda ihre Finger in die verfilzten Haare an Jewgenis Hinterkopf. Leicht, kratzig – ein warmer Stahlwollschwamm, aber weich. Sie zupfte sanft daran.

»Siehst du? Ich mag dich doch.«

Als das Kontrollzentrum auf dem Bildschirm auftauchte, lachte Jewgeni.

Sie sprachen nicht über Blindheit. Nicht über Spannungsspitzen oder darüber, welche Regierung das Plutonium durch Strontium ersetzt hatte. Der Raum zwischen der Erde und *Chawla* füllte sich mit all den Dingen, die nicht gesagt werden durften.

Sie arbeiteten im Hydrolabor, damit Nedda die Pflanzen im Blick behalten konnte. Jewgeni beharrte darauf, er könne nicht denken, ohne zu essen, und kaute auf einer trockenen

Tortilla herum. Nedda konnte nicht ohne Kaffee arbeiten. Marcanta fand sie beide zu wählerisch und tauchte nur mit einem Tablet auf.

»Seht mal hier«, sagte Jewgeni. »Strontium zerfällt zu schnell für Amadeus. Durch den Energieausstoß dreht er sich zu schnell. Die Zentrifugalkraft zieht diese Pleuelstange zur Seite wie einen Schalter. Dadurch kommt es zu den Spannungsspitzen.«

»Der Pleuel schlägt also hier oben an.« Marcanta zeigte auf einen Teil des Diagramms auf dem Tablet.

»Sobald er zur Seite gezogen wird, überschreitet die Hitze den Schwellenwert.« Jewgeni machte ein Geräusch mit den Zähnen. *Ffft.*

»Genau. Die Hitze entsteht durch die Reibung«, schloss Nedda. Das Diagramm fühlte sich vertraut an und rief die Erinnerung an Hunderte von Stunden wach, in denen sie Schaltpläne studiert hatte – vergeudete Zeit, wenn alles gut gegangen wäre. Sie tippte auf das Tablet, und eine dreidimensionale Animation drehte sich. Unerklärlicherweise war Amadeus in einem fast schimmernden Rosa gezeichnet. Die Tragekonstruktion erinnerte sie an ein Gehäuse, das sie bei einem Eierfall-Projekt gebaut hatte, eine von Stützen umrundete Kammer, die dem Aufprall standhalten sollte. Sie klickte wieder auf die Innenansicht. »Sobald sich die Hitze aufbaut, dehnt sich das Metall im mittleren Bereich aus, drückt gegen den Pleuel und lässt ihn in die ursprüngliche Position zurückspringen. Dann lässt die Spannung wieder nach.«

»Klingt logisch.« Marcanta hakte sich neben Jewgeni an der Wand ein und sah auf sein Tablet. Hätte es Schwerkraft gegeben, hätte sie sich an ihn gelehnt und das Kinn auf seine Schulter gestützt, dachte Nedda. Der Weltraum nahm dem

Anlehnen das Tröstliche. Schwerkraft machte Berührung schöner. Falls sie den Zielplaneten erreichten, würde ihre Haut wochenlang brennen, während sie wieder neu lernte, ihre Körper zusammenzuhalten. Schon leichte Berührungen wären schmerzhaft.

»Und, macht das genauso viel Spaß, wie uns mit Nadeln zu traktieren?«, fragte Nedda.

»Nicht mal annähernd. Ich möchte nur wissen, was uns umbringen wird. Man könnte es die morbide Faszination einer Ärztin nennen.«

»Du siehst süß aus, aber du bist ziemlich makaber, oder?« Jewgeni schnippte Marcanta gegen das Ohr.

»Schwerkraft. Sie haben den Effekt nicht einberechnet, den Strontium auf künstliche Schwerkraft und Reibung hat«, sagte Nedda. Das ausgetauschte Isotop passte nicht zur Konstruktion.

»Menschen, die nicht ständig über Schwerkraft nachdenken, vergessen sie einzuplanen. Beziehungsweise ihr Fehlen«, sagte Marcanta. »Blindheit und kaputte Generatoren. Ein und dasselbe. Also, was machen wir?«

»Wir könnten ihn aufknacken und das Teil austauschen, aber die Strahlendosis, die man dabei abkriegen würde, wäre wahrscheinlich tödlich«, sagte Jewgeni.

»Klar«, erwiderte Nedda. »Aber wie schnell? Würde der Betreffende sterben, bevor wir landen? Falls wir es schaffen, den Planeten zu erreichen und wenigstens ein paar von uns dort ankommen …«

»Sehr schnell. Tage, nicht Monate. Das ist auf eine Art gut, aber es wären schlimme Tage. So schlimm wie Tschernobyl und Fukushima. So schlimm wie Paluel«, sagte Marcanta.

Beim Gedanken an Paluel wurde Nedda immer noch schlecht. Sie löste sich von der Wand, drehte sich auf den

Bauch, ließ sich schweben, von der Luft wiegen. Die violetten Wachstumslampen wirkten friedlich, behaglich. Das Hydrolabor sah lebendig aus und roch auch so. »Vorausgesetzt, der Pleuel muss zwar ausgetauscht werden, funktioniert aber vernünftig, bevor Amadeus sich überhitzt.«

Jewgeni tippte auf den Bildschirm. »Singhs Idee, die Kammer zu fluten, könnte was bringen, aber wenn die Spitzen weiter auftreten oder gar zunehmen …«

Das Wasser würde sich erhitzen und Dampf bilden, der, da er nicht entweichen konnte, ein Loch in das Modul sprengen könnte. »Habt ihr schon mal einen alten Schnellkochtopf gesehen?«, fragte Nedda.

»Was ist das?«, fragte Jewgeni.

»Das war ein Topf mit einer Dichtung, der mithilfe von Dampf … Egal. Die Dinger sind oft explodiert. Man nehme kochendes Wasser, füge reichlich Druck und eine kaputte Dichtung hinzu. Bumm.«

»Aha. Bumm«, sagte Jewgeni.

Chawlas Brummen und Singhs unregelmäßiges Schnarchen erfüllten die Stille. Manchmal summte er auch im Schlaf. Nedda hatte keine Melodie herausgehört, bis Marcanta das Lied als Titelsong einer Kindersendung erkannte, die Nedda nie gesehen hatte.

Auf dem Tablet zwischen ihnen drehte sich das Diagramm von Amadeus. Nedda verfolgte die sauberen, präzisen Linien, die durch Tausende Computer gelaufen waren. Der Fehler war menschengemacht. Sparzwänge, Politik, Vertrauen in die schöne, aber unrealistische Idee, dass die Welt zusammenarbeiten würde.

»Alles in Ordnung, Nedda?«

»Ja, nur Heimweh, glaub ich. Es überkommt mich in komischen Momenten.«

»Hier sind alle Momente komisch«, sagte Jewgeni. »Möchtest du was aus dem Printer? Ich habe an einem Programm gebastelt, das ihn dazu bringt, Quaaludes herzustellen. Dann spürst du kein Heimweh mehr. Du spürst gar nichts mehr.«

»Nein, danke. Ich brauch ein bisschen Ruhe zum Nachdenken.«

»Es wird sowieso Zeit, Singh zu wecken«, sagte Marcanta.

Als sie allein war, entwirrte sie die Spargelbohnen und trennte sie von den Kürbisranken. Sie sahen aus wie Seeungeheuer, schlängelten sich, wohin sie wollten. Die Süßkartoffeln bekamen zu viel Licht und sprossen kreuz und quer. Die Bohnen wirkten am zufriedensten. Sie wuchsen eher in die Breite als in die Länge. Auch wenn sie sich kringelten und verdrehten, die Samen waren brauchbar.

Nedda mischte gerade eine Charge Nährmedium, als der Labordrucker piepste. Das Display blinkte:

PAPAS, NEDDA
Hand AUFLEGEN

Das Display erwärmte ihre Handfläche, dann surrte das Gerät und spuckte eine winzige Tablette aus – grün und kleiner als der Radiergummi eines Bleistifts. Sie recherchierte auf ihrem Tablet: ein stärkeres Derivat von Propranolol. Sie las sich die Anwendungsgebiete durch. Off-label für Glaukom. Angstgefühle. Nicht Jewgenis Quaaludes, aber es ging in die gleiche Richtung.

Chawla kannte ihre Ängste.

Nedda schluckte die Tablette und rief das Diagramm von Amadeus auf. Der Bildschirm strahlte eine leichte Wärme ab, als sie das Diagramm mit dem Finger drehte. Eine sanfte, wohlige Hitze verriet ihr, dass das Medikament anschlug. In der Kälte des Alls und des Moduls war sie ihr willkommen. Sie schloss die Augen, und die künstliche Wärme fühlte sich ein wenig nach zu Hause an.

1986: Oszillation

Theo duckte sich unter einen Entlüftungsschlauch, um von niemandem draußen im Flur gesehen zu werden. Das Fenster in seiner Labortür war klein, aber jeder Student, der um diese Uhrzeit unterwegs war, hatte die Art von Ehrgeiz, die Aufdringlichkeit erzeugte.

Ganz behutsam zog er sich Handschuhe an und wartete, bis das Pochen nachließ. Nedda hatte ihm wehgetan. Absichtlich, was erschreckend war, aber nicht so erschreckend wie ihre Beobachtung. Sie hatte recht. Crucible bewegte sich.

Dabei hatte er ihn ausgeschaltet.

Mit dem Ellbogen tastete er nach dem Schalter und spürte ein eigenartiges Gleiten. Aber nicht den Schalter. Er versuchte es mit der linken Hand, der besseren, und fühlte gar nichts, weder Druck noch Schmerz, nur ein Rutschen. Irgendwie ölig und gleichzeitig nicht.

Crucible lief, und er konnte den Schalter nicht berühren.

Seine Tochter war vieles, kratzbürstig, klug, manchmal patzig, aber sie war keine Lügnerin. Nedda hatte furchtbare Angst gehabt. Deshalb hatte sie ihm wehgetan, der einzig logische Grund. Was auch immer passiert war, was auch immer sie gesehen hatte, sie glaubte es. Und Crucible lief.

Mist, Papas.

Ein dumpfes Ziehen begann in seinen Füßen, jeder Knochen meldete sich, wenn er gegen den anderen stieß. Theo ignorierte es. Bewegung war unerlässlich beim Denken. Er rief sich ins Gedächtnis, was er über die Verkabelung, die Schaltkreise und die Stromversorgung des Labors wusste, wo die Leitungen im Gebäude und nach draußen verliefen – Elektrizitätsnetze in der gesamten Stadt. Er analysierte eine Überspannung, einen Impuls, und musste einräumen, dass es mindestens fünf Möglichkeiten gab, wie eine Spannungsspitze sich zwischen dem Labor, der Plantage und Pete McIntyres Grundstück fortbewegen konnte. Er hätte eine eigene Stromquelle benutzt haben sollen. Eine autarke Energieversorgung.

Mist, Papas.

Die Maschine lief.

Einen Handschuh noch angezogen, stolperte Theo in den Flur, ratlos, wie genau er zur Plantage und dem Jungen gelangen sollte. Seine Hand schmerzte immer noch so sehr, dass er die Gangschaltung nicht würde bedienen können. Gerade machte er kehrt, um Betheen aus dem Labor anzurufen, da rammte ihn ein schwerer Körper und brachte ihn ins Taumeln.

Ein löchriges Flanellhemd, Motoröl, ein dünner grauer Rattenschwanz von einem geflochtenen Zopf, eine Nase, die schief stand wie ein Betrunkener. Nach jahrzehntelangem Umgang mit Altmaterialien war Pete McIntyre sehr nützlich, wenn man Ersatzteile brauchte und andere Lieferanten zu langsam oder kostspielig waren. Er hatte außerdem keinen Anlass, sich am College aufzuhalten.

»Mr. Papas«, sagte McIntyre, sobald er sich von dem Schreck erholt hatte. »Ich hatte gehofft, Ihre Frau hier zu finden. Zu Hause war sie nicht, da dachte ich, sie wäre vielleicht hier.«

»Nein. Warum?«

»Sie war in einen Unfall verwickelt – es geht ihr gut, aber ich musste den Wagen abschleppen. Die Achse ist kaputt. Sie wollte zu Fuß nach Hause, aber sie war ziemlich durch den Wind. Der Mann in dem anderen Auto hat's nicht geschafft.«

»Moment mal, jemand ist ums Leben gekommen?«

»Ja, jemand von auswärts. Ging blitzschnell, der ist in den Kanal gerutscht. Und das verdammte Ding ist auch noch zugefroren. So was hab ich noch nie erlebt. Die Bäume an der Autobahn sind auch völlig irre, alles wuchert über die Straßen. Man kommt kaum aus der Stadt raus. Deshalb sind wir überhaupt alle auf dem Satsuma gelandet.«

»Aber ihr geht es gut? Betheen?«

»Ihr ist überhaupt nichts passiert. Ich hab ihr angeboten, sie mitzunehmen, aber sie wollte lieber laufen. Und Sie kennen ja diesen Blick, den Frauen kriegen, wenn man sich besser nicht mit ihnen anlegt. Mein Telefon geht nicht, deshalb bin ich bei Ihnen zu Hause vorbeigefahren, um Bescheid zu geben, dass ich den Wagen habe, und als sie nicht aufgemacht hat, dachte ich, ich sehe mal hier nach.« Die Leute zogen immer eine bestimmte Miene, wenn sie Theos Haut ansahen, als hätten sie etwas Saures gerochen. McIntyre gehörte zu den Netteren, trotzdem verrieten seine Augen dieses Unbehagen – Neugier, Abscheu –, wenn auch so unauffällig, dass es sonst niemand bemerkt hätte. »Alles okay?«

Darauf konnte man nicht vernünftig antworten. *Möglicherweise haben Sie einen Affen in Zeitlupe im Garten und ich habe vielleicht Denny Prater was Schreckliches angetan*, ging nicht gerade glatt von der Zunge. Oder auch: *Rücksichtsvoll von Ihnen, nicht zu erwähnen, dass meine Frau lieber allein nach Hause läuft, als bei mir Trost zu suchen.*

»Ja, ja. Ich bin nur erschrocken. Und Sie sind sicher, dass ihr nichts fehlt?«

»Sie ist nur ein bisschen durcheinander.«

»Haben Sie Ihren Wagen da? Ach, natürlich, damit sind Sie ja gekommen. Verzeihung, ich hab letzte Nacht nicht viel geschlafen. Könnten Sie mich vielleicht mitnehmen?«

»Klar«, sagte Pete. »Soll ich Sie nach Hause bringen oder in die Werkstatt, damit Sie sich Ihr Auto ansehen können?«

»Nach Hause«, sagte er. Dahin ging Nedda sicherlich. Dahin ging Betheen. »Aber hätten Sie was dagegen, kurz bei Prater vorbeizufahren? Nedda wollte was von mir, und ich möchte nicht, dass sie Betheen damit belästigt. Nicht heute.«

Fünfzehn Minuten später stützte Theo sich an der Autotür ab und übergab sich auf den Kies in der Einfahrt zur Plantage. Die Übelkeit hatte ihn plötzlich übermannt, heftig, und hinterher fühlte er sich leer, aber nicht erleichtert. Er spuckte auf die Steine. Pete sagte etwas, was Theo wegen des Klingelns in seinen Ohren nicht verstand. Er atmete so viel Luft ein, wie er konnte, bis sein Blick wieder klar wurde; dann stieg er in den Pick-up. Ausgehöhlt.

»Fahren Sie mich bitte zum College zurück.«

»Was war …«, setzte Pete an.

»Bitte. Ich muss unbedingt ins Labor.«

Pete zitterte so stark, dass er drei Versuche brauchte, um den Gang einzulegen.

Theo überlegte, was er da gerade gesehen hatte. Die Plantage pulsierte gewissermaßen in einer eigenen zeitlichen Dimension, dehnte sich aus und zog sich wieder zusammen. Bäume alterten, wurden wieder jünger, durchliefen ihre gesamte Entwicklung. Die Bäume. Konzentrier dich auf die

Bäume und nicht auf Denny. Wuchs daran immer wieder dieselbe Frucht oder jedes Mal eine andere? Eigentlich müsste es dieselbe sein, denn wenn nicht, implizierte das eine andere Form von Chaos. Im perfekten Gleichgewicht rasten die Pflanzen voraus und dann wieder zurück durch ihr Leben, ein geschlossenes System.

Ein perfektes System.

Aber selbst die Bäume hatten Theo nicht auf Dennys Anblick vorbereitet. Nedda hatte versucht, es ihm zu beschreiben, aber er hatte nicht richtig zugehört. Er war wegen Crucible zu aufgeregt gewesen.

Denny Prater war im Geräteschuppen. Beziehungsweise wer oder was Denny in zehn oder zwölf Jahren sein würde, war im Geräteschuppen. Allein. Ein junger Mann, verängstigt, halb wahnsinnig, vielleicht auch ganz. Isolation rief Depression hervor, Paranoia, Psychosen. Man konnte Dennys Zeit nicht akkurat messen. Seine Bewegungen waren schnell, verschwommen, abgehackt. Ihn zu beobachten war, wie einen Stummfilm zu sehen, bei dem immer wieder einzelne Bilder fehlten. Am schlimmsten war es, wenn Denny kurz zur Ruhe kam und man erkannte, wie bemitleidenswert er aussah. Mit den Fäusten in die Luft trommelnd. An den Händen kauend, die bluteten und in Sekundenschnelle verheilten. Theo schloss die Augen, als Pete durch ein Schlagloch fuhr. Auf dem Boden hatten bergeweise Haare gelegen, Haare, die Denny sich ausgerissen hatte – und dann waren sie verschwunden. Er hatte sich seine eigenen Haare ausgerupft. Und was dann? Was passierte damit? Hatte er sie aufgegessen? Kratzer tauchten auf seinen Armen auf und vernarbten innerhalb von Sekunden. Wie lang dauerte es für Denny?

Die Bäume waren im Gleichgewicht, bewegten sich abwechselnd vorwärts und zurück durch ihren Lebenszyklus. Gleich große, gegengerichtete Kräfte. Es war, wie Newton'sche Physik auf Zeit angewendet zu erleben, auf Wachstum. Nedda sagte, das Äffchen sei verlangsamt gewesen. Angehalten. Denny hatte sich beschleunigt.

»Was habe ich da gerade gesehen?«, fragte Pete jetzt.

Es gab keine Antworten. Was sie gesehen hatten, war entsetzlich. Die Wirkung hätte begrenzt sein müssen. Sie hätte nicht aus dem Labor entweichen dürfen. Dennys Beine, seine Füße, waren nicht die eines Kindes. Der Junge, der Nedda gefolgt war wie ein Schatten, war jetzt ein Mann, wild und eingesperrt.

Sprenger. Sie hatte etwas von Wassersprengern gesagt.

»Pete, haben Sie eine Beregnungsanlage in Ihrem Garten? Einen Abfluss? Wasserleitungen, irgend so was?«

»Klar, ich habe Sprenger, und ich bin ans Wassernetz angeschlossen. Warum? Du liebes bisschen. Jemand muss es den Praters sagen.«

»Was sagen?«

»Scheiße«, sagte Pete. Es klang wie ein Gebet.

Als Denny zum ersten Mal am Spalier hochgeklettert war, hatte Theo Erleichterung empfunden. Nedda hatte einen Freund gebraucht, und wenn dieser Freund zusätzlich jedem auf die Nase haute, der sie ärgerte, umso besser. Theo freute sich, wenn er sie flüstern, Filme analysieren, über Fahrräder, Feuerwerk und Raumfahrt reden hörte. Er wusste, dass Jungen nie einfach nur mit Mädchen befreundet waren, aber er vertraute darauf, dass ihre Unterschiede ein Aufkeimen romantischer Gefühle unmöglich machten. Denny würde Nedda nicht zurückhalten. Die meisten Männer fanden keinen Gefallen an Frauen, die klüger waren als sie selbst, es störte das, was sie als die korrekte Ordnung der

Dinge betrachteten. Dennys Ordnung war gestört worden – von Crucible. Es hätte Nedda treffen können, hätte es beinahe auch.

Ich habe ihn wahrscheinlich umgebracht.

Er lehnte den Kopf ans Fenster und sah Dennys verdrehte Augen vor sich, den ungleichmäßigen Bart eines jungen Mannes. Er sah aus wie sein Vater. Den Umgang mit Desmond Prater beschränkte Theo auf ein Minimum. Er war der Typ Mann, der seit der Schule kein Buch mehr aufgeschlagen hatte, der Wissenschaftlern misstraute, dessen Kopf und Hals dieselbe Breite hatten.

Denny sah ihm ähnlich, aber auch Annie, mit ihren hohen Wangenknochen, den geraden, dunklen Augenbrauen. Annie, die sich um Nedda gekümmert hatte, als er und Betheen dazu nicht in der Lage gewesen waren. Annie, die kein Wort über den kleinen Michael verloren hatte, nicht Nedda gegenüber, und die sie nie darum hatten bitten müssen. Annie, die erstmals Betheens Kuchen ins Gemeindehaus gebracht hatte.

Er hatte ihr den Sohn geraubt.

Die Zeit, in der Denny sich befand, die zeitliche Anomalie, hatte eine Spannung. Sie war fast wie die Scheibe, an der seine Wange lehnte, hatte aber einen Gegendruck ausgeübt. Blasenartig, wie Nedda es beschrieben hatte. Die unsichtbare Barriere um die Maschine herum. Das bedeutete Schichten, mindestens drei: die Zeit außen herum, ein Verbindungsbereich, die Zeit innen. Langsam, optimale Geschwindigkeit, schnell.

»Kupfer«, sagte Theo.

»Was?«

»Pete, haben Sie Kupfer? Drähte, Rohre, egal. Ich brauche viel. Alles, was Sie auftreiben können. Ich bezahle es auch, versprochen. Ich kann das wieder hinbiegen. Aber bitte fahren Sie mich zum College zurück, und dann bringen Sie mir alles an Kupfer, was Sie finden können.«

»Denny, er ...«

»Bitte, tun Sie es einfach.«

Pete setzte ihn an der Treppe vor dem Institut ab, die Reifen seines Pick-ups wirbelten eine Staubwolke auf. Theo atmete sie ein, Partikel von allem. Die von dem Shuttlestart ausgelöste Überspannung musste die Ursache gewesen sein. Es war die einzige veränderte Variable im Vergleich zu allen anderen Testläufen.

Er holte Draht aus dem Techniklabor, sämtliche Rollen, die er finden konnte, und kaute dann noch mehr Aspirin. Es schmeckte bitter, gemischt mit einer anhaltenden Säure, und erzeugte erneut einen Würgereiz. Bald schon würde der Schmerz zu stark, und er könnte sich nicht mehr auf den Beinen halten. Doch noch pikste er wie eine Nadel, was Theos Konzentration förderte. Mit den Zähnen rollte er ein Stück Draht ab.

Ein sanftes Leuchten drang durch Crucibles Tür. Licht, etwas Immaterielles, das sich verhielt, als hätte es Substanz, und doch nie den Zustand veränderte. Noch immer flog Licht vom Urknall durch das Universum. Gottes Licht.

Er log Nedda an. Seit Jahren und über so vieles. Er hatte gesagt, Licht bestünde fort, Menschen, Gedanken und Energie schwebten durch das Universum, aber das stimmte nicht. Es gab keinen Fortbestand, nur Abwesenheit. Er hatte nicht gewollt, dass sie diese Abwesenheit spürte, nicht so wie er und Betheen, als Schatten, der einen begleitete. Es war eine gute Lüge gewesen, eine zum Schutz, aber sie bedeutete, dass Nedda nie verstehen würde, was seine Absicht gewesen war, was dadurch Gutes erreicht werden konnte. Er hatte Leben erhalten wollen, nicht zerstören. Energie erhalten. Mehr Heilung ermöglichen. Zeit für seine Hände gewinnen. Für Nedda, wenn sie wollte.

Das mit Denny würde Nedda ihm nie verzeihen, es sei denn, er brachte es wieder in Ordnung. Dann konnte er es ihr erklären.

Die Stromversorgung im Gebäude war beeinträchtigt worden. Er brauchte eine Batterie, eine Spannung, um einer Spannung entgegenzuwirken. In welchem Labor konnte es eine geben, die stark genug war? Somers forschte an etwas – ach nein, er hatte gerade ein Freisemester. Der Draht rollte sich in großen Spiralen quer über seinen Arbeitstisch ab. Er reichte nicht aus, nicht mal annähernd. Mit dem Schuh hielt Theo das eine Ende fest. Er musste Pete um Batterien bitten beziehungsweise gehörte die aus Betheens Wagen streng genommen sowieso ihm. Und die aus seinem eigenen Auto ebenfalls.

Metall schmeckte immer nach Leben. Angeblich schmeckte Blut ja nach Kupfer; Theo empfand es umgekehrt. Wenn Dekan Babcock ihn jetzt sähe, Metalldraht mit den Zähnen glatt ziehend, nach Schweiß und Erbrochenem stinkend, dann gäbe es keine Verwarnung, keine Ausschusssitzung, nur eine Aufforderung, seinen Schreibtisch auszuräumen. Den Schreibtisch, in dem er Nedda geschaukelt hatte, dessen Inhalt sie nach ihm geworfen hatte. Crucible würde zerlegt und er würde gefeuert werden, weil er wirkte wie ein verrückter Professor. Und das, nachdem er es endlich geschafft hatte. Verrückter Professor, allerdings. Auch Eisen schmeckte nach Blut, und er brauchte es, um Crucible zu reparieren und Denny zu helfen. Eisen. Da war ein Garderobenständer, einer der Doktoranden hatte einen Garderobenständer mitgebracht. Er war fleckig, alt und eine Möglichkeit.

Crucible funktionierte. Denny war der Beweis, die Plantage war der Beweis: Verschiedene Zeitzustände existierten innerhalb weniger Hundert Meter voneinander. Ein Rest von Freude hielt in Theos Innerem noch an, ein hässliches, wenn auch willkommenes kleines Feuer.

Er musste Liebowitz anrufen, ihm Bescheid geben, dass das Zentrifugenmodell funktionierte, wenn es auch leicht Risse bekam. Liebowitz wäre furchtbar neidisch, was schon Belohnung an sich war. Hinterher. Sobald er ihn repariert hatte. Sobald er wusste, warum das alles passiert war. Wasser. Es hing mit dem Wasser zusammen. Mit Elektrizität. Dem Anspringen der Wassersprenger. Wenn Denny vorgespult wurde, konnte man ihn auch wieder zurückspulen. Es bedurfte nur einiger kleiner Korrekturen. Natürlich gab es eine Reaktion, das verlangte die Physik. Seine Probe hatte sich verlangsamt, Denny hatte sich beschleunigt. Wenn Crucible perfekte Systeme erzeugte, musste, damit sich eine Sache beschleunigte, eine andere langsamer werden. Wenn er die Probe beschleunigte, würde irgendwo anders eine Verlangsamung eintreten. Er musste Crucible nur wieder in Gang bringen. Aufregung und Angst dämpften den Schmerz in seinen Händen. Die Situation war zu retten.

Er konnte sich das Grinsen nicht verkneifen. Es war schrecklich zu grinsen – aber er konnte es garantiert reparieren. Er konnte Feinabstimmungen vornehmen. In seinem Kopf schwirrten unzählige Möglichkeiten umher. Was wäre wenn?

Er sah Michael vor sich, seinen winzigen Körper, die zum Zerreißen dünne Haut, die Ahnung davon, was ein Kind sein sollte: Was hätte werden können, wenn dieses zu früh geborene Kind wäre, wo Denny jetzt war, wenn seine Lunge wüchse, sein Herz wie eine Faust schlüge, kräftiger würde?

Was, wenn niemand mehr ein Kind auf diese Weise verlieren musste?

Was wäre wenn? Er könnte Nedda in diesem Moment festhalten, in diesem perfekten Alter, solange es ihm gefiel. Falls sie es wollte. Sie hätte unendlich viel Zeit zu lernen. Unendlich viel Zeit, um Kometen und Raketenstarts zu beobachten. Insgeheim hatte er sich albernerweise ausgemalt, die Zeit für sie auszupacken wie ein Geschenk. *Alle Zeit der Welt, um zu tun, was du möchtest, so lange du möchtest, wenn du möchtest*. Nedda war für das *Was wäre wenn* geschaffen.

Was wäre wenn barg Freude in sich, die brannte wie Crucibles Herz.

Niemand müsste je wieder ein Kind verlieren. Und es gäbe keine Lügen mehr.

Er würde zurückspulen – wie die Bäume, die in sich zusammenschrumpften – auf den Moment unmittelbar vorher, bevor es falsch gelaufen war, bevor Michael gestorben war. Als Betheen Theo noch liebte.

Ein Funken sprühte aus einer Steckdose. Hätte er keine Schmerzen gehabt, hätte er den Temperaturabfall bemerkt, den Dampf, der von seiner Haut aufstieg.

Um zu wissen, wie viel Kupfer und Eisen er benötigte, musste er den Wirkungsbereich kennen. Wissen, wo er endete. Es gab kleinere zeitliche Anomalien, die er kannte, Denny, die Plantage und den Affen. Pete hatte gesagt, der Kanal am Satsuma Drive sei zugefroren. Bis wohin erstreckte sich Crucibles Reichweite? Wasserleitungen, Beregnungsanlagen, Sprenger. Kanäle. Sie waren irgendwo miteinander verbunden.

Theo mischte Konzepte wie Karten: Entropie, Schall und Verstärkung von Wellen. Licht bewegte sich in Wellen wie Schall, wie Wasser; Zeit möglicherweise auch. Er trat näher an Crucible heran und musste unwillkürlich das kühle gelbe Licht mit dem schwachen Grünstich bewundern. Dann tat Theo, was er Nedda ausdrücklich verboten hatte, jemals in einem Labor zu tun. Er streckte die Hand aus, um die Beschaffenheit des Lichts zu fühlen, dieses Gegenstands, den er gebaut hatte.

Durch seine Eiseskälte zog es den Schmerz aus seinen Gelenken.

Crucible loderte auf. Der grelle Schein blendete Theo, und er stürzte wie die Sterbenden, ein sachtes Nachgeben, das zu totalem Zusammenbruch führte. Während das Licht ihn durchströmte, empfand Theo Entsetzen und Begeisterung zugleich.

Was wäre wenn.

Jede Zelle in seinem Körper erwachte zum Leben, und dieses Bewusstsein war verblüffend – jeder Gedanke war wie ein Nervenreiz. Bis zum Bersten zusammengepresst, zerriss er; die Membran, die ihn zusammenhielt, zersprang wie Glas. Seit fünfundzwanzig Jahren litt er unentwegt an unterschiedlich starken Schmerzen. Die Nanosekunde, in der sie verschwanden, gewährte ihm Klarheit.

Entdeckungen konnten sowohl wundervoll als auch schrecklich sein. Eine solche Entdeckung hatte er gemacht.

Was wäre wenn.

Dann gehörte sein Körper nicht mehr ihm selbst; er wurde zu allen Körpern und Zuständen, die er je gewesen war, entwickelte sich rückwärts, zog sich in das zusammen, was er einst gewesen war. Seine Gedanken waren Elektrizität, die wie Wasser einen Fluss hatte, die wie Licht eine Welle war.

Das hier war Zeit.

Theo Papas stürzte kopfüber, verschlungen von seiner eigenen Existenz.

Potenzial

Sein Leben wogt mit Gewalt durch ihn hindurch. Sämtliche Atome in ihm wüten, vibrieren, quälen ihn mit Bewusstsein um jeden Partikel, aus dem er besteht, die Verortung jedes Partikels in Zeit und Raum. Bis zu dem Licht hat er geschlafen – traumwandelnd, ohne auf die Elektronen in sich zu achten, die Spannung chemischer Verbindungen, die seinen Körper bilden, die Quarks und Gluonen, die ihn in knisterndem Einklang zusammenhalten. Wie konnte er ohne Bewusstsein gehen und sprechen, leben?

Seine vernarbte Haut wird glatt, jede Zelle setzt sich instand, heilt von der Oxidation; schuppige rote Flecke werden weich, neu. Seine Gelenke schmerzen in die entgegengesetzte Richtung, Signale kriechen nach oben und innen, und seine Nerven holen Atem. Er sieht eine Formel, Leiden als Funktion von Erlösung im Lauf der Zeit. Er wird zu einer großen Konvergenz, einem ungeheuerlichen und wunderschönen Spiel von Verbindungen. Elektrische Impulse rasen rückwärts, Neuronen senden Signale in umgekehrter Richtung. Eine Flut von Erinnerungen erstickt ihn.

Der Übergang verläuft nicht ruhig.

Seine Gedanken machen einen Satz, und er ist dreizehn, hört »A String of Pearls« von Glenn Miller im Rauschen des väterlichen Plattenspielers.

Dann ist er zwanzig und sieht zu, wie sein Vater sich

nach einer misslungenen Lungenoperation zu Tode hustet. Schleimklümpchen, der Muff von Erbrochenem. Nasalzellen erinnern sich an Geruch, so sehr wie Haut sich an Berührung festhält, so sehr wie Geschmack eine Rinne in die Seele gräbt. Angst ist da, dass er allein sein und einen Mann beerdigen wird, der ihn nie liebte.

Sein Körper verzerrt sich einmal mehr unter einem Schmerz, der pocht wie Migräne, und er ist in einem Raum, klamm, kühl, umgeben von Gerätschaften. Studium, er erinnert sich an das Studium, eingeschlafen nach einer Vorlesung, zu lange wach gewesen in der Nacht davor, eine Klausur am Nachmittag, Abschlussprüfungen in der kommenden Woche und sein Vater gerade gestorben. Er muss es seinen Professoren mitteilen, aber die Fakultät für Physik ist nicht bekannt für Nachsicht.

Ihm ist heiß, kochend heiß; die chemischen Verbindungen in ihm beben, brennen vor Ausdehnung und Zusammenziehen.

Sein Vater ist auf dem Friedhof von Mangrove Glades bestattet, eine dünne Tafel als Grabmal. Ein Stein hätte 523 Dollar mehr gekostet, als er besaß. Nach der Grabstelle und der Beerdigung waren 523 Dollar zu viel gewesen.

Theo ist zweiunddreißig und eröffnet ein Bankkonto. Schwarze Tinte auf einem blassgelben Scheck, der wie seine Schreibtischschublade riecht. Der Scheck wird über das braune Furnier eines Tisches im Schalterraum der Sun Credit Union geschoben. 523 Dollar. Er hebt sie nie ab oder zahlt mehr ein. Der Grabstein seines Vaters wird in Ziffern bewahrt, verliert an Wert, Inflation ist sowohl sprunghaft als auch beständig.

Er schießt vorwärts, rissige Haut platzt auf. Sein Rücken schrumpft und knackt, verrenkt sich unter Jahrzehnten komprimierter Zeit, seine Gelenke schwellen an und krümmen sich, und Tausende von Dingen, an die er sich nicht erinnert, weil sie noch nicht passiert sind – vielleicht noch oder nie passieren werden –, verbiegen seine Neuronen, verknoten sie. Theo klopft wie ein Herzschlag, zieht sich zusammen und dehnt sich aus.

Draußen ertönen Schritte, ein anderer Mensch ist im Gebäude. Die Zeit verzerrt den Klang zu einem Erdbeben.

Theo. Eine Pause, dann wieder der Name. *Theo*. Jemand nannte ihn einmal *Professor*, das weiß er. Die Stimme ist so vertraut wie jeder der Partikel, aus denen er besteht.

Theo.

Der neben Crucible schlafende kleine Junge kennt diesen Namen nicht. Er ist Teddy, der am liebsten immer Handschuhe oder Fäustlinge trüge, um seine Hände zu verstecken, der seine eigene Krankheit nicht aussprechen kann und sich wünscht, dass niemand Angst hätte, sich bei ihm anzustecken.

Vierzig Herzschläge vergehen. Fünfzig, sechzig, mehr. Er zählt nicht mehr mit. Der alte Mann, der sich an die Maschine schmiegt, weiß seinen Namen nicht mehr. Er erinnert sich an eine Frau, eine blonde, die nach Zitronenseife und Traurigkeit riecht. Er erinnert sich an ein Mädchen, das er so gut kennt wie seine Hand, seinen Arm, einen Körperteil, den man erst vermissen lernt, wenn er nicht mehr da ist. Er vermisst das Mädchen. Warum vermisst er es?

Da sind Füße bei ihm. Es sind Frauenfüße, schlank. Er müsste wissen, wem sie gehören. Er ist sicher, dass er diese Schuhe, dieses spezielle Paar Füße erkennen müsste.

Siebzig Herzschläge, achtzig. Er schläft, wacht auf, schläft. Er ist wieder klein, elf, und die älteren Jungen im Ferienlager lachen, als sie ihn in der Dusche anpinkeln. Ihre

Knie sind dürr, ihre Beine haarig wie Hunde. Er wehrt sich nicht. Er sagt nichts, als Sprague und Fitz es tun, nichts, als der Junge, der mit ihm im Stockbett schläft, mitmacht. Er riecht den Gestank von Urin. Er schläft und weint an der Maschine.

Wie kann die Wölbung eines Knöchels einem vertraut sein? Wann hat er je die Beine einer Frau angesehen?

Er flackert, älter, dann jünger, wieder älter, rumpelt durch Jahrzehnte, Zellen verformen sich. Er weint um ein kleines Mädchen, das er noch nicht kennt oder doch schon kennt, vielleicht kannte er es und hat es vergessen. Vergessen und Erinnern verflechten sich.

Etwas fehlt. In ihm ist ein Loch, etwas zerreißt.

Irgendwo gibt es ein Mädchen mit schmutzig blondem Haar; das weiß er; er sieht es. Zahnlücke. Es greift nach einem Bleistift auf einem Schreibtisch. Das ganze Gesicht mit Eis verschmiert, Grübchen im Kinn, Finger klein und zart. Das Mädchen ist in seinem Gedächtnis verankert, in Stellen eingemeißelt, an die es nicht gehört. Er schluchzt.

Er hat ihr etwas angetan. Er weiß nicht mehr, was.

Jungen sind brutal und schrecklich. Sie schlagen zu. Er ist einer. Mädchen und Frauen sind klüger. Sie brechen einen einfach dadurch, dass sie am Leben sind.

1986: Kinetik

Desmond Prater wachte mit Rückenschmerzen auf, was genauso viel mit Orangen zu tun hatte wie mit den zwanzig Kilo, die er in den vergangenen fünfzehn Jahren zugenommen hatte. Chefgewicht. Nicht schmächtig zu sein war von Vorteil für einen Mann in einer Machtposition. Er kam auch ganz gut damit zurecht, außer an Schlechtwettertagen. Sein Vater hatte früher immer gepredigt, dass Wetterfühligkeit ein verlässlicher Hinweis auf Gefahren für die Früchte war. Steife Knie bedeuteten, es konnte Frost geben und man sollte die Bäume einwickeln. Ein hartnäckiges Kratzen im Hals? Mehr wässern. Was gut für den Menschen war, war gut für die Orangen.

Scheißobst.

Hatten Viehzüchter so einen Psycho-Draht zu ihren Rindern? Gott sei Dank hatte er keine übersinnliche Verbindung mit einem Ochsen. Des hatte nicht viel für seinen alten Herrn übriggehabt, der am Ende nach Essig gerochen und ständig miese Laune gehabt hatte. Aber das mit den Gelenkschmerzen und der Kälte stimmte schon. Sein Rücken nervte ihn schon seit Tagen. Ein, zwei Tage Kälte konnten die Bäume aushalten, aber wenn es nicht bald wärmer wurde, hieß es, einwickeln oder mehr Verlust machen.

Er streckte die Hand aus, um Annie wachzurütteln, ertastete aber nur ein kaltes Laken. Ach ja.

»Wenn du glaubst, dass ich mich mit dir ins Bett lege nach dem, was du gemacht hast, bist du auf dem Holzweg«, hatte sie gesagt.

»Es war ein Versehen. Ich hab ihn kaum angefasst.«

»Du wusstest ganz genau, was du tust.«

»Von mir aus. Ich bin ein Ungeheuer, okay? Zufrieden? Ich bin der Böse. Aber ich bin der Böse, der nicht auf der Couch schläft. Nicht in einem Haus, das ich bezahlt habe.«

»Na schön.«

Schön hieß nie schön, aber wenigstens war damit der Mist beendet.

Sein Vater hatte seine Mutter nie freundlich gebeten, sich auch nie für eine Tracht Prügel entschuldigt; sein Bruder und er hatten es über sich ergehen lassen, wie es sich gehörte. Kinn gereckt, kein Zucken, und was auch immer sie angestellt hatten, kam nie wieder vor. Daran war verflucht noch mal nichts auszusetzen.

Er hievte sich aus dem Bett, ließ den Rücken knacken und suchte nach seiner Hose.

Denny war getaumelt, als er ihn geschlagen hatte, richtig getaumelt, was lächerlich war. In dem Alter konnten er und John so was schon wegstecken. Reine Selbsterhaltung. Andere Jungs gingen seltener auf einen los, wenn sie merkten, dass sie einen nicht umnieten konnten. Klar, vielleicht hätte er ihn nicht schlagen sollen, aber irgendwie musste Denny ja lernen, was er zu lassen hatte, und es ihm zu sagen, brachte nie was. Bei ihm und John damals auch nicht. Eine anständige Ohrfeige dagegen schon. Die spürte man noch eine Woche lang. Jedes Mal, wenn Denny den Baumschneider sah, würde er sich daran erinnern und wissen, dass sein Hintern auf keine Maschine gehörte, die er nicht selbst gekauft und bezahlt hatte. Daran musste Annie sich eben gewöhnen.

Im Wohnzimmer war es still. »Annie? Annabelle?«

Schweigen. Er knipste das Licht an.

Sie lag nicht auf der Couch.

»Ann? Denny?«

Es war kein Kaffee aufgesetzt. Vielleicht war sie mit Denny frühstücken gegangen, um ihm nicht zu begegnen. Denny war verrückt nach Pancakes, goss literweise Sirup drauf.

Er würgte zwei Tassen Pulverkaffee hinunter, die gleichzeitig fade und bitter schmeckten.

Ja, er war sauer gewesen, aber nicht sauer in dem Sinne, dass Annie ihre Sachen packen sollte. Er erinnerte sich noch an das Gefühl von Knöchel auf Augenhöhle. Er hätte nicht so fest zuschlagen sollen, ein kleiner Klaps hätte gereicht. Trotzdem, wenn sein Sohn den Nerv hatte, zum Spaß mit einem teuren Gerät rumzukurven, sollte er auch vertragen, mit einem blauen Auge durch die Gegend zu laufen.

Nach einigem Suchen fand er Eier und schaffte es, sie in eine Schüssel zu schlagen, kam aber mit dem Herd nicht zurecht. Der Zünder klickte zwar, aber es entstand keine Flamme. Annie hatte da einen Trick mit den Knöpfen, dreimal ganz aufdrehen – den Rest wusste er nicht mehr. Nach einigen erfolglosen Versuchen, den Brenner mit einem Streichholz anzuzünden, gab er auf. Scheiß drauf. Er ginge einfach ins Bird's Eye. Ellery würde ihm einen Donut ausgeben. Wahrscheinlich waren Annie und Denny sowieso dort. Die halbe Stadt vermutlich, um über die Raumfähre zu reden. Bestimmt waren auch Reporter da, um ein bisschen Lokalkolorit einzufangen oder wie auch immer sie es nannten, wenn sie in einer Stadt einfielen und keine Ahnung von irgendwas hatten. Mist. Es starben doch andauernd Menschen. Das hier war nur ein Autounfall mit einem höheren Preisschild.

Er ließ die Schüssel mit den Eiern stehen und schnappte sich seinen Autoschlüssel.

Das Telefon klingelte.

»Mr. Prater? Chef?« Der kleine Mike Costas klang benommen. Des störte es nicht, wenn die Jungs hier und da mal einen Joint rauchten – Scheiße, bevor es die Stammschüttler gab, hatte es geholfen, ein bisschen bekifft zu sein, um diese Leitern hochzuklettern –, aber der kleine Mike war eigentlich nie so einer gewesen. Superkorrekt. Ein zäher Bursche. Wenn er noch eine Million von der Sorte einstellen könnte, würde er es tun.

»Ja?«

»Chef, da stimmt was mit den Bäumen nicht.«

»Verdammt. Der Frost, oder? Wie viel werden wir verlieren, meinst du?«

»Nein, nicht der Frost. Es ist – Sie kommen besser her und sehen es sich an.«

Auf dem Orange Way raste Pete McIntyres Pick-up an ihm vorbei und drängte ihn fast in den Graben ab. Vielleicht hatte der kleine Mike ihn wegen eines Ersatzteils angerufen. In der Hinsicht war er auf Zack, löste Probleme, bevor man wusste, dass es welche gab, für wenig Geld. Jemand hatte bei McIntyre im Auto gesessen. Die Sonne sah komisch aus, aber es war hell am Himmel. Die Wolken hatten diese seltsame Farbe wie kurz vor einem Sturm. Deshalb machte wohl auch sein Rücken Ärger. Er blinzelte Richtung Horizont. Dann bemerkte Desmond, wovon der kleine Mike gesprochen hatte, und trat auf die Bremse. Frost war das nicht.

Es sah aus, als würde der westliche Teil der Plantage die La Ola machen. Eine ganze Ecke kauerte sich zusammen, während gleich dahinter neue Bäume sprossen und sich nach oben reckten.

»Ach du Scheiße.« Galle stieg in seiner Kehle auf, als er die Bäume seines Großvaters verkümmern sah. Was zum Henker war da los?

Vor dem Geräteschuppen entdeckte er den kleinen Mike mit Marco, Jerry Reeves und einem ihrer Jungs, welchem, wusste Desmond nicht genau. Die Tür war einen Spaltbreit offen, und alle standen daneben, als würden sie auf den Messias warten. Nicht zu fassen. Seine Scheißbäume gingen ein, und die drehten Däumchen.

»Was soll denn das? Wieso seid ihr nicht längst dabei, die Bäume einzuwickeln.«

Der kleine Mike zupfte am Schirm einer von der Sonne ausgebleichten Baseballkappe. »Geht leider nicht, Chef. Wir kommen nicht rein. Irgendwas ist so … keine Ahnung. Da ist irgendwas drin.«

»Was zum Henker meinst du mit *irgendwas*? Wieso hat noch keiner den Traktor rausgeholt?«

»Chef«, sagte Reeves. Der zappelige Scheißer schielte ständig nach dem Schuppentor.

»Was? Versteckst du was vor mir? Hast du etwa auch was kaputt gemacht? Interessiert sich eigentlich keiner außer mir für den Laden hier?«

Des zog das Schuppentor weit auf.

Er war nicht sicher, was er da sah. Seinen Sohn, aber auch wieder nicht. Rasend schnelle Bewegungen, gefolgt von Reglosigkeit. Sein Gesicht war kantiger. Anders. Älter. Dann begann das Wirbeln von Neuem, fieberhaft. Sein Sohn verschwamm vor seinen Augen. Wo Denny war, gewesen war, sah man nur noch Farbe und Umrisse.

Denny saß auf diesem beschissenen Baumschneider, der zusehends verrostete. Mist. War Annie etwa auch hier? War sie mit Denny gekommen? Sie hätte ihn nicht allein lassen wollen, es war ihr Lebensinhalt, ihn zu verhätscheln. Er rief nach ihr.

»Sie ist nicht da, Chef.«

»Klappe, Reeves. Dich hab ich nicht gefragt.«

Plötzlich hörte Denny auf, sich zu bewegen, und Des konnte ihn richtig ansehen. Er war größer als in seiner Erinnerung, deutlich größer. Innerhalb von wenigen Stunden war er um zehn Zentimeter gewachsen.

»So hab ich ihn gefunden, nachdem ich Sie angerufen hatte.« Die Stimme des kleinen Mike war leise, ruhig. »Die Jungs und ich wollten Leitern holen, um uns um den östlichen Bereich zu kümmern, aber.«

Aber.

Denny trat wütend in die Luft, dann sackte er wieder auf den Baumschneider zurück. Sein Sohn. Ein junger Mann. Es war kein blaues Auge zu sehen, kein Bluterguss, der verriet, wo die Faust auf dem Gesicht seines Sohnes aufgetroffen war. Desmond schluckte einen schmerzhaften Kloß herunter und streckte die Hand aus.

»Denny?«

Einen Moment lang richteten sich Dennys Augen auf ihn, doch sofort war er wieder weg. Eine unscharfe Gestalt, kein Junge mehr. Desmonds Hand berührte etwas Glattes, das aussah wie – nichts. Wie Luft. Harte Luft. Wie zum Henker konnte Luft fest sein?

Als Denny das nächste Mal langsamer wurde, hatte er lange Kratzer auf den Unterarmen, Unterarme, auf denen dunkle Haare sprossen.

Desmond schloss das Tor hinter sich. Er konnte sich nicht überwinden, seinen Sohn anzusehen, nicht noch einmal. Er hatte gewusst, dass sie einander ähnlich sahen, darauf war er immer stolz gewesen; seit seinem Großvater und davor war das Prater-Kinn ein Kennzeichen für sture Männer. Es hatte nie ein Zweifel bestanden, dass Denny von ihm war. Vielleicht hätte er sich sogar gewünscht, in einen Spiegel zu sehen, der ihn selbst zwanzig Jahre jünger zeigte, aber in der Realität brach ihm dabei jetzt der kalte Schweiß aus.

»Keiner geht da rein«, entschied er.

»Keiner. Geht klar, Chef. Soll ich Mrs. Prater anrufen?«, fragte der kleine Mike.

»Nein. Ich sag's ihr.« Falls er sie fand. »Hol die ganze Belegschaft her, jeden, den du auftreiben kannst.«

»Chuck kommt nicht. Er hat einen Wasserrohrbruch und sagt, er hat kochend heißes Wasser im ganzen Haus. Junior kommt nicht aus seiner Einfahrt raus wegen einer Hecke. Bei ein paar von den Jungs aus Mims hab ich angerufen, bin aber nicht durchgekommen.«

»Eine Hecke?«

»Sagt er.«

»Dann probier mal die Sommeraushilfen. Irgendjemand muss doch ein bisschen Kohle verdienen wollen. Alle Bäume, an die man irgendwie drankommt, müssen eingewickelt werden. Und jemand muss hierbleiben und aufpassen, dass niemand in den Schuppen geht. Okay? Ich bin gleich wieder da. Wenn ich zurückkomme und hier ist die Kacke noch mehr am Dampfen, rollen Köpfe.«

Er wusste nicht, was er sagte, es war ihm auch egal, aber der Tonfall scheuchte die Jungs auf. Noch konnte er jedem Feuer unterm Hintern machen. Man durfte solchen Kerlen nicht zeigen, wenn man im Arsch war, sonst machten sie einen fertig.

Er musste Annie Bescheid geben. Er musste Annie finden. Sie würde ihn umbringen.

Mit dem Rücken zu den Männern lehnte Desmond sich

an den Schuppen und schluckte etwas wie Panik herunter, nur schlimmer. Die Metallverkleidung war heiß, versengte ihm die Haut. Die Luft, diese harte Luft um seinen Sohn herum, war auch heiß. Desmond Prater wusste, dass er ein Feigling war, weil er nicht bei ihm bleiben konnte. Er konnte sich nicht dazu zwingen zuzusehen.

Denny saß auf dem Baumschneider.

»Ich reparier ihn, Papa, ich schwör's. Lass es mich probieren. Ich kann das.«

»Als du dich auf das Ding gesetzt hast, ohne vorher zu fragen, hast du automatisch das Recht verloren, diese Maschine anzufassen, du kleiner Scheißer.«

»Lass das, Des.«

»Ich kann ihn reparieren, Papa.«

Das Letzte, was er zu seinem Sohn gesagt hatte, war kleiner Scheißer.

Jetzt drehte er sich zu den Bäumen um und bemerkte, dass Dennys Fahrrad am Zaun lehnte, Baseballkarten in den Speichen. Er war nicht daran gewöhnt, es ohne das von Nedda Papas daneben zu sehen.

Er musste Annie finden.

Auf halber Strecke, mitten auf dem Satsuma Drive, staute sich der Verkehr. Er reckte den Kopf aus dem Fenster und sah Blaulicht. Ein Unfall. Auf der dem Kanal gegenüberliegenden Straßenseite stand das Gestrüpp meterhoch, die Bäume waren dicht gewuchert. Keine Chance zu wenden, ohne stecken zu bleiben. Eine Hecke. Junior konnte wegen einer Hecke nicht wegfahren. Desmond legte den Rückwärtsgang ein.

Das musste irgendeine Strafe Gottes dafür sein, dass er Denny eine gescheuert hatte. Aber Desmonds Vater hatte ihn und John das ein oder andere Mal aus kleinerem Anlass verprügelt, und dem war nie was Schlimmes passiert. Er hatte Denny ja nicht die Nase gebrochen. Ein anständiger Klaps ab und zu war doch völlig normal. Jungs musste man an die Kandare nehmen, sonst verwahrlosten sie. Das wusste Annie auch. Aber sie hatte das Haus verlassen, bevor er aufgestanden war, und Denny ebenfalls.

Denny war fast nie allein. Er war immer mit Nedda zusammen.

Und was zum Henker hatte Pete McIntyre auf der Plantage gemacht, und warum hatte Desmond so langsam das Gefühl, dass Theo Papas neben ihm im Pick-up gesessen hatte?

1986: Kind und Mann

Betheen lief durch den Tiki-Kopf, einen falschen Gott, gemacht von Männern, die sich für Cowboys hielten, Männern, die einen Affendschungel anlegten, ohne sich Gedanken zu machen, wie man die Affen versorgte, denselben Männern, die polynesische Kitschhäuser bauten und sie neben einen Western-Saloon und eine Schießbude stellten.

Als sie durch den kaputten Zaun kroch, bekam sie einen leichten Stromschlag, ein stechendes Brennen, fast wie Feuer. Im Studium hatte einmal ein Kommilitone das Gas am Bunsenbrenner nicht abgestellt, und eine kleine Explosion hatte ihr die Haare auf dem Unterarm versengt. Feuer hinterließ ein Vakuum, ein Aufflammen, gefolgt von Abwesenheit. Michael war ein Feuer gewesen, und als er nicht mehr da war, fühlte sie sich hohl, gezwungen, sich von der Molekularebene neu aufzubauen.

Ihr Auto stand kaputt an der Straße, neben einem Toten.

Wie bei allem konnte man nichts anderes tun als weitermachen.

Betheen bahnte sich einen Weg durch den ehemaligen Vergnügungspark. Sie hatte diesen Pfad ausgekundschaftet, um sich zu vergewissern, dass er ungefährlich war – wenn nicht vollkommen, dann doch nur im richtigen Maß gefährlich –, bevor sie Annie mitteilte, die Kinder seien alt genug, um allein draußen zu spielen. Betheen hatte gewusst, dass der Park unwiderstehlich wäre, also hatte sie zwei volle Tage lang überprüft, ob es dort nichts Schreckliches gab, keine steilen Abhänge oder Löcher, und dass die Gebäude und Fahrgeschäfte zu kaputt waren, um zu verlocken. Sie war eine Meisterin im Bemuttern auf Distanz geworden, in dem Sinne, dass sie ihre Tochter Unfug machen ließ, ungefährlichen Unfug. Theo verstand das nicht. Er belehrte, dozierte unablässig, ohne zu begreifen, dass Nedda versuchen würde, alles zu werden, was er sich wünschte. Das konnte sie nicht. Aber sie würde sich bemühen, bis sie sich selbst verletzte. So waren Frauen nun mal. Manche Mädchen brauchten keine Erwartungen; sie brauchten einen Feind. Jemanden, der ihnen das Fluchen verbot, damit sie sich selbst vernünftige Schimpfwörter beibrachten.

Sie blieb mit dem Fuß an einer Wurzel hängen, stürzte und fing sich auf den Überresten eines Betonfußbodens ab. Hier hatte das Schmetterlingshaus gestanden. Sie erinnerte sich: Flügel wie Blütenblätter, und wenn sie auf einem landeten, fühlte es sich an, als würde man vom Wind geküsst. Sie wünschte sich zehntausend Schmetterlinge mit schlagenden Flügeln herbei, die die Füße in ihre Kleidung bohrten, sie festhielten und in den Himmel trugen.

Ein Flüstern in ihrem Inneren. *Steh auf.*

Ein Gefühl von Falschheit durchströmte sie. Andere Frauen nannten es vielleicht *mütterliche Intuition*, aber Betheen erkannte diesen sechsten Sinn als das, was er war: die Spannung einer vor langer Zeit entstandenen chemischen Verbindung, von Oxytocin und Dopamin, einem berauschenden Mix, der einen chemisch veränderte, sodass man wusste, wenn das eigene Kind verletzt oder wenn der Ehepartner gestorben war.

Nedda: in Sicherheit.

Michael: tot.

Theo: Verbleib ungeklärt.

BETHEEN. HOCH JETZT. BEWEG DEINEN HINTERN.

Sie stemmte die Füße in den lehmigen Boden, stand auf und rannte los.

Er hatte als wissenschaftliche Hilfskraft »Einführung in die Physik« unterrichtet, was Betheen damals belegen musste, da die Palm Lake High School sie nicht zum Physikkurs zugelassen, sondern sie in Richtung Betriebswirtschaft gedrängt hatte. Ja, man konnte zu klug sein. Mr. Papas hatte das nicht bemerkt. Mr. Papas stotterte, wenn er ihren Namen sagte. *Miss Squ-Squires.* Aber er rief sie auf, im Gegensatz zu ihren Professoren und anderen Dozenten. Und er bemühte sich, nicht auf ihre Beine zu starren, was wie immer, wenn jemand etwas zu vermeiden versuchte, das Starren noch offensichtlicher machte. Sie verliebte sich in seine Schrift an der Tafel, bei der jede 5 ein nach oben zeigendes Hütchen bekam. Sie verliebte sich ins Aufgerufenwerden, ins Die-richtige-Antwort-Geben und, noch besser, ins Die-falsche-geben-Dürfen. Sie verliebte sich in Kreide und Stifte und den speziellen Geruch des Hörsaals, wenn er sich darin befand. Rauchig.

Chemie brachte einen dazu, sich in die Form eines Kinns zu verlieben: Serotonin, Oxytocin. Sex war Physik, aber Liebe war Chemie. Sie wusste, warum sie den Geruch von Filzstiften liebte, warum schwarze Haare besser als die jeder anderen Farbe geworden waren und warum eine bestimmte Brille sie den Mann dahinter sehen ließ. Eine Flut von Chemikalien.

Er fragte sie nie, warum sie nicht Biologie als Hauptfach gewählt hatte oder wie sie überhaupt bei den Naturwissenschaften gelandet war. Als sie ihre Bücher nahm, um zu ihrem nächsten Kurs zu gehen, sagte er nur: »Miss Squires, ich habe den leisen Verdacht, dass Sie klüger sind als ich.«

Sie lächelte, wie laut ihrer Mutter Debütantinnen lächelten, wie Frauen lächelten, wenn sie wussten, dass sie *besser* waren. Sie bat ihn, sie Betheen zu nennen.

Sie wartete bis zum Ende des Semesters, weil sich das so gehörte, bis ihre Klausuren benotet waren und sie wie erwartet als Klassenbeste abgeschlossen hatte. Am ersten Tag nach den Weihnachtsferien legte sie vor seinem Kurs ihr Chemieheft auf sein Pult. Sie hatte sich erkundigt, welchen er unterrichtete. In ihrem Heft standen ihre Adresse und die Telefonnummer ihres Wohnheims.

Sie bat die Heimmutter, ihn auf ihr Zimmer zu schicken. Immerhin war er Doktorand, fast schon Professor, was machte es da, dass er jung war? Fünfundzwanzig und hochintelligent.

Sie öffnete die Tür in Unterwäsche und Seidenstrümpfen. Hellgrüner Satin. Wie Gischt.

Er versuchte, seine Haut zu verstecken. Die rauen Stellen waren Kontinente, große Inseln auf der Landkarte seines Körpers. Sie erkundete sie, berührte jede mit den Lippen, entschlossen, seine Zusammensetzung zu entschlüsseln. Edel, im moralischen und elementaren Sinne.

Und doch hatten sie sich voneinander entfremdet. Studium, Ehe, Kinder. Sie hatte nicht gewusst, dass das Letzte die beiden Ersten zunichtemachen konnte.

Der Gang zum Labor war schmal. Seine Tür war geschlossen, aber es drang Licht darunter hervor, ein sanftes Flimmern, was bedeutete, dass ein Gerät lief. Als Betheen sie öffnete, nahm sie einen klammen, kalten Luftzug wahr, dann einen beißenden Geruch. Anfangs dachte sie, es wäre Ozon oder Halogen, aber es war nichts so Vertrautes.

Es roch nicht nach ihm. Sein Labor, das Haus, alles roch immer nach ihm. Wo war er? Und das Licht, es war Sonne ohne Hitze. Irgendwie lebendig, generativ wie das Leuchten von Lava oder geschmolzenem Metall.

Die Maschine war riesig. Ein dickbäuchiges Ungeheuer mit Gelenkarmen und Belüftungsschläuchen, die quer über die Zimmerdecke verliefen. Wie hatte er es geschafft, sie zu bauen? Er musste Hilfe von Doktoranden in Anspruch genommen haben, Studenten, die den Schein für seine Kurse brauchten. Sie empfand einen eifersüchtigen Stich, manchmal wünschte sie insgeheim immer noch, sie hätten wie die Curies sein können. Aber Kinder zogen bestimmte Dinge nach sich, und diese Dinge hatte sie haben wollen. Außerdem war Marie Curie am Ende tot gewesen.

»Theo?«

Der chemische Geruch wurde schwerer, säuerlich. Ein Ester – ein Likör, aber ohne das Vergnügen.

»Theo?«

Immer noch keine Reaktion. Hinten im Raum ertönte ein leises Zischen, die Maschine brummte. Betheen drückte auf den Lichtschalter, aber die Deckenlampe blieb störrisch dunkel.

»Theo?«

Da bewegte sich etwas.

Ein Bild von ihm schob sich vor ihr geistiges Auge, Theo mit sechs oder sieben, als Cowboy verkleidet, auf einem Pony. Er hatte erzählt, ein Fotograf sei damals durch sein Wohnviertel gezogen, mit einer Kostümtruhe und einem Pony, das tausend Jahre alt und kleiner Kinder überdrüssig war.

Die Augen waren anfangs schwer zu erkennen, da sie ihn kaum je ohne Brille gesehen hatte. Selbst dem Jungen auf dem Foto saß ein dickes schwarzes Gestell auf der Nase. Aber die Ohren waren gleich, eins stand ab wie ein Henkel, das andere lag dicht am Kopf an. Die Haare. Die Haare des Jungen waren seine. Wie eh und je war er von der Psoriasis gezeichnet, allerdings hatte sie noch nicht die Gelenke in Mitleidenschaft gezogen. Zu dem Zeitpunkt, als Betheen ihn kennengelernt hatte, hatte seine Haut sich bereits gebessert, aber sie hatte ältere Bilder gesehen, in einer Kiste mit Sachen seines Vaters. Sonst hätte sie nicht geahnt, wie schlimm es vorher gewesen war, wie großflächig. Darauf angesprochen hatte er erwidert: »Ich habe es mir selbst schwer gemacht. Ich konnte Kiefernteerseife nicht ausstehen.«

Bis dahin hatte sie nicht gewusst, woher dieser rauchige Geruch kam. Sie hatte sich in sein Medikament verliebt. Aromatische Kohlenwasserstoffe.

Dieser Junge, dieser Sechs- oder Siebenjährige hinter der Maschine, war das Kind auf dem Foto.

Zwei Beine, zwei Füße, zwei Augen, zwei Arme, zwei Hände, seine vertrauten Fingernägel, sämtliche Zutaten zu Theo, versteckt hinter seiner eigenen kaum zu glaubenden Wassertorte.

Es wurde warm im Raum, plötzlich unerträglich heiß, und die Maschine gab mehr Licht ab. Dann waberte der Junge, wuchs und dehnte sich aus, bis sie vor sich – Augen feucht, Mund lautlos aufgerissen, zitternd, als könnte er sich selbst zerreißen – den jungen Mann sah, den sie einmal heiraten sollte. Dünn, ungelenk. Die schuppige Röte war aus seinem Gesicht verschwunden, überzog aber seinen Rumpf. Sie erinnerte sich daran, sie entdeckt zu haben, rau, aber elastisch, als sie die Hand unter sein Hemd geschoben hatte, während er in ihrer offenen Tür gestanden hatte. Sie hatte gefragt, ob es wehtue. Darauf antwortete er nie; seine

Schmerzen lernte sie später kennen. Er sagte, sie müsse ihn nicht anfassen, falls ihr das unangenehm sei. Er sprach über seinen Körper wie die Freundinnen ihrer Großmutter über vulgäre Ausdrücke. Es rief in ihr den Wunsch hervor, ihn abzulecken. In dieser Rauheit lag ein Herz, das er auf dem Bauch trug.

Seine Augen, Theos Augen, richteten sich auf sie. Betheen wartete auf das Erkennen, das Überspringen des Funkens, das sie in einem Hörsaal mit ihm erlebt hatte. Begierde wallte auf nach einem Mann, den sie seit Jahren nicht mehr gesehen hatte, nach dem Knöchel seines Handgelenks, den zarten Härchen auf seinen Fingern, seinen Augen. Diesem Mann, der nicht wusste, was passieren würde. Das Ziehen in ihrem Bauch brachte sie zum Weinen. Wusste er es? Erinnerte er sich?

»Theo?«

Seine Lippen bewegten sich. Diese Form kannte sie. *Miss Squires.*

Falls sie ein Geräusch machte, ging es in dem Licht und den durch die Maschine erzeugten Verschlingungen unter. Crucible. Nedda sagte, er habe sie Crucible genannt. Theos Körper wurde kleiner, seine Arme und Beine schrumpften. Babyspeck blühte auf, die Augen wurden runder, größer. Der Ausschlag tanzte über seinen ganzen Körper, flackerte auf, verblasste, explodierte. Er schien Teil des Lichts zu sein, mit jedem Zucken, jedem Schrei verdunkelte er sich und blitzte wieder auf. Betheen sah zu, wie ihr Mann sich von innen nach außen stülpte, bis sie den Blick abwenden musste.

Und dann lag da ein Säugling, rosa Fingerspitzen, Herzchenmund, zappelnd und strampelnd wie jeder Säugling, blinzelnd und erschreckend still. Sie konnte Michael in diesem Säugling erkennen, was er gewesen war, hätte sein können. Perfekte rundliche Gliedmaßen. Klein genug, um noch verschlossene Nasengänge zu haben, damit das Fruchtwasser nicht eindrang. Weiches schwarzes Haar, der erste Babyflaum.

Sie streckte die Hand nach ihm aus, berührte ihn beinahe, dann rutschte ihre Hand an etwas Glattem ab, etwas Glitschigem, das sie fast sehen konnte. Wie Agar-Agar.

Da war ein Kind in Theos Labor. Ein Baby. Vielleicht wäre es in fünf, zehn Minuten nicht mehr da, aber dann doch wieder. Ihr Mann, der Säugling, wand und krümmte sich.

Pass auf. Denk nach.

Sie atmete durch. Sie konnte gehen. Konnte versuchen, Kontakt zu seinem Freund aufzunehmen. Seinem ehemaligen Kollegen, Avi, Ari … Lieber? Ein leicht manischer Mann, hohes Lachen. Liebowitz. Schnelle Auffassungsgabe. Sie sollte seinen Freund Liebowitz anrufen.

Miss Squires, ich habe den leisen Verdacht, dass Sie klüger sind als ich.

Sie drehte sich wieder zu ihm um, sah auf die Uhr und merkte sich die Zeit. Sie beobachtete.

Denk nach. Such nach dem Muster. Finde eine Lösung.

An Bord der Chawla

Singh weigerte sich, als Nadelkissen zur Verfügung zu stehen. »Wenn Papas das Versuchskaninchen spielen will, lassen wir sie doch.«

Marcanta fluchte. »Ich hätte dich einfach anbohren sollen, während du gepennt hast. Bei Papas kann ich das nicht riskieren, ich mit einem Aussetzer nichts machen, was ich nicht vorher an uns ausprobiert habe. Wahrscheinlich muss ich uns letztlich alle punktieren. Was macht es schon, wenn du der Erste bist?«

»Vielleicht würden wir davon profitieren, jemanden mit sehvermögenden Augen zu haben, der die Bordsysteme reparieren kann? Hast du daran schon mal gedacht? Nimm zuerst Jewgeni. Seine Augen funktionieren nicht«, sagte Singh.

Jewgeni sollte nicht als Erster erfahren, dass es nicht mehr umkehrbar war, fand Nedda. Obwohl die Ringe von der Brille schmerzhaft waren, graute ihr vor dem Tag, an dem er sie nicht mehr hätte, weil er aufgegeben hatte. Seinetwegen und ihrer aller wegen. »Ich bin sehr wohl in der Lage, die Systeme zu reparieren, wie du weißt. Jewgeni ist ein schlechter Proband«, sagte Nedda. »Bei ihm schreitet der Sehverlust schneller voran als bei uns. Er ist atypisch. Singh, du und Louisa, ihr seid die Basis. Einer von euch muss es sein. Gib zu, dass du Angst hast, und mach es trotzdem.«

»Ich kann mich nicht selbst punktieren«, sagte Marcanta.

Singh blieb drei Stunden auf dem Heimtrainer. Es war kindisch, aber Nedda verstand ihn. Eine Liquor-Entnahme war eine Kleinigkeit, aber das erste Eingeständnis, dass nicht nur *Chawla* Ausfallerscheinungen hatte.

Sie sah auf den Kommunikationsplan. Ein Gespräch mit ihrer Mutter war erst in einem Monat wieder vorgesehen. Sie hatte nicht erwartet, sich so abgekoppelt zu fühlen, weil sie nicht jederzeit zum Telefon greifen konnte. Weil sie nicht wusste, wo oder wann ihre Mutter war. Sie vermisste das Telefonkabel in der Küche, das gelbe Federn, wenn man den Hörer baumeln ließ, um einen Knoten zu entwirren. Was würde sie nicht alles geben für ein Küchentelefonkabel, das sich durchs Universum erstreckte, für die Gewissheit, dass Betheen am anderen Ende war und an der Wand lehnte, während etwas leicht Gefährliches auf dem Herd blubberte. Ach, die Haltung ihrer Mutter. Ihre Kraft. Nedda stellte ein Tablett mit Maissetzlingen unter die Wachstumslampen, dann rief sie den Schaltplan von Amadeus auf. Sie kaute auf ihrer Lippe. Verängstigt war okay. Einsam war okay. Das durfte man sein, solange man arbeitete.

Sie sahen Singh beim Abendessen. Er rollte Tofustückchen in eine Tortilla ein und faltete sie sorgsam zusammen, bis sie aussah wie ein Wan Tan. Akkurat. Die Finger immer sauber.

»Ich mache es«, sagte er. »Natürlich mache ich es.«

Chawla war kalt, und während Jewgeni es genoss und zufrieden mit nacktem Oberkörper zwischen Bad und Koje hin- und herschwebte, hatte Singh sich lange eine mehrschichtige Schamhaftigkeit bewahrt. Hemden unter Pullovern unter Overalls. Nedda hatte noch nie seinen Rücken gesehen. Er lag auf der Seite, auf den Tisch der Krankenstation geschnallt, eingerollt wie ein Kind. *Verletzlich*, dachte Nedda. Jeder Rückenwirbel ein sanfter Hügel, eine Sanddüne.

Marcanta nahm ihre Hand und strich damit über Singhs Rückgrat. »Man sucht nach dem Zwischenraum. Das menschliche Gehirn hat das blöde Bedürfnis, in alles zu stechen, was herausragt. Sei nicht blöd. Fühl mal hier.«

Gipfel und Täler wie auf dem Mond, der Erde, überall.

»Ich bin noch anwesend«, sagte Singh. »Mensch, nicht Kadaver.«

»Wissen wir, Amit. Kadaver sind bessere Patienten.« Marcanta ließ Neddas Hand los. »Für unsere Zwecke ist es egal, wenn ein bisschen Blut in die Flüssigkeit gelangt, aber es sollte überwiegend CSF sein. Und selbstverständlich musst du auf das Rückenmark aufpassen.«

»Selbstverständlich«, sagte Singh.

»Du hast einen schönen Rücken«, sagte Nedda. »Die Wirbel sehen stark aus.« Trost war nicht ihr Spezialgebiet.

»Bitte, mach es einfach, oder lass mich aufstehen.«

Marcanta versenkte die Nadel, und Singh sog scharf die Luft ein. »Zurückziehen, nur ein bisschen – so – und jetzt warten wir. Wir haben ein paar Minuten Zeit, Singh. Unterhalte uns.«

»Leckt mich«, murmelte er.

»Da hast du doch mehr drauf«, sagte Nedda.

Singh wiederholte sich.

»Du bist Wissenschaftler. Gib dir mehr Mühe. Sei ein bisschen kreativ. Arschkrampe, Flachwichser, Gesichtsfotze. Es muss melodisch klingen«, sagte Nedda. Zum ersten Mal seit der Erde sprudelten die Wörter in einem befriedigenden Schwall aus ihr heraus. »Vollpfosten, Drecksack, Armleuchter.« Sie spulte die einst erlesene Liste ab und fragte sich, ob alle gesammelten Daten, ob jede jemals erstellte Liste auf den Moment wartete, in dem sie ihre Bestimmung fand. »Hackfresse, Hühnerficker, Pissnelke.« Marcantas heiseres Kichern hallte durch das Labor. Ab und an wiederholte Singh ein Wort, und bei seiner Aussprache klangen sie eleganter.

»Wo hast du die denn alle gelernt?«, fragte Marcanta.

»Recherche.«

Neddas Kraftausdrücke wurden zu einem Wiegenlied. Singh bat Nedda, sie aufzuschreiben, um sie Jewgeni aufzusagen. Marcanta behielt die Ampulle im Auge, die an der Nadel in Singhs Rücken hing. Als sie sich langsam füllte, kniff Singh die Augen zu. Kurz vor Schluss biss er sich in die Wange. Ein kleiner Blutstropfen trat aus, ein einzelnes perfektes Bläschen voller Molekülketten, DNS, ein Mikrokosmos von Singh. Nedda fing ihn mit einem Taschentuch auf.

Marcanta zog die Nadel heraus und reinigte die Wunde. »Seht euch das an. Völlig klar, kein Blut. In der Assistenzzeit nennt man so eine Entnahme eine ›Sektpunktion‹, und der Chefarzt oder der Oberarzt gibt einem ein Glas Sekt aus. Jedenfalls war das früher so.«

»Schön, dass ihr euch erst hinterher betrinkt«, sagte Singh.

»Halt die Klappe und setz deine Druckbrille auf, Amit. Und dann ab ins Bett. Morgen vor der Konferenzschaltung will ich deine Augen kontrollieren, verstanden?«

Er erkundigte sich nach den Kopfschmerzen.

»Nur wenige kriegen sie. Bei Schwerelosigkeit treten sie vielleicht gar nicht auf, weil man nicht die Flüssigkeitsverschiebung hat wie normalerweise, wenn man steht. Wenn du sie bekommst, wirst du es schon merken.«

»Super«, sagte er.

Als Nedda in die Hydro gehen wollte, hielt Marcanta sie am Arm fest.

»Glaubst du, du kannst das bei mir machen?«

Konnte sie sich an Louisas Rücken hinabtasten und die Nadel einführen, ohne das Rückenmark zu perforieren? Singh müsste bei jemand anderem zusehen, ehe er es selbst probierte. Es gab keinen anderen. »Ich würde es lieber nicht machen müssen«, sagte Nedda.

»Danach hab ich nicht gefragt.«

»Ja, ich kann es machen.«

»Gut.« Marcanta verstaute die Ampulle in einer Schublade. »Hoffentlich bist du in Krankenpflege besser als ich in Botanik.«

Später, als Nedda Stickstoff in das Nährgel für die Karotten gab, fielen ihr tausend Dinge ein, die sie zu Marcanta hätte sagen können, über Angst, über Verantwortung und darüber, was Versagen bedeutete, aber sie hatte keine Worte mehr übrig gehabt. Die hatte sie zum Fluchen verschwendet. Sie schaltete ihr Tablet ein. Mittlerweile war Amadeus ihr vertraut, Freund und Feind zugleich. Der Wechsel des Isotops hatte zu dem Problem zwar beigetragen, aber schuld war außerdem etwas so Einfaches und Monumentales wie das Versäumnis, die Schwerelosigkeit mit einzuberechnen. *Chawla* war das erste Raumschiff, bei dem das Lebenserhaltungssystem von einem beschleunigten thermoelektrischen Radioisotopengenerator abhing. Amadeus bedeutete Weltraumreisen für die Menschheit. Kolonisierung und Überleben der Spezies. Zeit. Die *Fortitude* war mit einem baugleichen Generator ausgestattet, besaß aber künstliche Schwerkraft, ein kinetisches Unterstützungssystem. Selbst wenn sie Amadeus nicht für *Chawla* reparieren konnten, mussten sie es zumindest versuchen. Sie mussten den Siedlern der *Fortitude* eine vernünftige Ausgangsposition verschaffen, eine echte Überlebenschance auf dem Zielplaneten. Für das Gemeinwohl.

Singhs Stöhnen weckte sie. Er konnte das Licht in seiner Kabine nicht ertragen, deshalb schaltete sie es aus.

»Zu viel Lärm«, sagte er, als sie mit ihm reden wollte. Ein Schleifpapierflüstern. »Ich kann meine eigene Stimme nicht ertragen.«

Letzten Endes hielt sie seine Füße, drückte sie zwischen ihren Handflächen, rieb sie durch die wattierten Schichten des Schlafsacks. Ihre Mutter hatte das bei ihr getan. Während ihres letzten Schuljahrs hatte sie Pfeiffersches Drüsenfieber gehabt. Ihr einziger Halt, während sie weinend die Tage im Bett verbrachte, war Betheen gewesen, die Wärme in ihre Füße rieb. Männerfüße waren seltsam, knochiger und klumpiger als die von Frauen. Singhs erinnerten sie an eine Giraffe – lang und knorrig. Jetzt bemutterte sie also einen ausgewachsenen Mann.

Sie war nie mütterlich gewesen. Ihre Zielstrebigkeit hatte diese Empfindung nicht zugelassen, oder das, was ihr zugestoßen war, hatte diese besondere Form der Zärtlichkeit durch Narbengewebe ersetzt. Und doch. Um sie herum summte *Chawla* und atmete. Einst hatte der kalte Labortisch ihres Vaters ihr Trost gespendet. Jetzt war es eine Maschine mit Herzschlag.

Sie drückte Amits Füße und bemerkte, dass sie flach waren.

Mit einer neuen Entschlossenheit ließ sie ihn zum Schlafen allein. Nachdem sie drei Stunden lang den Schaltplan studiert hatte, spürte sie einen leichten Stich in der Brust, als würde an einem Faden gezupft. Wenn sie ihm mit dem Finger folgte, würde er die Entfernung bis Easter überbrücken. Schnell schrieb sie eine Nachricht an das Kontrollzentrum.

Dr. Papas bittet, unverzüglich einen privaten Videoanruf mit ihrer Mutter Betheen Papas anzusetzen. Bitte informieren Sie Betheen Papas, dass ihre Tochter sich nicht mehr erinnern kann, wie man am besten eine Blase platzen lässt, und eine Auffrischung braucht.

1986: Die Toten

Marty Neuhaus schwitzte wie verrückt. Das lag an dem Anzug, der eben sein musste, selbst bei Vorabgesprächen. Die Leute bildeten sich gern ein, sie hätten ein Luxusinstitut für ihre Angehörigen ausgesucht. Ein Wollanzug bedeutete Qualität, konnte einen aber ins Schwitzen bringen, als wäre man zwanzig Kilometer gerannt. Um elf Uhr hatte Marty einen Termin mit den Alfresons, für Deenie, die im Sterben lag. Ein Lieferwagen blockierte eine Ausfahrt, was verboten war, deshalb schleppte er jetzt Balsamierflüssigkeit und Kosmetika quer über den Parkplatz, die Achseln vom Hemd wundgerieben.

Dass er Kundschaft hatte, machte es noch schlimmer. Er legte besonderen Wert auf einen würdevollen Umgang, Frieden und Ruhe nach einem Leben, das in der Regel nicht erholsam gewesen war.

Ächzend wuchtete er seine Last auf einen Tisch. »Ich bitte vielmals um Verzeihung, Mr. West. Normalerweise mute ich meinen Kunden kein solches Schauspiel zu, aber mein Assistent hat einen Hang zum Verschlafen.«

Mr. West schwieg, und das schon seit zwei Tagen, seit Mrs. West ihn auf dem Küchenboden gefunden hatte, erstickt an der letzten Essiggurke im Glas.

Martys Assistent Reg Peterson hatte nicht verschlafen, sondern sich verfahren, was extrem merkwürdig war, da er seit siebzehn Monaten problemlos zu seinem Arbeitsplatz fuhr. Aber als er an diesem Morgen vom Highway nach Easter abbiegen wollte, war die Ausfahrt weg. Er wendete dreimal, konnte sie aber weder in nördlicher noch in südlicher Richtung finden. Daraus schloss er, dass er krank sein musste, und fuhr wieder nach Hause.

Von seiner Wohnung in Port St. John aus rief Reg im Bestattungsinstitut an, aber es hob niemand ab. An dem Tag probierte er es noch drei Mal. Beim letzten Versuch brach der Klingelton ab. Reg schaltete die Nachrichten ein, die sich ganz auf die Explosion der Raumfähre konzentrierten. Ihm leuchtete ein, dass er nicht durchkam. Die Telefonleitungen mussten überlastet sein.

Als er am dritten Tag in Folge die Ausfahrt verpasste, sprach Reg, der ein ruhiger Mann war, eine Kellnerin in einer Raststätte an. Die Hände um eine Kaffeetasse gelegt, las er ihr Namensschild. *Rowenna.* Hübscher Name. Rowennas Hände waren schwielig von Reinigungsmittel und Spülen, und sie passten nicht zum Rest von ihr, der aussah, als sollte sie irgendwo am Strand Muscheln sammeln.

»Rowenna, ich hätte da mal eine komische Frage. Ist in den letzten Tagen jemand hier gewesen, der nach der Ausfahrt 43 gefragt hat? Ich kann sie beim besten Willen nicht mehr finden.«

»Nicht dass ich wüsste. Es waren ein paar Reporter auf dem Weg nach Cape Canaveral hier wegen diesem furchtbaren Unfall, aber die verfahren sich ja immer. Hauptsächlich essen bei uns Lkw-Fahrer und Leute, die nach Fort Lauderdale wollen. Wir sind nur eine Station auf dem Weg woandershin, wissen Sie?«

In dem Moment, als Rowenna seine Tasse auffüllte, hörte Reg aus ihren Worten etwas heraus: Dass sie möglicherweise nicht nur die Raststätte meinte. Dass sie, ihrer Stimme und den hängenden Schultern nach, sich vielleicht ebenfalls wie eine Station auf dem Weg woandershin fühlte. Reg ging es ähnlich: Er holte Leichen ab und brachte sie von zu Hause zu einem Tisch zu einem Grab.

»Es ist seltsam«, sagte er. »Seit über einem Jahr nehme ich jeden Tag diese Ausfahrt, und seit zwei Tagen ist sie auf einmal verschwunden.«

»Tja, die nummerieren die Ausfahrten gerade neu nach Streckenkilometern. Vielleicht sind Sie wegen einem neuen Schild durcheinandergekommen.«

»Könnte sein«, sagte er.

»Geht's Ihnen gut?« Ihre Hand berührte den Tisch, und er sah ihre trockene, rissige Nagelhaut. Wie seine eigene.

»Offen gestanden bin ich mir nicht ganz sicher.«

»Ich auch nicht, Herzchen. Ich auch nicht.«

Nach dem dritten Frühstück in der Raststätte und Sodbrennen von zu viel Kaffee fragte Reg Rowenna: »Hätten Sie Lust, mit mir nach der Ausfahrt zu suchen? Vielleicht fällt Ihnen was auf, was ich übersehen habe.«

Sie strich sich eine dauergewellte Strähne hinters Ohr. »In einer Viertelstunde hab ich Pause. Sie können mich auf ein Eis einladen.«

Nach zwei Wochen Mittagessen mit Reg kehrte Rowenna nicht mehr aus der Pause zurück. Sie kurbelte das Beifahrerfenster seines kleinen weißen Fords herunter und strich mit der Hand durch den Wind. Sie fuhren nach Fort Lauderdale. Reg hörte auf, über die Sache zu sprechen, deretwegen er überhaupt an der Raststätte gehalten hatte.

Es waren zu viele Leichen, entschied er.

Er nahm einen Job als Verkäufer für Büroartikel an und stellte fest, dass er ihn liebte; er hatte eine Begabung, für

Menschen die zu ihnen passenden Schreibwaren zu finden. Mit der gleichen Ruhe, die er bei Hinterbliebenen an den Tag gelegt hatte, verkaufte er mehr Ordner und Papier als jeder andere.

Rowenna fühlte sich endlich wie ein Zielort, nicht mehr wie eine Station unterwegs. Und falls sie bemerkte, dass Reg hin und wieder eine nicht existierende Nummer wählte, fasste sie es als kleine Marotte auf, und zwar eine, über die man bei einem Mann gern hinwegsah, der sich eine derart absurde Lüge ausgedacht hatte, nur um sie anzusprechen.

Als ihre Tochter Veronica sechzehn wurde und anfing, sich für Jungen zu interessieren, sagte Rowenna zu ihr: »Warte auf den Richtigen. Warte auf jemanden, der so verliebt in dich ist, dass es ihm egal ist, wenn er sich zum Trottel macht, jemanden, der sich eine ganze Stadt ausdenkt, nur um ein Gesprächsthema zu haben.«

Reg korrigierte sie nie. Mit der Zeit wuchs Gras darüber, und nach ausreichend vielen Jahren glaubte er, dass Rowenna recht hatte.

Marty griff auf der Suche nach seinem Wachs in einen Schrank. Reg hatte umgeräumt, und jetzt fand man nichts mehr. Was für Reg praktisch war, mit seinen eins fünfundachtzig, war für Marty mit eins siebzig unerreichbar.

»Entschuldigen Sie, Mrs. Lattimer. Ach, ich weiß. Dieser Gerichtsmediziner macht vielleicht Sachen mit einem. Aber wir haben Sie ruck, zuck wieder präsentabel. Die Spülung, die Sie bekommen haben, hat Wunder gewirkt.« Den Y-förmigen Schnitt verdeckte ein Sommerkleid, aber bei einer Schädelöffnung half nur Wachs.

Er war nicht gefasst auf das, was er sah, als er sich mit dem Wachs in der Hand wieder umdrehte. Mrs. Lattimer, deren letzte Ruhe ganz besonders schwer erkämpft wirkte, bewegte sich. Genauer gesagt bewegte sich ihre Haut; die Spitzen des Y-Einschnitts verkürzten sich, und die Fäden, die er vernäht hatte, platzten auf und zogen sich aus den Nadellöchern. Man hörte ein dumpfes Knirschen, das Krachen von Knochen auf Knochen.

Einen Schädel, der sich wieder einrichtete.

Der großflächige Bluterguss auf ihrem Rücken von den Stunden, in denen sie auf dem Badezimmerfußboden gelegen und in denen sich Blut unter ihrer Haut angesammelt hatte, während die Totenstarre einsetzte, verblasste.

»Miriam?« Es war albern, ihren Namen zu sagen, aber was konnte man schon erwarten, wenn eine Leiche sich auf seinem Tisch von allein wieder zusammenflickte? Wenn eine Leiche weniger zu einer Leiche und wieder mehr zu Miriam Lattimer wurde?

Als ihre Knöchel sich gerade rückten, rannte er durch die Seitentür auf die Latchee Street, mitten auf die Straße. Miriams Herz war in ihrer Brust. Seziert zwar, aber was, wenn es auch von allein wieder zusammenwuchs? Ihr Brustkorb, ihre Haut.

Nein, das war nicht richtig. Er brauchte einen Schnaps. Er brauchte irgendwas. Der Himmel verschwamm. Menschen. Er brauchte Menschen, lebendige. Und einen Schnaps.

Marty wankte zum Bird's Eye, wo Leute waren und Rum. Ellery Rees hatte immer einen Vorrat von dem guten kubanischen Zeug, das er von den Keys mitbrachte. Es war das am schlechtesten gehütete Geheimnis der Stadt, neben den Affären von Bürgermeister Macon.

Ellery stand an der Registrierkasse, seine sonnenverbrannte Kopfhaut leuchtete durch seine – wie die meisten fanden – Mafioso-Frisur. Auf seinem Hawaiihemd prangte ein großer Kaffeefleck. Sosehr Ellery auch aufs Geld aus war, er mochte Easter ehrlich gern und spürte schon vorher, wenn jemand hereinkam, noch bevor die Klingel an der Tür läutete, noch bevor er am Fenster und der abgeblätterten roten Schrift auf der Scheibe vorbeilief.

»Marty. Früh für deine Verhältnisse. Mein Gott, du siehst ja aus wie eine wandelnde Leiche. Verzeihung, kleiner Spaß am Rande, mein Freund.«

»Ellery«, entgegnete Marty. »Ich brauche einen *Strandurlaub*.«

»Bisschen früh, findest du nicht? Kommt mir kriminell vor, an einem Wochentag vor Mittag einen einzugießen.«

»Schütt ihn in einen Kaffeebecher oder was auch immer. Ich zahl, was du willst.«

Marty Neuhaus hatte Ellerys Vater eins a zurechtgemacht, niemand hatte gemerkt, dass die halbe Nase gefehlt hatte. Für den Sarg hatte Marty auch nichts extra berechnet, obwohl der Senior zu dick für die normale Breite gewesen war. Er hatte Ellery damals nur diskret beiseitegenommen und ihn gebeten, ein anderes Modell auszusuchen. Der Aufpreis tauchte nicht auf der Rechnung auf. Solche Sachen vergaß die Familie Rees nicht. Also goss er einen Schuss Kaffee auf eine ordentliche Portion Schmuggelware und schob Marty Neuhaus den Becher direkt vor die Nase.

Er leerte ihn in einem Zug und bat um einen weiteren.

»Okay, Großer. Ich mag dich ja, aber du bist nicht unbedingt der Strandtyp. Alles klar bei dir? Sollst du einen von den Astronauten übernehmen oder so was?«

»Mir … mir geht's nicht so gut, Ellery. Miriam Lattimer hat sich gerade auf meinem Tisch wieder zusammengeflickt.«

»Ohne Scheiß?«

Ellery hatte schon diverse Leute durchdrehen sehen, genug, um zu wissen, dass jeder das anders anging. Sein Onkel war auf einen Baum geklettert und hatte die Leute mit Nüssen beworfen, als seine Frau ihn verließ. Wenn Ted Buller seinen Rappel bekam, faselte er immer von Kommunisten im Gebüsch. Manche Leute sagten gar nichts mehr, woran man sie dann erkannte. Marty war ein Schocker. Ellery war bisher davon ausgegangen, dass er total abgebrüht wäre – nach allem, was er schon gesehen hatte. Vielleicht aber genau deshalb. Am besten ließ man ihn einfach machen, sollte er sich abreagieren und wieder runterkommen.

Also goss Ellery ihm behutsam nach und wischte dann um ihn herum die Theke ab. Marty sah nicht ihn an, sondern wie gebannt auf die kreisenden Bewegungen des Lappens auf dem Resopal.

»Ihre Haut, wo das …« Er malte ein Y in die Luft. »Direkt vor meiner Nase zugeheilt. Ich hatte sie gewaschen, weil der Gerichtsmediziner immer so eine Sauerei hinterlässt. Und dann wollte ich gerade mit ihr anfangen, da schließen sich sämtliche Nähte einfach von allein wieder. Das hätten sie nicht tun dürfen. Haben sie auch nicht, oder?«

Ellery kam mit den unappetitlichen Sachen, die Marty da sagte, nicht ganz klar. Marty hatte andauernd Tote vor sich, die meisten davon alt, die meisten Bekannte. Bisher hatte Ellery nicht darüber nachgedacht, was das mit sich brachte, zum Beispiel Miriam Lattimers nackte Altfrauenbrüste. Marty kannte auch den schrumpeligen Altmännerpimmel von Ellerys Vater. Bei so einem Job konnte man schon überschnappen. Wie konnte man ständig Leichen vor sich haben und nicht die Menschen in ihnen sehen? Oder Menschen sehen und sie sich nicht tot auf seinem Balsamiertisch vorstellen?

»Hey«, sagte Ellery. »Versteh das jetzt nicht falsch, aber wenn ich zu viel arbeite, höre ich die Gabeln mit mir reden. Hattest du in letzter Zeit mal frei? Ich meine das nicht böse, ich sag ja nur. Nimm dir doch mal ein paar Tage frei und lass den Jungen bei dir sich drum kümmern.«

»Reg ist nicht da. Hättest du was dagegen, wenn ich hier ein Weilchen sitzen bleibe, Ellery? Ich kann noch nicht zurück.«

»Soll ich versuchen, Shelly zu erreichen?«

»Ja, bitte. Ich würde sie ja selbst anrufen, aber …«

»Aber du zitterst wie ein verfrorener Chihuahua. Kein Thema. Sie arbeitet noch bei der Bank, oder?«

»Ja.«

Ellery hob den Hörer ab und wollte gerade wählen, merkte dann aber, dass gar kein Freizeichen ertönte. »Sorry, Großer. Die Leitung ist wieder tot. Weißt du, was, bleib einfach hier. Heute ist sowieso nichts los, und es sieht nach Sturm aus. Bleib einfach hier sitzen, bis du wieder runtergekommen bist, okay?«

Marty nickte und flüsterte: »Klar doch. Ist gut. Du hast recht.«

Da setzte sich Eddie Ingram neben Marty auf einen Hocker.

»Hey, Ellery, kann ich auch was von dem Zeug haben? Auf der Satsuma gab es einen Unfall. Irgend so ein Kerl ist praktisch geköpft worden, und sein Auto steckt im Kanal und der ist zugefroren. Die Straßen nach draußen, ich weiß ja nicht, Mann. Du kommst nicht weg. Der Highway, also das ist, als wäre der Wald einfach, ich weiß auch nicht, was zum Henker da los ist.« Eddie erschauderte.

»Da bist du nicht der Einzige.« Ellery schob einen Becher über die Theke. Sich selbst goss er auch einen ein.

1986: Pete McIntyre

Ein paar Dinge wusste Pete ganz genau. Er wusste, wenn es einen Brand oder Frost gäbe oder der nächste Hurrikan Easter dem Erdboden gleichmachen würde, käme er schon klar. Er würde sich was anderes suchen, noch mal neu anfangen. Er wusste, dass Rita nie über ihn wegkommen würde, und deshalb war sie mittlerweile bei Ehemann Nummer drei. Und er wusste, dass das, was mit Denny Prater passierte, nicht normal war und kein Kind jemals so sterben sollte.

Er mochte Denny, was ihn überraschte, da der Vater des Jungen das kolossalste Arschloch in ganz Florida war. Pete McIntyre kannte Desmond Prater schon, als er nur ein schmieriger kleiner Mistkerl war, dessen Vater es irgendwie geschafft hatte, den Familienbetrieb nicht zugrunde zu richten. Offenbar stellte das keine allzu hohen Anforderungen; schwieriger war es, neu anzufangen, was jeder McIntyre mindestens fünf Mal im Leben machte.

Petes Vater Red hatte Sumpfboottouren angeboten, mit Alligatoren gerungen, illegale Wetten veranstaltet – und dafür gesessen – und war Laster gefahren. Seine Mutter Gina Lee war genauso gewesen. Pete hatte schon Obst für Jim Prater gepflückt, tote Tiere von Highways aufgesammelt, Brände in Brevard County gelöscht, als Hausmeister bei Covey und als Wartungsmechaniker im Space Center gearbeitet sowie Autos repariert. Wenn sein Rücken nicht gerade Zicken machte, betrachtete er sich als echten Glückspilz.

Das Unglück mit der *Challenger* war schlimm genug. All diese Menschen tot, innerhalb einer Sekunde. Auf so einen Schock war man natürlich nie vorbereitet, trotzdem gehörte das nun mal dazu; was den Himmel unter anderem so schön machte, war das Risiko, das er mit sich brachte. Dieses Kind aber – in einer ohnehin schon schlimmen Woche war Denny das Schlimmste, was Pete je erlebt hatte. Ihm tat die Brust weh. Sein Herz nahm schlechte Nachrichten vor seinem restlichen Körper auf, als wollte es ihm aus den Rippen kriechen.

So was durfte keinem Kind zustoßen, niemandes Kind.

Rita und er hatten mit Anfang zwanzig eine Tochter bekommen, als sie noch in einer Bar in Mims arbeiteten. Della war wie er, aber sie hatte Fernweh. Mit achtzehn war sie mit dem Auto nach Kalifornien gefahren, wo sie kellnerte. Offenbar ging das dort besser, denn es war jetzt fünf Jahre her. Della rief ihre Mutter an, und Rita rief ihn an, insofern war das in Ordnung. Aber wenn ihr was zustoßen würde, dann wüsste er es. Er würde es spüren. Dieser Penner von Prater sollte Bescheid wissen, was mit seinem Kind los war.

Kupfer. Theo Papas hatte gesagt, er brauche Kupfer, um das wieder hinzubiegen. Scheiße, dann würde er ihm eben welches besorgen. Er sah seine Sachen durch, überlegte, wo er Kupfer gelagert haben könnte.

Das mit der Autowerkstatt lag ihm. Aber ihm fehlte der ganze NASA-Kram. Die Leute hielten das ja für Müll. Abdrücke von Händen, Füßen und Reifenprofilen, Sachen, die nicht mit ins All gekommen waren, aber direkt danebengelegen hatten. Ursprünglich hatte er nicht vorgehabt, so viel zu sammeln, aber immer wieder wurde gutes Zeug weggeworfen. Er konnte doch unmöglich so verflucht eindrucksvolle Maschinenteile wie einen Kolben eines der beiden Crawler-Transporter auf einer Müllhalde verrosten lassen, nicht, wenn er sich noch als Mann betrachten wollte.

Mit Weltraumschrott konnte man auch ganz gut ein paar Scheine verdienen. Leute, die mal eine Pause von Mickey Mouse brauchten, die das »echte Florida erleben« wollten, gaben gern zwei Dollar aus, um Astronautennahrungstuben zu sehen, Spinde, Rover-Reifen, selbst kaputte Telefone aus dem Kontrollzentrum. Petes Meinung nach war es kein so großer Unterschied, ob man Weltraumschrott aufbewahrte oder Autos reparierte; beides war eine Art Zweitverwertung. Es gab Jahre, die waren mies für den Fischfang, aber jemand, der was von Verwertung verstand, der Sachen reparieren konnte, wurde immer gebraucht. Der kleine Prater kapierte das; es war einer der Gründe, warum Pete ihn mochte.

Neben dem Haus stand ein Gastro-Klimagerät, das er billig von Ellery aus dem Bird's Eye ergattert hatte. Eigentlich hatte er es reparieren wollen. Mit einer Brechstange zog er die Rückwand ab wie Alufolie, legte das Innenleben und verschlungene Rohre frei. Mist. Er wusste nicht, ob es gerade sein musste oder geknickt oder sonst was. Das hatte der Professor nicht gesagt. Was dauerte am wenigsten lang? Kein Kind sollte so bleiben müssen.

Als die beiden erstmals bei Pete auf dem Grundstück rumgestöbert hatten, hatte er sie eigentlich verscheuchen wollen, bis er Denny als Desmond Praters Sohn erkannt hatte. Er hatte dasselbe Gesicht wie sein bescheuerter Vater, nur dass es dieses Mal dünn geraten war. Denny steckte seine Finger gern in Vergaser und Motoren, was ein Problem gewesen wäre, wenn er sie kaputt gemacht hätte, aber nein; der Junge war fasziniert von ihnen, beinahe ehrfurchtsvoll. Pete wollte ihn nicht wegjagen, besonders nicht, als er sah, dass das andere Kind ein Mädchen war. Noch nie hatte ein Mädchen bei ihm rumgeschnüffelt, nicht mal seine eigene Tochter. Della hatte die Stereoanlage im Hobbyraum gefallen, aber das war auch schon alles gewesen. Das kleine blonde Mädchen war anders. Es fummelte an den ganzen guten Sachen rum: einem kaputten Solarmodul für Satelliten, dem Steuerpult, das er sich beim Ausräumen eines Medienraums geschnappt hatte. Es war völlig im Eimer und er bekam es bestimmt niemals wieder zum Laufen, aber es war trotzdem super. Geschichte war damit geschrieben worden.

Es dauerte ein paar Tage, bis er das Mädchen zuordnen konnte: die kleine Papas. Der Professor hatte mal bei der NASA gearbeitet, war wegen Personalabbaus entlassen worden. Er war in Ordnung, und ab und an bezahlte er ein paar Dollar für gebrauchte Ersatzteile. Die Mutter war eine schöne Frau, wenn auch kalt. Sie backte wie eine Göttin, war aber total zugeknöpft.

Nedda redete gern. Pete hatte sie Denny Prater schon das Ohr abkauen hören über alles, von Dinosauriern bis hin zu Sonnenbrand. Es war schade, dass sie nicht das gute Aussehen ihrer Mutter geerbt hatte, schlimmer allerdings noch, dass sie offenbar den Mund nicht halten konnte. Aber Pete erkannte sich selbst in ihr, mal abgesehen von dem vielen Gequatsche. So von Schrott-Hamster zu Schrott-Hamster. Sie ging sorgsam mit den Sachen um und interessierte sich sichtlich dafür, wie sie funktionierten. Und Denny Prater sah sie an, als hätte sie das Rad erfunden. Desmond Prater hatte so einen Blick für niemanden außer sich selbst. Pete mochte ja ein sentimentaler Idiot sein, weil er zwei Kinder selbst rausfinden ließ, dass sie einander mochten, aber es machte ihn zu einem besseren Menschen als Desmond Prater.

Auto rein, Auto raus. Um die Raketenstarts rum ein paar Dollar an Touristen verdienen. Aufwachen, wenn sein Rücken meckerte, nach drei Bier ins Bett. Am Wochenende nach Mims fahren und nachsehen, ob Rita schon einen Neuen hatte. Ein Auge auf die Kinder haben. So hatte es eigentlich abzulaufen. Dann hatte er miterlebt, wie ein Mann bei einem Unfall fast geköpft wurde. Betheen Papas müsste an sich auch tot sein, war aber einfach wegspaziert, als wäre nichts gewesen. Wollte nicht mal mitgenommen werden. Und ihr Mann hatte Pete danach zur Plantage geschleppt.

Er sollte eigentlich ihren Cadillac reparieren, nicht Kupfer aus dem Schrott rupfen.

Nichts von dem, was er in diesem Geräteschuppen gesehen hatte, hätte es geben sollen.

Denny war ein nettes Kind, auch wenn sein Vater ein blöder Sack war, und netten Kindern durfte so was nicht passieren. Pete entdeckte einen Kühlschrank, den er schon ganz vergessen hatte. Mit der Brechstange in der Hand steuerte er darauf zu. Verflucht noch mal. Wenn nötig, würde er jeden Zentimeter Kupfer aus seinem Haus reißen.

An Bord der Chawla

Marcanta führte Neddas Lumbalpunktion jetzt immer während ihrer Schlafphasen durch; dadurch wurden Neddas künstliche Ruhepausen von Kopfschmerzen geplagt, aber die Medikamente verhinderten, dass sie aufwachte. Sie träumte von Easter, von Leichen, die sich in ihren Gräbern wieder zusammenflickten. Ihre Zellen waren Neddas eigene, halb lebendig warteten sie darauf aufzuwachen.

Marcanta sagte, sie träume während der Schlafzyklen von akrobatischem Sex an exotischen Orten mit dem Popstar Jasper Soo. Sie hatten es unter einem Wasserfall über den Köpfen von Tausenden kreischender Fans getan. »Man kann einen wochenlangen Orgasmus träumen, weißt du«, verriet ihr Marcanta.

Nedda konnte das nicht.

Jewgeni sagte, er träume von teuren Autos, Walfängern und einmal davon, seine eigene Frau zu sein. Als er aufgewacht sei, habe der Printer Psychopharmaka ausgespuckt.

Die Strandammer zwitscherte, und Neddas Injektionsnadel zog sich automatisch heraus und verschloss die Wunde mit Gewebekleber. Die Einstichstelle am Rücken tat weh, aber die Kopfschmerzen hatten nachgelassen. Sie lag festgeschnallt da und sah unscharfe Pixelwellen. Der Mangel an Schwerkraft gewann die Oberhand. Sie musste Marcanta Bescheid geben.

Sie musste Amadeus reparieren, bevor sie nichts mehr sehen konnte.

Marcanta nahm die Neuigkeiten über Neddas Augen nicht gut auf. Sie fluchte und trat gegen die Wand, nur um direkt gegen eine andere geschleudert zu werden.

»Du hast uns eine Menge Zeit verschafft, Louisa«, tröstete sie Nedda.

»Herablassung macht es nur noch schlimmer, Papas. Wir sind im Arsch.«

»Wir kommen bei Amadeus voran, versprochen.«

»Hat Singh eine Möglichkeit gefunden, bei der niemand von uns eine krasse Strahlendosis abkriegt?«

Nedda schwieg.

»Siehst du? Im Arsch.«

»Aber das wussten wir von Anfang an. Keiner von uns hat geplant, an Altersschwäche zu sterben.« Der erste Kolonisierungsversuch war ein sicheres Todesurteil, aber mit einem hehren Ziel.

»Stimmt.« In Marcantas Stimme lag eine Mattheit, die vorher nicht da gewesen war. »Hoffen wir einfach, dass mir was Besseres einfällt und Singh uns nicht alle röstet.«

Nedda checkte die Nachrichten. Nichts vom Kontrollzentrum. Kein Hinweis darauf, dass ihre Mutter etwas bekommen hatte. War ihre Anfrage zurückgehalten worden? Der Printer summte, und fünf Kapseln klimperten in die Schale. Vitamine. Betablocker. Empfängnisverhütung. Die Eisentablette sah größer aus als sonst. Sie schlug gegen den Drucker, der mehr über sie wusste als sie selbst.

Als sie an der Hauptsteuerung vorbeikam, grinste Jewgeni unter seiner Druckbrille – eine verschwitzte, freundliche Kröte.

»Schöne Träume gehabt?«, fragte er, während der Computer Daten über die Luftzusammensetzung trällerte.

»Ein langer Urlaub auf den Malediven, Schwimmen im Meeresleuchten.« Sie sollte sich einen anderen Traum ausdenken, damit es realistischer klang, aber sie träumte seit Jahren von nichts anderem als Easter.

»Bei dir sind es immer Strände. Magst du keinen Schnee?«

»Nicht warm genug.« Sie schauderte übertrieben. »Wir werden noch genug frieren, wenn wir ankommen. Vermutlich hat mein Gehirn nicht das Bedürfnis vorzugreifen. Hinterher? Kannst du mir gerne Rodeln oder Skifahren beibringen.«

»Es gibt weder Schnee noch genug Wasser, um viel damit anzufangen«, sagte er.

Das Wasser auf dem Zielplaneten befand sich größtenteils unter der Oberfläche. Die Roboter bauten Bewässerungssysteme, Speicher, Rohre und Behälter für das Wasser, das sie selbst aus den Elementen in der Atmosphäre des Planeten herstellen würden. »Und ich bezweifle, dass die Terraformer programmiert wurden, um dir einen Rodelhang zu bauen. Aber Singh könnte die Software manipulieren.«

»Wer soll uns davon abhalten, wenn wir da sind? Wir werden unsere eigene Gesellschaft bilden. Berge, Strände, wir bauen, was wir wollen. Jeder sein eigenes Land.« Er redete mit einem Eiweißriegel im Mund; der beerenfarbige Brei färbte seine Zähne rot und ließ ihn aussehen wie einen fröhlichen Serienkiller.

»Neddaland wird eine tropische Insel.« Auf dem Tablet, das mit Klettband an seinem Pult befestigt war, war ein Schaltplan so stark vergrößert, dass man ihn kaum noch erkennen konnte. Amadeus. »Was ist der neuste Ansatz?«

»Das Wasser ablassen, mit dem wir Amadeus kühlen, um

direkten Zugang zu bekommen, dann benutzen wir *Chawlas* Lastengreifer. Damit können wir Druck auf das Gehäuse von Amadeus ausüben, die Pleuelstange in ihre ursprüngliche Position schieben und so die Spannungsspitzen stoppen.«

Dann hätten sie kein Wasser mehr für eine durch Dampfstrahler abgefederte Landung. »Einfach ablassen?«

»Es ist schon radioaktiv.«

»Klar, aber die Winde auf dem Planeten werden es verteilen. Du schlägst vor, dass wir mit dem Arsch ungepolstert auf dem Planeten aufschlagen.«

»Ich schlage vor, dass wir versuchen, ohne ein totes Besatzungsmitglied zu landen.«

»Wir quetschen Amadeus also zusammen, bis der Pleuel zurückspringt? Rohe Gewalt. War das deine Idee oder Singhs?«

»Meine.«

Irgendetwas kam ihr falsch daran vor, nicht nur das mit dem Ablassen des Wassers. »Und das willst du jedes Mal machen, wenn Spannungsspitzen auftreten? Denn die *Chawla* ist nicht dazu gebaut, mit raushängendem Lastengreifer zu fliegen. Wissen wir, ob der Greifer solchen Kräften überhaupt standhält? Nicht dem Gewicht – dem Pressen.«

»Er ist aus Russland.«

»War nicht böse gemeint. Aber es muss eine Möglichkeit geben, bei der wir nicht ungebremst auf den Boden knallen.«

»Ich krieg das hin, Nedda. Ich kann es reparieren.«

Sie hätte ihn bestärken sollen, konnte es aber nicht. So ein Ego beanspruchte mehr Raum und Zeit, als die *Chawla* hatte. »Dann reparier es.«

Singhs Schwester heiratete. Der wache Teil der Crew sah sich ein Video an, auf dem eine ganze Stadt zu tanzen schien. Der Bräutigam ritt auf einem weißen Pferd. Danach verbrachte Singh den Rest des Tages bei geschlossener Tür in der Steuerkabine. Nedda bastelte mit einer Schere und einem Karton Nitrilhandschuhe eine große violette Nelke für ihn und steckte sie in seinen Kulturbeutel.

Sie erntete gerade Tomatensamen, als er zu ihr kam.

»Warst du das?« Der Bart verbarg seinen Mund, was es schwer machte, seine Miene zu deuten.

»Meine Mutter hat mir beigebracht, wie man die aus Krepppapier macht.« Die spitzen Gummiblätter ragten aus der Blume, als wäre sie explodiert.

»Ist deine Mutter nicht Chemikerin?«

»Ja. Und sie macht die besten Krepppapierblumen und perfekte Kuchen. Das schließt sich nicht gegenseitig aus. Jedenfalls haben wir kein Krepppapier, deshalb habe ich improvisiert.«

»Warum?«

»Ich hab die ganzen Blumen gesehen. Rosen und Nelken sind nicht gerade lebenswichtig, aber ich vermisse sie. Du nicht?«

»Doch.« Singh zog sich vorwärts und schwebte auf dem Bauch in die Luke zwischen der Hydro und dem Hauptkorridor. Er zerknautschte die Blume in der Hand und ließ sie dann los. Die Blütenblätter richteten sich auf, trieben Zentimeter vor seiner Nase.

Sie startete die Zentrifuge mit ihren Süßkartoffelproben. Später würde sie nach leichten Änderungen in ihrer Genetik suchen. »Geht es dir gut, Amit?«

»Jewgenis Idee ist scheiße. Amadeus produziert eine Barriere, die wie ein Kraftfeld wirkt. Der Arm kann die Barriere nicht zerdrücken. Sie hält sogar das Wasser ab. Die Kühlung, mit der ich gerechnet habe? Es funktioniert nicht. Das Kraftfeld verhindert, dass das Wasser den Generator erreicht.«

»Hast du ihm gesagt, dass es eine schlechte Idee ist?«

»Ich bin gnädig mit ihm.«

»Lass es. Das braucht er nicht.« Keiner von ihnen brauchte das.

Singh rollte die Zipfel der Handschuhblume zwischen den Fingern. »Du hast nur deine Mutter, oder?«

»Ja. Du würdest sie mögen, glaube ich. Wir sind uns sehr ähnlich. Ich habe versucht, ein Gespräch mit ihr zu arrangieren. Sie analysieren unsere E-Mails, oder?«

»Das Kontrollzentrum? Ja. Wurden zusätzliche Psychositzungen für dich anberaumt? Dr. Stein hakt gern nach, wenn man mehr Anrufe als üblich will.« Er zuckte die Achseln. »Wer weiß? Sonnenflecke stören das Übertragungssystem. Stürme. Ich probiere gar nicht mehr, mich über solche Dinge auf dem Laufenden zu halten, es ist sinnlos. Schick deine Nachricht noch mal.«

»Es macht mir Sorgen. Ich gehe immer vom Schlimmsten aus.«

»Das ist nur natürlich. Wir alle haben jemanden verloren«, sagte er.

»Es gab so viele Umbrüche, die ständigen Abschiede – von allem. Vielleicht ist es keine Sorge, sondern Trauer? Klingt das einleuchtend?«

»Klar. Ich musste mich viel verabschieden. Mein Stiefvater ist Ire und ein schamloser Geschichtsfreak«, sagte er, als würde das alles erklären.

»Jetzt komme ich nicht mehr mit.«

»Er hat gesagt, wenn jemand während der Hungersnot

nach Kanada oder Amerika auswanderte, hat man für ihn eine Abschiedsparty geschmissen, aber es war gleichzeitig eine Art Beerdigung, weil man ihn nie wiedersehen würde. Man konnte genauso gut tot sein. So sollte meine Party sein. Ich glaube, ich war eine Woche lang betrunken.«

»Wolltest du das denn?«

»Natürlich nicht«, sagte er. »Manchmal könnte ich mir in den Hintern beißen und wünschte, ich hätte überhaupt nichts getrunken. Ich habe nur noch bruchstückhafte Erinnerungen an meine Freunde, und die meisten davon drehen sich auch noch. Manchmal hasse ich das alles hier und wünschte, ich hätte stattdessen geheiratet. Aber das sind die schlechten Tage. Schlechte Tage dürfen wir nicht haben, oder?«

»Nein, dafür sorgt der Printer schon.«

Er lächelte. Eine dunkle, weiche Wolke aus Bart und Mann. »Beobachtet. Wir werden ständig beobachtet.«

»Ich habe meinen Vater verloren«, sagte sie. *Verloren*, als hätte sie ihn irgendwo verlegt. Die Tragweite des Ereignisses hatte sich nie in Worte fassen lassen – wie sehr sie ihn vermisste, was sie hatte tun müssen. Die Blumen auf der Hochzeit und Singhs Sehnsucht nach seiner Familie hatten sie dazu gebracht, es auszusprechen. Verlust war der beste Gefährte der Einsamkeit.

Amit drehte sich um und starrte an die Decke. Es war seltsam, wie viele Gespräche sie führten, ohne sich in die Augen zu sehen, wegen des Ortes, an dem sie sich aufhielten, der Abwesenheit von Schwerkraft. »Mein Vater ist gestorben, als ich noch ziemlich klein war, und es hat mich jahrelang gequält. Tut es heute noch manchmal. War es die Anomalie? Tut mir leid, ich erinnere mich nicht mehr an die Einzelheiten.«

Sie sehnte sich nach so lückenhafter Erinnerung. Sie vermisste die Fähigkeit, die sie als Kind gehabt hatte, als sie alle schmerzhaften Gedanken aus sich herausströmen lassen konnte, ohne Atem zu holen. Jetzt begnügte sie sich mit der Kurzfassung. »Er kam nicht rechtzeitig raus.«

Das Summen der Zentrifuge erfüllte die Stille.

»Das tut mir leid«, sagte er.

»Mir auch.«

»Ich wollte nicht rührselig werden. Ich hätte nicht gedacht, dass das Video solche … Also, ich habe neue Zahlen von Amadeus eingegeben. Ich bin nah dran, das Muster zu finden, glaube ich. Würdest du es dir mal ansehen? Ich will mich nicht nur auf mich verlassen.«

»Klar.«

»Danke für die Blume, Nedda. Versuch's noch mal bei deiner Mutter. Es liegt bestimmt an der Bürokratie oder den Sonnenflecken. Im Grunde genommen ist das das Gleiche.«

Nedda überprüfte Singhs Daten am Fenster des Gemeinschaftsbereichs. Die Lampen waren gedimmt, um einen Rest an Tag-Nacht-Rhythmus zu erhalten, und der Schein des Bildschirms ermüdete ihre Augen schnell. Sie wechselte zum Bauplan. Glas, an Amadeus war so viel Glas.

Sie schloss die Augen und hörte sich die Nachrichten an. Wie viele Tage waren sie alt? Der Teileinsturz des Eiffelturms überschattete die Getreideknappheit in Nordamerika und das Wiederaufflammen der paneuropäischen Grippe. Die Wahrheit war vermutlich schlimmer. Die Berichte, die sie erhielten, waren stark zensiert und enthielten nur die wichtigsten Ereignisse, um ihre emotionale Verbindung zur Erde nicht abreißen zu lassen. Wenn Jewgeni aufwachte, würde Singh ihn auf den neusten Stand bringen und ihm mitteilen, dass sein Lastengreiferplan abgelehnt worden war. Die Tage waren bestimmt von festen Schlafzeiten, Daten über die Bautätigkeiten auf dem Zielplaneten und Tüfteleien darüber, wie man Amadeus reparieren konnte.

Hinter ihr tauchte Marcanta auf. »Die Stunde der Wahrheit. Ich habe Shenja punktiert, aber ich glaube, es ist zu spät.«

Das durfte nicht sein.

»Durch die Schwerkraft sollte es sich doch wieder bessern, oder?«

Marcanta brummte etwas, weder Zustimmung noch Widerspruch. Sie hatte ihn wieder *Shenja* genannt, nicht *Jewgeni*. Garantiert hatte sie mit ihm geschlafen. Singh reagierte nicht auf ihre Annäherungsversuche und blieb größtenteils für sich. Aber Jewgeni und Marcanta brauchten Berührung. Singh und Nedda nicht. Zwei Extrovertierte als Gegengewicht zu zwei Introvertierten. Der Körperkontakt, das Kümmern machte es wahrscheinlich noch schmerzhafter, Jewgenis fortschreitenden Sehverlust mit anzusehen. »Er ist jetzt für mechanische Arbeiten nicht mehr zu gebrauchen, und auf dem Planeten wird er mindestens einen Monat nutzlos sein. Falls wir ankommen. Falls es sich überhaupt wieder bessert.«

»Wir wissen, wie wir ihn vertreten können«, sagte Nedda. »Du übernimmst einen Teil meiner Züchtungsarbeit, und ich helfe dir, dafür zu sorgen, dass wir nicht tot umfallen. Amit springt für Jewgeni ein, und wir alle erledigen unter Amits Leitung die Logistik. Wir schaffen das.«

»Du hast die Szenarien für drei Besatzungsmitglieder schon durchgespielt.«

Nedda schaltete den Bildschirm aus. »Es wäre dumm, das nicht zu machen. Außerdem gibt es mir komischerweise ein beruhigendes Gefühl.«

»Du hast auch eins durchgespielt, bei dem du fehlst, stimmt's?«

»Ja.«

»Du willst diejenige sein, die sich Amadeus ansieht«, sagte Marcanta.

»Das wäre besser. Wenn Singh strahlenkrank wird, würde dich sein Gejammer in den Wahnsinn treiben. Ich bin wenigstens eine gute Patientin.«

Marcanta drückte ihre Schulter, und Nedda versuchte, sich an sie zu lehnen, ihr zu geben, was sie brauchte. »Wie geht es dir mit den Kontaktlinsen? Hält der Printer Schritt?«

»Unscharf an den Rändern. Nicht furchtbar schlimm, aber auch nicht so wie vorher.«

»Setz bitte öfter die Druckbrille auf. Nachts und wenigstens jeden zweiten Tag, wenn du nicht im Schlafzyklus bist. Im Schlafzyklus durchgehend. Keine Diskussion. Wenn du den Generator reparieren willst, brauchst du Augen. Ich überlege mir was anderes.«

»Es liegt nicht nur an der CSF, oder?«

»Nein. Auch an der Glaskörperflüssigkeit. Sie quetscht deine Linsen platt. Der Druck ist falsch«, sagte Marcanta.

»Hast du schon mal den alten Film *Scanners* gesehen?« Als sie Marcantas leeren Blick sah, fügte sie rasch hinzu: »Vergiss es.« In diesem Moment vermisste sie Denny ganz schrecklich.

»Jewgeni interessiert sich für dich.«

»Was?«

»Ja. Stört mich nicht, falls du dich das fragst.«

»Aber du hast mit ihm geschlafen?«

»Klar, aber ich bin keine, die ihr Revier verteidigt. Das wäre in unserer Situation sowieso nicht gesund. Zuwendung ist genauso wichtig wie alles andere, was wir tun, vielleicht sogar wichtiger.« Sie zog an ihren Haarspitzen. »Er ist nett. Der Sex ist seltsam, völlig anders als mit Schwerkraft. Aber wofür gilt das nicht? Er ist rücksichtsvoll.« Die Schnallen an Marcantas Anzug klackerten gegen die Tür.

»Ich kann im Moment nicht«, sagte Nedda.

»Wenn nicht jetzt, wann dann? Sex ist das Einzige, was wir nicht ernst nehmen müssen.«

Ernst. Was sie schon als Kind nicht hatte sein sollen. Es wurde von ihr erwartet, dass sie lächelte, lachte, extrovertiert war und zugleich bescheiden, hilfsbereit; dass sie Lockerleichtes las, Süßes backte, schlau war, aber nicht zu schlau, nur schlau genug, um geistreich und charmant zu sein. »Aber ich bin ernst. Ich bin gern ernst.«

»Ich meinte, dass es gesund ist, sich abzulenken. Du bist immer sehr bei der Sache. Das meine ich nicht negativ.«

»Kann schon sein. Aber schon als Kind wollte ich nichts anderes. Seit wann weißt du, dass du Astronautin werden willst?«

»Bei mir ist es anders. Ich wollte immer Ärztin werden. Die Raumfahrt kam erst später, wahrscheinlich nach den Dürren und der Weizenfäule.« Als die Kolonisierung unumgänglich wurde.

»Ich hätte mein Leben dafür gegeben, Astronautin zu werden. Und damals gab es weniger als eine Handvoll Frauen, in den ganzen Vereinigten Staaten. Eine von ihnen habe ich sterben sehen.« Sie lockerte ihre Muskeln und schloss die Augen vor dem Licht des Fensters. »Es gibt nur zwei von uns. Wir müssen am Leben bleiben.«

»Ich sage ja nur, es würde niemandem schaden, wenn du ein bisschen Zuwendung zulassen würdest.«

»Weiß ich doch.« Nedda tippte mit den Fingern gegen die Scheibe. Sie war dick, gab ein befriedigendes *Plong* von sich und fühlte sich an wie früher Pyrex. Wie das Raketenfenster, von dem sie einst geträumt hatte.

»Okay.« Mit sanfterer Stimme fügte Marcanta hinzu: »Dr. Stein hat gesagt, ich soll aufhören, die ganze Zeit nach draußen zu sehen. Davon kriegt man Heimweh.«

»Ich nicht.« Sie vermisste weder ihr Haus noch ihr Bett, weder die Plantage noch, wie die Dunkelheit durch die Tiere zum Leben erwachte. Sie vermisste ihre Mutter, und sie hatte Heimweh nach 1985.

Jewgeni trug die Druckbrille nicht mehr. Er navigierte die *Chawla* nach Gefühl. In den Schwimmbecken, in denen sie für die Schwerelosigkeit trainierten, hatte er sich wie zu Hause gefühlt. Singh hatte ihn Beluga genannt. Nedda stellte sich vor, wie Jewgeni das Echolot benutzte und sein kurzes Klicken von *Chawlas* Wänden widerhallte.

Bei der Morgenkonferenz hatte er direkt auf den Videobildschirm gesehen und seine Deutung der Informationen von den Terraformern und Rovern heruntergespult.

»Die Fotovoltaikanlage auf Dué produziert nicht mehr wie vorgesehen, weil Trümmer einen Riss verursacht haben. Un kann das vermutlich reparieren, ohne zu weit hinter den Zeitplan zurückzufallen. Es wäre wünschenswert, dass beide voll funktionsfähig sind. Trio und Tessera führen Wartungsarbeiten durch. Fiver kann einspringen, falls das für nötig erachtet wird.«

»Mr. Sokolow, Ihre medizinischen Daten zeigen, dass sich Ihr Sehvermögen deutlich verschlechtert hat. Warum tragen Sie nicht Ihre Druckbrille?« Das kam von Landon Chauncey, einem Vertreter der Kommunikationsabteilung, dem es nicht zustand, irgendjemandes Gesundheitszustand zu kommentieren.

»Der Riemen juckt.« Jewgenis Stimme klang milde, geradezu fröhlich. »Außerdem haben wir festgestellt, dass das Plutonium im Generator in Wirklichkeit kein Plutonium, sondern Strontium ist. Würde das Kontrollzentrum uns bitte informieren, wie wir vorgehen sollen? Oder warum diese Entscheidung getroffen wurde?«

Im Anschluss schrien sich Chauncey und Jewgeni gute zehn Minuten lang über die Zeitverzögerung hinweg an und beschäftigten sich mit einer Frage, die niemand beantworten konnte. Chauncey beharrte, es habe keinen Austausch gegeben und Strontium sei von Anfang an als Isotop vorgesehen gewesen. Jewgeni sprach das Tauziehen der Nordamerikaner um die Kontrolle über *Fortitude* an.

»Sie lügen. Sämtliche Daten deuten darauf hin. Sie wollen Eurasien den Fehler anhängen, um mehr Plätze für Siedler rauszuhandeln. Sie versuchen, ihre Leben auf Kosten unserer zu retten.« Jewgeni wechselte ins Russische, und an Chaunceys Stirn trat eine Ader hervor. Jewgeni schlug mit der Faust gegen die Wand. »Sie haben unser Lebenserhaltungssystem kaputt gemacht.«

Euer und unser. Nordamerika und Eurasien oder Erde und *Chawla*? Nedda und ihre Besatzungskollegen waren Außerirdische. Wenn im Laufe der Zeit Kolonien entstanden, würden verschiedene Kulturen entstehen, verschiedene Welten, und durch die Entfernung würde die Verbindung zur Erde abreißen. Falls sie überlebten.

Chauncey übertönte Jewgeni: »Das Kontrollzentrum weiß nichts von …«

»Ich habe um ein Gespräch mit meiner Mutter gebeten«, rief Nedda.

»Was?« Chaunceys Augen schnellten in ihre Richtung.

»Meine Mutter. Ich habe über das Anfragesystem gemailt

und keine Antwort bekommen. Ich muss mit ihr sprechen. Warum hat es keine Antwort gegeben?«

»Wenn keine Daten in Ihrer Nachricht enthalten sind, ordnet das System sie unter den allgemeinen Anfragen ein. Es gab Personalumbauten und Interferenzen mit dem Mars. Alles Mögliche kann zu Verzögerungen führen.«

Personalumbauten könnten auch für den Wechsel des Isotops verantwortlich sein, dafür, dass die Reibung nicht berücksichtigt worden war. Personalumbauten könnten sie das Leben kosten. »Würden Sie die Anfrage bitte weiterleiten? Ich muss mit meiner Mutter sprechen.«

Chauncey hustete. »Ja. Aber schicken Sie in Zukunft alle dringenden persönlichen Anfragen an Dr. Stein.«

Singh lenkte die Unterhaltung auf die Wetterlage und einen Sandsturm auf dem Zielplaneten, der sich unerwartet verschoben hatte und auf eine Abstufung in den Jahreszeiten hindeutete, die den ersten Sonden entgangen war.

Jewgeni stupste sie beide unauffällig mit dem Fuß an. Sie waren auf sich allein gestellt.

Beim Abendessen teilten sie sich einen der wenigen Beutel Soju, als Singh sagte: »Warum hast du das gemacht, Jewgeni?«

»Was? Wenn die mich mit meinen Augen nerven, darf ich auch nach einem Fehler fragen, der vier Menschen umbringen wird.«

»Du solltest die besser nicht ärgern. Sie kontrollieren unseren Informationsfluss.«

»Wir brauchen sie nicht«, sagte Jewgeni ruhig. »Wir sind der Informationsfluss. Versteht ihr nicht? Wir können die Datenübertragung kappen, wann immer wir wollen. Wenn wir auf Tauchstation gehen, verlieren die sämtliche Daten über das Projekt, und das gefährdet die Kolonisierung.

Wusstet ihr, dass die Fledermäuse aussterben? Es ist schlimmer als das Bienensterben. Die haben keine Zeit, unsere Daten zu verlieren und noch mal bei null anzufangen. Sie brauchen uns, wir sie nicht.«

Singh sah aus, als wollte er zehn Einwände vorbringen. Nedda nahm ihm den Beutel aus der Hand und trank ihren Schluck. Scharf, rein.

»Es ist zu spät, Amit. Er hat den Streit schon provoziert, und er hat recht, wir haben die Kontrolle. Und wir sollten ein Telefonat nicht von einer Psychiaterin absegnen lassen müssen.«

»Warum musst du überhaupt außerplanmäßig mit deiner Mutter sprechen?«, fragte Singh.

»Weil ich eben muss.« Nedda tippte die Finger gegeneinander, Daumen auf kleinen Finger, auf Ringfinger, auf Mittelfinger, auf Zeigefinger und zurück, Hundertzwanziger-Runden. Mit jedem Zwei-Minuten-Zyklus fühlte sie sich ein Stückchen näher an gut. »Sie hilft mir, besser zu denken.«

Müde hatte einen Ton – es war Singhs Atem. »Na schön. Versuch's weiter.«

Das Laufband brummte unter Nedda, während sie rannte und neue Sternbilder entwarf und benannte. Roter Käfer. Grüner Mann, Weißfuß, Nadel. Das plötzliche Geräusch, mit dem Jewgeni sich näherte, erschreckte sie. Normalerweise wusste sie, wo er war, weil sie seinen Reader hörte. Er benutzte für alles einen Reader, für die Roboterdaten, die Werkzeugschubladen, die Namen der Luken und Konsolen. *Chawlas* Stimme war eckig und eindeutig nicht menschlich.

»Ach, entschuldige. Ich wollte dich nicht erschrecken.«

»Nein. Schon gut. Ich hab nur nachgedacht. Ich habe den Reader gar nicht gehört.«

»Ich hab ihn ausgeschaltet, weil er mir auf die Nerven geht.«

»Das kann ich mir vorstellen«, sagte sie.

»Es ist überhaupt nicht so, wie ich erwartet habe.«

»Deine Augen? Das tut mir leid.«

»Nein, die Reise«, sagte er. »Aber danke, dass du nicht um den heißen Brei herumredest.«

»Als ich klein war, habe ich mir bessere Raumschiffe ausgemalt«, sagte sie. »Aber was ist Erwachsensein schon außer angepassten Erwartungen und Enttäuschung.«

Sein Lachen war, als fiele ein Stein herunter.

»Genau das ist es. Was die Blindheit angeht, letztes Jahr habe ich angefangen, darauf zu achten, wie Stimmen sich verändern, wenn der Mund anders ist – beim Lächeln, beim Stirnrunzeln, bei Grimassen. Deine Stimme wird hell und offen, wenn du lächelst. Ich vermisse nicht so viel, wie ich dachte. Ich habe meine Erwartungen angepasst.«

»Du hast dich geschult.«

»Klar«, sagte er. »In meiner Patientenakte steht eine Lüge, die, in Ermangelung eines besseren Ausdrucks, nicht ganz unbedeutend ist. Es gab Grünen Star in meiner Familie.«

»Warum hast du das gemacht?«

»Ich wollte so unbedingt hier sein, dass Blindheit im Vergleich dazu gar nichts ist.«

Sie hätte gefragt, ob es das wert war, aber sie kannte die Antwort. Die Mission war es wert, alles, was man kannte, alles, was man liebte, zurückzulassen. »Hast du Angst?«

»Nein. In gewisser Weise ist es eine Erleichterung, nicht mehr auf Bildschirme zu starren. Kennst du die Impressionisten? So ist es – keine Begrenzungen, aber Farbe. Ich sehe dich da, was gelblich Braunes – deine Haare, oder? Das Blaue ist der Anzug. Ich weiß nicht, ob du stehst oder liegst, aber ich weiß, wo du bist. Du bist da, als Umriss und Geräusch. Ganz weich.«

»Tu nicht so, als ob das was Schönes wäre.«

»Ist es aber.«

»Ich würde dich ja in den Arm nehmen, aber dann würde Louisa denken, dass ich mit dir schlafen will.«

»Willst du doch auch.« Er hob triumphierend den Finger, dann schnallte er sich an das Fahrrad. »Das wollen alle. Man hat es nicht leicht, wenn man so charmant ist. Amit kann die Finger nicht von mir lassen. Ich bin einfach zu toll. Aber du verschweigst mir was, du hast Geheimnisse. Irgendwas planst du. Deshalb willst du mit deiner Mutter telefonieren, oder? Eigentlich hatte ich vor, deine Psychoakte zu lesen, aber jetzt kann ich nicht, ohne dass die *Chawla* mich verpetzt.«

Nedda stellte das Laufband schneller. »Ich brauche eine Meinung von außen, und sie ist ehrlich. Ich glaube, ich weiß was über Amadeus, bin mir aber nicht sicher. Ich will nicht zu große Hoffnungen bei euch wecken.«

»Edle Absichten, leider schwierig, wenn es keine Hoffnung zu wecken gibt.«

»Stimmt natürlich. Vermutlich immer noch besser, als sich aufs Sterben vorzubereiten.«

»Aber wir bereiten uns doch ständig aufs Sterben vor, oder? Dafür ist die Religion da: Um vom Tag der Geburt an das Sterben zu planen. Dass zum Schluss die Guten belohnt und die Schlechten bestraft werden, ist ein schöner Gedanke.«

»Ich hätte nichts dagegen, wenn derjenige, der das Plutonium ausgetauscht hat, auf ewig in der Hölle schmort.«

»Meine Lieblingsfantasie«, sagte er. »Louisa ist gläubig. Wusstest du, dass sie einen Rosenkranz hat?«

»Hast du ihn gesehen, als ihr miteinander geschlafen habt?«

»Er ist in ihrem Schlafsack.«

»Das ist … verstörend.«

»Nur wenn es einem was bedeutet. Ich bin gläubig und ungläubig. Singh bezeichnet sich als gottlosen Heiden. Und du?«

»Wie du, glaub ich«, sagte sie. »Mein Vater hat gesagt, wenn wir sterben, werden wir zu Kohlenstoff und Gas. Aber das, was uns ausmacht, unsere Seele oder wie auch immer du es nennen willst, ist Energie, Licht. Er sagte, wenn Menschen sterben, bestehen sie weiter. Wir sind alle nur Licht, das durch das Universum fliegt.«

»Da hatte er nicht ganz unrecht«, sagte Jewgeni.

»Aber es klingt, als hätte er seine eigene Religion erfunden, oder? Und so wurde ich erzogen. Ich bin schlimmer als ein gottloser Heide.«

»Du bist eine Wahnsinnige, aber nicht deswegen. Dann suchst du also nach Gott, wenn du aus dem Fenster siehst?«

»Nein.«

»Gut«, sagte er. »Da draußen ist er nämlich nicht.«

Im Schlafsack klickte sie auf ihr Tablet und vergrößerte die Schrift. In einer Nachricht forderte Dr. Stein sie auf, sich gleich morgens vom Printer für einen Medikamentencheck scannen zu lassen und Marcanta zu sagen, sie solle neue Blutprobendaten schicken.

Ihre Nachricht war angekommen.

1986: Hefte

Die oberste Regel lautete, sich niemals seine Angst anmerken zu lassen. Eltern hatten ein Leuchtturm in einem Sturm zu sein, zumindest so etwas in der Art. Jeder Erziehungsratgeber, den Betheen gelesen hatte, sprach sich für ein ruhiges Auftreten aus, ohne zu erwähnen, dass solch ein ruhiges Auftreten einem sämtliche vorhandenen emotionalen und intellektuellen Reserven abverlangte, und selbst dann entschlüpfte einem immer wieder ein Zucken der Hand oder ein unterdrückter Fluch. Ein Kind zu trösten war für Eltern selbst nicht tröstlich.

Nedda saß noch genau da, wo sie sie zurückgelassen hatte, am Küchentisch, zerfetztes Muffinpapier und einen Berg Krümel neben sich; statt sie zu essen, hatte sie die Küchlein in möglichst kleine Teile zerbrochen. Nirgendwo wurde je erwähnt, dass Kinder alle Bemühungen ihrer Eltern, sie am Leben zu erhalten, torpedierten. Nedda schrieb gerade in ein Heft, und ihre Ähnlichkeit mit Theo war erschreckend. Welcher Prozentsatz von Eigenheiten konnte Genen zugeordnet werden? Oder war alles nur erlerntes Verhalten?

Betheen drehte ihren Ehering nach innen und drückte den Stein in den Daumen, damit ihre Hand zu zittern aufhörte.

»Nedda?«

»Ja?«

Drei. Zwei. Eins. »Dein Vater hatte einen Unfall.« Sanft

drückte sie Neddas Schulter. Normalerweise wurde ihr nicht gestattet, der tröstende Elternteil zu sein, und es fühlte sich fremd an. Nedda erstarrte unter ihrer Berührung. Als versuchten zwei Kleiderbügel, einander zu umarmen. Betheen wartete auf das Erschaudern, das ihre Tochter zurückhielt, die unvermeidlichen Tränen. Doch sie kamen nicht.

Ihr Blick fiel auf die Notizen in Neddas unförmiger Schrift, und sie las einzelne Wörter.

Blase. Nadel. Platzen. Entropie. Impuls. Hitze. Kälte. Wolken. Gummi. Entropie. Blaues Auge. Seife. Wasser. Seife. Entropie. Wasser. Seife. Wasser. Luft. Seife. Entropie.

Betheen hatte sie bei der Arbeit unterbrochen.

»Kein Autounfall.« Neddas Stimme war dünn.

»Nein.«

»Ein Maschinenunfall.«

»Ja.«

»Was machen wir jetzt?«

»Das weiß ich nicht.«

»Nein.« Neddas Faust sauste auf den Tisch. »Das reicht mir nicht. Du sollst eine Antwort wissen. Du sollst sagen, dass du es wieder in Ordnung bringst. Du bist meine Mutter, und so sollst du sein. Also sei so.«

Eine aufgeweckte Tochter, kratzbürstig, vielleicht sogar ein bisschen gemein. Umso besser für sie. Manchmal wünschte Betheen sich, sie selbst wäre ebenfalls gemeiner gewesen. Nettigkeit machte Mädchen fügsam. »Ich weiß es noch nicht.«

»Das reicht mir auch nicht. Probier's noch mal.«

»Nedda.«

Nedda stampfte mit dem Fuß auf, sodass ihr Stift vom Tisch hüpfte. Das hatte sie mit zwei getan, vor Betheens Schlafzimmertür gestanden und mit den Füßen auf den

Teppich getrampelt, Aufmerksamkeit eingefordert. Damals hatte Betheen ihr genauso wenig helfen können wie jetzt, aber nicht aus mangelndem Willen.

»Er steckt fest wie Denny, stimmt's?«

Was Betheen in dem Labor erlebt hatte, war schlimmer als eine reine Vorwärtsbewegung. »Ja.«

»Du sollst sagen, dass du es wieder in Ordnung bringst. Du sollst mich anlügen, und zwar so, dass man nicht merkt, dass du lügst. Und dann sollst du es wieder in Ordnung bringen.«

Betheens Knie gaben zuerst nach, und sie umschlang Nedda, die Stuhllehne zwischen ihnen beiden eingeklemmt. Theo war nicht mehr Theo. Er war nicht mehr da, dabei brauchte sie ihn doch, um zu erklären, was er getan hatte, wie man es behob und wie man seiner Tochter beibrachte, was mit ihm geschehen war. Sein kleines Mädchen – ihr kleines Mädchen – sah sie böse an. Zu Recht.

»Also gut. Ich bringe es wieder in Ordnung«, sagte Betheen.

»Denny auch.«

»Denny auch. Versprochen.«

»Das meinst du nicht ehrlich. Du sagst es nur, weil ich es wollte.«

»Ich verspreche, dass ich es versuchen werde. Wir werden es versuchen, okay?«

Nedda fügte sich wie ein Seufzen. »Okay.«

Es war nicht möglich, sich bei seinem Kind dafür zu entschuldigen, dass man nicht so war, wie es sich seine Eltern wünschte. Betheen wäre niemals Theo, hätte nie die enge Beziehung zu ihr oder die Bewunderung, die zwischen ihm und Nedda bestand. Aber sie könnte Nedda auch nie wehtun, nicht so wie Theo.

»Er hat einen Freund, der vielleicht helfen kann.« Liebowitz' Nummer hatte sie in Theos Sachen gefunden, eine fleckige Karte in einem kaputten Rolodex. Sie hatte sie auf dem Rückweg zerknittert, ihre Angst in das Papier gezwungen. Beim ersten Anruf hob niemand ab, es klingelte endlos. Beim zweiten Mal kam kein Freizeichen mehr. Die Leitung war tot. Was auch immer Theo getan hatte, es griff weiter um sich.

Nedda beobachtete sie. »Ich probiere es weiter, ja? Wir finden eine Lösung.«

»Er hat Hefte unten im Labor. Er macht sich zu allem Notizen, immer. Ich kann sie nicht lesen«, sagte Nedda.

Theo hatte ihr die Küche überlassen, Betheen ihm den Keller. Der Raum machte den gleichen Eindruck wie Theo mittlerweile auf sie: Dutzende halb fertiger Projekte, Metallstückchen auf dem Boden, Schubladen voller Schrauben, Nägel, Kabel, die Überreste von Neddas Biologiereferat über Jahresringe bei Bäumen, eine kleine Jakobsleiter, Regale voller Hefte und Lehrbücher, die so veraltet waren, dass man sie nur noch zum Kaminanzünden benutzen konnte. Dazwischen verstreut lagen Zeitschriften: *Scientific American*, *Popular Mechanics*, *Science*. Nachdem sie Michael verloren hatten, hatte Betheen im Bett gelegen und Trauerratgeber gelesen, Babybücher, Kochbücher, egal was, um nur ihren Verstand beisammenzuhalten, und er hatte all das hier gehabt. Es wäre leicht gewesen, wütend auf ihn zu sein.

Aber sie hatte ihm den Keller gegeben. Nach der Entlassung bei der NASA war er angespannt gewesen, in all den Bereichen herumgestreift, die sie sich eingerichtet hatte. Er hatte sich angewöhnt, in der Küchentür zu stehen, sich vorzubeugen und an der jeweiligen Creme zu schnüffeln, die gerade auf dem Herd köchelte.

»Komm«, sagte sie. »Ich zeig es dir. Man quirlt aus dem Ellbogen heraus. Lass deinen Unterarm die Arbeit machen, nicht das Handgelenk. Zuerst langsam, um die Zutaten zu vermischen, und dann schnell, um Luft unterzuheben.«

»Warum? Warum von Hand?«

»Von Hand bekommt man ein Gefühl für Konsistenz und Aussehen. Der Mixer ist zu schnell. Wenn man nicht vorher weiß, was man tut, schlägt man zu stark. Keine Angst wegen der Finger. Es kommt nur aus dem Ellbogen. Wenn es zu viel wird, hören wir auf.«

»Es ist so ineffizient. Können wir nicht eine Eieruhr stellen und den Mixer benutzen?«

Er küsste sie auf den Hals. Das machte er jedes Mal, wenn er sich über Wasserbäder oder Apricotieren beschwerte. Emulsionen. Es war ihr schwergefallen, ihm einen Liter in den Gasbrenner gelaufene Creme zu verzeihen.

Ihre Bemühungen endeten an dem Tag, an dem er sich für Backmischungen aussprach.

»Es sind dieselben Zutaten, Betheen, genau dieselben.«

Dass er keinen Unterschied darin erkannte, sagte viel aus über die Zeit, die er ihr zuzugestehen gewillt war, das, was er zu lernen ablehnte und sie ihm nie beibringen konnte. Sie hatte ihm den Keller angeboten.

»Schreib ein Buch, Theo. Bau was. Geh nach unten und tu, was auch immer du musst, um bei Verstand zu bleiben.«

Und er hatte das hier getan.

»In welche Hefte schreibt er?«, fragte sie Nedda.

Sie schlüpfte unter ihrem Arm durch. »In alle, glaube ich.«

»Dann müssen wir uns eben alle ansehen. Fang mit dem an, das am wenigsten verstaubt ist, und bring es nach oben auf den Küchentisch.«

»Können wir nicht hier unten bleiben?«

»Oben ist das Licht besser, und wir können uns ausbreiten«, entschied Betheen. Es wäre auch leichter, sich in ihrem eigenen Bereich aufzuhalten, nicht zu sehen, wie gut sie vielleicht hier hereingepasst hätte.

Die Hefte waren in seinem engen Gekrakel beschrieben, die Dreiecke, die für ein Delta stehen konnten, waren möglicherweise auch seine Version eines S. Es war, wie nach jahrelanger Abwesenheit zu einer Sprache zurückzukehren, sich das ganze Tippen für seine Doktorarbeit wieder ins Gedächtnis zu rufen. Denn damals schmerzten seine Hände bereits. Aber sie hatte es auch lesen wollen. Selbst wenn er keine Beschwerden in den Händen hatte, tippte sie schneller, und so machte eine brave Freundin das eben. Eine brave Ehefrau. Als sie damals auf ihrer beigen Smith Corona klapperte, wünschte sie sich das – diese Idee des Bravseins. Eine nette Frau und Partnerin zu sein.

»Das verstehe ich nicht.« Nedda zeigte auf einen eilig festgehalten wirkenden Abschnitt in Theos Notizen. »Geht es da um Entropie?«

»Du brauchst es noch nicht zu verstehen. Und nein.« Auch daran erinnerte Betheen sich, an dieses brennende Bedürfnis, alles zu wissen. »Woher weißt du von Entropie?«

»Er hat mir erzählt, dass dazu die Maschine da ist. Um sie zu kontrollieren. Um sie zu beschleunigen oder anzuhalten. Es ist Hitzeverlust, Energieverlust, aber es ist auch Zeit?«

Aha. Eine Maschine gegen Verlust, die Theo gebaut hatte. Ein Buch fiel vom Tisch und knallte auf das Linoleum. Sie saß da, Gänsehaut am ganzen Körper.

»Mama?«

Betheens Nägel gruben sich tief in ihre Daumen. »Hol mir bitte einen Stift.«

Trotz aller an Theo erinnernden Eigenheiten war Nedda unbestreitbar Betheens Tochter, von den blonden Haaren bis zu ihrem Körperbau. Theo musste sich gefragt haben, wie ein gemeinsamer Sohn wohl aussähe. Ob er in diesem Alter die gleiche Statur gehabt hätte. Er musste das gedacht haben.

Sie gab Nedda einen stürmischen Kuss auf die Stirn, blätterte auf eine leere Seite in einem der Hefte und malte ein schräges S. »Wenn du ein solches ›S‹ findest oder ein Dreieck vor so einem ›S‹ mitten in einem Haufen Gleichungen, dann zeig mir das bitte sofort, okay? Die Gleichungen müssten ungefähr so aussehen. Such auf jeder Seite. Das hier heißt Boltzmann-Konstante. Wenn du dieses ›S‹ siehst und solche Gleichungen, muss ich mir das ansehen.« Er probierte sicher, kinetische Energie auf allen Ebenen zu messen, oder? Sie staunte, dass sie sich noch an die Boltzmann-Konstante erinnerte. Aber sie hatte mit ihm gelesen, für ihn getippt. Sie war sein Schatten gewesen. Es gab Momente, in denen sie dieselbe Schlussfolgerung schneller und präziser zog, aber eine Ehe brachte gewisse Dinge mit sich; die Selbstwahrnehmung veränderte sich, der eigene Stolz wurde mit dem des Ehemannes verknüpft. Die eigenen Leistungen waren seine. Und seine Leistungen die eigenen, oder zumindest sollten sie das. So sollte es sein. War es aber nicht. Allerdings hatte sie ihm nie ihre Intelligenz oder ihren Wert beweisen müssen. Er kannte sie, und die Erleichterung, die ihr das verschaffte, gestattete ihr schließlich, sich zu entspannen. Zu atmen. Mit Nedda war es genauso. Was das eigene Kind erreichte, war besser als alles, was man selbst vollbracht hatte. Man liebte dieses Kind auf eine Art, wie man sich selbst nicht lieben konnte.

»Hier und hier stehen vermutlich andere Zahlen, aber es

wird ganz ähnlich aussehen. Das hier ist eine Konstante, okay? Die brauche ich.«

»Das könnte alles sein«, sagte Nedda.

»Aber diese Form wird es beibehalten. Such nach dem ›K‹. Such nach dem schrägen ›S‹ und dem Dreieck. Das ist ein Delta. Ein griechischer Buchstabe.«

Betheen ließ den Blick über Theos wechselhafte Handschrift gleiten, von frustriert zu motiviert, schlechte Tage, gute Tage.

»Woher weißt du das alles?«

»Glaub bloß nicht, er wäre der einzige Grund, warum du schlau bist.« Neddas überraschte Miene war gleichzeitig befriedigend und traurig.

»Wann darf ich das alles denn lernen?«, fragte Nedda.

»Wann immer du willst.« Später konnte über Chemie, Mathe, Sekttorte, Kinder und Väter gesprochen werden. Jetzt mussten sie forschen. »Such weiter.«

Seiten und Hefte flogen vorbei: Dinge, die sie im Studium geliebt hatte, ein Band über Magnetismus, eine Frühfassung seiner Dissertation, jedes Heft ein Katalog seiner ungeordneten Gedanken. Die Vorstellung eines Lebens ohne ihn machte sich in ihrem Kopf breit.

Aber dann hätte sie Nedda nicht.

Man musste seine Kinder lieben. Angeblich passierte es unverzüglich, wenn eine Schwester einem ein strampelndes Wesen an die Brust legte. Hormone: Adrenalin, Dopamin, Serotonin, Östrogen, Progesteron, Prolaktin. Dieses furchtbare Oxytocin. Moleküle trafen auf Moleküle und verursachten Reaktionen, gingen Verbindungen ein; harte Wissenschaft vermischte sich mit weicher und erzeugte Liebe. Aber mit Nedda schwanger zu sein, war gewesen, wie einen Parasiten auszutragen, einen Bandwurm, der sie auslaugte.

Sie hatte von Dasselfliegen geträumt, von einer in ihrem Bauch liegenden Brut, kurz vor dem Schlüpfen. Als ihr Nedda damals auf die Brust gelegt wurde, hatte sie schreckliche Angst; hier war ein ganzer Mensch, den ihr Körper hervorgebracht hatte, über den sie aber überhaupt nichts wusste, nur dass er leiden würde. Weil es ein Mädchen war. Weil es erfahren würde, dass es so viele Dinge nicht tun konnte. Wegen all der Männer, denen es begegnen würde.

Sie konnte Nedda nicht sofort lieben, und auch dafür gab es eine wissenschaftliche Begründung. Ihre Nebennieren waren überbeansprucht. Sie trauerte noch um ihre Fehlgeburten. Die Chemikalien, die ihr durch die Wehen geholfen hatten, verloren allmählich ihre Wirkung. Ihr Inneres war wie Wolle. Es sollte noch einen Monat dauern, bis sie Nedda liebte, als sie sie einmal auf den Boden legte und Nedda den Kopf hob, aufsah und so ein Staunen in der Miene hatte. In dem Moment erkannte Betheen sie und liebte das Baby, als wäre sie gehäutet worden – ein offener, unvermittelter, überwältigender Schmerz. Nedda war ungestüm. Entschlossen. Klug, zwar nicht genial, wie Theo glaubte, aber kompromisslos. Robust, wie Betheen früher gewesen war.

Und dann, achtzehn Monate später, Michael. Liebe wie ein Stein durch eine Fensterscheibe.

Vor sich hatte sie Notizen über Kurse, ein Diagramm für ein Perpetuum mobile. Und dann eine Liste:

- Pfirsichpüree: Gut. Einmal ausgespuckt. Gelächelt. Mehr gewollt.
- Gekochte Erbsen: Ein entschiedenes Nein. Wutanfall.
- Geschichten: Pat the Bunny x 3. Goodnight Moon x 1.
- SICHERUNGEN GANZ OBEN INS REGAL LEGEN

Das verkrampfte Gefühl im Bauch kam sofort. Sie nahm sich das nächste Heft, knickte aber vorher ein Eselsohr in die Seite.

Nedda musste mittlerweile bereits zwanzig Hefte durchgesehen haben, hatte ihr auch das ein oder andere S gezeigt, aber nichts Vielversprechendes war dabei gewesen. Sie stapelten sich auf dem Boden. Betheen hatte sich ebenfalls mehrere hingelegt, Hefte, die momentan nicht hilfreich waren, aber dennoch wichtig. Seine Notizen über Nedda und, schlimmer noch, über sie selbst.

Betheen hatte eine gute halbe Stunde. Hat Post aus dem Briefkasten geholt. Hat sich nicht die Ohren zugehalten, als Nedda schrie. Toast gegessen.

Diese Zeit war für sie ein Nebel, aber Theo hatte sie beide beobachtet, sich um sie gekümmert.

Wie entschuldigte man sich für etwas, an dem man nicht schuld war, für ein ungünstiges Timing, einen Verrat der Chemie?

»Mama?« Nedda hielt ein zerfleddertes Heft hoch, schwarz, die Ränder zerpflückt und zerrissen. Theo konnte nie etwas in Ruhe lassen.

Zehn unleserliche Seiten Text. Das hektische Gekritzel eines Augenblicks, in dem er aufgeregt gewesen sein musste, begeistert von seiner eigenen Genialität. Eine einzige Gleichung nahm drei volle Seiten in Anspruch, am Ende folgte eine unbeholfene Zeichnung von einem Atompilz, darunter ein kindisches *KRABUMM*. Aber das war es, oder? Etwas herauszufinden, war eine Explosion, die einen zwang, alles Bekannte umzudeuten. Die sieben folgenden Seiten bestanden aus kurzen, präzisen Gleichungen, offene Systeme, geschlossene Systeme und Messwerte. Eine Notiz: BEI LIEBOWITZ NACHFRAGEN. Eine gezeichnete Kugel, dann eine Träne, dann etwas, das aussah wie die uralte Wäschemangel ihrer Mutter.

»Gutes Auge. Sehr gutes Auge.« Betheen widerstand dem Drang, Nedda noch einmal zu küssen; es wäre zu viel für sie, wenn ihre Tochter sich ihr entwände. Sie musste mit Theo reden, aber der oszillierte durch sich selbst, war überwiegend ein Mensch, den sie nicht gekannt hatte oder noch nicht kannte. Oszillieren. Das war wichtig.

»Mama, wir kriegen das hin, oder?«

Das Beste, was sie sagen konnte, war: »Wir werden es probieren.«

Ein Klopfen an der Tür führte sie zu Annie Prater, die vor dem Fliegengitter stand und von einem Fuß auf den anderen trat. Sobald Betheen sie vor sich sah, wusste sie, dass sie ihr nicht von Denny erzählen konnte. Der vergangene Morgen gehörte zu einem anderen Leben. Bevor sie Theo gefunden hatte.

»Ach, du Liebe. Ich bin so froh, dass dir nichts passiert ist. Dieser Unfall war ja schrecklich«, sagte Annie.

»Ja, mir geht's gut. Ich war nur durch den Wind.« Sie ließ die Fliegengittertür geschlossen und hoffte inständig, Nedda bliebe in der Küche, käme nicht zu ihnen. »Danke der Nachfrage.«

»Ich wollte nur fragen, ob Denny gut zur Schule gekommen ist. Mir fiel ein, dass er keine Wäsche zum Wechseln dabeihatte, aber er war nicht zu Hause. Er und Des haben ein ähnliches Naturell. Du weißt ja, wie Jungs sind, sie belauern sich, warten ab, wer länger schmollen kann.«

Die Lüge ging ihr leicht von den Lippen, etwas Wohlgeformtes, besser, als jede Wahrheit sein konnte: »Heute Morgen ging es ihm noch prima. Er hat drei Muffins gegessen, und Nedda hat ihn zur Schule geschleift wie immer. Es ist bestimmt alles in Ordnung. Kinder stecken doch alles weg, oder?«

»Und dir geht es auch wirklich gut?« Annie schielte auf die Tür, wartete darauf, hereingebeten zu werden.

Betheen hätte sich nach Desmond erkundigen, Annie Tee kochen, einen von ihren Zitronenkeksen anbieten und fragen müssen, was sie vorhatte.

»Ich stehe immer noch ein bisschen neben mir. Dieser Mann war so jung – ich sollte mich hinlegen«, sagte Betheen.

»Falls Denny hierher kommt statt nach Hause, gibst du mir doch Bescheid, ja?«

»Aber sicher.« Im Geiste ging sie sämtliche Arbeitsschritte zur Herstellung einer Mille-feuille durch – das Ausrollen, das Warten, die Creme –, um nur ja ruhig zu bleiben, die Lüge weiterzuspinnen. »Bist du sicher, dass ich nichts für dich tun kann, Annie?«

»Nein, es ist nur, ich hab was Seltsames gehört. Ich bin Ed Ingram über den Weg gelaufen. Der hat Marty Neuhaus im Bird's Eye getroffen und, also, ich würde das normalerweise nicht glauben, aber du hast ja die Straßen gesehen, jedenfalls hat Marty Ed erzählt, dass seine Kunden, ich meine die Leichen, sich wieder zusammengeflickt haben. *Zusammengeflickt.* Ich wäre nicht überrascht, wenn Marty eine Schraube locker hat. Früher oder später musste das ja passieren, bei der Arbeit. Aber er hat Stein und Bein geschworen, dass die Mutter von Ross Lattimer sich mitten auf seinem Tisch wieder zusammengeflickt hat. Das meinte er ernst. Er hat gesagt, er muss Ross Bescheid geben. Und ich dachte an die Straßen, weil Ross doch in Mims wohnt und unmöglich herkommen kann. Ich hab wirklich jeden Weg ausprobiert. Und alle sagen ständig, dass es nach einem Sturm aussieht, und wenn es stürmt, und wir kommen nicht aus der Stadt ... ich weiß, es ist albern, aber wenn die Schule anruft oder Denny herkommt, schickst du ihn dann direkt nach Hause?«

»Mach ich, Annie. Versprochen.«

Annie legte die Hand auf das Fliegengitter, tippte mit einem Fingernagel auf ein Stück abblätternde Farbe. »Falls es stimmt, was Marty sagt, und es kann natürlich nicht stimmen, aber falls doch und du brauchst eine Schaufel, würde ich nichts sagen. Jeder, der ein Herz im Leib hat, würde das verstehen.«

Betheen zählte im Geiste jeden Wirbel in ihrem Rückgrat auf, stellte sich vor, wie sie vom Steißbein über das Kreuzbein bis hin zur Schädelbasis aufeinandergestapelt waren, alle ordentlich miteinander verbunden, beweglich. Kräftig.

»Ich kann darüber nicht reden, Annie. Auch nicht daran denken. Entschuldige bitte, aber ich muss mich jetzt kurz hinlegen.«

Sie hielt die Klinke noch lange fest, nachdem sie die Tür geschlossen hatte. Zählte bis zwanzig. Langsam. Annie wusste nicht, dass sie gerade ihren Sohn verlor. Sie hatte eine Frau angelogen, die ihr ihren Sohn anvertraut hatte, eine Frau, die sich um ihre Tochter gekümmert hatte, als sie es selbst nicht konnte. Wegen Theo.

Jeder, der ein Herz im Leib hatte, würde das verstehen.

»Nedda? Bring mir dieses Heft. Wir gehen zu deinem Vater.«

Ausdehnung

Da sind ein großer Druck und ein Ziehen, das tausend Jahre dauert. Als er sich der Haut bewusst wird, der Trennung zwischen ihm und der zärtlichen Hitze, die ihn umgibt, spürt er Kälte, dann ein Brennen, das Jahrzehnte anhält. Sprache existiert für ihn nicht, aber Empfindung schon, und das eindringliche Schrillen und Schreien von Leben. Licht fällt herein, sickert durch seine Haut, wo es vorher nur Dunkelheit gegeben hatte. Es ist wundersam. Muskeln kontrahieren, bilden eine Grimasse des Geistes, oh, so schmerzhaft, aber neu. Der Rhythmus in seinem Inneren beschleunigt sich. Rast vor Freude, vor Angst und klimpert, klappert Licht.

Da sind Geräusche. Brüllen, Rufen. Die tausend Jahre, bevor dieser Moment kam, waren Wasser, ein sanftes Pochen von Herzen, seines, ihres, und stilles Brummen von außerhalb, jenseits der Dunkelheit. Jetzt ist da Licht, begleitet von explodierendem Klang, ein aufdringlicher Vorbote der Welt. Und hier, heller, ist ein Murmeln, das er kennt; was bisher gedämpft war, ist nun scharf. Klar! Prickelnde Stiche, wo es zuvor nur als schwacher Ton und Vibration vorhanden gewesen war. Würde er Worte kennen, wüsste er, dass es eine Stimme ist, ihre Stimme, ohne Hindernis zwischen ihnen. Würde er Sprache kennen, würde er die Panik und die Sorge um sie heraushören, um sich selbst.

Er schwelgt, ohne zu wissen, was genießen bedeutet oder

wie der Akt des Genießens Zeit und Welt beugt. Durchdringend, sowohl Licht als auch Klang. *Hell, hell, hell.*

Haut zieht und zwickt, jede Empfindung seismisch, erschütternd.

An seinem Rücken ist Weichheit, obwohl sie rau ist, kratzig im Vergleich zu dem Wasser von tausend Jahren. Er schmiegt sich daran, um das Gefühl zu erfahren, den Widerstand zu erproben. Sein unterer Bereich, viel tiefer als die Stelle im Inneren, die stottert und klopft, wird angestoßen. Dann mehr Geräusche, vertraut wie das Gluckern des Wassers. Ein dunklerer, schwingender Ton. Im Wasser war er nicht in der Lage gewesen, den Rhythmus der Klänge wahrzunehmen, die Struktur.

Die Haut – seine Haut – ist straff. Sie müht sich Jahre, Monate, Sekunden lang in einem gewaltsamen Prozess der Entfaltung, den er in gleichem Maße liebt und hasst. Jede Empfindlichkeit zerpflückt, analysiert und brennt er in sich ein als etwas Neues, was er über diese Welt gelernt hat.

Da ist ein Druck in seiner Mitte, im Herzen des Klopfens. Er ist von einer brutalen Kraft, beinahe so stark wie vorher, als er aus dem Wasser geschoben und gezogen wurde. Er fließt durch seine Extremitäten, und er erforscht ihn, nie bewusster, nie perfekter. Wochenlang lauscht er Klirren, Krachen, Piepsen und Pfeifen, dem *Wuschwuschwusch* von Dingen um ihn herum, in ihm, überall. Inmitten dessen gibt es die wärmeren Töne, das doppelte Vibrieren, das klingende und das tiefe. Er lauscht ein Jahrtausend lang, vielleicht zwei. Und er liebt sie, liebt sie so sehr. Selbst den Druck, das Drehen und Zerren, ja, selbst das Kribbeln und das Stechen. Er liebt sie.

Freude. Solche Freude. Perfektion im Vergleich zu der Dunkelheit und dem Wasser, in dem er gewesen ist.

»Es ist eine unmögliche Entscheidung, aber Sie würden ihm Leiden ersparen. Ich lasse Sie mit ihm allein. Nehmen Sie sich so viel Zeit, wie Sie brauchen.«

»Oh.«

»Ich liebe dich. Ich …«

»Leb wohl, Michael.«

Die Geräusche sind weicher, milder auch. Er lauscht ihnen, verschlingt das Gefühl, bis seine Haut, die kaum zusammenhält, Zelle an Zelle geklammert, nicht mehr ausreicht, um ihn in sich einzuschließen. Der Druck in seiner Brust ist warm und gut und so schmerzlich froh, dass er aufhört.

Sein letzter Gedanke zerspringt mit Seligkeit und Licht, ein Bersten, das länger dauert als alles, was er bisher gekannt hat.

Seine Stunde. Sie war Freude. Von Anfang bis Ende.

1986: Kindheit und Alter

Den Rucksack mit dem Heft auf dem Rücken rannte Nedda, um mit ihrer Mutter Schritt zu halten. Betheen trug ihren guten Wollmantel, den langen rosafarbenen mit den Schulterpolstern, in dem sie aussah wie ein Streifen Bubblegum und der es irgendwie noch weniger glaubhaft machte, dass ihre Mutter dieselbe Mathematik beherrschte wie ihr Vater.

»Du hast Mrs. Prater angelogen.«

Dennys Mutter kochte Nudeln mit Käsesoße, die oben knusprig waren, und schnitt Würstchen hinein. Mrs. Prater legte Platten auf, sang die ganzen Harmonien mit und hörte zu, wenn Nedda sagte, dass Harmonien sich gut anfühlten, weil die Schallwellen jeder Note im Einklang waren. Mrs. Prater hatte ihr letztes Jahr die Barbie mit dem pfirsichfarbenen Ballkleid geschenkt. Nedda mochte Barbie nicht, aber es war nett von Mrs. Prater gewesen, es zu probieren.

»Was hätte ich denn sagen sollen? Sie kann nichts dagegen unternehmen, und es wird nicht wieder gut, außer wir bringen es in Ordnung. Das willst du doch, oder? Und das machen wir auch.« Sie wurde langsamer und legte ihre Hand auf Neddas Rücken. Warm, ruhig.

»Worüber habt ihr sonst noch gesprochen?«

»Sie hat den Autounfall mit angesehen. Sie wollte sich nur vergewissern, dass es mir gut geht.« Betheen stieg über einen Baumstamm und reichte Nedda die Hand, um ihr zu helfen.

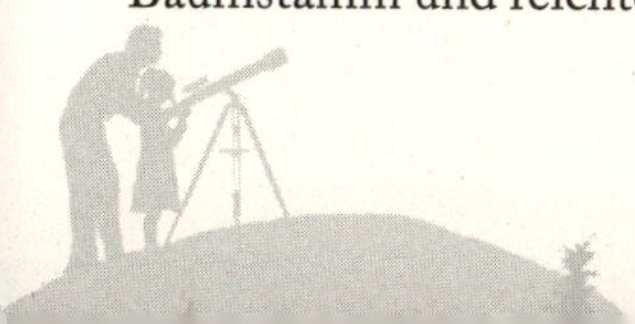

Nedda machte ein böses Gesicht, nahm sie aber an. Ihre Mutter hatte Kraft, Zielstrebigkeit, und sie wünschte, sie hätte beides durch Osmose aufsaugen können.

»Es ist wie eine Blase«, sagte Nedda.

»Was?«

»Was mit Denny passiert ist, das ist wie eine Seifenblase. Man kann mit der Hand drüberstreichen, und es ist eine Wand zwischen innen und außen. Wenn man genau hinsieht, ist sie fast sichtbar.«

Betheens *Hmm* konnte alles bedeuten.

»Ist Papa … ist es bei ihm auch so?«

»Es ist wie Wassertorte«, sagte Betheen. »Bei ihm ist es anders. Ich glaube nicht, dass es genau so ist wie das, was du gesehen hast.«

Das hoffte Nedda. »Blasen haben drei Schichten, Seife innen, Wasser, dann Seife außen. Je mehr Glycerin in der Seife ist, desto stärker die Blase. Ist Wassertorte auch so?«

»Die besteht aus Agar, also nein, eigentlich nicht.«

»Papa und ich haben mal ein Experiment gemacht, welches Spülmittel die besten Seifenblasen macht, und es ist das mit dem meisten Glycerin. Aber das ist das Zeug, das länger auf dem Geschirr haften bleibt, weil das Wasser abrutscht, deshalb muss man eine Bürste benutzen, um die Oberflächenspannung aufzubrechen.« Sie brauchte eine Bürste.

Sie hatten von jeder Spülmittelsorte einen Teil Wasser mit einem Teil Seife gemischt, die Höhe der Blasen gemessen und gestoppt, wie lange sie hielten, bevor sie platzten. Um die Oberflächenspannung zu ermitteln, probierten sie aus, wie viele Tröpfchen aus einer Pipette einen kugelförmigen Wassertropfen abflachen ließ. Die Höhe der Tropfen maßen sie zur Vergleichbarkeit mit Spielkarten.

»Das war ein gutes Experiment. Ich habe euch ein bisschen zugesehen, aber ihr beide saht so glücklich aus, da wollte ich nicht stören.«

Das hatte Nedda gar nicht bemerkt. Wie viele von ihren Experimenten hatte ihre Mutter wohl beobachtet? »Wenn es kalt ist, halten Seifenblasen länger, weil das Wasser langsamer verdunstet. Wenn es wolkig und kalt ist, halten sie superlange.« Es war jetzt gerade kalt in Easter, die Art von Kälte, in der Seifenblasen ewig hielten.

Vom Flur aus gesehen wirkte das Licht aus dem Labor wie die Plantage: kalt und pulsierend.

»Es ist okay, Angst zu haben«, sagte Betheen. »Du kannst auch draußen warten.«

»Ich hab keine Angst.«

»Ich schon.«

Nedda wollte eine Million Dinge brüllen, dass es ihr gut ging, dass sie haufenweise Sachen allein machte, dass sie das Labor besser kannte als Betheen. Aber sie wollte die Tür nicht öffnen.

»Er ist da drin?«

»Ja.«

Wissenschaft war gut gegen Angst, denn je besser man etwas verstand, desto weniger Angst hatte man davor. Man machte Dinge, vor denen man Angst hatte, wenn es einen guten Grund dafür gab. Man öffnete Türen. Für das Gemeinwohl.

»Du musst nicht hinsehen«, sagte Betheen leise.

Nedda sah hin.

Im Labor war ein kleiner Junge. Er war vielleicht drei, das Alter, in dem sie lästig wurden, einen am Zopf zogen und sich an Beine klammerten. Er saß auf dem Fußboden, in Crucibles Leuchten getaucht. Seine Haare waren dick und schwarz. Sein Mund stand offen, als würde er schreien. Wie Denny.

Ihr Vater hatte Dinge wieder in Ordnung zu bringen. Er hatte …

»Da.« Betheen zeigte auf den weinenden Jungen, der jetzt jünger als drei aussah, vielleicht wie eineinhalb; wann auch immer sie lernten, dieses Geräusch zu machen, bei dem einem das Trommelfell platzte. Am Ellbogen hatte er rissige Haut.

Oh.

Sie blickte nicht in die ferne Vergangenheit eines Planeten, sondern in die ihres Vaters. Das hier durfte sie eigentlich nicht sehen. Der Blick zurück sollte nie aus so großer Nähe geschehen.

»Mama?«

Betheen setzte sich auf einen blauen Plastikstuhl neben der Tafel, zog einen weiteren heran und klopfte darauf. »Wir müssen hier ein bisschen warten. In einer kleinen Weile möchtest du vielleicht nicht hinsehen, und das macht nichts. Du musst nicht.«

Sie klang ruhig. Wie konnte sie nur so ruhig sein?

Man sollte seine eigenen Eltern nicht als Kinder sehen. Und ganz sicher nicht als Babys. Ein paar Minuten lang lag da ein Säugling, verängstigt, heulend, obwohl sie ihn nicht hören konnte. Nedda vergrub das Gesicht an Betheens Schulter. Die Hefte durchzusehen, hatte sich gut angefühlt, als würde sie etwas unternehmen, als würde sie helfen. Aber Warten war die schlimmste Form von Einsamkeit.

Bald wandte Betheen sich ab. »Nur noch ein paar Minuten.« Ihr Atem strich warm über Neddas Haare. »Dann reden wir mit ihm. Wir finden eine Lösung.«

Die Kälte veränderte sich, und Luftfelder um sie herum

erwärmten sich. Auch im Licht machte sich der Wandel bemerkbar. »Wie reden wir mit ihm? Denny konnte mich nicht hören.«

»Wenn es sich verlangsamt. Das siehst du gleich. Hol mir seine Filzstifte für die Tafel.«

Die Zeichnung, die Betheen mit dem dicken schwarzen Schreiber anfertigte, nahm die gesamte Tafel ein und erinnerte Nedda an ein Straßenschild. Die Stifte rochen streng wie Dinge, die Betheen benutzte, Pistazienextrakt, Anis und Reinigungsalkohol. Eine dicke senkrechte Linie verlief von oben nach unten. Auf halber Höhe wurde sie von einem breiten waagerechten Strich geschnitten. Darunter schrieb Betheen in deutlicher Druckschrift NEDDA + ICH. Neben die senkrechte Linie kam ZEIT/GESCHWINDIGKEIT/RICHTUNG. Schließlich malte sie eine Schlangenlinie, die abwechselnd über und unter dem Querstrich verlief, über die gesamte Tafel.

Nedda kaute auf ihrem Zopf, mahlte die Haare zwischen ihren Backenzähnen. Sie hätte Denny etwas aufschreiben können, stattdessen war sie einfach weggelaufen.

»Glaubst du, er kann das ohne Brille lesen?«

»Vielleicht«, sagte Nedda. Wenn er blinzelte, wenn er wusste, wo er hinsehen musste. Wenn er überhaupt lesen konnte. Sie betrachtete die gewellte Linie. »Was ist das?«

»Sinus. Das Verhältnis der einem Winkel gegenüberliegenden Seite zu der langen Seite in einem Dreieck. Die Formel dafür kann man auch als solche Kurve darstellen.« Der Marker quietschte, als sie aufschrieb SINUS = THEO. »Im Moment bewegen du und ich uns in eine zeitliche Richtung. Wir sind wie die lange Seite des Dreiecks. Das hier ist, wo sich dein Vater im Verhältnis zu uns befindet beziehungsweise wann. Es bedeutet, wann er ist. Das musst du jetzt noch nicht verstehen«, erklärte Betheen. »Wir müssen dafür sorgen, dass er das sehen kann, dass er verstehen kann, was mit ihm los ist, selbst wenn wir uns nicht in die gleiche zeitliche Richtung bewegen. Wenn wir warten, überschneiden wir uns irgendwann. Versprochen.«

Aber ihr Vater war ein Baby. Sogar weniger als ein Baby; eine Zeit lang hatte sie ihn überhaupt nicht sehen können, er war da und auch nicht da. Er entwickelte sich im Schnelldurchlauf, rückwärts und vorwärts wie die Bäume. Zurückspulen, Pause, vorspulen, Pause. Wenn man das zu oft machte, ging die Kassette kaputt. Egal, wie sehr sie sich anstrengte, sie konnte nicht aufhören zu zittern. »Woher weißt du das?«

»Ich habe gewartet. Ich habe ihn älter werden sehen. Wann genau sich unsere Zeitabläufe überschneiden werden, weiß ich nicht. Aber wir wissen, wie er jetzt aussieht, also werden wir erkennen, wann er in dieser Woche ist, vielleicht wie heute Morgen. Wann die Sinuskurve sich ›x‹ annähert, das sind wir. Dann ist er, wann wir sind.«

Ihre Mutter war sich unsicher. Das verrieten ihre Stimme und ihr kerzengerader Rücken. Betheen schob die Hand unter Neddas Zopf, um ihr leicht den Nacken zu kraulen. Wann und Wo hatten sich nie so getrennt voneinander angefühlt.

»Mama? Ich hab Angst.«

»Ich weiß.«

Ihr Gesicht war heiß, und sie hatte jegliches Zeitgefühl verloren, als Betheen sagte: »Du kannst jetzt wieder hinsehen, wenn du magst. Er ist zurück, nicht so durcheinander.«

»Nein«, sagte Nedda. »Das ist er nicht.«

»Doch.«

»Woher weißt du das?«

»Ich kann dir von ihm erzählen.«

Geschichten waren die Domäne ihres Vaters, aber sie wollte, dass ihre Mutter weitersprach, brauchte das sanfte Kraulen und den kribbelnden Geruch von Haarspray. »Okay.«

»Dein Opa mochte deinen Vater nicht besonders. Geliebt hat er ihn, aber das ist was anderes. Dein Opa war einer dieser Männer, die sich nie so richtig vom Militär gelöst haben. Jeden Morgen ist er um halb fünf aufgewacht. Er hat behauptet, das läge daran, weil sie während seiner Zeit bei der Armee die Soldaten mit Kanonen geweckt hätten. Dein Vater sagt, das stimmt nicht, sondern dein Opa konnte einfach nicht ertragen, zu schlafen, wenn er doch auch wach sein und jemandem auf den Sack gehen konnte.«

Auf den Sack klang schmutzig und intim. »Wieso mochte er Papa nicht?«

»Sie waren völlig unterschiedlich. Dein Vater ist ein Buchmensch, dein Großvater war es nicht. Dein Vater liebt es, Sachen auseinandernehmen, war aber nicht immer so gut darin, sie wieder zusammenzubauen. Ist er heute noch nicht.«

Nedda wagte einen Blick. Der kleine Junge war zurück, schlug um sich wie Denny, dehnte sich wie Denny, verschwamm vor lauter Geschwindigkeit. Nedda wandte sich wieder ab. »Was noch?«

»Die Schulzeit war hart für ihn. Er hat mir erzählt, welche Bücher er alle gelesen hat, dass er sich selbst aus Einzelteilen eine Armbanduhr gebastelt und einmal versehentlich den Briefkasten in die Luft gesprengt hat. Aber er spricht nie von Freunden, und er hatte mit Sicherheit niemanden wie Denny. Er ist früh aufs College gekommen. Da war es einfacher für ihn, glaube ich. Danach die NASA. Er war dort mit einem Kollegen befreundet. Ein paar der Notizen in den Heften stammen von ihm.«

»Wann hast du Papa kennengelernt?«

»Auf der Uni. Ich war Chemiestudentin, er Doktorand.«

Nedda hörte die Zärtlichkeit aus Betheens Stimme heraus. »Du hast Chemie studiert?«

»Ja.«

»Wieso bist du dann keine Chemikerin?«

»Ach, weil ich deinen Vater kennengelernt habe und ich auch andere Dinge wollte. Ich war so klug. Ich dachte, ich regle erst mein Liebesleben und kümmere mich dann um den ganzen Rest.« Sie drückte Neddas Hand.

»Vermisst du es?«

»Ja und nein. Backen hat sehr viel mit Chemie zu tun, aber es ist nicht ganz dasselbe. Weniger Präzision, weniger Mathe, und es geht hauptsächlich um Geschmack und Konsistenz. Um mehr zu erreichen, müsste ich noch mal studieren. Dazu bin ich schon zu alt, außerdem wüsste ich gar nicht, wie ich mich ohne deinen Vater an der Uni verhalten sollte. Ich müsste das noch mal neu lernen, was mir albern vorkommt. Aber dein Papa war wundervoll. Er steckte sich Stifte in die Hemdtasche wie heute noch. Manchmal hatte er Kreide hinter dem Ohr, die Staub auf seinen Haaren hinterließ. In dem Hörsaal waren solche Schiebetafeln, an deren obere Kante man nicht herankam. Deshalb stieg dein Vater vor dem Unterricht auf einen Stuhl und beschrieb sie von oben bis unten mit Gleichungen. Ich kam oft extra zu früh, um ihn dabei zu beobachten. Er hatte einen schönen Rücken. Meine Zimmergenossin Mickie warnte mich vor griechischen Männern, sie sagte, sie hätten doppelte Wimpern, und wenn man sie zu lange ansähe, würde man sich verlieben. Mickie war verrückt nach Jungs, aber mit den doppelten Wimpern hatte sie recht. Wobei, das wirklich Entscheidende war, dass dein Vater mich wie einen Menschen behandelt hat. Das mag dir wie nichts Besonderes vorkommen, aber mir bedeutete es sehr viel. Ich habe damals viel Aufwand betrieben, um gesehen zu werden, gehört zu werden. Er hat zugehört.« Sie zupfte Nedda an den Haaren. »Mein Gott, diese Maschine ist ganz schön hässlich, was?«

Sie sah aus wie der Krake auf dem Umschlag von Neddas Mythologiebuch. Sie war schlimmer als hässlich – sie war grausam.

»Da. Siehst du die Narbe an seinem Bein? Da ist er von einem Baum gefallen. Als er ein bisschen jünger war als du jetzt. Der Wellensittich eines Nachbarn war weggeflogen, und er wollte ihn einfangen, aber der Ast, auf dem er stand, war morsch.«

Die Zeit verging damit, dass ihre Mutter ihr eine Version vom Leben ihres Vaters erzählte, ihrem gemeinsamen Leben. Das Rufen durch den Wäscheschacht hatte es überdeckt, aber sie liebten einander. Ihr Vater musste ihre Mutter genauso gut kennen, all die Geschichten von ihren Narben und wie sie früher ihre Bücher getragen hatte. Nedda hätte diese Dinge ebenfalls wissen müssen.

»Jetzt ist er gerade ungefähr so alt wie bei deiner Geburt.«

Er befand sich in einem seltenen Moment der Reglosigkeit. »Woher weißt du das?«

»Damals fing er mit dem Nägelkauen an.«

Die Fingernägel ihres Vaters waren immer schartig, manchmal sogar blutig; Nedda hatte bisher geglaubt, das läge an seiner Krankheit.

Ihm fehlten die Falten und Furchen, die ihn zu ihrem Vater machten. Seine Haare waren fast einheitlich schwarz, aber er war es. War er ihretwegen so gealtert? »Sein Gesicht war so dünn.« *Ist*. Sein Gesicht *ist* dünn, *war* es aber auch.

Schlagartig wurde er sehr, sehr mager. Blass. Die Zeit machte einen Satz nach vorn, sein Körper krümmte sich, verzog sich, als könnte er zerbrechen. *American Werewolf*, aber kein Werwolf befreite sich, nur ihr Vater, älter, trauriger, grauer. Er drehte sich um, verschwand beinahe in einem Schatten und verschwamm wieder.

»Was ist mit ihm passiert?«

»Das war ein schlimmes Jahr.«

Betheens Nägel bohrten sich in Neddas Handfläche. Es schmerzte, aber Nedda blieb ruhig, bis es, wie alles bei ihrer Mutter, zu viel wurde.

»Du tust mir weh.«

Im Raum veränderte sich etwas, und Betheen ließ sie los. »Er ist fast da. Rück ein Stückchen nach hinten. Lass ihn die Tafel sehen.«

Jetzt hatte der Mann auf dem Fußboden, ihr Vater, nichts Gehetztes an sich, so wie es am Morgen gewesen war. Er bewegte sich langsam, wenn auch nicht zu langsam. Nichts von dem ungelenken Hüpfen und Zucken. Er bewegte sich wie ihr Vater, wie ein Mann, der Schmerzen hatte und daran gewöhnt war. Die Luft um ihn herum hatte sich ebenfalls verändert. Die eigenartig gekräuselte Schicht, die Crucible und ihren Vater vom restlichen Labor trennte, war dünn geworden, wie gedehnt.

»Papa?«

Betheen schlug auf die Tafel, so fest, dass etwas auf den Boden schepperte.

Er hob den Kopf.

Seine Mutter schrie, ein echtes Schreien. »Theo, das hier

passiert gerade. Du musst uns sagen, was du gemacht hast, als es losging. Wir müssen was dagegen unternehmen.«

Seine Stimme war wie eine Million Türen, die sich gleichzeitig öffneten, alle mit ungeölten Scharnieren.

»Papa?«

Er zuckte zusammen. Er hörte sie. Doch als er sprach, hatte er nicht die richtige Geschwindigkeit. Was, wenn er so blieb? Was, wenn sie ihn nie wieder hören würde?

»Theo«, sagte ihre Mutter. »Theo, Moment. Du musst warten und langsamer reden.«

»Beth?«

Die Veränderung war kaum merklich, wie ein Temperaturanstieg oder das Kribbeln, wenn jemand einen anstarrte. Er war jetzt in diesem Raum, nicht voraus oder hinterher, sondern hier und jetzt.

»Papa?«

»Du darfst nicht hier sein. Es ist gefährlich.«

»Es ist überall gefährlich. Besser, sie ist bei mir«, sagte Betheen.

»Ach, Kleiner Tick.« Er versuchte aufzustehen, aber seine Knie knickten ein und er kippte fast genauso schnell wieder auf den Boden. Er blinzelte. »Irgendwas stimmt mit meinen Augen nicht. Das ist ein Schlaganfall. Ich hab einen Schlaganfall.«

»Nein, es liegt an der Maschine, Theo. Sie ist kaputt, und wir müssen sie abschalten. Kannst du die Tafel sehen?«

Mit ausgestreckten Händen ging Nedda auf ihn zu. Seine Knöchel waren immer noch angeschwollen, und sie wollte seine brennenden Hände spüren, sie ein bisschen festhalten. Aber da war die glatte Mauer und Betheen, die sie wegzog.

»Sie funktioniert noch nicht richtig. Ich hab sie getestet. Es sind einfach so viele Daten.«

»Wir müssen sie abschalten, Theo. Konzentrier dich.«

Er schlang die Arme um seine Knie. Wo war seine Brille? Die brauchte er. Ohne sie war er nicht er selbst.

»Warum kann ich meine Gedanken nicht ordnen?« Er klang undeutlicher, sobald es kälter wurde. »Ach, Nedda, entschuldige.«

»Was denn?« Neddas Magen zog sich zusammen.

»Ich wünschte, du könntest bleiben. Das wollte ich, nur ein bisschen noch, nur ein Weilchen.«

Seine Züge veränderten sich, verzogen sich sachte.

»Beth?« Der Name ihrer Mutter, ein Ächzen und ein Flüstern.

»Theo, konzentrier dich.« Betheen sprach mit ihrer Strenge-Mutter-Stimme. Sie funktionierte auch bei ihm. Nedda sah ihrem Vater an, dass ihn der gleiche Ruck durchlief wie sie selbst. »Wir haben deine Notizen. Sag uns, wo wir anfangen müssen.«

»Eine Blase.« Er sagte noch etwas, was Nedda nicht verstehen konnte. Crucibles Arme kreisten auf der Schiene. Sie hätten eine Brise hervorrufen müssen, aber es war nichts zu spüren. Die Luft um die Maschine herum war zu dicht, beinahe fest. »Eine Nadel, eine Reißzwecke. Einen Ballon zerstechen. Ach, man kann den Druck senken und das Ganze dehnt sich aus, bis die Wand so dünn wird, dass sie platzt, oder – ah ja, eine Nadel, eine Nadel. Wie macht man eine Nadel, um zu zerstechen, was nicht da ist?« Er raufte sich die Haare.

»Mama, was ist los?« Frost verklebte langsam Neddas Wimpern. Sie weinte. Wann hatte sie zu weinen begonnen?

»Es ist zu viel drinnen … Ich wollte ihn reparieren, ich war dabei. Senkloch. Die ganze Stadt wie ein Senkloch. Ich wollte es ausbessern, glaube ich. Gleich bin ich wieder weg.

Kommt ihr zurück? Wenn ich zurückkomme, seid ihr dann hier?«

»Wir bleiben.« Betheen machte einen Schritt auf die Maschine zu. Sie konnte auch sie verschlingen. Schmelztiegel waren eigentlich für Metalle gedacht, aber dieser schmolz alles. Der Rücken ihrer Mutter bestand aus Schatten. »Sag uns, wo wir anfangen sollen, und wir bleiben.«

Seine Stimme brach. »Nein, holt Pete McIntyre. Er wollte Kupfer besorgen. Wir haben Denny gesehen. Er ... Wir brauchen Strom. Wenn ihr genug Kupfer kriegt, Drähte, Rohre, egal was ... Ist der Strom ausgefallen?«

»Immer mal wieder«, sagte Betheen.

»Hol Pete. Wir brauchen eine stabile Stromquelle. Und Eisen, einen Kern, was Starkes. Magnetstrom.« Er kaute auf seiner Lippe. »Die Chemikalien, die ich benutzen musste, die Gase. Die sind gefährlich, giftig.«

»Wie gefährlich?«

»Wie Ammoniak und Bleiche. Habt ihr meine Notizen?« Sein Arm verkrampfte sich, Nerven und Muskeln tanzten.

»In Neddas Rucksack«, antwortete Betheen.

»Sag es ihr nicht, Beth. Wenn du alles durchliest, weißt du Bescheid – bitte sag es ihr nicht. Ich hatte mich noch nicht entschieden, wie ich es ihr beibringen sollte. Ich überlege mir was.« Was er sonst noch sagte, war nicht zu verstehen. Die Falten in seinen Lippen wurden tiefer, und seine Augen huschten hin und her, standen dann still und fixierten etwas, was nur er sehen konnte. Er bewegte sich so schnell, dass es beim kürzesten Blinzeln aussah wie Vibrationen, eintausend Bilder ihres Vaters aufeinandergeschichtet.

»Papa?«

Betheen zog sie zurück und setzte sie auf den Stuhl. Das Plastik quietschte unter ihrer Cordhose. Die Hände ihrer

Mutter lagen auf ihren Schultern, ihre Wange ruhte auf ihrem Kopf, hart, aber nachgiebig, Knochen und Haut.

»Er ist jetzt weg. Die nächste Zeit kann er uns nicht hören.«

»In der Maschine ist Giftgas, Mama. Was, wenn wir sie zerbrechen?«

Betheen schwieg.

Brust und Arme ihres Vaters verrunzelten, als trocknete er innerlich aus und seine Haut wollte abfallen. Vielleicht hatte sie das schon immer gewollt. Seine Hände und Füße schwollen an, Finger und Zehen krümmten sich, und Nedda konnte nicht mehr hinsehen.

»Wir müssen weg.«

»Er stirbt, Mama.«

»Jetzt sofort, Nedda.«

»Ich kann nicht, Mami.« Sie konnte nicht wieder weglaufen, nicht einmal, wenn sie Angst hatte. Sie konnte nicht weglaufen, weil sie Angst hatte.

»Dir bleibt nichts anderes übrig. So darfst du ihn nicht sehen. Und er würde das auch nicht wollen.« Betheen schleifte sie mit einer Kraft, die Nedda ihr nicht zugetraut hätte, aus dem Labor.

»Es geht aber nicht«, sagte sie. »Er ist mein Papa, und er ist allein und hat Angst.«

»Es ist schlimm genug, das in normalem Tempo mit anzusehen.«

»Ich muss bleiben.«

»Du darfst das nicht sehen. Ich verbiete es dir.«

Nedda war leer, papiertütenleer, und ließ sich zur Tür schieben. Das Metall der Klinke war zu kalt zum Anfassen. Da die Lampen nicht brannten, tasteten sie sich durch den Flur, auf das Licht des Ausgangs zu. Nedda tippte mit den

Fingern, zählte die Sekunden. Kleiner auf Daumen. Ring auf Daumen. Stinkefinger auf Daumen. Zeige auf Daumen. Und noch mal. Und noch mal.

Als sie draußen waren, blieb Betheen vor seinem Auto stehen.

»Wenn du wissen willst, was da passiert, erzähle ich es dir. Folgendes hättest du gesehen, wenn du geblieben wärst: ein Gesicht, das du liebst, verfällt. Seine Augen machen ihm Probleme. Sie röten sich und tränen, dann werden sie trüb. Seine Haut wird rissig. Sein Körper versagt, und seine Zähne fallen aus. Wenn die Zähne erst weg sind, geht auch der Rest, und er sieht wie ein anderer Mensch aus. Selbst wenn man jemanden vorher jeden Tag gesehen hat, ist er dann nur noch schwer zu erkennen. Du würdest dich fragen, wer ist dieser Mensch und was ist mit meinem Vater passiert? Du würdest nach dem Vater suchen, den du kennst, und ihn nicht immer finden. Du würdest nach seinen alten Haaren, seinen Händen suchen, als sie noch wie Hände aussahen. Du würdest kleine Fitzelchen von ihm, wie er früher war, in diesem neuen Körper entdecken, aber ihn selbst nicht. Es ist schwer genug, das langsam zu beobachten, Nedda. Tu dir nicht an, das schnell mitzuerleben. Das würde er dir ersparen wollen.«

Nedda versuchte, nicht an den zahnlosen Mund ihres Vaters zu denken, die trüben Augen, den gebeugten Rücken. »Warum sagst du so was? Warum sagst du so schreckliche Sachen?«

»Weil ich deine Mutter bin. Weil ich dich sehr liebe und weil du ein großes Herz hast und nicht weißt, wie man es vor Schmerz bewahrt.«

Das Schluchzen kam von überall her gleichzeitig. »Ich hasse dich.«

Betheen küsste sie auf die Haare. »Ich weiß. Du kannst mich ruhig hassen, aber wir müssen jetzt los, okay?«

Nedda zerrte am Riemen ihres Rucksacks, spürte sein Heft darin, lauschte dem Klappern des Raumfahrerhelms ihres Ponys, als sie in den Wagen ihres Vaters stieg.

Jeden Morgen trank er zwei Tassen Kaffee, eine ganz schnell, die andere hielt er in den Händen, um sich aufzuwärmen. Er trank ihn schwarz, weil Milch gleich morgens ihm auf den Magen schlug und Zucker schlecht für die Zähne war. Wenn er sich den Bart stutzte, putzte er das Waschbecken nicht immer sauber, und kleine abgeschnittene Härchen klebten am Porzellan und der Seife. Das Komische an Seife war, dass die Blasen, wenn sie platzten, einen Umriss hinterließen, Ringe aus Bartstoppeln.

Sie schloss die Augen und merkte, wie der Wagen anfuhr. »Müssen wir zu Mr. Pete?«

»Ja.«

Sie versuchte, jede Kurve in der Straße zu erspüren, jede Rille, und sich daran zu orientieren. Denny sagte, man erkenne die Marke und das Modell eines Autos am Motorenbrummen und dem Auspuffgeräusch, und der Geruch verrate, was kaputt sei. Er konnte das gut, aber sie hatte sich nur drei Autos eingeprägt: die Chevette ihres Vaters, den Cadillac ihrer Mutter und den Pick-up von Papa Prater. Sie lauschte nach ihm. Wenn Annie Prater nicht wissen durfte, dass sie und Denny nicht in der Schule waren, durfte er es auch nicht.

Dann erreichten sie die Kreuzung von College Drive und Red Bug Road. Sie war weg, versteckt hinter einer Mauer aus Bäumen und Büschen, so hoch und dicht, dass sie bis in den Himmel reichte. Aufgebrochene Asphaltbrocken lagen zwischen Wurzeln und knorrigem Dornengestrüpp.

»Das ist ja wie auf der Plantage«, sagte Nedda.

»Da ist das Genie deines Vaters am Werk.« Betheens Lachen klang laut und scharf. Sie legte sich die Hände aufs Gesicht und presste die Ballen fest gegen die Augen. »Es ist überall.«

Ihre Mutter war erschöpft. Aber wenn sie noch länger blieben, konnten sie hier stundenlang festhängen. Denny und ihr Vater konnten stundenlang festhängen.

»Mama? Mami, komm. Ich kenne einen anderen Weg.«

Sie ließen das Auto einfach stehen. Nedda nahm Betheen bei der Hand und führte sie zu einem schmalen Waldweg.

An Bord der Chawla

Marcanta hatte Nedda ein Beruhigungsmittel angeboten, aber sie hatte es nicht genommen. Sie wollte wissen, wie sich eine Glaskörperentfernung anfühlte; sie wollte es bewusst miterleben. Je weiter sie sich von der Erde entfernten, desto stärker wurde das Bedürfnis, jedes kleine Teilchen ihres Körpers zu verstehen, als wäre sie selbst die *Chawla.*

»Du bist Masochistin«, hatte Marcanta gesagt.

»Und du Sadistin. Unsere Regierungen haben unser Team perfekt zusammengestellt.«

Entgegen ihrer Erwartung wurde sie an einen Stuhl geschnallt und bekam einen Halofixateur um den Kopf. Sie hatte angenommen, sie wäre bei der Prozedur mit einer Nadel im Arm in ihrem Schlafsack festgebunden, während Louisa über ihr schwebte. Aber das hätte zu viele Unwägbarkeiten offengelassen, wo eine falsche Bewegung verheerende Folgen hätte haben können.

»Das wird sich scheiße anfühlen«, sagte Singh.

»Hattest du schon mal eine Vitrektomie?«, fragte Marcanta.

»Nein.«

»Dann sei so nett und halt die Klappe.« Zu Nedda sagte sie: »Ich hätte Betäubungstropfen für dich.«

»Muss ich die nehmen?«

»Ja. Wenn du dich erschreckst und um dich schlägst, ist alles vorbei.«

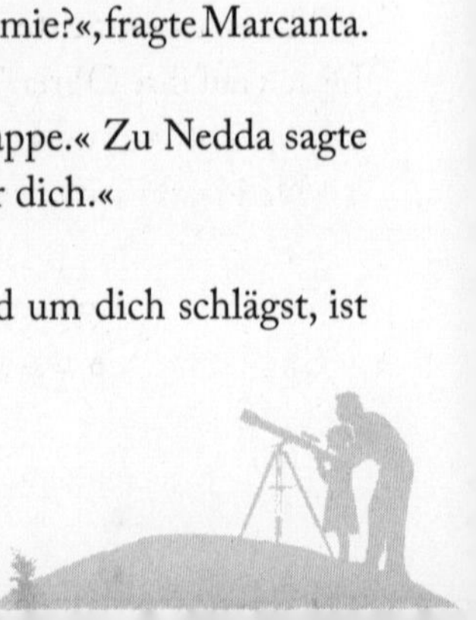

»Bist du sicher, dass du dafür gut genug sehen kannst?«

»In zwei Monaten würde ich es mir nicht mehr zutrauen, aber jetzt? Ja.« Marcanta zog ihre Handschuhe an.

Singh zog die Schnalle fest; er hatte das Gerät mit Neddas Materialien aus dem Labor gebaut: Rohre, Schaumstoff, Schellen. Sie hatten überlegt, mit Hilfe des Printers einen richtigen Halofixateur herzustellen, aber das war ohne das Wissen und die Einmischung des Kontrollzentrums unmöglich. Neddas Ohren wurden von dicken Polstern, die Singh aus den Armlehnen in der Steuerkabine gezogen hatte, flach an ihren Kopf gepresst. Sie lehnte sich zurück und wartete darauf, dass *Chawlas* Geräusche schwächer wurden. Seit Jahren war sie auf den Herzschlag des Moduls eingestimmt. Jetzt gab es nur noch das Rauschen ihres eigenen Bluts.

Singh schwebte mit dem Gesicht nach unten über ihr. Sie las ihm von den Lippen ab, die unter dem dichten Schnurrbart aufblitzten. »Ich pass auf dich auf.«

Marcanta schob ihren Arm in einen Gurt und schnallte sich am Stuhl fest. Jewgeni reichte ihr das spritzenähnliche Gerät. *Vitrektor. Vitrektomie, vitrifizieren, Vitrifikation.* Es war Ewigkeiten her, dass sie sich alle gleichzeitig nicht in einem Schlafzyklus befanden. Zu viert im Raum zu sein, war zugleich tröstlich und beängstigend.

»Warte«, schrie Nedda. »Einen Moment. Nur einen Moment.«

Marcanta erstarrte. Singh schien zu verstehen, denn der Druck auf ihre Ohren ließ nach. Jewgeni hakte sich an Marcantas Armgurt und zog sich dicht an sie heran.

»Nedda, du antwortest mir doch ehrlich, oder?«

»Ja.«

»Bin ich dick geworden?«

Sie lachte. Sie waren runder, sie alle, und weicher, nicht

nur, weil ihre Konturen verschwammen. Sie waren zu früheren Entwicklungsstadien zurückgekehrt, an den Rändern noch unfertig. An ihrem Licht konnte Nedda sie unterscheiden, an schwachen Abstufungen – Amits warmes Gelbbraun; Jewgeni, der wie eine Perle leuchtete; Louisa, die heller strahlte als alle anderen. Nedda würde sie überall wiedererkennen; wenn sie ihre Umrisse nicht mehr wahrnähme, dann ihr Licht.

Wahrscheinlich würden sie alle sterben. Deshalb waren sie kinderlos und unverheiratet, hatten die Freiheit, sich zu opfern. Es war schade, dass nur drei Menschen jemals wieder im Raum sein würden, wenn Jewgeni sang. Nur drei Menschen würden wissen, dass Singh beim Essen den kleinen Finger abspreizte. Dass Marcanta sich Haare aus den Augenbrauen zupfte, wenn sie frustriert war. Kinder würden ihre Namen kennen und auf Straßen fahren, die Sokolow oder Papas hießen. Kinder würden ihr Raumschiff kennen, die *Chawla*. Irgendwo würde ein kleines Mädchen alles herunterrasseln, was es über sie gelesen hatte, und dazu alles, was es über Raum und Zeit wusste, und über Licht.

»Okay«, sagte sie. »Jetzt bin ich so weit.« Singh bedeckte ihr gesünderes Auge mit einer Binde.

Ein Spekulum zog ihr Lid hoch und fixierte das Auge. Etwas, das wie eine Drahtklammer aussah und direkt auf sie zusteuerte, hätte sie beunruhigen sollen, kam ihr aber seltsam vertraut vor.

»Habt ihr schon mal eine Wimpernzange gesehen?«, fragte sie.

»Eine was?«, rief Singh.

»Vergiss es.« Niemand machte so etwas mehr. Ihre Mutter benutzte ein Relikt.

Eine Erinnerung tauchte auf, an Betheen, die an ihrer beleuchteten Kommode vor einem Schminkspiegel ihre Wimpern in Form presste. *Dadurch sehen meine Augen offener aus. Wenn deine Augen offen sind, fällt es anderen Leuten leichter hineinzusehen.*

Singh hielt ihre Arme fest. Sie biss die Zähne zusammen. Sie hatten beschlossen, das rechte Auge zu operieren, das schwächere. Wenn die Operation fehlschlug, hätte sie immer noch ihr besseres.

Der Vitrektor stammte aus dem Labor. Marcanta benutzte ihn bei Fröschen, um die Auswirkungen von Strahlung auf ihre Glaskörperflüssigkeit zu untersuchen. Die Frösche waren ihre Kanarienvögel in der Kohlenmine, für die Reise, für die tierische und menschliche Besiedlung.

Jewgeni hing dicht vor ihrem gesünderen Auge, und die Zeit verwandelte sich in Jewgenis Hand, Singhs Atem, Marcantas Stimme. Nedda spürte Elektrizität von Haut zu Haut springen, Luft in und aus Lungen strömen, Stimmbänder sich berühren. Ihre Leiber waren ein großes Metronom, das Sekunden, Minuten, Stunden abzählte. Ein Takt, der hin- und herschwang, eine Welle wie eine Sinuskurve.

»Sie atmet schnell.«

»Ich bin fast fertig.«

»Wie viel hast du rausgeschnitten?«, fragte Singh.

»Könntest du was damit anfangen, wenn ich es dir sagen würde? Nein. Also frag nicht.«

»Es ist nicht schlimm, blind zu sein. Mir geht's gut. Keiner von euch muss das machen. Bestimmt nicht für mich. Ich kann euch beibringen, wie man sich so bewegt.«

»Sei still oder hau ab.«

»Louisa, ihre Atmung«, warnte Singh.

»Ich weiß. Hetz mich nicht.«

»Es ist echt gar nicht schlimm.«

Nedda lag in ihrem Schlafsack, das Auge fest verbunden, in den Ohren Strandammer-Gezwitscher und Wellen am Meeresstrand. Sie hielt ihr gesünderes Auge geschlossen und genoss, wie das Licht des Hologramms in zarten Rot- und Gelbtönen durch das Lid drang. Sie war nicht allein. Sie roch Jewgenis süßlichen Schweiß.

»Keine Louisa?«

»Sie musste sich ausruhen«, erklärte Jewgeni. »Das zu machen, war, glaube ich, belastend für sie.«

Nedda mochte seine manchmal umgedrehte Satzstellung, dass die Wörter sich aufeinandertürmten wie Akrobaten, die darauf warteten, Saltos zu springen. Er war so warm, dass sie ihn spüren konnte, ohne ihn berühren zu müssen. Sie selbst war immer eher kalt gewesen. Ihr Kopf fühlte sich an, als versuchte das Gehirn, aus dem Schädel zu entkommen und sich mit Gewalt durch jeden möglichen Ausgang zu drücken.

»Schmerzmittel?«, fragte sie.

»Paracetamol ist in deinem Tropf. Ein Antibiotikum auch. Keine Opioide. Der Printer hat einen Betablocker für dich ausgegeben. Marcanta sagt, du sollst ihn nicht nehmen, weil er deinen Augendruck beeinflusst.«

Sie bedankte sich halblaut.

»Schlaf jetzt«, sagte er. »Ich passe auf, dass du dir nicht das Auge rausreißt.«

»Was, willst du mich festhalten?«

»Auf keinen Fall. Ich umarme dich, bis du mich liebst oder Louisa sich mit mir um dich schlägt.«

Sein Rücken an ihrer Seite war wie der warme Lufthauch, wenn man eine Ofentür öffnete, Sonne auf dem Gesicht, zu Hause. Sie hörte, wie er Danke sagte. Sie schlief. Als sie aufwachte, hatte Marcanta seinen Platz eingenommen.

»Dein Auge sieht gut aus. Böse Kopfschmerzen, oder?«

Nedda stöhnte, dann tat das Stöhnen weh. »Wie eine Migräne. Wenn du eine Pause von Jewgenis Musik brauchst, behandle ihn als Nächstes.«

»Verstehe. Ich dachte, es würde dich interessieren, dass bis jetzt noch niemand deine Pflanzen getötet hat. Singh ist wegen Amadeus in Panik, sei also gewarnt, er ist reizbar. Der Printer hat ihm Benzodiazepine ausgegeben, und ich habe ihn dazu gebracht, eine zusätzlich zu nehmen. Wenn er also bei dir einschläft, weißt du, warum. Ach so, und wir hatten eine Morgenkonferenz.«

»Wie war's?«

»Sie haben zugegeben, dass wir eigentlich Plutonium als Brennstoff haben sollten, das ist doch schon mal was. Jetzt lügen sie nur noch darüber, wer an dem Ganzen schuld ist. Eurasien wirft Nordamerika Kommunikationsfehler und schlechte Ingenieursleistung vor. Nordamerika macht Eurasien verantwortlich für die Vertauschung des Isotops.« Marcanta klang, als runzelte sie die Stirn. »Sie verschieben die Fertigstellung der *Fortitude* um mindestens ein Jahr.«

»Scheiße.«

»Genau. Die gute Nachricht ist, für dich wurde ein Gesprächstermin eingeplant.«

»Mit meiner Mutter?«

»Als ob die uns das verraten würden. Jedenfalls darfst du noch eine Stunde schlafen, dann müssen wir dich vor deinem Anruf untersuchen. Ich kann kaum erwarten, euch allen brühwarm zu erzählen, wie ich dir einen Tropfen Öl ins Auge träufle, wenn wir den Planeten erreichen.«

Sie konnte nicht mehr einschlafen. Eine Hälfte von ihr reiste; sie war Besatzung und Raumschiff und was vor ihr lag. Die andere Hälfte war eine Orangenplantage und ein

Waldweg und alle Menschen, die auf ihm gegangen waren. Betheen wirkte dünner als beim letzten Mal, als Nedda sie gesehen hatte, vielleicht verzerrte auch nur der Monitor das Bild. Oder es lag daran, dass sie nur mit einem Auge sah.

»Oje, Nedda, dein Auge. Was ist passiert?«

»Nichts, Mama. Du siehst dünn aus. Isst du nicht genug?«

»Nicht mehr und nicht weniger als sonst. Vielleicht ein bisschen weniger. Es läuft gerade eine Lebensmittelsammlung für Colorado, und ich habe mich noch nie gut dabei gefühlt, viel zu essen, wenn andere hungern.«

»Was ist denn in Colorado passiert? Unsere Nachrichten sind immer spät dran und ziemlich gefiltert.«

Betheen wandte den Blick ab. »Wenn eure Nachrichten selektiert werden, ist es wahrscheinlich besser, es dabei bewenden zu lassen.«

»Aber du isst nicht genug.«

»Nur ein bisschen weniger.«

»Märtyrerin.«

»Musst du gerade sagen.«

»Hast du es dabei?«

»Ja. Es war auf dem Dachboden. Ich hatte vergessen, dass ich die ganzen Sachen nach der Überschwemmung im Keller hochgebracht habe. Es hat einen Moment gedauert, es zu finden.« Die Flut hatte die wenigen Sachen, die noch von ihm übrig waren, ruiniert.

In Neddas Brust lockerte sich etwas. »Gott sei Dank. Ich dachte schon, du wüsstest nicht, was ich gemeint habe.«

»Wie kommst du denn darauf?«

Das Kontrollzentrum überwachte ihre Anrufe genauso wie ihre E-Mails. Unter dem Vorwand des psychischen Gesundheitsschutzes, unter dem Vorwand der Missionsorganisation, unter dem Vorwand von Geschichtsschreibung und der Bewahrung für die Nachwelt, was in Ordnung war, aber nur bis zu einem bestimmten Grad.

»Kannst du es bitte in die Kamera halten?«

Und da, auf den Seiten eines seiner halb fertigen Hefte, prangten Betheens Handschrift und die elegante Gleichung. Mittlerweile war Betheens Hand zittriger als damals.

Nedda schrieb schnell, der Eingabestift glitt über das Tablet.

»Warum interessiert dich das plötzlich so?«

»In einem von *Chawlas* Generatoren treten Spannungsspitzen auf. Wir leiten die erhöhte Strahlung in das Wasser für die Federung unserer Landung ab. Singh sagt, das klappt schon, aber ich möchte lieber auf Nummer sicher gehen.« Nedda behauptete, als sie gesehen habe, wie er die Berechnungen durchführe, habe sie Lust bekommen, die ganze Mathematik, die sie vergessen habe, wieder aufzufrischen. Es war bestenfalls eine schwache Lüge. Ihre Mutter hatte schon immer gemerkt, wenn sie ihr etwas verheimlichte. Ihre Blicke trafen sich. Und Nedda wusste, dass sie ausnahmsweise einmal voll und ganz verstanden wurde.

»Die Spannungsspitzen treten zyklisch auf?«, fragte Betheen. »Und du wolltest unsere alten Berechnungen sehen.«

»Ja. Irgendwas daran kommt mir einfach bekannt vor.«

»Also, hier setzt du die Frequenz ein, die Masse und den Energieausstoß.« Das Notizbuch wackelte. »Hier habe ich Schätzungen benutzt. Kindermathematik.«

»Was mit ihm passiert ist, war nicht deine Schuld.«

Betheen zog das Heft weg, und Schatten schmiegten sich unter ihre Augen, als sie sich zur Kamera beugte. »Das weiß ich, Nedda Sue. Wirklich. Und deine Schuld war es auch nicht.«

Betheen hob die Seite wieder hoch, und Nedda zog an

der Haut um ihr gesundes Auge, damit sich das Licht anders krümmte und die Schrift besser lesbar wurde, sodass sie den Rest abschreiben konnte. Der Raum fühlte sich größer und dunkler an, wie ihre Küche am Abend, wenn sie voller Hefte und Stifte war und der Duft von Maismuffins in ihr hing.

Nachdem Nedda die Gleichung abgeschrieben hatte, schwiegen sie einen Augenblick. Es war Verschwendung von Signalen, aber es war Neddas letzter Luxus, Zeit mit ihrer Mutter, durch das ganze Universum gestreckt.

»Glaubst du, es ist das Gleiche?«, fragte Betheen.

»Weiß ich nicht. Vielleicht? Es könnte sein, dass er zwischenzeitlich mit jemandem zusammengearbeitet hat, vielleicht mit einem Studenten. Du hast gesagt, er hätte einen Freund bei der NASA gehabt. Ich habe nachgeforscht und versucht, die Entwicklung des Patents nachzuvollziehen, aber es wurde nicht klar. Ich weiß nicht, ob es eine Rolle spielt.«

»Vermutlich nicht, aber er würde es wissen wollen.«

»Er wollte alles wissen. Manchmal dachte er, er wüsste auch alles.«

»Ich hätte es dir mailen können; dann hättest du es schneller gehabt.«

»Es wäre zensiert worden. Vielleicht hätte ich es erst in einem Jahr oder später bekommen, und bei manchen Dingen ist es mir lieber, wenn andere nicht die Nase reinstecken. Außerdem hätte ich dich dann nicht gesehen.«

Betheen wäre immer schön, egal, wie sehr die Zeit sie veränderte. Egal, wie weich sie wurde. Es lag an ihrem Lächeln, das warm wie brauner Zucker und weit wie der Horizont geworden war.

»Niemand sagt einem, wie seltsam es ist, sein Kind als Erwachsenen zu sehen. Meine Mutter hat kein Wort gesagt, nicht, als ich zum Studieren weggezogen bin, nicht, als ich deinen Vater geheiratet habe. Ich sehe dich immer noch als Baby vor mir, selbst in deinem Astronautenanzug, selbst wenn du Interviews gibst. Ich sehe immer, wie du dich auf deinen kleinen Händen aufrichtest und krabbeln lernst. Ich möchte schreien: ›Mein Baby rennt im Weltall rum und macht gefährliche Sachen, ist euch nicht klar, dass ein starker Luftzug sie umbringen könnte?‹«

Nichts hatte Nedda umgebracht, und die Frau, die mit ihr quer durch den Himmel sprach, war stärker, als Nedda es jemals gewesen war.

»Du siehst für mich auch immer gleich aus«, sagte sie, obwohl das nicht mehr stimmte. Aber mehr zu sagen, war schwierig. Als sie jetzt an ihre Mutter dachte, stand sie nicht über den Herd gebeugt oder trug einen Laborkittel oder deckte sie zu. Hinter ihr leuchtete vielmehr der Himmel, und sie streckte die Hand aus. Sagte zu Nedda: *Steh auf.*

»Wie geht es Pete?«, fragte Nedda.

»Er behauptet, ich hätte ihm alle Nasenhaare abgesengt.«

»Und? Stimmt das?«

»Er muss lernen, dass nicht alles, was nach Zitrone riecht, auch Zitrone ist. Geschieht ihm recht.« Sie schlug das Heft zu und steckte es ein.

»Bist du …?«

»Ich suche keinen Ersatz für deinen Vater.«

»Kannst du ruhig.«

»Also, ich habe nicht wie eine Nonne gelebt, und es geht dich außerdem nichts an.«

»Du schläfst also mit ihm.«

»Nedda.«

»Sei nicht so altmodisch, Mama. Niemand macht sich über so was noch Gedanken. Seit fünfzig Jahren nicht mehr.«

»Tja, dann bin ich wohl altmodisch.«

»Das sind wir beide.«

»Ich wünschte, ich könnte dir mehr helfen«, sagte Betheen.

»Du hast mir doch geholfen. Und du hilfst mir immer noch. Mehr als alle anderen.« Sie brachte die Worte, die sie sagen wollte, nicht über die Lippen, sie klemmten fest in Gleichungen, dem Einprägen der winzigen Veränderungen an ihrer Mutter, einer optischen Reizüberflutung. Erst als der Bildschirm schwarz wurde, sprudelten sie heraus.

Du hast mir das Leben gerettet.

Ihre Haare taten weh, als sie den Zopf löste. Sobald die Spannung nachließ, spürte sie eine Art frohen Schmerz in der Kopfhaut. Das genügte fast, um die feuchten Augen zu erklären.

Auf der Suche nach Singh zog sich Nedda an den Sprossen durch *Chawla.* Sie fand ihn in seiner Kabine, wo er sich in seinen Schlafsack gewickelt hatte und an die Decke starrte.

»Amit, Schluss mit den Tagträumen über unser Ableben. Wir können ihn reparieren, aber wir müssen alle Berechnungen dreimal überprüfen. Und dann dürfen wir ein bisschen was kaputtschlagen.« Sie warf ihm das Tablet zu, und es flog in wunderschönen Spiralen durch die Luft. Sein langer Arm schlängelte sich aus dem blauen Kokon und fing es auf.

»Was soll der Mist?«

»Was hab ich dir beigebracht? ›Was soll der Scheiß?‹, ›Willst du mich verarschen?‹ oder ›Leck mich‹ wären angebracht. Wir können Amadeus reparieren.« Ihre Hände zitterten. »Warte, bis die Benzos abgebaut sind. Du musst bei den Berechnungen besonders sorgfältig sein. Wir müssen uns gegenseitig über die Schulter sehen.«

Jetzt war er richtig wach. »Klar, ja, auf jeden Fall.«

»Sorgfältige Berechnungen, sonst bumm«, sagte sie.

»Sonst bumm.«

1986: Bei Mr. Pete

Der Cadillac stand vor Mr. Petes Haus, eins von drei nicht fahrtüchtigen Autos in der Einfahrt. Tricia Villaverde sagte, daran erkenne man, dass jemand ein Asozialer sei, wenn nämlich in der Einfahrt ein aufgebockter Wagen stehe. Nedda fand, das galt nicht, wenn derjenige Autos reparierte. Mr. Pete hob Dinge auf, rettete sie vor dem Müll; das war doch wohl das Gegenteil von asozial. Der Cadillac war an der Seite eingedrückt, die Farbe abgesplittert, das Metall zerbeult. Man sah Spuren von dem anderen Wagen daran, weiße Farbstreifen, Glassplitter an der Stoßstange. Ihre Mutter hatte darin gesessen, den Dutt hoch über die Kopfstütze gereckt, die Ellbogen am Lenkrad abgestützt. Betheen schob den Sitz immer ganz nach vorn, und Theo zog sie damit auf. »Versuch du mal, über einen Kilometer Motorhaube zu sehen«, antwortete sie darauf.

Der andere Mensch war gestorben. Ihre Mutter hätte sterben können.

»Was ist mit dem anderen Auto?«

»Das ist in den Kanal gerutscht«, sagte Betheen.

»Ist dir was passiert?«

»Nein, alles in Ordnung.«

Für den Moment reichte das.

Mr. Petes Werkstatttor stand offen. Nedda war daran gewöhnt, ihn im Inneren herumkramen, Gegenstände auf einen Haufen Kabel, Drähte und Werkzeug werfen zu sehen. Aber jetzt wirkte der Raum anders, fühlte sich anders an. Das Licht flackerte in unregelmäßigen Abständen, verzerrte Mr. Petes Schatten und ließ alles in der Werkstatt größer wirken, als es war, unheimlicher.

Betheen drückte ihre Hand. »Wir dürfen ihm nicht erzählen, was mit deinem Vater passiert ist.«

»Warum nicht?«

»Sonst bekommt er vielleicht zu große Angst, und wir brauchen seine Hilfe. Ich brauche deine Hilfe. Ich brauche dich, okay? Komm, gehen wir rein.«

»Gut.« Es war nicht gut.

In Mr. Petes Garten stand eine Palme, die überall Kokosnüsse verteilte, dunkle Flecke auf einer Wiese, die hauptsächlich aus Erde, Kies und Motorteilen bestand, die es nicht zurück in Autos geschafft hatten. Der Himmel hatte hier die gleiche Farbe wie über der Plantage, obwohl sie gefühlt ewig gebraucht hatten, um den Wald zu durchqueren. Mittlerweile hätte die Sonne eigentlich längst im Zenit stehen müssen, hatte sich aber nicht gerührt.

»Mr. McIntyre? Pete?«, rief ihre Mutter.

Der schlaksige Schatten schirmte die Augen mit einer Hand ab. Dennys Vater nannte Leute wie Mr. Pete Rattenmenschen. Rattenmenschen waren Familien, die hierhergezogen waren, bevor Easter Easter war. Als Jäger, Fischer und Obstpflücker waren sie vom billigen Land angezogen worden, dann geblieben, als das Geld durch Frost und Brände ausging. Jede Familie war irgendwoher gekommen, aber die Leute, über die Papa Prater sprach, schienen schon immer da gewesen zu sein. Man sah sie beim Hunderennen wetten oder mit frisierten Autos herumrasen oder unter der Woche den ganzen Tag angeln. Manche hatten sich während der Prohibition mit Alkoholschmugglern zusammengetan. Als der Island Paradise Park noch geöffnet gewesen war, hatten sie dort Fahrgeschäfte betrieben. Nach der Mondlandung hatten einige von ihnen unechtes Mondgestein verkauft. Papa Prater sagte, die ganze Stadt könne verschwinden und sie seien immer noch da, weil sie von den Bäumen und dem Indian River leben konnten wie die Äffchen, die aus dem Park entflohen waren. Das meinte er nicht positiv. Mr. Pete war einer von diesen Leuten. McIntyres hatte es schon immer in Easter gegeben. Sie hatten nicht so viel Geld wie die Praters, aber sie lebten auch nicht im Wohnwagen. Nedda wusste, dass Mr. Pete schon viele unterschiedliche Sachen gemacht hatte, aber es war ja gut, unterschiedliche Sachen zu machen, viele Sachen zu mögen. Kaffeebeeren. Zeitschriften. Missions-Embleme. Weltraumschrott.

»Mrs. Papas?« Etwas fiel scheppernd von einem Tisch. »Alles in Ordnung?«

»Pete, entschuldigen Sie die Störung, aber Theo arbeitet an einem Projekt und meinte, Sie könnten vielleicht mit Material aushelfen.«

Es war eine alberne Lüge. Nedda wusste, dass ihr Vater Pete immer anrief, wenn er etwas brauchte. Sie beobachtete, ob er sie schluckte.

»Kupfer«, sagte Pete. »Ich hab ihn vorhin getroffen.« Er vergrub die Hände in den Taschen, ein Daumen bohrte sich durch ein Loch. Als er Nedda bemerkte, zuckte er zusammen. »Nedda Sue.«

»Hallo, Mr. Pete. Bei meinem Papa geht heute das Telefon nicht, deshalb helfen wir ihm.« Na also, schon besser.

»Er war, also, seine Hände haben ihm Probleme gemacht. Er hat sich von mir zur Plantage fahren lassen, um sich was anzusehen, dann hab ich ihn wieder zurück zum College gebracht.«

»Sie haben Denny gesehen, oder?«

Er hätte sagen müssen, dass es nicht so schlimm war, selbst wenn das nicht stimmte. Das war die Abmachung zwischen Erwachsenen und Kindern und der Grund, warum es Schweigeminuten und Versammlungen gab und warum die Leute behaupteten, es gebe für alles einen Grund und solchen Blödsinn. Mr. Pete schwieg.

Betheen blieb ebenfalls stumm, und das ärgerte Nedda.

»Das wird schon wieder«, sagte sie daher. Jemand musste es ja sagen. Denn wenn es niemand sagte, wozu sollte man dann überhaupt versuchen, irgendetwas zu unternehmen? »Wir bringen das wieder in Ordnung. Es ist wie eine Seifenblase, und wir müssen sie zum Platzen bringen. Wir brauchen eine Nadel.«

Das Licht flackerte. Eine Glühbirne ganz hinten flammte kurz auf, bevor sie erlosch und die restliche Werkstatt ins Dunkel tauchte.

»Wir brauchen eine stabile Stromquelle«, erläuterte Betheen. »Sie haben doch Ellery Rees nach Hurrikan Bob einen Generator geliehen.«

»M-hm.« Mr. Pete rieb sich den Hals.

»Er braucht ihn für einen Elektromagneten«, sagte Betheen.

Mr. Pete sah Nedda an. »Warst du bei Denny?«

»Ich dachte, es wäre ein Blitz, war es aber nicht.« Ihre Schuhsohle rollte über einen Kieselstein, und sie trat darauf. Fest. Es sollte wehtun, aber sie spürte nichts. Sie drückte stärker. »Das wird schon wieder.« Sie wusste, wie man log. Warum man log.

»Na, dann kommt mal rein. Ich hab zwei Generatoren.«

Seine Werkstatt war vollgestopft, ein Puzzle aus Bootsteilen, Ventilatoren und Elementen, die wahrscheinlich aus Flugzeugen stammten. In einer Ecke lehnte etwas an der Wand, das wie ein Propeller aussah. Nedda strich mit den Fingern über Gegenstände. Manchmal war Richtigkeit ein Gefühl. Manchmal wusste man erst, dass etwas funktionierte, wenn man es anfasste oder daran roch und feststellte, wohin es passte. Denny war Orangen, Ivory-Seife und Moos. Ihr Vater war ein quietschendes Scharnier, aufgebogene Büroklammern und kochendes Salzwasser. Ein Raketenstart war Regen, Asche und Eier. Diese Dinge durften eigentlich nicht zusammenpassen, taten sie aber. Die Sachen in Mr. Petes Werkstatt, die Werkzeugkisten und leeren Limodosen gehörten hierher.

Sie berührte den Propeller, der von einem Sumpfboot stammte, nicht von einem Flugzeug. Mr. Pete zog den Kopf zurück und sah erst sie an, dann ihre Mutter.

»Es wäre leichter, wenn der Professor mir genauere Anweisungen geben würde.«

»Betrachten Sie mich als seine Assistentin.« Betheen sprach mit zuckriger Stimme, traf die bewusste Entscheidung, Liebenswürdigkeit zu einem bestimmten Zweck einzusetzen. Das war ebenfalls Macht.

Die Tür zum Haus stand offen, und eine Flurlampe schien auf eine Reihe von Spinden. Mr. Pete hatte einfach alles: Gipsabdrücke von Neil Armstrongs Füßen, gefriergetrocknete Nahrung, Zahnpastatuben mit Roastbeef, Reifenabdrücke, die zu denen des Mondautos passten. Dies waren Dinge, an denen Neddas Vater möglicherweise gearbeitet hatte, Stückchen von ihm, die andere Menschen nie zu Gesicht bekamen.

»Wir werden viel Strom brauchen.«

»Ich kann nicht beurteilen, ob die Generatoren, die ich habe, reichen, wenn ich keine genauen Angaben darüber habe, woran er arbeitet. Ich kann es ja mit dem Professor besprechen. Wenn seine Hände das Problem sind, kann ich helfen.«

Nedda fiel ihm ins Wort: »Mr. Pete? Ich muss mal.«

»Sicher, sicher«, sagte er.

Sie huschte ins Haus. Die Spinde kannte sie ja schon, die waren aus dem Servicegebäude. Mr. Pete behauptete, er habe in einem davon John Glenns Schutzhelm gefunden, aber das musste er sich ausgedacht haben, denn niemand vergaß doch so was in einem Spind. Sie berührte den Lack. Vielleicht hatte John Glenn ihn auch berührt. Vielleicht Neil Armstrong. Vielleicht sogar Judy Resnik. Mr. Petes Haus war verschachtelt, eines der älteren in Easter, die ausgebaut, abgerissen und vergrößert worden waren, aber nie ganz richtig. Überall standen nicht angeschlossene Telefone. Einige stammten wahrscheinlich aus dem Space Center, vielleicht aus dem Kontrollzentrum. Und auch wenn nicht, erzählte Mr. Pete den Leuten das. An einer Wand hing eine Feuerwehraxt, daneben ein verblasstes Schwarz-Weiß-Foto von einer Gruppe Männern in voller Montur. In der hinteren Reihe erkannte sie Mr. Petes Gesicht. Unter der Axt hing ein schwerer Handschuh, wie ihn auch ihr Vater in seinem Labor hatte.

Ihr Vater brauchte Kupfer. Betheen sagte, er wolle einen Elektromagneten bauen, das hatte sie aus seinem wirren Gerede herausgehört. In Telefonen war Kupfer verbaut, in Telefonleitungen, in allem im Haus. Sie lief herum, fasste an. In der Küche waren Schubladen, die nicht richtig schlossen, Gegenstände, die aus Schränken hingen, Schraubenzieher und Mutternschlösser auf Arbeitsflächen. Irgendwo gab es Geschirr, vermutete sie, aber ein einzelner Mensch brauchte nicht viel Geschirr. Sie benutzte nur einen Teller und eine Müslischale, und wenn man die gleich wieder abspülte, brauchte man sonst nichts.

Ihr fiel etwas ins Auge: auf dem Küchentisch ein perfekter kleiner Gegenstand, ordentlich, als wäre er gerade dort hingelegt worden, als hätte Mr. Pete ihn sich an diesem Morgen angesehen. Ein Missions-Emblem, akkurat von einer Maschine gestickt, das Schwarz-Rot-Gold der deutschen Flagge. STS 61-A, *Challenger*. Eine Spacelab-Mission. James Buchli, Guion Bluford, Henry Hartsfield, Bonnie Dunbar, Steven Nagel, Reinhard Furrer, Ernst Messerschmid, Wubbo Ockels.

Mr. Pete bewahrte Dinge auf wie sie. Mochte Dinge, die sie mochte. Sie war auch das, wovon Papa Prater sprach: ein Rattenmensch.

Durch das Fenster sah sie den Pick-up. Dort hatte alles angefangen. Sie war mit Denny auf die Ladefläche geklettert.

Easter mochte sich ja verändert haben, aber der Pick-up war noch das gleiche dunkle, verwitternde Ungeheuer. Nedda berührte den vorderen Kotflügel, und ihre Hand färbte sich rot vom Rost. Auf der Ladefläche waren ihre Fußabdrücke, ihre und Dennys. Sie konnte in sie hineintreten, auf den Schatten der Stellen stehen, an denen sie sich vorher aufgehalten hatten. Sie warf ihren Rucksack hinauf, stieg hoch und sah sich um. Im Sommer hatte sich die Ladefläche heiß an ihrem Rücken angefühlt, die Art von Hitze, die einen glauben machte, dass einem nie wieder kalt würde.

Jetzt hatte die Kälte auf dem Pick-up einen Quellpunkt, den Platz in der Ecke und das Geschöpf darin. Der Affe war klein, aushaltbar, weit besser als Denny, weit besser als ihr Vater. Er hatte sich nicht gerührt.

»Wieso bist du so gut davongekommen?«

Das Seidenäffchen wirkte so ruhig, so fröhlich; sie hasste es.

Aus der Werkstatt drangen die Stimmen von Betheen und Mr. Pete zu ihr.

Sie stach, stieß und schlug auf den Affen ein, so fest sie konnte, traf aber nur den Wagen und schlug sich die Finger an. Was mit Denny geschah, dehnte und zerrte seinen Körper viel zu schnell. Was mit ihrem Vater geschah, war das Schlimmste, was sie je erlebt hatte. Ihr Vater hatte möglicherweise keine Schmerzen, das war schwer zu beurteilen, Denny schon. Er hatte sich aufgekratzt und sich Haare ausgerissen.

Nedda ließ sich auf den Rücken fallen und sah nach oben. Es war weder Tag noch Nacht, und über die Wolken fielen gelbgrüne Lichtstreifen. Der Himmel wurde von Stromleitungen zerschnitten, die von hinter Mr. Petes Haus bis zu dem Mast schräg gegenüber verliefen. Letzten Endes führten sie zu den Hochspannungsmasten entlang der Highways. Kilometerweise Drähte. Wie viel davon war aus Kupfer?

Wasser tropfte von einer der Leitungen und fiel mit einem schimmernden gelben Glitzern träge auf die Ladefläche. Es war seltsam hübsch, wie eine Sternschnuppe.

Sie hatte ihren Vater über den Halley'schen Kometen angelogen.

Nedda klappte ihren Rucksack auf und strich mit dem Daumen über Cotton Candys Raumfahrerhelm aus Plastik, kämmte ihr den Schwanz und die Mähne. Dann holte sie das Heft ihres Vaters heraus.

31.8.: Wachstum in dem Alter unberechenbar. Gr. Gew. BMI nicht genau zu bestimmen. Zappelt und strampelt zu viel.

- *Balanciert nach wiederholten Versuchen auf einem Fuß.*
- *Kann große Plastikreißverschlüsse. Verweigert Druckknöpfe. Weint.*
- *Zählt Finger und Zehen.*
- *Kennt Farben, Formen.*
- *Vokabular ~ 500, stützt sich auf Lieblingswörter. »Matschig«, »Kooperation« und »Apogäum« rufen Gelächter hervor.*

Nedda verbringt Tage, an denen ich arbeite, bei Nachbarn. Deren Sohn ist ein Jahr älter.

Nedda fragte, wo Betheens Bauch hin ist. Betheen sagte: »Manchmal werden Mamis dick, und manchmal werden sie wieder dünn.« Unmöglich, sich nicht vorzustellen, wie Michael wäre.

Es ging um sie. Er hatte sich Notizen zu ihr gemacht wie zu einem seiner Experimente, hatte alles über sie aufgeschrieben. Und über ihre Mutter. Betheen war dick geworden, dann wieder dünn. Ihre Mutter war schwanger gewesen. Und dieser Name, Michael. Es folgte eine lange Liste von medizinischen Fachbegriffen und datierten Theorien:

15.9.: Das Problem ist zeitbezogen. Wissenserwerb kontra Zelltod. Kinder, mit ihrer Gehirnplastizität, haben damit nicht zu kämpfen. Nedda ist zu klein, um zu begreifen, dass eine Woche nicht endlos ist, dass eine Stunde nicht mal annähernd eine Ewigkeit dauert.

Frage: Sind Sekunden wirklich länger für sie? Beruht Wahrnehmung tatsächlich auf Erfahrung? Wie empfindet man eine Stunde?

15.10.: Das Problem an der Zeit ist Abbau. Gedächtnislücken sind symptomatisch für Verschleiß, Zellabbau, zu oft überschriebene Daten. Erzeugt Denken Reibung an Neuronen? Selbst Kinder haben Verschleiß. Wachstum ist Verschleiß.

22.10.: Kernfamilie = Kind als Kern, Nukleus. Elternteil = Elektron, umkreisend, Hülle bildend, nie zu weit weg, immer angezogen. Brustschmerz = psychosomatische Atombindung.

Neddas Fuß wippte gegen die Ladefläche. Das hohle Klopfen war beruhigend, genau wie das Metall. Fest. War sie nur ein Experiment? Ein Versuchskaninchen zum Beobachten und Erforschen, als Anregung für neue Projekte?

30.10.: Magnete zur Reduktion von Reibung. Störklappe zum Absaugen. Luftwiderstand. Lamellen. Beine. Arme. Schaufeln. KALT.

5.11.: Postulat: Beschleunigung von Entropie zur Verringerung von Halbwertszeit erzeugt größere kurzfristige Energieentladungen. Lokal aufgehaltene Entropie schafft Stillstand. Verschleiß stoppen, nicht Aktivität.

Ein Fleck auf der Seite roch nach altem Kaffee. Er trank seinen Kaffee nicht immer; manchmal hielt er ihn nur in der Hand, um die Schmerzen zu lindern. Heißes Wasser hätte auch gewirkt, roch aber nicht wie Kaffee. Der Fleck und die Sätze darunter hatten sich in einen frustrierten Klecks verwandelt.

9.11.: Es ist ungerecht, dass sie zwei kaputte Elternteile hat. Ich erinnere mich nicht richtig an Michael. Er ist nicht hier, aber doch hier. Wir reden nicht über ihn. Betheen kann es nicht ertragen. Ich auch nicht.

15.11.: Postulat: Wenn man ein Leben – Verschleiß und Alterung – vorübergehend anhalten könnte, könnte ein einzelner Mensch unendlich viel lernen. Leben ist begrenzt durch Verschleiß des Gehirns, Verschleiß der Gelenke, Verschleiß des Herzens. Ein Kind verdient unendlich viel Zeit, ein perfektes Herz, einen Körper und einen Geist, die nicht kaputtgehen.

16.11.: Betheen sagte: »Eine Mutter ist nur so glücklich wie ihr traurigstes Kind.« Und wenn dieses Kind tot ist? Was dann?

Ein totes Kind. Ein Geschwisterchen. Sie hatte einen Bruder gehabt. Ihr Vater hatte nie ein Wort davon gesagt. Betheen auch nicht.

Es folgten seitenlang unordentliche Gleichungen, manche durchgestrichen, manche mit dem schrägen S, nach dem sie hatte suchen sollen. Er hatte mit Kuli geschrieben. Er war nicht verschmiert wie ihr Tintenroller, die Seite aber genauso eingerissen wie bei ihr, wenn sie zu fest aufdrückte – das Papier dünn, die Tinte beinahe wütend.

1.12.: Ich möchte, dass sie nicht verschleißt, dass sie alle Zeit hat, die sie jemals braucht. Ich möchte, dass sie Stunden für mehrere Leben hat.

- *Ein perfekter Körper ist reibungslos in sich.*
- *Ein Kind, das einen nie verlässt.*

7.12.: Isolierter Wärmeverlust. Isolierte Entropie. JEDER KÖRPER EIN GESCHLOSSENES SYSTEM.

12.12.: Was, wenn es wie Wasser ist? Wenn es eine Spannung besitzt? Wenn es sich wie Wasser drehen muss? Zentrifugalkraft auf subatomarer Ebene.

25.12.: Wir könnten gute Eltern sein. Ich könnte ein guter Vater sein. Wir hätten Zeit. Und eine Tochter, die uns nicht verlassen würde. Sie hätte Stunden für zwei Leben.

Ihr Vater hatte Crucible ihretwegen gebaut. Er hatte ihn für sie gebaut, und er dachte darüber nach, seit sie ein Baby war. Er wollte sie daran hindern, erwachsen zu werden, und nicht nur für sie.

Für Michael, der tot war.

Sie versuchte, sich ihren Vater im Keller vorzustellen, wie er Dinge aufschrieb, sobald sie nicht weinte, sobald sie keine Aufmerksamkeit forderte. Sie hatte all seine Gesichter gesehen, sein junges Ich, als er mit ihr nach dem Kometen Ausschau gehalten hatte. Der Mann in dem Heft war der graue krank wirkende Vater, den sie im Labor gesehen hatte. Der Mann, der dieses Heft vollgeschrieben hatte, hatte sie auf dem Arm gehalten, und sie kannte ihn überhaupt nicht.

»Nedda«, rief Betheen.

Das Ende ihres Zopfes knirschte zwischen ihren Zähnen.

Er wollte nicht, dass sie erwachsen wurde. Er wollte, dass sie nie wegging. Wegen Michael, wegen des Bruders, den die beiden ihr verschwiegen hatten.

Der Affe hockte weiterhin reglos neben ihr. Sie trat nach ihm, so fest sie konnte, aber ihr Fuß krachte gegen die Seitenwand der Ladefläche.

»Nedda?«

Wollte er sie zum Stillstand bringen, anhalten wie das Äffchen?

Angehalten bedeutete, nicht treten zu können. Angehalten bedeutete, wütend zu sein und zu weinen und unbedingt auf etwas einschlagen zu wollen, aber zu wissen, dass man es nicht konnte.

Er hatte ihr erzählt, Crucible sei dazu da, seine Hände zu heilen, Treibstoff zu sparen und Dinge wiederverwendbar zu machen. Er sei dazu da, Menschen zu helfen.

Ihre Eltern hatten sie über blöde Sachen belogen. Sachen, die sie wissen sollte, das mit Michael oder dass sie traurig waren oder wie sehr es wehtat. Aber wenn Nedda es wirklich brauchte, log ihre Mutter nicht. Es war die einfachste, dümmste, normalste Lüge überhaupt, und sie schaffte es nicht. Ihre Eltern konnten einen ganzen Menschen vor ihr verheimlichen, aber Betheen konnte nicht sagen, dass alles wieder gut wurde.

Jetzt rief auch Mr. Pete nach ihr. Der Schmutz auf der Ladefläche ruinierte den hellblauen Satin und die rosa Paspeln ihrer Jacke.

Judy hatte sich nicht auf einem Pick-up versteckt; sie war in die Raumfähre gestiegen. Judy stand auf, selbst wenn es ihr Angst machte. Wahrscheinlich machte es immer Angst. So war das mit den wichtigen Dingen. Astronauten flogen in dem Wissen los, dass sie vielleicht nicht zurückkehrten. Sie betrieben Wissenschaft, vernünftige Wissenschaft, und stellten die richtigen Fragen.

Astronauten standen auf.

»Nedda Susanne Papas, beweg auf der Stelle deinen Arsch hierher.«

Arsch. Das Worte hatte Nedda schon beinahe vergessen, weil es so abgegriffen war. *Arsch* war so früh auf ihrer

Schimpfwortliste gelandet, dass sie schon mit dem Gedanken gespielt hatte, es wieder zu streichen. Bei ihrer Mutter klang es gut und wütend und auch ängstlich, nach all dem, was in Nedda selbst rumorte. Betheen stand in der Tür zur Veranda.

»Ich bin hier draußen.« Als sie sich aufsetzte, wurde Nedda schwindlig. Nachdem ihr Blick wieder klar geworden war, bemerkte sie den Startsequenzer unter der Markise an der Rückseite von Mr. Petes Haus. Die Markise hielt ihn vermutlich weitgehend trocken, aber alles in Easter rostete. Alles in Easter war nass.

Was, wenn die Blasen um ihren Vater und Denny herum wie Wasser funktionierten? Das dachte ihr Vater. Er hatte es aufgeschrieben.

Die Sprenger waren gelaufen, als sie und Denny auf der Plantage waren. An kalten Morgen tropfte Wasser – Kondenswasser – von der Stromleitung über dem Pick-up. *Plitsch, plitsch, plitsch.*

Hastig griff sie nach dem Heft und kletterte auf den Boden.

Das Gesicht ihrer Mutter war schwer zu erkennen, weil das Verandalicht sie von hinten beleuchtete. Mr. Pete stand in der Nähe, ein Durcheinander von Drähten und Kabeln auf den Armen.

»Bleib, wo ich dich sehen kann«, sagte Betheen.

»Dahinten kann ihr nicht viel passieren«, beschwichtigte Mr. Pete.

Geheimnisse waren ebenfalls wie Blasen, zwei Schichten Lüge mit der Wahrheit in der Mitte. Und sie taten weh.

»Ihr seid beschissene Lügner. Ihr könnt es überhaupt nicht richtig. Ihr glaubt, ich merke nicht, wenn ihr lügt? Tja, falsch gedacht. Merke ich eben doch.«

Betheen streckte die Hand nach ihr aus, und Nedda schubste sie weg. »Nein. Was die Maschine da macht, funktioniert wie Wasser. Wie Wasser und Seifenblasen. Das steht in Papas Heft. Und ich weiß, warum er sie gebaut hat. Ich weiß, dass es einen Michael gab und er mein Bruder war und gestorben ist, als ich noch klein war, und dass ihr mir nichts davon gesagt habt. Und das ist ungerecht. Wenn ihr schon Scheißeltern wart, hätte ich wenigstens wissen sollen, warum.« Sie stampfte fest auf, und es fühlte sich gut an. Nedda sah Mr. Pete an. »Meinem Vater geht es nicht gut. Er ist im Labor, und es geht ihm echt schlecht, so schlecht wie Denny, vielleicht schlechter. Meine Mama kann das wieder in Ordnung bringen. Sie ist klug, obwohl sie die beschissenste Lügnerin auf der ganzen Welt ist. Und wir brauchen Ihr Zeug, also tun Sie, was meine Mama sagt.« Sie ballte die Hände zu Fäusten, damit sie nicht mehr zitterten. »Alles wird gut. Wir bringen es in Ordnung. Wir reparieren die Maschine meines Vaters, und er und Denny werden wieder gesund. Weil guten Menschen keine schlimmen Sachen zustoßen und es für alles einen Grund gibt. Wir machen es wieder gut. So lügt man. So geht das.«

An Bord der Chawla

Singhs Armbehaarung war fein wie junges Gras; schon eine sanfte Brise konnte sie in Bewegung versetzen. Nedda hatte gelesen, dass man Emotionen anders wahrnahm, wenn man einen seiner Sinne verlor. Sie fragte sich, ob ihre Liebe zu den Härchen auf Amits Armen die letzten Tage ihrer Sehkraft bedeutete.

Singh roch alles. Auf der Erde hätte sie das unheimlich gefunden. Hätte ein Mann sie in Easter so beschnüffelt, hätte er zehn Minuten gebraucht, um sich vom Boden aufzurappeln, den Mund voller blutiger Tic Tacs. Amit hätte den Spruch nicht verstanden und die anderen auch nicht. Trotzdem, sie kannten sie so gut, waren so vertraut mit ihr. Mit Jewgenis Sehvermögen waren auch Grenzen verschwunden. Ohne Schlafsäcke schliefen sie in einem Gewirr aus Gliedern, schwebten durch *Chawlas* Hauptkabine und prallten leicht von den Wänden ab wie ein einziger Organismus mit vier Herzen.

Am liebsten schlief sie neben Marcanta. Louisa war anschmiegsam, sie schwitzte am wenigsten, und wenn man erschrocken aufwachte, küsste sie einen auf die Stirn. Jewgeni hatte Mühe, den Schlafplan einzuhalten, und klemmte sich zwischen Nedda und Singh, um sich mit Hilfe ihres Herzschlags einzulullen. Er nannte sie ein UN-Abkommen, eine friedliche Übereinkunft zwischen Nationen.

Angst ließ Körper sich nach Berührung sehnen.

In dieser Nacht lag Nedda außen, Singh und Jewgeni in der Mitte. Sie konnte nicht schlafen, weil ihr Auge unter dem Verband juckte.

Singh strich mit den Fingern über die Stelle, wo das Klebeband die Augenbraue kreuzte. »Auge um Auge«, wisperte er in ihr Haar.

»Augen für alle, alle für Augen«, flüsterte sie zurück. »Entschuldige, dass ich dich geweckt habe. Es treibt mich in den Wahnsinn.« Er bewegte sich hinter ihr, hakte ein Bein zwischen ihre und Jewgenis, zappelte. »Du denkst nach. Ich kann es fast hören.«

»Ich hätte mich nicht freiwillig gemeldet.«

»Doch, hättest du. Hast du sogar wie wir alle. Wir sind selbstlose kleine Versuchskaninchen.«

»Nein«, sagte er. »Ich bin egoistisch. Aber du hast Marcanta das bei dir machen lassen, obwohl du wusstest, dass du dadurch schneller blind werden oder sogar sterben könntest. Du hast dich freiwillig gemeldet.«

Nedda drückte ihr Kinn an seine Brust. Durch die Bewegung trieben sie auf die Wand mit dem Bücherregal zu. Sein Bart strich über ihre Schädeldecke, und sie beschnüffelte ihn, so wie er es immer bei ihr tat. Amit roch wie das Forschungsmodul, wie das Pflanzenwasser im Hydrokulturlabor, wie der Alkohol, mit dem alles gereinigt wurde.

Jewgeni trat in die Luft, und sie kreiselten gegen das Bücherregal. Der Aufprall war sanft, trotzdem fluchte er und befreite sich aus dem Gewirr. Das weckte Marcanta.

»Ich gehe«, sagte Jewgeni. »Es wird Zeit, mich auf dem Fahrrad auszutoben.« Er tastete sich aus dem Raum und schwebte durch den Gang.

»Der Printer hat heute Morgen seine Dosis Psychopharmaka erhöht«, erklärte Singh. »Die Schlafzuckungen sind wahrscheinlich eine Nebenwirkung.«

Marcanta gähnte. »Ich sollte ihn im Auge behalten. Sollte ich ihn im Auge behalten? Ja, Louisa, du solltest ihn auf weitere Nebenwirkungen untersuchen«, sagte sie zu sich selbst.

»Er wird schon wieder«, beruhigte sie Nedda.

Nedda fand es schwierig, bei Jewgeni überhaupt Stimmungen festzustellen und erst recht welche, die reguliert werden mussten. Er schien drei Zustände zu kennen: glücklich, gleichmütig und verliebt. Er hatte offenbar ein gutes Naturell.

»Klar. Aber im Moment mach ich mir Sorgen.« Marcanta fluchte und folgte ihm in den Fitnessraum.

Singh und Nedda sortierten sich neu und schwebten am Fenster vorbei. Das Licht war jetzt trüb, nicht klar und kalt wie kurz nach ihrer Abreise. Sie zupfte an dem Klebeband um ihr Auge. Es kam der Dichtung der Druckbrille in die Quere und erinnerte sie ständig an den Verfall ihres Körpers.

»Warum hast du Louisa von den Tabletten erzählt?«

»Sie möchte sich Sorgen machen. Es fühlt sich produktiver an, sich um jemand anderen zu sorgen als um sich selbst«, antwortete Singh. »Wenn du dich um jemanden kümmerst, gibst du alles, damit derjenige sich wohl fühlt. Wenn du dir um dich selbst Sorgen machst, machst du dir nur Probleme.«

Sie wusste, dass Singh geholfen hatte, seine Großeltern am Ende ihres Lebens zu pflegen. Seine Großmutter hatte an Demenz gelitten. Bei seinem Großvater war es ein schrecklicher Krebs gewesen, ein furchtbares Dahinsiechen, das eine mit Worten nicht zu beschreibende Lücke hinterlassen hatte. Singh hatte sich Sorgen gemacht.

»Mir fällt nichts anderes ein, als die Krankenstation zu zerlegen, um an Material für die Reparatur von Amadeus zu kommen«, sagte sie. Die Idee ging ihr durch den Kopf, seit sie und Singh die Berechnungen angestellt hatten. In der Krankenstation gab es fast alles, was sie brauchten.

»Ich bin zu demselben Schluss gekommen. Ein paar Sachen können wir aus der Hydro holen, wenn du bereit bist, sie abzugeben, aber nicht die entscheidenden. Louisa wird uns umbringen.«

Nedda wusste, dass das nicht stimmte. Louisa würde die Krankenstation mit den Zähnen auseinanderreißen, wenn sie glaubte, es würde ihnen helfen. »Klar. Du musst dich ein paar Mal von ihr anpiksen lassen, nur zum Spaß«, sagte sie.

»Das wäre wohl ein fairer Tausch. Wenn du es mir erklärst, übernehme ich den Gang zu Amadeus, sobald es so weit ist.«

»Nein. Marcanta und ich haben schon entschieden. Wenn was schiefgeht, könnt ihr ohne mich überleben. Ohne dich sinken unsere Chancen auf eine Landung gegen null.«

Amit drückte Nedda ein wenig fester. Sie ließ es zu.

»Die Berechnung ist wunderschön.«

»Weiß ich. Hinter jeder genialen Frau steht ihre doppelt geniale Mutter.«

»Wie ist sie darauf gekommen?«

»Es war der Druck.« Das gleiche Adrenalin, das es Menschen ermöglichte, Autos hochzuheben, hatte Betheens Verstand zu fantastischen Leistungen beflügelt.

Marcantas und Jewgenis ferne Stimmen und die Vibrationen von *Chawlas* Antrieb umgaben sie, während sie schweigend in der Luft schwebten. Amit schmiegte sich fest an ihren Rücken, ohne sich an sie zu drängen. Er stupste sie einmal an, dann ließ er es sein. Die Annäherung war nicht unwillkommen, aber sie reagierte nicht darauf. In den letzten Monaten hatten sie angefangen, sich weniger wie Menschen zu fühlen und mehr wie ein symbiotischer Teil von *Chawla*. Amits Sehnsucht war idealistisch. Und was war Sex anderes als Sehnsucht? Aber er wandte Ideale auf sie an, schrieb ihr Eigenschaften zu, die sie nie besessen hatte – Selbstlosigkeit oder Opferbereitschaft.

»Ich bin kein guter Mensch«, sagte sie.

»Das habe ich nie behauptet.«

»Du hast es angedeutet, aber es stimmt nicht. Ich muss etwas wiedergutmachen.«

»Was könntest du denn so Schreckliches getan haben, dass du dir von Louisa im Auge herumschnippeln lässt und freiwillig in einen Kernreaktor gehst?«

»Es war eher ein Stich als ein Schnitt«, korrigierte sie.

»Das ist auch nicht besser.«

»Mein Vater hat die Maschine gebaut, die die Anomalie geschaffen hat.« Über den Rest konnte sie nicht sprechen, über die unangenehme Vertrautheit mit Amadeus, über das, was sie und ihre Mutter getan hatten.

»Na und? Mein Onkel hat betrunken zwei Menschen totgefahren, aber damit hab ich doch nichts zu tun.«

Amits Bartstoppeln kratzten sie am Ohr, als er sich umdrehte. Jewgenis Wange war glatter, Marcantas die weichste von allen, einschließlich ihrer eigenen. Nedda war immer noch knochig, kratzbürstig, wie sie immer schon gewesen war.

»Das ist nicht dasselbe. Es waren zwei Menschen. Mein Vater hat das Leben einer ganzen Stadt zerstört.« Als sie Amits Daten in die Gleichungen ihrer Mutter eingegeben und den Zeitpunkt der Spannungsspitzen nachverfolgt hatten, hatte Nedda sich gefragt, ob er Verdacht schöpfte. Wenn es so war, dann war er so höflich, nichts zu sagen.

»Trotzdem erschließt sich mir nicht, wieso du dafür verantwortlich sein sollst.«

»Er hat sie unter anderem gebaut, um zu verhindern, dass ich erwachsen werde.«

Fuck war ein in jeder Hinsicht befriedigendes Wort. Immer befreiend, und die Intonation gab ihm jede Bedeutung, die es brauchte. Amits Stimme war schön, und er sprach das Wort mit Mitgefühl aus, ein unaufdringliches *F*, ein bezauberndes *K*. »Das ist eine verkorkste Logik. Hat er dir das gesagt?«

»Es stand in einem seiner Hefte.«

»Man schreibt vieles, was man gar nicht meint.«

»Er hat die Maschine gebaut. Das ist Beweis genug, dass er es ernst meinte. Ich bin die Tochter eines verrückten Wissenschaftlers, der Menschenversuche und so durchgeführt hat.«

»Ich verstehe immer noch nicht, wieso das deine Schuld sein soll.«

»Ich habe davon profitiert. Wäre ich geblieben, wo ich war, *wann* ich war, dann wäre ich heute immer noch in Easter. Ich wäre so alt wie meine Mutter jetzt. Ich wäre, was meine Mutter war. Ich wäre nicht hier. Damals waren nicht mal ein Zehntel der Raumfahrenden Frauen. Jetzt bin ich ein Mensch von Bedeutung. Verstehst du … Du kannst nicht verstehen, wie selten so was damals war, oder? Ich war so sauer auf meinen Vater. Es hat mich zehn Jahre gekostet, zu begreifen, was er bebasichtigt hatte. Und er hat mir tatsächlich Zeit verschafft, nur nicht so, wie er vorhatte, doch ich hatte keine Wahl. Eine ganze Stadt musste es ausbaden. Alles, was ich jetzt tue, ist wichtig. Jeder Gedanke, jedes Blinzeln muss erforscht und ernst genommen werden. Seinetwegen bin ich wichtig geworden, was sonst nicht möglich gewesen wäre. Weil ich seine Tochter bin, und das ist untrennbar mit den Menschen verbunden, denen er Leid zugefügt hat. Es ist eine Waage, die ich ins Gleichgewicht bringen muss. Ich darf jetzt etwas machen, hier sein, forschen. Ich muss wegen dem etwas machen, was er getan hat. Vielleicht verliere ich mein Auge für Jewgeni. Vielleicht sterbe ich bei dem Versuch, Amadeus zu reparieren. Vielleicht erfriere oder verhungere ich auf dem Planeten. Aber ich werde von Bedeutung sein. Das *muss* ich wegen dem, was er getan hat. Weil es meinetwegen stattgefunden hat.«

Amit ließ sie los, schwebte zurück zum Fenster und berührte die Scheibe. »Du warst ein Kind. Kinder können so was, wie dir passiert ist, nicht verarbeiten. Die emotionalen Fähigkeiten sind einfach nicht vorhanden. Du warst elf, oder? Mit elf dachte ich, Babys kommen aus dem Bauchnabel und wenn ich mich genug konzentriere, kann ich telepathisch mit meiner Schildkröte kommunizieren.«

Nedda versuchte vor ihrem inneren Auge einen kleinen Amit entstehen zu lassen, konnte sich aber sein Gesicht nicht ohne Bart vorstellen. »Eine Schildkröte?«

»Meine Mutter kann Hunde nicht ausstehen. Sie erinnern sie an eine Tante, die sie gehasst hat.«

In diesem Moment streckte Marcanta den Kopf herein. »Jewgeni will sich eine Weile ausklinken. Ist es okay für euch, wenn er zwei Wochen schläft?«

Amit nestelte an einem der Bücher im Regal herum. »Vermutlich kann sich die Lage dadurch nicht verschlimmern.«

»Ich habe Blutproben genommen, nur vorsichtshalber. Er braucht keine neuen Medikamente. Es ist nur Erschöpfung. Sein Tag-Nacht-Rhythmus ist durcheinandergeraten. Er kann sich nicht auf die Schiffsbeleuchtung einstellen.«

»Die könnten wir ändern«, sagte Nedda. Auf die Dauer würde ihr Sonnenaufgang ein anderer Stern sein. Vierundzwanzig-Stunden-Tage waren ein Band an einen Ort, den sie nie wiedersehen würden. Die Unregelmäßigkeit von Jewgenis Tagen könnte ihr neuer Rhythmus werden. Wie bei dem Verlust seiner Sehkraft hatte er sich möglicherweise schneller angepasst als sie.

Ohne etwas zu sagen, folgte Amit Louisa zu Jewgenis Kabine.

Sie versammelten sich um Jewgenis Schlafsack und drängten sich an ihn. Sein irres Grinsen war ansteckend. Leichtigkeit in menschlicher Gestalt. Er war klug und einfallsreich, aber er hatte den Vorzug vor anderen Bewerbern bekommen, weil er fröhlich war, ein heiteres Gemüt hatte.

»Nicht schlecht, so einzuschlafen«, sagte er. »Eine schöne Frau auf jeder Seite, und einen Mann, der nicht stinkt und seine Hände pflegt. Mehr kann man nicht verlangen.«

»Wenn du mich zum Lachen bringst, treffe ich den Zugang nicht«, sagte Louisa.

Als Jewgenis Lider flatterten, beugte sich Amit vor und flüsterte: »Jede Frau, von der du träumst, wird mein Gesicht haben.«

Menschen, die schwebten, die aufstiegen, nahmen andere mit nach oben. An solchen Menschen hielt man sich fest. Man gab ein Auge für sie.

Nedda zog sich in ihre Kabine zurück und lauschte den Wellen. Für Amit war es notwendig, sie für einen guten Menschen zu halten. Denn wenn sie gut war, selbstlos handelte, half ihm das, sich selbst so zu fühlen. Kollektive Selbstlosigkeit, egal, ob es gelogen war. Sie bevorzugte Louisas Sichtweise auf sich: eine Versuchsperson mit eigener Meinung.

Sie kaute auf einem Stück der wenigen verbliebenen Schokoriegel, und bittere Süße breitete sich in ihrem Mund aus. Laut Betheen war das Netteste, was man für sich selbst tun konnte, manchmal mit dem Geschmack von Schokolade auf der Zunge einzuschlafen. Dunkler Schokolade. Betheen hatte sie immer mit Granatapfelsaft gemischt und sie in Muschel- oder Schmetterlingsförmchen gegossen. Herb, bitter, schwer und süß – jede Geschmacksschicht eine chemische Verbindung, die ihre Mutter abgewogen hatte. Zur Heilung ersonnen.

Ihre Mutter zu vermissen, fühlte sich an wie ein nie verheilender Bluterguss. Betheen verstand, was es bedeutete, aufzuwachen und eine so radikale Kulturveränderung zu erleben, dass das eigene Leben umgeschrieben werden konnte. Ihr Vater hatte ihr *alles* gegeben. Er hatte Betheen Chancen geschenkt, die sie schon verloren geglaubt hatte. Zum Beweis hatte sie gerahmte Diplome. Ein Labor, ein Leben. Betheen sagte, mit einer Verpflichtung zu leben, konnte einem die Seele rauben, aber es gab einem auch eine Aufgabe.

Amit verstand das nicht. Louisa versuchte, sie aufzumuntern, oder schlug wenig hilfreich vor, mit Dr. Stein zu reden. Jewgeni, sosehr sie ihn auch liebte, gehörte kaum zur selben Spezies. Er verarbeitete Schuld nicht wie sie.

Sie schloss die Augen und erstellte Listen. Katalogisierte, damit sie nichts vergaß, obwohl es bereits zu spät war.

Brille, schwarzes Gestell
Kariertes Hemd mit Tasche
Tasche: zwei Stifte, Reifendruckmesser
Schwarze Haare, lockig, grau meliert
Brüchige Fingernägel

Grübchen im Kinn, wo die Bartstoppeln zusammenwachsen

Spangen, blonde Haare
Spülmittel mit Zitronenduft
Aqua-Net-Haarspray
Korallenfarbener Nagellack
Durchsichtige Schutzbrille
Tintenflecke an den Fingern
Flaum am Kinn, in dem sich das Licht fängt
Tasche: wachsartiger Lippenstift, Taschentücher, Armbanduhr zum Aufziehen.

1986: Elektromagnet

»Bitte iss was«, forderte Betheen sie auf.

»Ich hab keinen Hunger.« Neddas Magen machte Geräusche, aber keine hungrigen.

»Der Herd funktioniert nicht. Wie wäre es mit Cornflakes? Oder Lucky Charms? Reichen dir Lucky Charms zum Abendessen?«

Nedda schüttete sich eine Schüssel voll ein, rührte sie um und sah zu, wie die Milch Regenbogenfarben und schließlich ein schlammiges Hellbraun annahm. Sie hatte einen Bruder gehabt. Einen Bruder, den sie nicht kannte. Und ihre Eltern hatten es ihr verheimlicht. Michael war gestorben, und es war so schlimm gewesen, dass ihr Vater etwas Schreckliches gebaut hatte. Jetzt steckte er darin fest. Auch Denny steckte darin fest.

»Ich bin immer noch böse«, sagte sie.

»Das merke ich«, erwiderte Betheen, was zur Folge hatte, dass Neddas Wut sich sofort sinnlos anfühlte.

»Du hättest es mir erzählen sollen.«

»Hätte ich.«

»Kannst du nicht einfach sagen, dass es dir leidtut?«

»Würde ich, wenn es dir dann besser ginge.«

»Könnte sein.«

»Es tut mir leid. Wir hätten es dir erzählen sollen. Wir dachten, so wäre es leichter für dich.«

Es ging ihr nicht besser. Nedda trat gegen den Tisch. »Warum sind wir nicht bei Mr. Pete geblieben?«

»Weil wir nachdenken müssen, und in einer solchen Unordnung kann ich nicht denken«, erwiderte sie. »Senkloch. Dein Vater hat was von einem Senkloch erzählt. Weißt du noch?«

»Nein.« Senklöcher verschluckten Autos und Häuser. Einmal hatte sie einen Artikel über eine ganze Stadt gesehen, die in eins gerutscht war, aber das war in einem dieser bunten Blättchen gewesen, die auch über den Yeti und Werwölfe berichteten. In Gintys Angelladen lagen immer ganz viele davon aus.

Nedda spähte aus dem Küchenfenster. In Dennys Einfahrt und überall auf der Straße vor seinem Haus standen Autos, manche davon gehörten den Eltern von Kindern aus ihrer Klasse. Auch im Haus waren viele Leute; das Licht veränderte sich, wenn sie herumliefen.

Betheen zog den Vorhang zu und nahm Nedda damit die Sicht. Sie kaute an einer Reiswaffel, dem ödesten Nahrungsmittel, das es gab.

»Ich muss helfen, Mama.«

Stuhlbeine schabten über das Linoleum, als Betheen sich hinsetzte, schwer und schlaff. Ihr Atem klang genauso erschöpft. »Wir brauchen Papier, Stifte und einen Taschenrechner.«

Wir.

Nedda legte die Hefte ihres Vaters auf den Boden, damit Betheen Platz für zwei große karierte Blöcke auf dem Küchentisch hatte. Betheen schrieb, wie sie Eischnee schlug, schnell, mit gleitenden Muskelsträngen in den Unterarmen. Es war komisch, dass ein Arm klug aussehen konnte, aber bei Betheen war es so. Nedda suchte in ihrem eigenen Arm nach denselben Muskeln, kam aber zu dem Schluss, dass die sich erst entwickeln würden, wenn sie älter wäre.

Gleichungen nahmen Gestalt an wie Worte, Absätze, ganze Bücher in einer Sprache, die sie nicht kannte. Reihe um Reihe von Buchstaben und Symbolen, Kurven und Linien.

»Was ist das?«

»Analysis«, sagte Betheen. »Na ja, schlechte Analysis. Ich bin eingerostet. Analysis, also die ganze Mathematik, ist eine Sprache. Wenn man sie etwas länger nicht benutzt, eine Sprache nicht mehr spricht, verlernt man sie.«

Nedda hatte in Mathe ein Jahr übersprungen und fing gerade mit Algebra an. Zum ersten Mal kamen Buchstaben vor. Je komplizierter Mathe wurde, schien es, desto mehr Buchstaben und Symbole kamen vor, während die Ziffern fast völlig verschwanden. Nedda rückte ihren Stuhl neben Betheen, schleifte ihn so über den Boden, dass Betheen normalerweise geschimpft hätte. Jetzt aber nicht.

Die Anziehung, die von ihrer Mutter ausging, war beinahe zu viel. Auf dem Mond lag die Schwerkraft fast bei null; mit einem Sprung konnte man fliegen. In einer Raumfähre war man schwerelos, orientierungslos und frei. Auf der Erde sollte man eigentlich wissen, wo man war, wie die eigenen Füße auf dem Boden ruhten, das Gewicht seines Körpers kennen. Aber jetzt gerade war Betheens Gravitation wie die von Jupiter, ausreichend, um einem alle Knochen zu brechen. Nedda wollte sich an ihre Mutter pressen, ihr Parfüm einatmen, das Haarspray, die Tinte und das Papier und die Reiswaffelkrümel auf ihrem rosa Kragen. Aber sie war immer noch sehr wütend.

»Wozu ist das?«

»Ich habe bei deinem Vater die Zeit gestoppt«, sagte

Betheen. »So genau, wie es sein sollte, ist es nicht geworden, aber besser ging es unter den Umständen nicht. Sein Endpunkt war leichter zu erkennen als der Anfang – aber du verstehst, was ich meine.«

»Endpunkt?«

»Er bewegt sich vorwärts, dann wieder rückwärts. Von einem Ende zum anderen ist es also ein voller Zyklus. Ich habe beim ältesten Zeitpunkt angefangen zu messen und aufgehört, als er wieder genauso alt war. Es ist wie eine Schleife. Wenn man das durch zwei teilt, hat man ungefähr eine Lebensdauer. Anhand dieses Werts versuche ich zu berechnen, was für einen Impuls wir bräuchten, wann wir ihn bräuchten und wie er funktionieren könnte.«

»Du hast Papa gestoppt.«

»Ich habe gemessen, wie lange er für einen vollen Zyklus braucht. Es variiert leicht, aber es ist ein Muster zu erkennen.«

»Wie lange er lebt.«

»Ja.«

»Du weißt also genau, wie alt er an dem Tag sein wird, an dem er stirbt.«

»Ganz so ist es nicht. Es ist diese Kurve, die ich dir gezeigt habe. Das Oberste und das Unterste sind Anfang und Ende; denen können wir uns annähern und eine Schätzung vornehmen.« Betheen biss in eine weitere Reiswaffel und kaute.

Ihr Vater, alt und sterbend. Nedda wollte ihn auch nicht mehr jünger und verängstigt sehen. Sie wollte, dass er neben ihr auf der Motorhaube saß und nach Kometen Ausschau hielt. Und sie wollte ihn nie wiedersehen.

»Er hat ihn gebaut, weil er nicht wollte, dass ich erwachsen werde.«

Betheens Stift hielt inne. »Was?«

»Das steht in seinem Heft. Ich hasse ihn«, sagte Nedda. Und das stimmte. Es war nicht richtig, dass jemand eine Entscheidung für einen treffen durfte, über sein ganzes Leben, ohne überhaupt mit einem zu sprechen, ohne zu fragen, was man selbst wollte. Er hatte alles Mögliche entschieden, einfach, weil er es konnte.

Sie hatte nicht damit gerechnet, dass Betheen ihr über die Haare streichen, dass ihr davon eine Wärme über den Rücken rieseln oder ihre Augen brennen würden. Sie wollte sich nicht in die Berührung schmiegen oder sie als wohltuend empfinden, aber es war so.

»Du hasst ihn nicht«, sagte Betheen.

»Doch.«

Betheen lehnte sich zurück, um sich die Seiten anzusehen, die sie geschrieben hatte. »Als Michael starb, waren wir beide lange traurig. Du warst noch so klein. Wir wussten nicht, was wir tun sollten, und es gab niemandem, mit dem wir hätten reden können. Wir haben uns bemüht, so gut es ging, und wir waren nicht immer gute Eltern, aber wir haben dich so sehr geliebt. Was auch passiert, er liebt dich.«

»Ist ja auch egal, oder?« Neddas Fuß begann zu wippen, deshalb drückte sie die Knie an die Unterseite des Tisches. Davon bekäme sie rote Flecke, die der Holzmaserung entsprachen.

»Es ist nie egal.«

Betheen schob ihren Stuhl zurück und stand auf, sodass Nedda die Seiten sehen konnte. Es gab durchgestrichene Zeilen, Löcher im Papier, und was zu Beginn eine geschwungene, hübsche Handschrift gewesen war, hatte sich zu einem schrägen Kritzeln entwickelt, das fast wie das ihres Vaters aussah. Vielleicht erforderte Klugheit eine solche

Schrift, eine andere Sprache, die nur bestimmte Leute lesen konnten. Irgendwo in diesen Zeilen und Zeichen steckte das Leben ihres Vaters von Anfang bis Ende.

Betheen drückte Nedda etwas in die Hand. Die weiße Eieruhr, die ihr Vater Betheen zu Weihnachten geschenkt hatte. Damit konnte man drei Dinge gleichzeitig messen, auf die Sekunde genau. »Hier«, sagte sie. »Stell sie auf zwei Stunden und siebzehn Minuten ein, dann drück auf Start.«

Die roten Knöpfe gaben ein fröhliches Piepsen von sich, das in Anbetracht der Situation falsch klang. Die Ziffern tickten leise. Sekunden waren seltsam; sie dauerten immer eine Spur länger, als man erwartete.

»Das ist der Zeitraum«, sagte Betheen. »Zwei Stunden und siebzehn Minuten oder ungefähr vier Kuchen, rein und raus. Die Uhr im Labor ging nicht, deshalb habe ich meine Armbanduhr benutzt.«

»Die ist nicht genau«, sagte Nedda. Schweizer Armbanduhren sollten gut sein, aber Betheens war eine Timex, die man aufziehen musste, und der große Zeiger tickte gar nicht, er glitt nur sanft im Kreis herum.

»Da hast du recht.« Betheens Mund wies eine leichte Wölbung auf, fast war es ein Lächeln. »Und Anfang und Ende sind Schätzungen. Also werden mir mindestens zwanzig Punkte für Schlampigkeit abgezogen.«

Die Dreifacheieruhr war zu leise. Nicht wie die alte rote, die Betheen immer noch manchmal benutzte und die befriedigend klackerte. Man sollte das Verstreichen der Zeit in der Haut spüren können, in den Ohren.

»Woher weißt du, wann er aufhört?« Sie wollte nicht *sterben* sagen.

»Das weiß man einfach. Gerade noch ist er da; dann ist er weg. Man merkt es, wie man merkt, dass jemand ein Licht ausgeknipst hat, selbst wenn man die Augen geschlossen hat. Es wird ein bisschen dunkler. Es gibt Verbindungen zwischen Menschen«, sagte sie. »Wenn dir was passieren würde, wüsste ich es. Egal, wo du wärst, ich würde es spüren.« Sie zog die Lippen nach innen, und ihr Mund verschwand fast. »Er wird ruhig – du kennst deinen Vater, er ist nie ruhig. Und wenn er weg ist, nimmt er das ganze Licht mit, und es tut weh, genau unterhalb der Rippen, als wäre ich ein bisschen weniger ich.«

Betheen schob das Heft über den Tisch und legte den Arm um Neddas Schultern. Es war locker und unbeholfen und fühlte sich komisch an, aber es war warm, wo alles andere kalt war. »Und was du da gelesen hast. Er hat es nicht so gemeint, wie du glaubst. Man braucht sehr lange und muss sehr erwachsen werden, bis man lernt, dass das, was man sich wünscht, nicht immer das ist, was gut für einen ist.« In ihrer Stimme lag eine Einsamkeit, die Nedda noch nie aufgefallen war.

»Was meinst du damit?«

Das Klopfen an der Tür kam wie eine Explosion. Nedda sprang auf, um sie zu öffnen, aber Betheen zog sie zurück. »Nicht.«

Das Klopfen ging weiter, dann folgte die Klingel, dann das harte Knacken des Messingklopfers.

»VERDAMMT NOCH MAL, THEO PAPAS, MACH DIE SCHEISSTÜR AUF.«

Es war Dennys Vater.

»Ich mach das schon«, sagte Nedda.

Papa Praters Wangen waren lila-rot mit Adern darin, die aussahen wie das Moos, das man in Dioramen für Büsche verwendet. Sie dachte lieber daran statt an das Ausmaß seiner Wut und daran, wie schlecht sie sich fühlte. Wenn man ein Diorama von Papa Praters Gesicht gebastelt hätte, hätte man Styropor zuschnitzen, vielleicht Gips benutzen, diese kleinen Moosstückchen überallhin kleben müssen.

Er hatte mit ihrem Vater oder Betheen gerechnet, wodurch sie im Vorteil war. Sie holte tief Luft.

»Hallo, Mr. Prater. Haben Sie gestern ferngesehen? Es wurde gezeigt. Das Ganze, die Explosion. Wir haben es alle in der Schule gesehen auf dem großen Apparat und alles. Ich glaube nicht, dass jemand schon mal so was erlebt hat, nicht im Fernsehen. Sieben Leute, alle gleichzeitig gestorben. Mrs. Wheeler, also meine Lehrerin, die hatte sich sogar um einen Platz im Shuttle beworben. Deshalb war sie echt fertig und hat geweint und alles. Ich wette, sie hat auch darüber nachgedacht, tot zu sein. Man kann nicht anders, wenn man Leute sterben sieht, oder? Ich hab den ganzen Tag daran gedacht, glaube ich. So wird man wahrscheinlich Bestatter, weil man zu viel über tote Leute nachdenkt.« Ihre Worte schlugen eine dunkle Richtung ein, zu nah an Denny. Deshalb federte sie auf einer Verandadiele und ratterte weiter. »Jetzt werden wahrscheinlich eine Weile keine Raumfähren mehr starten, weil man das so macht, wenn jemand gestorben ist, bis man weiß, was los ist. So haben sie das gemacht, nachdem Gus Grissom und seine Mannschaft gestorben sind. Alle reden immer nur von Gus Grissom, weil er einer von den Mercury-Astronauten war, aber Edward White und Roger Chaffee waren auch mit ihm da drin. Und die NASA hat eine Zeit lang Pause gemacht, bis sie das mit dem Sauerstoff geklärt hatten. Dieses Mal lag es also bestimmt nicht am Sauerstoff, denn das wussten sie ja schon. Aber es war auch echt schlechtes Wetter für einen Start. Garantiert kommen jetzt tonnenweise Leute durch

Easter gefahren, weil sie erforschen wollen, was passiert ist, und es wird ganz schön was los sein. Orangen wollen die bestimmt auch, und dann wird es eine Weile leer werden, solange sie überlegen, wie man das reparieren kann, was auch immer es war.«

Es folgte ein Blick, mit dem Erwachsene bedacht wurden, wenn Nedda einen dicken Batzen Sätze ausgrub, wenn eine Wortblase aufstieg und platzte. Es lag eine Macht darin, dem einfach freien Lauf zu lassen, ein Minirausch, wenn sie alles sagen konnte, was sie wollte, alles auf einmal, und niemand sie aufhalten konnte. Es war so überwältigend wie Betheens Zuckerstimme.

Papa Prater riss die Augen auf, er wusste nicht, wie er mit einem Kind umgehen sollte, wo er doch eigentlich den Vater dieses Kindes anbrüllen wollte. Aber Nedda sprach laut weiter, über Rauchfahnen und Astronauten. Sie redete, als täte es nicht weh, obwohl dem so war und jedes Wort es noch realer machte. Jeder Satz wurde zu einem Ziegelstein zwischen ihr und Dennys Vater, einem Ziegelstein zwischen ihr und Denny, der im Geräteschuppen immer älter und verängstigter wurde, einem Ziegelstein in der Mauer zwischen ihr und den Dingen, gegen die sie nichts unternehmen konnte.

Doch was eine Mauer erreichen konnte, hatte Grenzen.

»Ich muss mit deinen Eltern reden«, schrie Papa Prater.

Er schrie sie an, schrie tatsächlich ein Kind an, das nicht seins war; so etwas durften Eltern nicht. Solange sie hinter der Fliegengittertür blieb und sein brauner Stiefel die Metallschwelle nicht übertrat, war alles gut. Sein Schuh, sein Fuß musste vom Haus wegrutschen wie eine Seifenblase.

»Desmond.« Hinter ihr erklang Betheens Stimme.

»Wo ist Theo?«

»Der ist gerade nicht hier.« Vielleicht lag es an dem ganzen Rufen durch den Wäscheschacht, aber Betheen hatte eine Art zu reden, die sie größer wirken ließ. Papa Prater war mindestens einen Kopf größer als sie, aber als sie sprach, schien es nicht so.

»Ich hab ihn heute Morgen mit Pete McIntyre von der Plantage wegfahren sehen. Du weißt es, oder? Du weißt, was passiert ist.«

»Ich richte Theo aus, dass du hier warst«, sagte sie, als forderte sie Nedda auf, das Geschirr zu spülen oder sich die Nester aus den Haaren zu bürsten, ein Tadel, ein Befehl, der nicht in Frage zu stellen war.

»Ich weiß, dass Denny gestern Abend hier war. Mein Junge war hier.«

Man konnte streiten, ohne die Stimme zu erheben, und trotzdem war jedes Wort wie ein Hammer. Brüllen, ohne zu brüllen. Nedda hatte schon Männer einander anschreien hören, aber ihre Mutter und Papa Prater machten gerade das andere, und es war unheimlich. An sich war Papa Prater jemand, der zuschlug, jetzt aber klang er, als würde er Betheen ein Kissen aufs Gesicht drücken, während sie schlief. Betheen würde ihn vergiften.

»Ja, das stimmt. Und er hatte ein blaues Auge.«

Die Adern in Papa Praters Wangen sahen aus, als wollten sie gleich platzen, als könnte sein ganzer Kopf explodieren. Er sah Nedda an. »Du warst bei ihm, oder? Ohne dich geht er nirgendwohin. Du hast ihn da in dem Schuppen alleingelassen, oder?«

Betheen riss an Neddas Kragen, zog sie zurück, schob sie ins Wohnzimmer. Sie schloss die Tür hinter sich und blieb mit Prater auf der obersten Stufe stehen.

»Ich erlaube dir nicht, so mit meiner Tochter zu sprechen.« Klar, fest, selbst durch die Tür.

»Sie weiß, was passiert ist, oder? Er ist mein *Sohn*. Du kennst das doch selbst. Meine Frau hat auf deine Tochter aufgepasst. Die ganze Zeit, als du nicht aus dem Bett gekommen bist, hat sie sich um sie gekümmert und nie ein verfluchtes Wort darüber verloren.«

»Desmond, du musst jetzt gehen.«

»Du hast Denny nicht gesehen, oder? Du hast keine Ahnung. Frag deine Tochter. Frag deinen Mann.« *Deinen Mann* spuckte er aus wie Nedda ein Schimpfwort. »Frag ihn, warum die Sonne nicht richtig aufgegangen ist, warum meine Bäume sterben. Frag deinen Mann, was er mit Denny gemacht hat. Wenn er das nicht in Ordnung bringt, wenn er nicht …«

Wahrheiten hatten einen Geschmack: sauber wie Salz und Limonade. Papa Prater hatte es zwar nicht ausdrücklich gesagt, aber er würde ihren Vater umbringen. Das schmeckte nach Wahrheit.

»Geh nach Hause zu deiner Frau«, forderte Betheen ihn auf.

Im Wohnzimmer hielt Betheen sie im Arm. Nedda war schon zu groß, um den Kopf an ihrer Brust zu vergraben, zu alt für solche Dinge. Alles, was Trost spendete, war für kleinere Kinder bestimmt. Früher hatte sie jegliche Liebkosungen ihrer Mutter abgelehnt. Sie hatte sie nicht gewollt, und jetzt, wo sie sie brauchte, passte ihr Körper nicht mehr dazu. Nichts passte mehr. Die Rippen ihrer Mutter hoben und senkten sich, schnell wie bei einem Hasen. »Mama? Wird Papa sterben?«

Es dauerte zu viele Sekunden, bis Betheen sagte: »Das

weiß ich nicht. Aber wir machen Folgendes: Wir weinen, nicht länger als eine Viertelstunde. Mehr würde uns auslaugen und das Denken zu schwer machen. Danach arbeiten wir weiter.«

»Ist gut.«

Nedda hatte schon einmal einen Elektromagneten gesehen, sogar einen im Büro ihres Vaters gebaut. Er hatte ihr ein wirres Knäuel spaghettiartiger Kabel gegeben, die sie um einen Nagel wickeln musste.

»Glaub mir, das wird lustig«, behauptete er. Mit einer Abisolierzange durfte sie das Plastik abreißen, unter dem glänzendes Kupfer zum Vorschein kam. Dann befestigten sie die Enden an einer 9-Volt-Batterie.

Schließlich kippte er eine Schachtel Büroklammern auf den Boden, gab ihr den Nagel und sagte: »Jetzt angle mal.«

Der Nagel war in ihrer Hand heiß geworden, als der Strom hindurchfloss. Aber die Büroklammern blieben daran hängen. Sie liebte es – eine Maschine, die sie aus nichts gebaut hatten. Irgendwann wurde der Nagel zu heiß, und sie ließ ihn fallen.

Theo hatte auf ihre Finger gepustet. »Scheint, als hätten wir es übertrieben. Je öfter du ihn drumwickelst, desto stärker der Magnet und desto mehr Hitze entsteht auch.«

Was Betheen aufzeichnete, war groß, meterweise Draht.

»Der wird heiß werden«, sagte Nedda.

»Das muss er auch.« Betheens Augen waren noch rot vom Weinen.

»Warum?«

»Wir müssen Crucible zerreißen, deshalb muss er stark sein. Wir brauchen Hitze. Wir brauchen Chaos.«

Doch in der Maschine war Gift.

Die Lampen in Dennys Haus flackerten alle gleichzeitig auf und erloschen dann wieder. Der Himmel blitzte gelbgrün, zerkaute die Wolken, ein Licht wie auf der Plantage. Es war ein Stromschlag wie der, der Denny getroffen hatte. Crucibles Wirkung breitete sich aus, sickerte überallhin. Die Straßen, das Labor, die Lampen in ihren Häusern. »Es ist in der ganzen Stadt, Mama.«

Betheen erstarrte. »Oh mein Gott, das hat er gemeint.«

»Was?«

»Ein Senkloch. Wie entsteht ein Senkloch? Was unterirdisch liegt, löst sich auf oder stürzt ein, und die obere Schicht zerbricht. Easter ist auf Wasser gebaut. All unser Wasser kommt von unter der Erde. Der Bootsteich im Paradise Park. Die Kanäle, alles Drainagewasser. Du hast gesagt, die Sprenger auf der Plantage sind angesprungen?«

»Kurz bevor es passiert ist.« Es. Denny.

»Und sie haben die Bäume von oben beregnet?«

»Ja.« Ein Himmel voller milchiger Regenbogen.

Betheens Stift klopfte einen rasenden Rhythmus auf den Tisch. »Wir schwimmen darauf. Es muss auch im Wasserwerk sein. Er hat recht. Das Eis, die kochende Hitze, die Bäume. Es ist im Wasser. Wir sind ein Senkloch.«

Ein Senkloch bedeutete einen Riss in der Oberfläche. Wenn man einen falschen Schritt machte, wenn etwas abstürzte, konnte sich ein Spalt bilden, der wuchs und alles verschluckte, was man kannte.

Die Uhr am Herd war stehen geblieben, und der Himmel hatte sich zu viele Stunden lang nicht mehr bewegt, hing auf halbem Wege zwischen Tag und Abenddämmerung fest. Es wäre beinahe hübsch gewesen, wenn es nicht so falsch gewesen wäre.

»Wir kommen nicht weiter, oder?«

»Weiß ich noch nicht. Wir müssen schnell arbeiten«, sagte Betheen. »Was meinst du?«

Nedda dachte, ihre Mutter fragte nach dem Licht und der Kälte um sie herum, aber da zeigte sie auf das fertige Diagramm. Es war ein Elektromagnet, wie Nedda ihn kannte, aber er war mit Symbolen beschriftet, die ihr nichts sagten. Die Entwürfe ihres Vaters bestanden meistens aus dicken Strichen. Der von Betheen war elegant und filigran.

Die Eieruhr piepte. Zwei Stunden und siebzehn Minuten. Ihr Vater war geboren worden, gestorben und wieder zurück.

Betheen stellte die Uhr neu.

»Es sieht hübsch aus«, sagte Nedda.

»Es wird reichen müssen.«

Ein weiteres Leben und Sterben ihres Vaters später legte Betheen Nedda sanft eine Hand auf den Rücken. »Hoch jetzt. Ins Bett.«

Der Himmel hatte sich überhaupt nicht verändert. Die Astronauten waren vielleicht noch darin. Das Gas, der Kohlenstoff und das Licht, zu dem sie geworden waren, hingen möglicherweise im Himmel fest, und sie kreisten um Easter, kamen davon nicht los.

»Ich habe nachgedacht«, sagte Nedda.

»Du kannst auch beim Schlafen denken. Bett. Kein Zähneputzen und kein Duschen, nur zur Sicherheit. Das ist doch auch mal schön, oder?«

»Klar.«

Betheen folgte ihr nach oben, schloss das Fenster und ließ die Jalousie herunter, aber die Kälte drang trotzdem ein. Sie kam durch den Boden, von überall her. Als Betheen aufstand, hielt Nedda ihre Hand fest.

»Du hast Angst, oder?«

»Ja«, antwortete Betheen. »Aber ich muss weiterarbeiten. Ich bin unten.«

»Kannst du noch ein bisschen bleiben?«

Auf dem Boden lag noch die Decke von Denny. Ihre Mutter ließ ihre Hand nicht los, als sie darüberstieg, nicht einmal, als sie sich neben Nedda ins Bett legte.

Sie musste schon mal von ihrer Mutter zugedeckt worden sein, aber sie erinnerte sich nur an ihren Vater, an ein gelegentliches Streifen seines schuppigen Handrückens.

»Hast du mich auch manchmal ins Bett gebracht oder immer nur er?«

»Nicht so oft, wie ich es hätte tun sollen«, erwiderte Betheen. »Meistens war es dein Vater. Als ich es wieder ertragen konnte, warst du schon so groß, dass es nicht mehr nötig war.«

Sie war an ihren Vater gewöhnt gewesen, hatte seine Stimme hören wollen. Sie hatte sich Sterne an ihrer Zimmerdecke gewünscht, genau wie am Himmel. »Ich weiß, dass du dich nicht um mich kümmern konntest. Erzählst du mir von Michael?«

Betheen strich die Decke am Fußende glatt. Sie kniff Nedda durch sie hindurch in die Zehen, die Berührung war so leicht, dass sie beinahe nicht stattfand.

»Ich wurde so schnell nach deiner Geburt wieder schwanger, dass ich überrascht war, positiv überrascht. Aber dein Bruder kam zu früh. So, wie er war, konnte er nicht überleben, und die Ärzte konnten nichts für ihn tun. Er lebte nicht einmal einen Tag, nur eine gute Stunde. Wenn so was passiert … Tja, ich war sehr lange traurig. Bin ich heute noch und werde es immer sein. Weißt du noch, was ich über Licht gesagt habe? Er hat ein bisschen was davon mitgenommen.« Ihr Gesicht verzog sich zu etwas, was kein Lächeln und kein Stirnrunzeln oder irgendetwas war, wofür Nedda eine Bezeichnung gehabt hätte.

»Es tut mir leid, dass ich mich nicht immer so um dich gekümmert habe, wie ich es hätte tun sollen. Ich hab es versucht, aber eine Weile lang ging es nicht. Es war nicht geplant, Michael vor dir zu verheimlichen. Anfangs hielten wir dich für zu klein, um es zu verstehen, und fanden es besser, dir nichts davon zu erzählen. Dann war zu viel Zeit vergangen, und es war einfacher, überhaupt nicht mehr über ihn zu sprechen. Vielleicht war das falsch, aber wir wussten es nicht besser.«

Betheen klemmte sich eine Strähne hinters Ohr, und es sah aus wie bei einem Filmstar, vollendet, schmerzhaft traurig. »Ich wünschte«, sagte sie, aber dabei blieb es.

Nedda machte ihren Blick unscharf. So erkannte man leichter das, was sie von ihrer Mutter geerbt hatte – ihren Hals, die Form ihrer Handgelenke –, wobei alles, was an ihrer Mutter richtig aussah, bei ihr falsch geraten war.

»Fehlt er dir?«

»Ja. Andauernd.«

Ihr Bruder hatte etwas mehr als eine Stunde gelebt. Das gesamte Leben ihres Vaters passte in zwei Stunden und siebzehn Minuten. Zweieinviertel Michaels. Was, wenn man sein Leben in anderen Menschen maß? Wie viele Michaels war sie alt? Wie viele Michaels waren vergangen, seit Michael gestorben war? Konnte sie ihn in Raketenstarts messen? Zwei-Minuten-Abschnitte: Entsprach ein Michael dreißig Starts? Wie viele *Challengers* ergaben einen Michael?

»Das heißt nicht, dass ich dich nicht geliebt habe«, versicherte ihr Betheen. »Das habe ich immer.«

Nedda starrte auf ihre Uhr. Die Zeit verging seltsam,

wenn man traurig war. Sie wünschte sich so vieles, dass sich in ihrem Bauch ein Loch bildete. Sie wünschte, sie könnte schlafen. Sie wünschte, sie wüsste, was sie ihrer Mutter sagen könnte.

»Mama…«

»Ich wecke dich, wenn wir zu Mr. McIntyre aufbrechen müssen.« Betheen gab ihr einen Kuss auf die Stirn.

Nedda versuchte, sich ihren Bruder Michael vorzustellen, sah ihn aber immer nur als Denny. Sie dachte an Seifenblasen, die so glitschig waren, dass sie in der Sonne platzten, wenn Wasser verdunstete, die bei Kälte länger hielten und höher flogen. Wenn sie gekonnt hätte, wäre sie wie eine Blase in den Himmel geflogen. Vielleicht hätte sie dann Judys Licht berührt. Vielleicht auch das von Michael.

Betheen zog den Reißverschluss an Neddas Rucksack auf, holte das Pony heraus und stellte Cotton Candy auf die Fensterbank. Ihr Schwanz war verfilzt und ihr Raumfahrerhelm ganz zerkratzt. Weich irgendwie. Alt und geliebt.

Nachdem Nedda die Augen geschlossen hatte, aber noch bevor sie einschlief, hörte sie Heftseiten rascheln, und dann lag ihre Mutter neben ihr auf der Decke, ein Heizofen in der Kälte. Nedda schmiegte sich an diese Hitze, wollte ihre Hände darin vergraben, ohne sich darum zu kümmern, ob sie sich verbrannte. Sie wollte sich festhalten, bis sie Blasen an den Händen bekam.

1986: Die Stadt

Geoffrey Macon, Bürgermeister und bereits der zweite Macon in diesem Amt, traf die Entscheidung, eine Bürgerversammlung einzuberufen, während er im Bird's Eye Diner auf ein Stück Weltraumtorte starrte, die Gabel halb darin versenkt. Gerade hatte er sich von Desmond Prater anbrüllen lassen müssen, der wie ein Berserker in sein Büro gestürmt war und sich lauthals beschwert hatte, dass sein Junge krank sei, seine Lkw nicht aus der Stadt kämen und keiner seiner Anrufe durchgehe. Möglicherweise falle das ja in den Aufgabenbereich eines Bürgermeisters. Woraufhin Geoffrey beschlossen hatte, dass es Zeit für eine Pause war. Jetzt schluckte er einen Bissen herunter und ließ sich das Ganze durch den Kopf gehen, als Ellery Rees einer seiner Kellnerinnen – Lynn? Julie? – erzählte, dass Marty aus dem Bestattungsinstitut gesagt hatte, eine Leiche habe sich bei ihm auf dem Tisch wieder zusammengeflickt, und Ed Ingram sagte, im Kanal am Satsuma sei ein Auto mit einem Toten festgefroren.

Geoffrey Macon hatte in Easter schon einiges erlebt, Hurrikane, die das Städtchen eigentlich hätten auslöschen müssen, ein für ihn persönlich dunkles Kapitel über Arbeitsbedingungen in der Zuckerfabrik, der seine Familie ihren Wohlstand verdankte, und einen speziellen Erlass hinsichtlich der Alligatoren und wo und wann man sie spazieren führen durfte und wo nicht. Aber Leichen rührten sich nicht vom Fleck, blieben tot und so präpariert – oder eben nicht –, wie ihre Familien das für richtig hielten. Sie flickten sich nicht wieder zusammen. So was gehörte in größere Städte mit größerer Geschichte, zum Beispiel nach New Orleans, wo solcher Quatsch seinetwegen auf offener Straße passieren durfte. Kranke Kinder? Darum hatte sich Brevard East zu kümmern. Telefon- und Stromausfälle, dafür war Bell and Florida Power & Light zuständig. Er hatte seine Assistentin Zinnia am Abend vorher darauf angesetzt, und das hätte reichen sollen.

Der Kuchen schmeckte, trotz der vielen Kokosnuss und der Marshmallows, wie Kleister. Gefrorene Kanäle in Florida? Leichen, die nicht tot blieben? Wenn das nicht den Bogen überspannte, konnte er gleich zurücktreten.

»Ellery«, rief er. »Zahlen, bitte. Und sag jedem Bescheid, der hier reinkommt, dass es um sieben eine Bürgerversammlung in der Grundschule gibt. Mit obligatorischer Teilnahme.«

»Verdammt gute Idee«, sagte Ellery. »Vorhin war Mike Costas hier und hat gesagt, die Plantage frisst sich selbst auf und der kleine Prater steckt in einer Art Blase fest.« Er beugte sich vor, sein Bauch lag dabei auf dem Tisch. Ellery war zu gleichen Teilen ungeniert und ungeschlacht. »Die Sonne verbrutzelt dieses Volk, weißt du?«

Dieses Volk. Geoffreys Vater, Geoffrey Macon Sr., hatte immer so geredet, und es war verstörend, so etwas aus dem Mund eines jüngeren Mannes zu hören. Überall gab es gute und schlechte Menschen, und verdammt noch mal, Easter stand für Fortschritt. Letzter Halt vor dem All. »Des Prater sagt, sein Kind ist krank.«

Jetzt flüsterte er, ein typisches Kleinstadtflüstern, das als

Brüllen gedacht war: »Der kleine Mike sagt, der Junge altert wie verrückt. Niemand kann ihn anfassen oder auch nur in seine Nähe kommen.«

»Tja, davon weiß ich nichts. Sag einfach allen, dass wir uns um sieben in der Grundschule treffen. Da wäre ich dir sehr verbunden.« *Verbunden* war so ein Wort, das Ellery zu schätzen wusste. Geoffrey warf zehn Dollar auf den Tisch, dreimal so viel wie nötig. Er brauchte frische Luft. Seit dem gestrigen Abend gingen weder Strom noch Telefon, er hatte nicht die richtige Dosis Kaffee in sich, und außerdem war Pattys Mutter zu Besuch. Diese Frau hatte eine Art, dass ihm die Unterhose in den Arsch kroch.

Normalerweise holperten regelmäßig Laster auf dem Weg von oder nach Canaveral und Prater Citrus über die Red Bug Road, um die Albertsons zu beliefern, aber heute kam kein einziger. Geoffrey empfand das als beunruhigend, und es schien das zu bestätigen, was Desmond Prater gesagt hatte. Auf dem Weg zu seinem Wagen begegnete er Anita Marvin.

»Heute sieben Uhr in der Covey School, Mrs. Marvin«, sagte er. »Ich halte eine Bürgerversammlung ab. Erzählen Sie es bitte allen. Teilnahme ist obligatorisch.« Er zwinkerte noch, damit es nicht zu streng klang. Einem strengen Bürgermeister trauten die Leute nicht. Das hatte er von Macon Senior gelernt.

»Ist gut, ich komme.« Sie sah ihn an, als hätte auch er zu lange in der Sonne gebrutzelt.

Jetzt, wo er daran dachte, fiel ihm auf, dass Zinnia ihm gar keine Rückmeldung wegen der Strom- und Telefonleitungen gegeben hatte. Über das Dach seines Lincoln sah er das Leuchten von der Plantage herüberdringen, ein Schimmern, das im Takt mit dem hinter seinen Augen entstehenden

Kopfschmerz pulsierte. Tja, das war eindeutig nicht normal. Er stieg ins Auto, schnallte sich an und lockerte seinen Gürtel um ein Loch, weil er Raum zum Atmen brauchte. Das konnte ja vielleicht ein Tag werden!

Das Telefon funktionierte nicht, also liefen die Einwohner der Stadt von Tür zu Tür, klopften und fragten. Jim Barr schob den Rollstuhl seines Vaters über den rissigen Bürgersteig, Patricia Barnsdale und ihr Mann fuhren mit dem Fahrrad, und die Sandersons gingen zu Fuß, begleitet von ihrer ältesten Tochter mit den Zwillingen im Buggy. Verhalten wir uns einfach wie bei einem Hurrikan, dachten sie; das hieß, sich da versammeln, wo es sicher war, möglichst weit oben, weg von den Bäumen. Einander abholen, weiterlaufen. Rostige Pick-ups von der Plantage, voll mit Arbeitern und ihren Kindern, parkten in der halbkreisförmigen Einfahrt vor der Schule. Polizisten klopften an Türen, was bedeutete, dass mancher sich versteckte. Gegen Everett Lawrence lief ein Haftbefehl wegen irgendwas auf der Hunderennbahn, während er high war. Worum es genau ging, wusste er nicht mehr.

Alle mieden das Haus der Papas. Dort brannte kein Licht, wobei die anderen ja auch gerade keinen Strom hatten, aber die meisten machten generell lieber einen Bogen um Theo Papas. Ihnen war nicht geheuer, dass er sich mit jemandem unterhielt und dabei gleichzeitig an fünf oder sechs andere Sachen dachte. Wo er ging und stand, rieselte Haut von ihm herab. Also wurde Verantwortung abgetreten. Bestimmt hatte Annie Prater Betheen informiert.

Pete McIntyre gab auch niemand Bescheid. Einem McIntyre erzählte niemand irgendetwas. Sie waren eine Randerscheinung von Easter, so sehr Teil davon wie der Asphalt oder der Bürgersteig, und ungefähr so viele Gedanken wurden auch an sie verschwendet.

Die Leute standen bis in den Flur hinaus. Die Aula war zwar viel zu voll, aber die Feuerwehr war anwesend, wodurch es dort so sicher war, wie es in einem Versammlungssaal einer Stadt eben sein konnte, die zu groß war, um vernünftig in einen einzigen Raum zu passen.

Als die Praters eintraten, teilte sich die Menge. Desmond forderte Raum, sowohl aufgrund seiner Körpergröße als auch aufgrund seines Charakters. Annie ging vor ihm, was sie selten tat. Sie wirkte mitgenommen, als hätte sie geweint. Einer der Rodriguez-Brüder sagte, dem Sohn der Praters sei etwas Schreckliches zugestoßen, was, wollte er allerdings nicht verraten.

Bürgermeister Macon zuckte zusammen, als er ins Mikrofon sprach, und versuchte, es mit einem Husten zu übertünchen. Nie gelang es ihm, ohne Rückkopplung ein Mikro zu benutzen, und nie dachte er rechtzeitig daran. Er begann mit seinen einstudierten Sätzen über die Kontaktaufnahme zum Stromversorger, obwohl Zinnia noch immer niemanden erreicht hatte, und die Mobilisierung von Polizei und Feuerwehr. *Aggressive Flora* gehörte zu seinen besseren Formulierungen.

»Die Sonne geht nicht mehr unter«, rief jemand von ganz hinten. Hoch und nasal, aber Geoffrey konnte die Stimme nicht sofort zuordnen. Als ob er persönlich steuern könnte, wann die Sonne in Easter auf- und unterging. Wobei sie ja beides unterließ.

»Die Prioritäten sind Strom und Straßen. Wer keine Heizung oder Probleme mit der Kälte hat, tut sich mit jemandem zusammen, der heizen kann. Wir haben das Glück, eine Stadt voller netter, hilfsbereiter Menschen zu sein. Lernt euch kennen. Liebe deinen Nächsten«, sagte Geoffrey.

»Mein Teich ist halb zugefroren, und die andere Hälfte kocht.«

»Ich wollte Geschirr spülen, aber es kam kein Wasser aus dem Hahn.«

Beschwerden plätscherten ein und sammelten sich zu einer Welle der Unzufriedenheit. Als Macon erkannte Geoffrey sie als das, was sie waren: bürgerlicher Unmut, der früher oder später in eine Herrschaft des Pöbels münden würde.

»Haltet euch an die Hurrikan-Vorkehrungen«, übertönte er das Gemurmel. »Seht zu, dass ihr Taschenlampen griffbereit habt. Wenn ihr noch fließend Wasser habt, füllt es in Flaschen ab. Wenn ihr Brunnenwasser nutzt, damit seid ihr auf dem Verdigris Circle gemeint, macht euch jetzt die Wanne voll, damit ihr das Klo spülen könnt. Setzt euren gesunden Menschenverstand ein.«

»Das Brunnenwasser hat ja die Leitungen überhaupt erst kaputt gemacht.«

Bürgermeister Macon hustete und ging dann zur Lebensmittelsicherheit über.

»Woher kriegen wir was zu essen, wenn die Laster nicht mehr durchkommen? Ich warte immer noch auf eine Lieferung, und wir haben fast kein Brot mehr im Laden.«

»Die Post geht weder rein noch raus. Wie soll ich meine Rechnungen bezahlen?«

»Sollen wir die Fenster mit Brettern vernageln?«

»Die Straßen aus der Stadt sind nicht frei.«

»Mein Wasser lässt sich nicht abdrehen.«

»Ich komme nicht aus meiner Einfahrt.«

»Ich kann meine Tante nicht erreichen, und sie wohnt allein.«

»Mein Auto ist in einer Scheißpfütze festgefroren, weil Sie die Kanalisation nicht saniert haben.«

»Wo zum Henker sind die Papas?« Desmond Prater klang in dem Lärm wie ein Nebelhorn. Bei dem Brüllen, das ganz tief aus seinem Bauch drang, drehten sich alle um. Sie bestaunten sein rotes Gesicht, die gefurchte Stirn. »Hat jemand den Professor gesehen, seit das Ganze angefangen hat? Seine Tochter war mit meinem Sohn unterwegs.« Seine Faust ballte sich, die Knöchel erinnerten sich an ihren Aufprall auf dem Auge seines Sohnes. »Ihr habt gehört, dass etwas passiert ist. Ihr alle, das weiß ich. Sie war bei ihm. Dann war Theo Papas mit Pete McIntyre auf der Plantage. Und wo zum Henker ist er jetzt? Wo sind die alle?«

Susan Lowery hatte Betheen vorhin gesehen, Theo aber nicht, und das erzählte sie Barbara Friel, die ganz vergessen hatte, bei den Papas vorbeizugehen.

»Er sollte hier sein«, sagte Desmond Prater. »Ich sollte dem Mann ein paar Fragen stellen können.«

Obwohl es in der Aula durch die dichte Menge eigentlich hätte stickig werden müssen, wurde es immer kälter. Kinder quetschten sich an die Beine ihrer Eltern, Teenager lehnten sich an Wände, lässig und verstört in ihrer Angst. Im Inneren der Mauern, an Wasserrohren und Stromleitungen entlang, tröpfelte die Zeit, eine dichte und zähflüssige Ladung, schleichend und kriechend. Elektronen hüpften und erstarrten. Die Wanduhr blieb stehen.

»Was hat Theo Papas damit zu tun, dass die Sonne nicht mehr untergeht?« Rebekah La Morte war groß, breit, wild, schmutzig und ganz selbstverständlich laut. Ihr Sohn Jimmy versteckte sich hinter ihr. »Glaubt ihr etwa, daran ist ein einzelner Mann schuld? Den Kerl will ich sehen, der verhindern kann, dass die verfluchte Sonne untergeht.« Einen

Mr. La Morte gab es nicht. Rebekah reichte für zwei. Sie züchtete Greyhounds und betrieb allein eine Bootsvermietung. Noch als sie im neunten Monat mit dieser Ratte von einem Jungen schwanger war, hatte sie Touren veranstaltet. »Zeig mir den, Prater. Wenn Papas so was kann, hat er uns bisher was verheimlicht.«

Nervöses Gelächter wie eine Qualmschicht.

»Ich sage euch, der weiß was, und er ist nicht hier, weil er sich drückt«, sagte Desmond.

»Scheiße noch mal, der Teich bei mir hinterm Haus kocht. Habt ihr schon mal einen Frosch schreien hören? Klingt, als würde jemand ein Baby abstechen. Da hat die Bezirksverwaltung was verbockt. Aber glaub du nur weiter, dass Theo Papas schuld ist, wenn die Sonne nicht untergeht und Frösche bei lebendigem Leib gekocht werden. Als ob das diese Verwaltungsscheiße wieder hinbiegt. Ich fasse es nicht.«

Bürgermeister Macon räusperte sich unter Einsatz seiner Leibesfülle. »Das reicht jetzt. Nicht ausfällig werden, bitte. Wir sind doch alle Nachbarn.« Aus dem Mikrofon schlug ein Funke. Er ließ es fallen, und der Funke blieb mitten in der Luft hängen, eine Zickzacklinie aus blauweißem Licht. Geoffrey starrte ihn an, umkreiste ihn langsam, und seine Augen brannten von dem Leuchten. Der Schmerz in seiner Hand war sengend und beißend und machte ihn lebendiger, als er je zuvor gewesen war.

»Ich glaube«, sagte er, als er seine Stimme wiedererlangt hatte. »Ich glaube, es wäre vielleicht von Vorteil, mit dem Mann zu reden. Er kann uns bestimmt die eine oder andere Erklärung liefern. Aber niemand hat irgendwas gemacht, über das man sich aufregen müsste, zumindest nicht, soweit wir das momentan wissen. Also lasst uns hier keinen Lynchmob bilden.«

Manche der Anwesenden hatten den Anstand zusammenzuzucken. Es waren diejenigen, die sich erinnerten, dass der Island Paradise Park and Zoo mal eine Attraktion namens »Henkersbaum« gehabt hatte und dass der alte Jagdverein früher lockere Vorschriften und Mitglieder aus den Rängen der Polizei gehabt hatte, sogar einen Richter. Aber sie waren anständige Leute. Und die Zeiten hatten sich geändert. Anständige Leute bildeten keine Lynchmobs.

Als die Frage gestellt wurde, wer nach Theo Papas suchen sollte, begann Annie Prater zu weinen. Sie nahm Desmonds Hand und drückte sie, so fest sie konnte, bohrte ihre Nägel in seine schwieligen Innenflächen.

»Des, ich halte das nicht aus. Ich muss weg, ich muss in sein Zimmer. Es geht mir bestimmt besser, wenn ich an seinem Kissen riechen kann. Ich muss es eine Weile im Arm halten«, sagte sie. »Es riecht nach ihm, nach seinen Haaren, seinen Wangen.«

»Dann geh ruhig«, sagte er. »Ich mach das hier schon.«

Es fiel Annie nicht schwer, unbemerkt zu verschwinden. Ihre Größe und ihr stilles Wesen machten sie zu einem Geist im Flur, einem schnellen Schatten.

Die Eingangstür ließ sich erst nicht öffnen. Als Annie mit der Schulter dagegendrückte, bemerkte sie einen Trinkbrunnen, der lief, obwohl niemand daraus trank. Das Wasser floss und gleichzeitig auch nicht. Angehalten, während ihr Sohn vorwärtsraste. Schmerz hatte sich in ihrer Brust ausgebreitet, als sie nach Hause gekommen war und Des dort getroffen hatte, als er mit ihr auf die Plantage gefahren war und sie Denny in diesem Schuppen gesehen hatte. Der Schmerz wanderte, nistete sich unter ihren Rippen ein. Hoch, so, wie Denny in der Schwangerschaft gelegen hatte.

Ihr Auto stotterte in dieser merkwürdigen Atmosphäre – fortwährende Dämmerung in der Farbe von Galle. Statt rechts bog sie links ab. Betheen Papas hatte Denny aufgenommen, als Annie sie darum gebeten hatte, und Annie passte auf Nedda auf, seit sie klein war. Sie hatte gesehen, dass Nedda freundlich zu ihrem Sohn war, nie darauf hinwies, dass er nicht so schlau wie sie war, nie sagte, er habe etwas Dummes gemacht, selbst wenn es stimmte. Nedda war etwas seltsam, aber sie gehörte auch zu Denny. Wenn Denny nicht überlebte, wenn der Sohn, der ihr alles bedeutete, in diesem Geräteschuppen starb, war Nedda Papas vielleicht der einzige andere Mensch, der ihn wenigstens annähernd so in Erinnerung behielt, so sah und so liebte wie sie.

Betheens Auto stand bei Pete McIntyre. Desmond wusste das nicht, Annie schon. Sie hatte gesehen, wie es abgeschleppt worden war. Sie hatte miterlebt, wie Betheen beinahe zusammengebrochen wäre und sich wieder gefasst hatte. Als Betheen nach dem Unfall wegging, einem Unfall, bei dem jemand gestorben war, hatte es ausgesehen wie ihr normaler Gang. Da hatte Annie begriffen, dass die Wunde von Michael nie verheilt war. So würde ihr Leben ohne Denny sein, wenn es überhaupt ein Leben gab. Ein Gehen mit steifem Rücken. Mit zusammengebissenen Zähnen.

Annie fuhr weiter. Es gab drei Orte, an denen Betheen und Nedda sein konnten. Ihr Haus, das College oder Pete McIntyres Werkstatt. Beim Haus war Desmond gewesen, deshalb waren sie dort vermutlich nicht mehr. Sie würde die beiden finden. Danach würde sie zur Plantage fahren und sich zu ihrem Sohn setzen. Sie würde bei ihm sein, wenn er alt war und sich veränderte. Würde all die Dinge sehen, die sie eigentlich nicht sehen sollte, die schmerzlichen Abschnitte, die Eltern nicht miterlebten, wenn Gottes Ordnung eingehalten wurde, die Krankheit, das Versagen von Knochen und Körper. So lange es dauerte, würde sie bleiben. Niemand sollte allein sein.

1986: Sequenz

»Sie müssen doch was haben«, sagte Betheen. Petes Werkstatt, sein Garten, sein gesamtes Grundstück war ein Lager für Maschinenteile, Apparate, Bauelemente für alles Mögliche. Betheen ließ das goldene Elastikband ihrer Uhr schnalzen, sodass ihre Haut zwischen den Gliedern eingequetscht wurde. Das Kneifen war das Einzige, was sie vom Schreien abhielt. *Geht nicht* war keine Option.

»Ich wüsste nicht, was.« Er starrte auf den Block und kratzte sich dabei die grauen Stoppeln am Hals. »Das Kupfer suche ich grade zusammen, und Betonstahl hab ich genug. Batterien, Generatoren. Strom ist kein Problem, aber dass es so pulsiert wie da? Das krieg ich nicht hin.«

Nedda war auf dem Grundstück unterwegs, durchkämmte seine Sammlung mit nagetierähnlicher Sorgfalt und Entschlossenheit. Hin und wieder erhaschte Betheen einen Blick auf ihren Zopf und musste sich verkneifen, sie ins Haus zu rufen. Ihre Tochter war ein Schrotthamster. Das brachte Betheen zum Lächeln, so unangemessen es auch war. Theo und sie hatten immerhin eins richtig gemacht.

»Ich dachte an eine Lichtmaschine, aber ich weiß nicht.« Pete schob eine Tasse Kaffee über den abblätternden Gummilack des Küchentisches. »Tut mir leid, wenn der nichts taugt. Wahrscheinlich sind Sie besseren gewöhnt, aber normalerweise bin ich allein, und mir war es irgendwie nie so richtig wichtig.« Der Kaffee bestand hauptsächlich aus Pulver, gekocht in einem verbeulten Topf auf einem angeschlagenen Gasherd.

»Nein, nein, der ist prima«, sagte sie. Seine Art, sich zu bewegen, hatte etwas Dezentes und Verlegenes. Er musste auf die fünfzig zugehen, etwas abgeschlafft, aber nicht schlimm. Im Gegensatz zu den meisten Männern seines Alters war er schlank.

»Wenn Sie noch weiter überlegen wollen, nur zu. Ich mache mich an den Stahl und das Wickeln. Das wird ein ganzes Weilchen dauern.«

Sie folgte ihm, bemerkte eine Steifheit, die sich in seinen Gang einschlich, ein Bewusstsein, dass sie da war, eine Frau in seinem Reich. Die Flure in seinem Haus erinnerten sie an Theo, da überall Dinge herumstanden, die sie schon einmal gesehen hatte: Telefonanlagen, Fotos aus Büros. Pete war ein Weltraum-Messie. Wie Nedda. Als er die Fliegengittertür öffnete, legte er sich eine Hand auf den Rücken, was sie auf ihre eigenen Wehwehchen und Beschwerden aufmerksam machte, entstanden durch Schlafmangel – die lauernde Migräne.

»Waren Sie bei Denny, bevor Sie hergekommen sind?«

»Nein.«

»Wäre bestimmt hart gewesen, ihn mit Nedda zu sehen.«

Ja, das stimmte, aber es war nicht das Einzige. Potenzieller Verlust war Furcht einflößend, tatsächlicher Verlust niederschmetternd, und der Übergang zwischen den beiden verlief unvermittelt und unerklärlich. Sie hätte wach sein sollen, hätte die beiden aufhalten müssen, als sie das Haus verließen. Sie hätte genauso sorgsam auf Denny aufpassen müssen wie Annie früher auf Nedda.

Jetzt war es allerdings zu spät.

»Mama!« Nedda stand auf der Ladefläche des Pick-ups, an ihrer Hand baumelte etwas, ein Schatten vor dem ungesunden Himmel. Betheen rannte zu ihr. »Mama, es klappt nicht. Es wird nicht funktionieren.«

In den Fingern ihrer Tochter hing ein kleiner Magnet: Schraube, Draht, Monozelle. Sie umklammerte die Batterie, ihre Maschine in Miniaturform.

»Hast du das gebastelt?«

»Das hat Papa mir beigebracht. Du hast gearbeitet, und ich wollte dich nicht stören, deshalb bin ich in den Keller gegangen und hab das gebaut. Ich dachte, ich könnte es an was Kleinem ausprobieren. Damit wir mehr Informationen kriegen, mehr Daten, vielleicht was daran verbessern können. Aber ich hab es ausprobiert, und es funktioniert nicht. Es wird nicht gehen.«

Anfangs verwechselte Betheen das Tier auf der Ladefläche mit einem jungen Opossum, aber dann nahm sie die Augen und Ohren wahr, ein Gesicht wie das eines Menschen. Ein Affe.

»Strom fließt, das habe ich mit Büroklammern getestet«, sagte Nedda. »Ich hab es richtig gemacht. Ich weiß, dass es richtig ist. Ich dachte, vielleicht weil Metall am Wagen ist und ich die größte Batterie genommen habe, die wir hatten …« Sie verstummte, schluckte, als holte sie Luft.

»Lass mich mal sehen.« Sanft nahm Betheen Nedda den Magneten ab. Der Draht war eng um die Schraube gewickelt, fast wie von einer Maschine, ohne Knicke oder Wellen, makellos glatt wie eine zarte Zuckergussperle. Eine Monozellen-Batterie, das Gewinde als Führung für den Draht, die Enden sorgsam an der Batterie befestigt. Die Schraube war heiß, fast glühend heiß, von der Energie, die die Batterie abgab. Ein einfacher, aber perfekter Apparat. »Sprich weiter, was war deine Idee dahinter?«

»Ich dachte, wenn man das Metall unter oder neben dem Affen verbiegt und wenn auch nur ein bisschen, dann verändert sich die Form der Blase und sie zerplatzt vielleicht.«

»Der Magnet ist einwandfrei gebaut. Dein Vater hätte es nicht besser gekonnt.«

»Aber er funktioniert nicht, er ist zu klein. Was, wenn das, was wir bauen, zu klein ist?«

»Als du ihn gebastelt hast, kanntest du die genaue Größe des Pick-ups und der Blase nicht, oder?«

»Nein.«

»Genau.« Betheen drehte die Schraube hin und her. »Tja, wir kennen die Größe der Maschine aus den Notizen deines Vaters. Deshalb bauen wir unseren Elektromagneten so groß. Du hattest ja nicht mehr als eine Monozelle zur Verfügung.«

»Was anderes gab es im Keller nicht.«

»Das ist keine starke Stromquelle, stimmt's? Wir werden zwei Generatoren benutzen. Einer davon hat das gesamte Bird's Eye am Laufen gehalten.« Betheen war nicht sicher, ob es einer oder zwei gewesen waren, aber sie musste die Wahrheit ein bisschen dehnen, und zwar nicht nur um Neddas willen.

»Woher weißt du, dass er ausreichen wird?«

»Ich hab es ausgerechnet.«

Nedda kaute auf ihrer Lippe, genau wie Theo es beim Nachdenken tat.

Neben dem Affen hatte sich eine Pfütze gebildet, eine trübe Flüssigkeit mit Rost und Dreck. Von der Stromleitung darüber tropfte etwas. Wasserähnlich, aber beinahe kugelförmig, es wirkte schwer. Die Leitungen, die Wasserrohre, alles hing zusammen. Wunderwerke der Ingenieurskunst pumpten Easter trocken, bewegten das Wasser, erleuchteten die Stadt und bildeten ein Gitternetz, das sie mit den umliegenden Orten und dem Rest des Bezirks sowohl verband als auch von ihnen trennte. Theos Maschine befand sich inmitten dieses Gitternetzes. Wasser darunter, Stromlinien darüber, die Stadt dazwischen eingeklemmt. Drei Schichten wie bei einer Seifenblase.

Wie Nedda gesagt hatte.

Betheen schluckte und zwang sich, ruhig zu klingen. »Nedda, steig bitte von dem Pick-up herunter.«

»Aber …«

»Sofort.«

Pete lehnte sich an seine Veranda und sah demonstrativ nicht zu ihnen beiden hin. »Komm schon wieder her«, sagte er. »Ich hab hier heiße Schokolade oder so.«

Er hielt die Tür für ihre Tochter auf, als gehörte das Haus irgendwie ihr. Auch für Betheen hielt er sie auf, und sie spürte keine Blicke auf ihrer Haut, ihrem Rücken, nirgendwo.

Sie empfand es als Freundlichkeit.

Sie rissen Drähte und Kabel aus allem in Petes Werkstatt und Haus heraus, aus allem bis auf den Pick-up. Betheens Nägel brachen ab, zum ersten Mal seit Jahren geriet Schmieröl darunter, und ihre Hände sahen durch die Schmutzschicht jünger aus. Nedda drehte Drähte zu dicken Kabeln zusammen. Ihre Tochter neben sich zu spüren, erweckte Zärtlichkeit und Beklommenheit in ihr.

Nedda schaukelte und flüsterte bei der Arbeit vor sich hin.

»STS-6: Weitz, Bobko, Musgrave, Peterson. STS-7: Crippen, Hauck, Fabian, Ride, Thagard. STS-8: Truly, Brandenstein, Bluford, Garner, Thornton.«

Der Magnet würde Theos Maschine zerreißen und das Labor mit giftigen Gasen ausfüllen. Brennbaren Gasen. Sie hatte seine Notizen gelesen, einige der Chemikalien gesehen, die er benutzt hatte. Er hatte recht; in Kombination waren sie so schlimm wie Chloramin. Es würde Acetylen entstehen. Ein einziger Funke, und das Zimmer ginge in Flammen auf. Das wusste Theo. Er verwendete auch ein radioaktives Isotop, allerdings wusste sie nicht, in welcher Menge. Was passierte, wenn sie gar nichts unternahmen? Sie konnte ihn unendlich durch sein Leben kreisen lassen. Ihn jeden Tag in den paar Momenten besuchen, in denen er wie er selbst wirkte. Alle zwei Stunden und siebzehn Minuten würde sie spüren, wie ihre Verbindung zerriss. Im Laufe der Zeit würde dieser Verlust wie der von Michael werden, allgegenwärtig. Dann war da auch noch Nedda, die wieder und wieder ihren Vater verlöre, ohne zu wissen, wie Verlust sich eigentlich anfühlen sollte.

Und Denny. Denny, der sich nicht in der Nähe von gefährlichen Stoffen befand. Denny, der ein ganzes Leben vor sich haben sollte.

Pete schweißte Betonstahlstangen zusammen. Der Geruch hatte die gleiche beißende Schärfe wie Anis mit einer Spur Benzol, ging aber mit einem Funkenregen einher, der gleichzeitig blendend und wunderschön war. Einmal hatte Betheen durch die Gläser einer Schweißerbrille gesehen. Die Brille machte die Dinge einfach; alles außer Metall und Funken verschwand. Jetzt hatte Betheens Welt sich auf Nedda verengt, auf ihre Litanei von Namen und Ziffern und Zeitschleifen von zwei Stunden und siebzehn Minuten.

»Du kennst alles, was Mr. McIntyre hier stehen hat, oder?«

»Ja«, sagte Nedda. »Er hat einiges davon vergessen, glaube ich. Seine Emblem-Sammlung ist toller als meine, aber er kümmert sich nicht darum.« Sie wischte sich die Wange ab und hinterließ dabei einen Streifen Schmieröl.

»Weißt du, wozu die Sachen gut sind? Wie sie funktionieren?«

»Bei manchen schon. Für das Steuerpult gibt es kein Handbuch, und vieles geht nicht mehr. Er hat es, weil es kaputt ist.«

Ein Aufschrei ertönte hinter der Hausecke, gefolgt von einem dumpfen Geräusch. »Das muss erst kurz abkühlen«, rief Pete.

Nedda saugte sich einen Blutstropfen vom Daumen. »Ihm gefällt, dass ich sein NASA-Zeug mag, und er weiß, dass ich nichts noch kaputter mache, als es schon ist. Er ist nett.«

»Ja, das ist er.« Es war wichtig, das zu sagen, genauso wichtig wie zu ergänzen: »Ich nicht.«

Neddas Mund zuckte. »Ich auch nicht.«

Als sie nach Pete sahen, steckte er gerade die Hand zurück in einen dicken Handschuh, wirkte aber unversehrt. Betheen schloss die Tür wieder, und dabei fiel ihr etwas ins Auge, ein grauer Metallkasten unter einer Markise. Er sah nach NASA oder Militär aus. Innen war er sicherlich voller Kupferdrähte, dennoch hatte Pete ihn nicht zum Ausschlachten angeboten.

»Nedda, was ist das?«

»Ein Sequenzer aus Startkomplex 36A. Damit wurden die Einsätze von Raketen- und Satellitenstarts gezählt plus Timer-Tests und Systemtests.«

»Dann ist das so was wie ein Fernschalter oder ein Auslöser?«

Nedda steckte ihren Finger durch ein Loch im Fliegengitter, wackelte damit, vergrößerte die Öffnung. »Ja, so ähnlich, aber man kann damit ganze Reihen von Sachen schalten. Jeder Knopf ist für was anderes da, und die Nadeln da oben zeichnen ein riesiges Diagramm, sodass man Daten über den gesamten Start erhält und sieht, was wann schiefgelaufen ist. Der ist cool.«

Die Manie, die Beharrlichkeit, die Ticks, es steckte so viel von Theo in Nedda. Aber die Handgelenke ihrer Tochter glichen ihren eigenen, genau wie ihre Gesichtsform, ihre Neugier und ihr Temperament – Eigenschaften, die Betheen zu beherrschen gelernt hatte.

»Glaubst du, er läuft noch?«

»Weiß nicht, kann schon sein«, sagte Nedda.

»Dann bringen wir ihn wieder zum Laufen.«

1986: Zusammenbau

Nedda hatte ihn monatelang betrachtet, zu entschlüsseln versucht, wo jedes Kabel früher gesteckt hatte. Es gab eine große Anzahl von Schaltern und einen Timer, der in bestimmten Abständen an- und ausging. Sie hatte in der Bücherei nachschlagen wollen, was er alles gestartet hatte, aber dort gab es darüber nichts, oder die NASA oder das Militär hielten es unter Verschluss. Es wäre einfach schön gewesen, es zu wissen. Ein Raketenstart bestand aus Millionen von Vorgängen, die mechanischen Systemtests, Hilfsstromtests, Tests für die Haupttriebwerke, Anschalten des Stroms für die Brennstoffzellen; so viel passierte lange vor dem Abheben.

»Ich würde wetten, wir brauchen nur eine Eingabe«, sagte sie. Einen Befehl, damit der Generator wusste, wann er sich einzuschalten hatte. Ganz einfach. »Mr. Pete?«

Er ließ etwas auf den Boden fallen, kratzte sich mit einem Schraubenschlüssel am Arm und grunzte.

»Mr. Pete, funktioniert der Sequenzer noch?«

»Mitzi? Davon würde ich ausgehen. Als ich sie mitgenommen habe, lief sie wunderbar. Damals haben sie die Systeme umgerüstet, von analog auf digital. Digital kann Mitzi nicht.«

Mitzi. Das gefiel Nedda. Der Sequenzer sah aus wie eine Mitzi und hatte beinahe ein Gesicht: Die Nadeln waren

Wimpern, die Knöpfe Zähne in Mitzis Lächeln. Es war traurig, dass Gegenstände wie Mitzi heutzutage nicht mehr verwendet wurden. Im Space Center standen unbenutzte Raketen wie Hochhäuser im Raketengarten und zeigten in einen Himmel, in den sie nie aufsteigen würden. Sie flogen nicht. Sie wuchsen nicht wie Pflanzen in einem Beet. Sie standen nur herum und warteten auf den Rost.

»Wenn meine Mama Ihnen eine Gleichung geben würde, einen Zeitpunkt, zu dem Mitzi etwas an- und ausschalten müsste, könnten Sie das dann bei ihr einstellen?«

Mr. Pete schwieg. Die Eieruhr in der Manteltasche ihrer Mutter klingelte. Noch einmal zwei Stunden und siebzehn Minuten. Ein Vater. Zweieinhalb Brüder.

»Ja, das ginge«, sagte Mr. Pete. »Ich habe früher schon ein paar Sequenzer auseinandergenommen und wieder zusammengesetzt, wenn es einen Kurzschluss gab oder eine Maus was angeknabbert hatte, das ist allerdings ein paar Jahre her.«

»Aber sie sind alle gleich, oder?«

»Mehr oder weniger.«

»Einer der Generatoren muss den Sequenzer betreiben, und der Sequenzer muss dann den anderen Generator in den Magneten einspeisen«, sagte Betheen. »Kriegen Sie das hin?«

Er nickte.

»Gut. Dann machen Sie es bitte.«

Sie durfte einem Sequenzer zusehen. Er würde laufen und tatsächlich etwas schalten. Nedda wickelte und wickelte Kupferdraht um den Stahlbetonkern, kroch unter ihm hindurch, wo Mr. Pete ihn gegen die Hauswand gelehnt hatte. Wäre es genug? Es sah aus wie ihr Magnet, der nichts erreicht hatte. Aber sie hatte nur geschätzt, auf gut Glück geraten, was man so nicht machte. Ihre Mutter hatte gerechnet und eine bessere Schätzung erstellt, selbst wenn sie nicht ganz genau war. Ihre Mutter war immer präzise, Drei-Balken-Laufgewichtswaage-auf-ein-Zehntel-Gramm-präzise.

Scheinwerfer fielen in Mr. Petes Einfahrt, so vertraut wie die Autos ihrer Eltern: Dennys Mutter. Nedda versteckte sich hinter der Stahlbetonstange. Sie konnte nach Hause rennen, die Tür abschließen, sich ins Bett legen und Mrs. Prater nie wieder ins Gesicht sehen. Denn Dennys Mama wusste, dass sie ihn im Stich gelassen hatte. Aber Nedda blieb, den Rücken flach an die Hauswand gedrückt.

»Betheen? Ich weiß, dass du hier bist.«

Ihre Mutter stellte eine Kupferrolle ab, die sie gerade aufwickelte. Ihre Hände waren in dem V zwischen Daumen und Zeigefinger aufgerissen und blutig. »Nedda, bleib hier. Arbeite weiter, okay? Egal, was passiert.« Betheen lief in die Einfahrt, strich dabei mit der Hand über die abblätternde weiße Farbe des Hauses und stieg über die Reste und Abfälle, wo Mr. Pete geschweißt hatte.

Während Nedda weiter Draht wickelte, schielte sie verstohlen zu Dennys Mutter. Sie wirkte gebeugt, als könnte sie jederzeit zerbrechen.

»Betheen«, sagte sie. »Macon hat eine Bürgerversammlung in der Grundschule einberufen. Alle sind da.«

»Die ganze Stadt?« Mr. Pete stand auf. Er bastelte gerade an einem der Generatoren, einer orange-schwarzen Maschine, die aussah, als hätten ein Kühlaggregat und ein Traktor ein Baby bekommen. »Aus welchem Anlass?«

Nedda schlich langsam nach vorn, bis sie genau hinter ihrer Mutter stand. Sie merkte es, als Dennys Mutter sie entdeckte. Am liebsten hätte sie gesagt, dass es ihr leidtat, dass sie sich mehr Mühe hätte geben müssen, ihn aufzuhalten, dass sie ihn nicht dort hätte allein lassen dürfen. Am liebsten hätte sie gesagt, dass sie ihr Bestes gaben, aber gleichzeitig wollte sie Mrs. Prater auch anschreien. Dennys Vater hatte ihn geschlagen.

»Desmond glaubt, dass Theo … Er ist sicher, dass er was gemacht hat. Er hat Theo und Pete von der Plantage kommen sehen, kurz bevor er Denny gefunden hat. Jetzt will er die Leute losschicken, um ihn zu suchen. Er will ihm was antun, Betheen.«

Das Lachen ihrer Mutter war kräftig und laut. »Ihm was antun? Na, viel Glück dabei.« Betheen legte die Arme mit einer lockeren Weichheit, die völlig falsch an ihr wirkte, um Dennys Mutter.

»Er wollte den Baumschneider reparieren«, sagte Nedda.

Mrs. Prater starrte sie an. »Was wollte er?«

»Ihn reparieren. Er dachte, sein Vater wäre nicht mehr böse, wenn er ihn wieder hinkriegt. Ich hab ihm gesagt, er soll warten, aber …« Die Worte hüpften übereinander und verknoteten sich an den Enden. Es war kein Platz dazwischen, nicht genug, um zu erzählen, welche Angst sie gehabt hatte, dass sie zu ihrem Vater gelaufen war, was ihr Vater getan hatte. Sie löste sich auf, nur der Wortklumpen blieb übrig. Weder konnte sie Dennys Mutter ansehen noch Betheen oder sogar Mr. Pete, der Denny auch liebte. Mrs. Prater hatte sich früher um sie gekümmert. Sie schloss die Augen.

»Ach, Schätzchen«, sagte Dennys Mutter.

»Warum bist du hier, Annie?«

»Du hast mir geholfen.«

Dieser Satz funktionierte wie eine Erlaubnis.

»Mit Theo stimmt was nicht«, sagte Betheen.

»Er steckt fest«, sagte Nedda. »So wie Denny, aber anders. Ich wollte, dass er die Maschine repariert, und er hat es nicht richtig gemacht.« Sie hätte wissen müssen, dass er das nicht konnte. Seine Hände waren in den vergangenen Tagen schlimm gewesen.

»Okay«, sagte Dennys Mutter. »Lasst mich helfen.«

»Warum?«, fragte Nedda. Mrs. Prater hatte guten Grund, sie zu hassen.

»Ich weiß nicht, was ich sonst machen soll.«

Denny sah aus wie sein Vater, größtenteils. Seine Haare, sein Teint, wie er manchmal ging, irgendwie o-beinig, aber im positiven Sinne. Am ersten Tag der ersten Klasse hatte er sich in der Cafeteria neben Nedda gesetzt, in eine Karotte gebissen und die Hälfte davon quer durch den Raum gespuckt. Dennys Mutter hatte diesen Mund.

Der Elektromagnet, den sie gebaut hatten, die Nadel, die die Blase zum Zerplatzen bringen sollte, war weniger eine Nadel als vielmehr ein dicker Pfahl aus Eisen und Kupfer. Vier Paar Hände hatten ihn getragen. Noch nie hatte sie Betheen etwas Schwereres als eine Hochzeitstorte oder den Standmixer heben sehen, aber ihre Mutter ging in die Hocke und nahm das Gewicht mit den Beinen auf, als hätte sie Routine darin. Das Metall kratzte über die Ladefläche von Mr. Petes Pick-up, ein Kreischen, das in Neddas Ohren widerhallte. Mitzi zu tragen, war schwieriger. Das Gewicht des Sequenzers war ungleich verteilt, da Nedda und Dennys Mutter viel kleiner als Mr. Pete waren und Betheens Körpergröße dazwischenlag. Sie taumelten, schwankten mit dem unförmigen Kasten vorwärts, ein Sarg ohne Griffe.

Was geschähe danach? Falls Crucible gestoppt wurde, falls ihr Plan aufging, was würde dann geschehen? Die Maschine würde zerreißen. Gase würden ausströmen. Gift. Mitzi war ein Fernschalter. Aber ihr Vater wäre nicht in der Lage, den Raum zu verlassen. Was war unmittelbar vor Gas, Kohlenstoff und Licht da? Ein Körper. Wenn er noch keine Asche war, kein Kohlenstoff, war es ein Körper. Sie wollte dem Körper, der vor ihrem geistigen Auge entstand, keinen Namen geben. Sie bestimmte ihn nicht genau, gab ihm weder Brille noch schuppige Haut. Bestimmtheit verlieh der Traurigkeit Masse.

Mitzis Kanten gruben sich in ihre Finger. Er hatte sie jung halten wollen. Wie wäre es, für immer so zu bleiben, wie sie jetzt war? Für immer aus diesen Zellen und Molekülen zu bestehen? Was, wenn sie dann war wie das Äffchen? Wer würde sie anfassen? Wer würde nachsehen, ob sie noch am Leben war? Wer würde auf sie warten, aufpassen, achten?

»Heb ihn höher, Nedda«, sagte Betheen.

»Ich halte die Leute von Theo fern, solange ich kann«, versprach Dennys Mutter.

»Es geht nicht nur um ihn, Annie. Es ist dann für alle sicherer, versprochen.«

Mrs. Prater umarmte Betheen noch einmal. »Ich könnte Nedda mitnehmen, wenn du willst. Ich setze mich zu Denny. Wir wären weit weg vom Labor.«

»Nein.« Als Dennys Mutter zurückwich, bemerkte Nedda, dass sie geschrien hatte. Sie konnte nicht zurück zum Schuppen. Nicht bei dem Zustand, in dem ihr Vater war. »Ich muss helfen.«

Betheen versuchte nicht, sie zu beruhigen, zu trösten oder sie Dennys Mutter aufzudrängen, und dafür liebte Nedda sie mehr als je zuvor in ihrem Leben.

»Nimm eine Decke mit, Annie«, sagte Mr. Pete. »In dem Schuppen wird es kalt werden.«

»In Dennys Rucksack sind Kaffeebeeren«, sagte Nedda. »Die sind lila. Manche sind wahrscheinlich zermatscht, weil er sie immer darin vergisst, aber könnten Sie welche mitnehmen? Sie ihm zeigen? Er weiß dann, was das ist.«

»Ist gut, Schätzchen.«

Dann umarmte ihre Mutter Mrs. Prater.

»Ich war in Cocoa im Kino, als sie die beiden von der Schule nach Hause geschickt haben. Wenn ich zu Hause gewesen wäre, hätte er den Baumschneider gar nicht erst kaputt gemacht. Ihm wäre nichts passiert«, sagte Mrs. Prater.

Betheen erwiderte: »Wir bringen das in Ordnung, Annie.«

Es klang wie eine Lüge.

Mr. Pete öffnete die Wagentür, und Nedda stieg ein, rutschte über den Plastikbezug und schnallte sich auf dem Platz in der Mitte an. Ein Raumfährensitz. Jeden Moment konnte der Boden vor Feuer und Dampf erzittern; Flammenkanäle würden sich füllen, und sie würde aufsteigen, Asteroiden davon abhalten, auf der Erde aufzuschlagen, neues Leben finden, eine andere bewohnbare Welt finden. Diese retten.

Betheen setzte sich neben sie und hielt ihre Hand, drückte sie so fest, dass es Liebe sein musste.

Sie rollten Mr. Petes Einfahrt hinunter. Nedda schloss die Augen. *Einundzwanzig. Zweiundzwanzig.* Dinge rutschten zwischen die Zahlen. Ihr Vater konnte sterben. Es gab ein ganzes Zimmer im Haus, das ihm gehörte. Man konnte kein Zimmer für jemanden ohne diesen Menschen haben. Es gäbe kein Sternebeobachten mehr. Keine Kometen. Er würde nie erfahren, dass sie ihn angelogen hatte. Sie könnte ihm nicht erklären, warum. Sie bohrte die Fingernägel in den Sitz und zupfte den Plastikbezug ab.

Da sie immer, wenn Straßen unpassierbar waren, abbiegen mussten, fuhren sie einen Umweg durch Easter, der sie an dem verlassenen Paradise Park vobeiführte.

»Ach«, sagte Betheen. »Seht euch das an.«

Über der Schulter ihrer Mutter entdeckte sie die Augen des Tiki-Kopfes, hell erleuchtet von Gasflammen, die im Zwielicht flackerten. »Wie ist das denn möglich?«

»Die Zeitanomalie, sie muss in die Gasleitungen gedrungen sein«, entgegnete ihre Mutter. »Die Versorgungsnetze sind miteinander verbunden. Sie ist in dem Wasser unter und um die Stadt. Auch über uns, in den Stromleitungen.«

Mit den Stromleitungen stimmte irgendetwas nicht, die Luft um sie herum hatte etwas Zähes, als hätte sie sich verflüssigt. Sie wirkte wie Spülmittel. Die Straße wurde enger; Gestrüpp und Gesträuch waren vom Seitenstreifen über den gesamten Asphalt gekrochen, der sich stellenweise aufwölbte. Frosthub. Nach einer Weile verlor sich die Fahrbahn zwischen dichtem Wald und Unterholz.

Sie war überall.

»Mist.« Mr. Pete steuerte den Pick-up auf einen holprigen Pfad, der unter den Stromleitungen verlief, ein Wirtschaftsweg, der ungehindert zur Küste führte. Er suchte nach einem Sender, drehte am Knopf, aber es kam nur Rauschen. Kein Radio. Das Radio ging doch immer. Ein unvermitteltes, scharfes Abbiegen nach links brachte sie auf den College Drive. Die Autofenster froren zu, und das Licht veränderte sich. Das Infrarot in den Sonnenstrahlen erzeugte ein warmes, weiches Gefühl auf der Haut, aber genau das fehlte; Neddas Haut zog sich zusammen, die Härchen stellten sich auf.

Eine Hecke neben dem Eingang hatte eine der Türen zum Laborgebäude überwuchert, die Zweige bildeten eine Höhle. Die andere Tür war völlig verrostet und hing in Einzelteilen in den Angeln.

»Es wird Zeit, Nedda«, kündigte Betheen an.

Durch das Rückfenster sah sie über den Schatten des Sequenzers in den Wald zurück, der lebendiger und wilder wirkte als zuvor. Vielleicht rannten die Äffchen darin herum, suchten nach dem Affenhaus oder ihrem kleinen Bruder, der auf Mr. Petes Grundstück gefangen war.

»Ich hab Angst«, sagte sie.

»Das darfst du. Aber lass dich dadurch von nichts abhalten. Wichtige Dinge sind immer Furcht erregend. Angst ist erlaubt, und man kann auch mit Angst arbeiten.«

Das war besser als ein Kuss auf die Wange oder eine Umarmung. Nedda schnallte sich ab.

Sie hoben Mitzi von der Ladefläche. Auf dem letzten Meter geriet sie ins Rutschen und landete mit einem solchen Krachen auf Mr. Petes Wägelchen, dass Nedda fest überzeugt war, es müsste etwas kaputt sein. Der Lärm, den die Räder auf der Rampe machten und der im Gebäude widerhallte, war so laut, dass er vom Himmel zu kommen schien.

Als sie sich durchdrängten, zerkrümelte der Rest der Tür und bestäubte sie mit Rost, der nach Blut und alten Pflastern roch. Pete ging die Generatoren und die Nadel holen.

»Ich brauche eine Minute, um die Drähte richtig anzuschließen«, sagte er.

»Möchten Sie ihn sehen?«, fragte Betheen. »Vielleicht wollen Sie lieber wissen, womit wir es zu tun haben.«

Er schüttelte den Kopf. »Ich hab genug gesehen. Manches bleibt besser nur in der Familie.«

Das schmale Fenster in der Labortür leuchtete hell.

Ihr Vater war dort drin, er war es und auch wieder nicht. Grauenhaft. Was machte man, wenn man Angst hatte? Man machte einfach trotzdem weiter, selbst wenn es einen umbrachte. Für das Gemeinwohl. Judy Resnik wusste das. Gus Grissom wusste es. Für das Gemeinwohl. Sie öffnete die Tür und ging zu ihrem Vater hinein.

Als er sich so weit verlangsamt hatte, dass man ihn wirklich betrachten konnte, war er älter, als er hätte sein sollen, seine Haare waren weiß und um die Schultern herum zerzaust wie Spanisches Moos. Sein Gesicht hatte noch die gleichen Furchen, aber sie waren tiefer, als wäre er zu lang gefaltet gewesen und man bekäme die Knitter nicht mehr aus ihm heraus. All seine nachdenklichen Mienen hatten Spuren hinterlassen. Irgendwann hatte er sich die Lippe aufgebissen, vielleicht während sie durch den Flur gelaufen waren. Seine Haut verheilte vor ihren Augen.

Nedda wollte wütend sein oder froh, ihn überhaupt zu sehen, aber sie empfand nur Traurigkeit, trocken wie abgestorbenes Gras. Er hatte recht, Crucible hätte heilen können, gebrochene Knochen, Menschen. Seine Hände. Vielleicht sogar ihren Bruder.

Wenn er sich bewegte, wirkte es schmerzhaft, ruckartig und schwankend, als würde jemand in *Star Trek* von einem Phaser getroffen. Im Fernsehen sah es nicht aus, als täte das weh, aber hier schon. Er hatte Schmerzen, und er hatte Angst. Seine Brille war verschwunden, aber seine Augen fanden sie, egal, wohin im Raum sie ging.

Betheens Zeichnung war noch auf der Tafel sichtbar. Seine Stifte lagen da, als könnte er sich jeden Moment eine wichtige Notiz machen, wieder er selbst werden, wenn Crucible nicht wäre. Die Beine der Maschine kreisten, glitten um die Mitte herum, und der Raum flackerte und flimmerte. Nedda stieg auf einen Tisch und legte sich ihre Jacke unter, um sich gegen die Kälte des Stahls abzuschirmen.

Seine Haare zogen sich in die Kopfhaut zurück. Es gab eine Babypuppe, die das konnte; die Haare wuchsen, wenn man den Arm in die eine Richtung, und verschwanden wieder, wenn man ihn in die andere Richtung drehte. Eine Puppe, kein Mensch. Kein Vater.

»Wie lange noch, Mama?«

Betheen holte die Eieruhr aus dem Mantel. Fast die Hälfte der Zeit war abgelaufen. »Noch ein paar Minuten, dann sollten wir mit ihm reden können.«

Der Ausschlag auf seinen Armen wanderte auf und ab und verblasste ein paar Sekunden lang. Da, eine Woche, vielleicht ein paar Tage, in denen er nicht juckte oder ihn störte, in denen seine Hände und Füße möglicherweise nicht schmerzten.

»Gleich«, sagte Betheen.

»Woher weißt du das?«

»Das ist der Ausschlag auf seinem Rücken. Der ist erst letzte Woche aufgetaucht. Siehst du, wie er schrumpft? Wenn er ganz klein ist, fast wie ein Vierteldollar, ist er nah bei uns.«

Wie kannte man jemanden so gut, dass man die Größe eines Flecks auf dem Rücken kannte und wusste, wann er kam und ging?

»Was soll ich zu ihm sagen?«

»Was du ihn wissen lassen möchtest«, erwiderte Betheen.

»Und woher weiß ich, was das ist?«

»Das, was du dich am wenigsten zu sagen traust. Immer das.«

Es gab zu viele Worte, so viele, dass Nedda wusste, es gäbe gar keine.

An Bord der Chawla

An diesem Morgen hatte ein regenbogenfarbenes Sortiment von Stimmungsstabilisierern in der Ausgabe des Printers gelegen, deshalb ging Nedda davon aus, dass der Anruf von ihrer Mutter kam. Es war ein Schock, als Dennys Gesicht Gestalt annahm. Der Bildschirm verlieh ihm eine Flachheit, die ihrer Erinnerung widersprach. Gesichter waren Bergzüge, die keine Kamera so gut erfassen konnte wie das Auge. Andererseits erschienen Landschaften mit nur einem funktionierenden Auge ebenfalls flach. Obwohl sie jahrelang Zeit gehabt hatte, sich daran zu gewöhnen, überraschte sie das Grau in seinen Haaren noch immer. Die Übertragung erfolgte mit Verzögerung, bevor Denny sie sah, musste das Signal das All durchqueren, von Satelliten weitergeleitet werden, um am anderen Ende zu ihm zu gelangen. Der Mensch, den sie sah, war schon Vergangenheit. Als sie ihn durch den Nebel ihres verzerrenden Auges betrachtete, wurde ihr klar: Sie würde sich nie mehr in derselben Zeit wie er befinden.

Sein Kinn war jetzt kantig, dunkel; Rasieren war überhaupt nicht seine Sache, was sie nicht überraschte. Er wirkte nervös, verloren und unruhig. Sie hoffte, er würde lächeln, damit sie seinen abgebrochenen Zahn sehen konnte. Er hatte jetzt das Gesicht eines Erwachsenen. Wenn man weg war, allein war, wurden die Menschen wieder so, wie man sie am besten in Erinnerung hatte. Für sie bliebe Denny immer zwölf.

»Hallo.«

Die Verzögerung verlangsamte seine Reaktionen, verwandelte seine Überraschung in ein Prusten in Zeitlupen. Zwölf Jahre alt, aber ein Erwachsener.

»Was ist denn mit deinem Auge los?« Seine Stimme war digitalisiert; sie hatte Spitzen, die sie nicht gewohnt war, aber er war es, eine aus der Zeit gefallene Schwarze Strandammer.

»Ach, das liegt nur am Weltraum«, sagte sie. »Ich bezweifle, dass es in den Nachrichten kam. Wir haben versucht, es geheim zu halten, aber wir werden blind. Louisa – das ist Dr. Marcanta – hat ein paar Lumbalpunktionen gemacht und mir Flüssigkeit aus dem Auge entnommen, um auszuprobieren, ob das was hilft.« Durch die Verzögerung erkannte sie exakt den Moment, als er *blind* hörte. »Das Risiko war uns von Anfang an bewusst.« Eine elegante Lüge. Der Verlust der Sehkraft war ein langsamer Abschied, der unmöglich zu begreifen war, bis man mittendrin steckte.

»Blind? Mein Gott! Und wie hat sie die Flüssigkeit aus deinem Auge geholt?«

»Mit einem Vitrektor. Das ist im Grunde genommen eine große Nadel und ein Messer in einem.«

»Du lieber Gott!«

Es herrschte Stille, während Denny darüber nachdachte. Warten war ein Risiko; Satelliten bewegten sich.

»Betheen hat mir erzählt, dass es ein Problem mit dem Modul gibt«, sagte er. »In den Nachrichten kommt nichts davon. Weder über deine Augen noch sonst was.«

»Wir arbeiten daran. Ich werde es reparieren.« Schon bevor seine Miene mit Verzögerung eintraf, wusste sie, dass er ihr nicht glaubte. »Versprochen. Wir beheben es.« Bei ihrem letzten Treffen hatte sie festen Boden unter den Füßen gehabt, auf der echten Erde, in Florida, und Denny war wütend gewesen. Mit zunehmender Entfernung hatte sie sich an den Gedanken gewöhnt, dass sie ihn nie wiedersehen würde. Dass er ihr das Fortgehen nicht verzeihen könnte. »Darüber will ich nicht reden, okay? Sag mir einfach, wie es dir geht. Ich vermisse dich.«

»Ich habe die Plantage verkauft«, wechselte er das Thema, und dann kam der Zahn, das lückenhafte Grinsen, das er nie hatte in Ordnung bringen lassen. Es löste ein heftiges Ziehen in ihrer Brust aus. Herzen sprangen nicht aus den Rippen; sie schlugen zu schnell, setzten aus, starben. Und doch.

»Betheen hat erzählt, dass dein Vater gestorben ist. Sie dachte, du würdest vielleicht verkaufen. Hier oben ist es schwierig, mit dem Datum mitzuhalten. Wie lange ist das her?«

»Zwei Jahre«, sagte er. »Ich wollte sie weiterführen. Eine Weile habe ich es probiert.« Die Sekunden dehnten sich, während er nach Worten suchte. Sie wollte den Bildschirm berühren, wusste aber, dass er sich anfühlen würde wie sämtliches Glas auf der *Chawla*, kalt und hart. Es war schade, dass sie seine Haare nicht anfassen, die drahtigen weißen und grauen Strähnen im Schwarz nicht spüren konnte.

»Was ist passiert?«

»Es hat sich rausgestellt, dass ich Orangen doch nicht so mag. Wahrscheinlich hätte ich Fotos machen sollen oder so, um dir zu zeigen, wie es jetzt aussieht, aber daran hab ich nicht gedacht. Sorry«, sagte er. »Papa war einfach ewig da. Die Plantage war sein Leben. Und ich musste mir nie überlegen, was ich mit meinem Leben anfangen will. Die Plantage war da und hat darauf gewartet, dass ich sie übernehme. Das habe ich erst begriffen, als mein Vater nicht mehr da war. Vielleicht konnte ich es vorher auch nicht begreifen. Aber dann ist er gestorben, und alle haben einfach ohne ihn weitergemacht. Die Jungs wussten besser als ich, wie man die Orangen behandelt. Sie brauchten mich nicht. Und dann natürlich meine Mutter. Ich wusste ja nicht, was für ein Verhältnis die beiden zueinander hatten, bis ich sie ohne ihn erlebt habe. Sie ist glücklicher. Irgendwie ist es, als wäre sie aufgewacht. Ich meine, hinterher war er nett zu mir, deshalb wusste ich es nicht besser, aber nach seinem Tod hat Mama mir endlich erzählt, was passiert ist, was er mit mir gemacht hat und warum ich überhaupt auf dem Baumschneider saß. Ich musste auch über dich nachdenken. Ich bin stinksauer. Ihr habt mich beide über ihn belogen, und das so lange. Meine Mutter sagt, dass sie sich oft auch selbst belogen hat. Dass sie über einiges hinwegsehen musste, um bei Papa zu bleiben. Bei ihr konnte ich das irgendwie verstehen. Aber bei dir nicht. Dann hat Betheen erzählt, dass du dachtest, du würdest mir einen Gefallen tun, und wenn ich jemals wieder mit dir sprechen wollte, dann am besten wahrscheinlich jetzt. Das ist doch scheiße, Nedda.«

»Tut mir leid«, sagte sie, obwohl das nicht reichte. »Ich wollte unbedingt, dass irgendwas Gutes dabei rauskommt, verstehst du?«

»Und so war es doch auch, oder? Letztendlich.«

»Ja.« Die Worte stauten sich auf. »Du siehst gut aus«, sagte sie. Unbeholfen und eine Floskel, aber trotzdem wahr.

»Ich vermisse dich«, sagte er. »Früher dachte ich immer, du würdest in Easter bleiben. Ich würde die Plantage übernehmen, wir würden heiraten und Kinder kriegen. Ich habe nicht kapiert, warum du wegwolltest. Ich war so verdammt wütend auf dich, als du zum Studieren weggezogen bist.«

»Und jetzt bist du nicht mehr wütend?«

»Wie kann ich wütend auf dich sein, wenn du so ein Auge hast? Ach komm.« Er zappelte auf seinem Stuhl herum. »Ich hätte früher anrufen sollen.«

Etwas in ihr gab nach. Sie hätte versuchen können, zu bleiben. Sie hätte sich nicht sehr verbiegen müssen, um mit Denny zu leben, um sich in der Art Leichtigkeit einzurichten, in der Ehepaare ihrer Ansicht nach leben sollten. Die leichteste schwierigste Sache überhaupt.

»Du warst immer zu nett für mich«, sagte sie. »Wie ist dein Vater gestorben?«

»Was glaubst du? Er hatte einen Schlaganfall, als er einen Typen vom Landwirtschaftsministerium mitten in seinem Büro angeschrien hat.« Statisches Knistern mischte sich in sein Lachen. Das war natürlich kein Wunder; Marcanta hätte Papa Prater auf den ersten Blick als Risikokandidaten eingestuft, ohne ihn jemals schreien gehört oder seine violette und fleckige Haut gesehen zu haben.

»Wenn die Plantage von allein läuft, warum hast du sie dann nicht behalten?« Ihr gesundes Auge tat allmählich weh. Marcanta sagte, die Kopfschmerzen kämen davon, dass ihr Körper die Druckunterschiede auszugleichen versuchte. Denny fragte, ob alles in Ordnung sei. »Sprich weiter«, sagte sie. »Es ist schön, deine Stimme zu hören. Du fehlst mir.«

»Okay«, sagte er. Wenn sie die Augen schloss, hätten sie wieder auf dem Fußboden ihres Zimmers liegen und zu den Klebesternen über ihnen reden können. »Ich wollte nicht bleiben. Nicht wollen und nicht können ist irgendwie das Gleiche.«

»Genau«, sagte sie. »Und wem gehört Prater jetzt?«

»Einem landwirtschaftlichen Forschungskonzern. Die züchten hauptsächlich alte Sorten nach und rekultivieren ehemalige Ackerflächen. Es wurde festgestellt, dass Prater-Orangen immun gegen Powder Spot sind, diesen Superpilz, der alles abgetötet hat. Anscheinend fing es mit Kunstdünger und Kultursorten in den späten Neunzigern an. Das haben wir verpasst. Prater ist eine von drei Plantagen auf der Welt, in denen es ihn nicht gibt. Es ist wie ein Zitrus-Museum. Die Leute vom Thinktank glauben, sie können mit unseren Bäumen die Orangen zurückbringen. Die haben mir einen Arsch voll Geld bezahlt.«

»Und was hast du jetzt vor?«

»Ich habe meiner Mutter ein Haus gekauft, in der Nähe von dem Platz, wo vor der Überflutung Port St. Lucie war. Ihr gefällt es dort. Sie hat Freunde und malt und so. Ich wusste noch nicht mal, dass sie gern malt, aber sie ist gar nicht so schlecht. Es sind eine Menge Sonnenuntergänge dabei, das macht man wohl so. Niemand da weiß, dass sie eine Aussetzerin ist. Das gefällt ihr.«

Niemand hatte die Praters je gefragt, was sie wollten. Denny hatte die Plantage zu übernehmen. Annie hatte Ehefrau und Mutter zu sein. Aber Nedda erinnerte sich an ihre weichen Hände und an die vielen Male, als sie zu helfen versucht hatte, sogar als Denny eingeschlossen war. Sie hatte den Sequenzer festgehalten. Sie hatte geholfen, die Nadel zu tragen. Annie hatte dafür gesorgt, dass Denny sich mit Nedda traf, bevor sie auf die Raumstation flog. »Freut mich, dass du das für sie getan hast. Dann geht es ihr gut?«

»Wahrscheinlich besser als je zuvor.«

»Das ist schön. Grüß sie bitte von mir. Und umarm sie für mich, ja?« Es war schwer, zuzugeben, dass es einem vielleicht besser ging, weil jemand gestorben war.

»Ich habe eine Autowerkstatt gekauft«, verkündete er. »Ich spezialisiere mich auf die benzinbetriebenen, richte sie her, baue sie um. Alles, womit wir aufgewachsen sind, ist jetzt retro, und nicht viele kennen sich damit aus. Das bringt gutes Geld.«

Sie lachte. »Wir sind unfassbar alt.«

»Dinosaurier, aber auf das Milchgesicht fallen alle rein. Ich hab auch ein Boot. Nicht richtig groß, es reicht, um ein paar Leute mitzunehmen, mehr nicht.«

»Wie hast du es genannt?«

»Fluxkompensator.«

»Doc Brown ist ein besserer Name.«

»Ja, aber Boote sind weiblich.«

»Alles ist weiblich. Boote, Raumschiffe, Häuser. Alles, worin man sicher ist oder an einen besseren Ort fahren kann, ist weiblich«, sagte sie.

»Die *Chawla*.«

»Klar doch.« Als sie das Auge aufschlug, begegnete sie seinem Blick.

»Für dich war das Leben nach der Pause besser, oder?«, fragte er.

»Ich glaube schon, aber wenn man mittendrin steckt, ist es schwer, so was zu erkennen. Ich weiß nicht, was wir verpasst haben, weil wir es ja verpasst haben.« Wäre es nicht passiert, wäre Neddas Leben völlig anders verlaufen. Der Zeitsprung hatte ihr Möglichkeiten eröffnet, die es sonst nicht gegeben hätte, aber alles hatte seinen Preis.

»Trotzdem vermisst du ihn jeden Tag.«

»Ja. Immer noch.«

»Ich vermisse Papa auch, obwohl ich weiß, dass er ein Arschloch war. Es ist total schräg.« Er reckte die Arme über den Kopf, und es schmerzte Nedda ein wenig, dass sie nie wieder zusammen auf einem Steg sitzen würden, dass sie nicht in ihrem Zimmer auf dem Fußboden lagen.

»Du wirst ihn immer vermissen, so ist das eben. Und du wirst ihn auch andauernd überall sehen. Das ändert sich nie.« Hin und wieder sah Jewgenis Rücken aus wie der ihres Vaters, und sie erschreckte sich dann jedes Mal.

»Die Red Bug Road wird nach dir benannt.« Was für ein Geschenk, so ein Lächeln zu haben, eines, das durch eine Lücke noch schöner wurde.

»Wenn ich sterbe, benennen sie wahrscheinlich auch die Schule nach mir.«

»Ruhe, Doofie. Sag so was nicht. Ich bin immer noch sauer auf dich, weil du mich angelogen hast. Und jetzt bist du so weit weg, dass ich dich nicht auf den Arm boxen kann, wenn du dich blöd benimmst.«

»Tja, ich dich auch nicht. Und du solltest eigentlich die Plantage behalten, damit ich immer weiß, wo du bist. Dann hätte ich, selbst wenn du gerade schmollst und nicht mit mir sprichst, gewusst, wo du dich aufhältst, was du treibst. Das hätte mir geholfen.«

»Tut mir leid«, sagte er, als die Pause sich zu lange hinzog.

»Schon okay. Wie geht's Kate?«

»Gut. Sie glaubt immer noch, dass ich in dich verliebt bin.«

»Wenn ihr erst ein Kind habt, legt sich das bestimmt.« Kate. Absolut zauberhaft, süß auf eine Art und Weise, die einen zum Lächeln brachte. Sie passte gut zu Denny, und sie brauchte sich dazu nicht zu verbiegen.

»Es ist noch nicht raus, ob wir eins kriegen. Momentan ist keine so tolle Zeit, um ein Kind zu sein. Und ich bin nicht sicher, ob ich damit zurechtkäme.« Er lehnte sich zurück, sein Schatten an der Wand hinter ihm wirkte schroff. Die Telefonzimmer waren kleine graue Kabinen, kaum größer als ein Pappkarton mit Bildschirm. »Sie möchte schon, aber … ich kann ihr so schlecht erklären, dass ich nicht ganz normal bin. Sie versteht auch deine und meine Freundschaft nicht, aber was soll ich dazu sagen?«

»Wie meinst du das?«

»Sie glaubt wirklich, dass ich dich liebe. Ich habe dich jahrelang beobachtet. Für dich waren es nur Sekunden, das ist mir schon klar. Du hast es mir erzählt, und ich wusste es auch, irgendwie. Aber jahrelang, verstehst du? Ich war zwölf, dreizehn, vierzehn, fünfzehn – ich erinnere mich nicht mehr, wann du gegangen bist, aber danach war ich nicht mehr da. Das war nicht mehr ich. Du hast wahrscheinlich eine Woche gebraucht, um aus dem Schuppen zu laufen. Ich wusste, dass du rennst, aber ich bin eingeschlafen und aufgewacht und du warst immer noch unterwegs. Dann kam lange nichts, nur ich und dieser blöde Baumschneider. Ich kann jetzt meine Augen zumachen und sehe dich immer noch in dunkelblauer Cordhose. Du hattest ein weißes T-Shirt mit dem Aufdruck ›Georgia Peach‹ an und eine hellblaue, glänzende Jacke mit rosa Paspeln. Deine Haare waren zu einem Zopf geflochten. Damals hattest du einen Pony, und der war schief. Wie deine Mutter es geschafft hat, den schief zu schneiden, obwohl sie ein Lineal benutzt hat, ist mir nach wie vor ein Rätsel. An deinem linken Auge war ein Fleck, und du hast versucht, ihn wegzuwischen, aber er blieb. Wärst du ein bisschen näher bei mir gewesen, könnte ich dir heute garantiert deinen Fingerabdruck beschreiben. Ich dachte damals an jedes Gespräch, das wir jemals geführt hatten. So lange warst nur du da. Wir waren die einzigen Menschen auf der Welt. Ich habe dich wirklich geliebt. Du warst alles. Und dann war ich zu alt und nicht mehr ich, und du warst weg. Kate hat zwar unrecht, aber doch nicht ganz. Sie versteht es einfach nicht, und es ist schwer zu erklären. Sie ist ein Mensch, der sich viele Sorgen macht.«

»Ich wusste nicht, dass du dich an so viel erinnerst.« Es war das einzig Unbedenkliche, was ihr einfiel.

»Jedes Jahr fällt mir ein bisschen mehr ein. Als würde ich aufholen. Auch das macht Kate Sorgen.«

»Singh sagt, sich um andere zu sorgen, fühlt sich an, als würde man was tun, aber bei sich selbst macht man sich einfach nur Sorgen.«

»Kann sein.« Er ließ seinen Hals knacken, wobei man die kahle Stelle hinter seinem Ohr sah, wo er sich die Haare ausgerissen hatte. Vielleicht holte sein Körper ebenfalls auf. »Magst du diesen Singh? Was ich über ihn gehört habe, klingt wahnsinnig nervig. Wie viele Doktortitel hat er, drei? Und er hat Meeresschildkröten gerettet oder so? Der ist zu schlau. Das mag ich nicht. Zu perfekt.«

Mein Gott, das Lachen tat gut. »Niemand hier oben ist perfekt. Wir hocken in einer Blechdose, atmen gegenseitig unsere Fürze ein und beten, dass die Pflanzen sie rausfiltern, bevor der Gestank uns umbringt. Singh ist ein launischer Idiot, aber ich bin schlimmer. Und ja, ich mag ihn, aber nein, nicht so. Das ist anders hier.« Sie waren alle Teil der *Chawla*. Die anderen zu lieben, war unerlässlich, aber sie wären nie Denny. Nedda wäre für sie nie, was Denny beschrieben hatte. »Mit Jewgeni würdest du dich gut verstehen«, sagte sie. »Er ist einer von diesen fröhlichen, glücklichen Menschen. Mich würde es ja verrückt machen, aber es ist schwer, jemanden zu hassen, auf den man so sehr angewiesen ist. Marcanta würdest du vermutlich angraben, aber sie würde dir eine kleben.«

Sie versuchte, sich auszumalen, wie oder wo er auf die *Chawla* passen würde, aber es ging nicht. Denny war für die Sonne gemacht, für festen Boden und für Kate, die sich ständig Sorgen machte. Kate, die nicht verstand, dass Denny auch ein Teil von Nedda war, wie ein Knochen in ihrem Bein, der sie aufrecht hielt. Mehr war es nicht und gleichzeitig alles.

»Das habe ich dir nie erzählt, aber ich glaube, dass ich durch das, was mir passiert ist, ein besserer Mensch geworden bin. Das wollte ich dir gern noch sagen«, meinte Denny.

»Du warst immer ein guter Mensch.«

»Na ja, ich war nicht besonders geduldig und konnte eher schlecht zuhören. Ich glaube, so viel Zeit mit mir allein zu verbringen, hat dagegen geholfen. Es hat mich gezwungen, darüber nachzudenken, wie sehr ich andere brauche.«

»Aber kurz danach wolltest du nicht mit mir reden.«

»Ich hatte Angst. Ich wusste, dass etwas passiert war, aber nicht, was genau. Alles war durcheinander in meinem Kopf. Es fällt mir immer noch schwer, mich zu erinnern, wann was war oder in welcher Reihenfolge Sachen geschehen sind oder ob ich sie mir nur ausgedacht habe. Wir haben doch mal versucht, Welse mit der Hand zu fangen, oder?«

»Ja.« Da war Nedda ungefähr neun gewesen. Papa Prater war mit ihnen an einen See gefahren. Die Fische waren listig gewesen, voller Zähne und Seegrund.

»Eine Zeit lang war es mit allen Erinnerungen, die ich an meine Zeit im Schuppen hatte, so. Als wenn die Hand im Schlamm steckt und man sich sicher ist, dass man einen Fisch geschnappt hat, er einem aber doch wegflutscht. Ich dachte immer, ich hätte was erwischt, eine greifbare Erinnerung, und dann war sie wieder weg. Irgendwie glitschig. Das Einzige, woran ich mich noch genau erinnerte, war der Morgen, an dem die *Challenger* explodiert ist, und der Moment, als meine Mutter mich von dem Baumschneider gezogen hat.«

Obwohl Nedda ihn immer noch als Zwölfjährigen sah,

dachte sie an ihn als alles, was er gewesen war und noch sein würde – fünfzehn, fünfundzwanzig, vierzig, sechzig, achtundachtzig. All die mageren, schnellen Jahre, in denen die Welt um ihn herum sich nicht vom Fleck gerührt hatte. »Ich hätte dich an dem Morgen nicht gehen lassen dürfen.«

»Schon mal versucht, einen D-Zug aufzuhalten?«

Das Laufband brummte, und durch den Korridor drangen die Geräusche der Essenszubereitung. Louisa beim Joggen. Amit mit einem Messer. Sie und Denny sollten sich verabschieden. Stattdessen erzählte sie ihm von Jewgenis grauenhaftem Musikgeschmack und seinem Faible für Sardinen, von Amits rosa Haargummis und davon, wie es war, eine Nadel im Auge zu haben. Sie unterhielten sich über Filme, an die sie sich erinnerten und die der Rest der Welt vergessen hatte. Er berichtete ihr, dass er von seinem Boot aus Blaubarsche zu angeln versucht hatte. Es war die Wohligkeit gemeinsamer Vergangenheit.

»Falls wir nicht mehr miteinander sprechen …«, setzte sie an.

»Du rufst mich an.«

»Es besteht die Möglichkeit, dass ich es nicht reparieren kann.«

»Du wirst mich anrufen.« Das Akkurate schmolz aus seiner Stimme, nahm etwas von den Jahren und dem Raum mit sich.

»Mache ich. Und ich repariere es.«

Sie logen einander an, aber es waren gute Lügen, die aufrichtig gemeint waren.

»Ist es da oben Morgen oder Abend?«

»Schwer zu sagen. Wahrscheinlich Morgen.«

»Dann hab einen schönen Tag, Nedda. Ich habe Glück, dich zu kennen. Grüß Judy Resnik von mir.«

Die Übertragung wurde unterbrochen und Dennys Gesicht von Technikern aus dem Kontrollzentrum abgelöst, die mit den Händen über Bildschirme glitten.

Nedda verließ den Raum, unfähig zu sprechen.

Es gab fünf Bilder, die Nedda nie vergessen würde: die Rauchwolken der *Challenger* am Himmel, Dennys vor ihren Augen wachsende Knochen, ihr Vater bei ihrer letzten Begegnung, der Erdaufgang vom Mond aus und Jewgenis Gesicht mit Druckbrille, als der Verband von ihrem Auge entfernt wurde.

Er war sachte, löste jedes einzelne Haar, ohne zu ziehen. Alles rein nach Gefühl.

»Du würdest mich hassen, wenn du eine Augenbraue verlieren würdest. Wenn es um halbe Augenbrauen geht, ist jeder eitel.«

»Reiß es bitte einfach ab.«

»Du wirst kratzen und rubbeln wollen. Du bist eine Zupferin. Glaub nicht, dass ich das nicht bemerkt habe. Ich höre dich an deiner Haut zupfen. Andauernd zupfen, rupfen wie ein Vögelchen.«

Das erste Licht in ihrem Auge war strukturiert, Licht wie bei einem Nickerchen in der prallen Sonne, Licht, wie es auf der *Chawla* nicht vorkam. Es krümmte sich um Umrisse, Dunkelheit, einen Hals, dann um die funkelnde Kante einer Druckbrille herum. Jewgenis Augen waren groß und blau, zu groß für ihn, fragil. Geblasenes Glas. Sie sah eine klare Streifung in seinen Iris, winzige Adern in der Sklera. Seine Haut hatte einen Schimmer. Er hatte sich rasiert, richtig rasiert. Sie strich mit der Hand über seine Wange, um sich zu vergewissern, dass es nicht nur ein Lichtreflex war oder eine optische Täuschung. Er fühlte sich glatt an, ein bisschen glitschig.

»Ich sehe dich«, sagte sie.

»Und ich bin immer noch schön.«

»Nicht weniger als vorher.«

»Jahre im Weltall, und du glaubst immer noch, du müsstest diplomatisch sein.«

»Du trägst die Druckbrille.«

»Ja, man beachte, wie hoffnungsvoll ich bin, und bewundere mich.« Er grinste. »Du hast dir von Louisa einen Teil deines Auges entfernen lassen. Das Mindeste, was ich tun kann, ist, die Brille zu tragen.«

Nedda schloss ihr gesünderes Auge – ihr ehemals gesünderes Auge. Jewgeni war weich und scharf gleichzeitig. Seine Haare wuchsen ausschließlich in Wirbeln. Sie wollte mit dem Daumen in einen hineindrücken, gleich neben der Schläfe, knapp oberhalb des Brillenbands. Blass. Wäre er in Florida aufgewachsen, hätte er gesprenkelte Haut und ein Dauerbraun in sich eingebrannt gehabt.

»Denkst du manchmal drüber nach, dass keiner von uns die Farbe hat, die er glaubt? Wir reflektieren nur unterschiedliche Wellenlängen.« Nichts sah für zwei Wesen genau gleich aus. Mäuse nahmen alles in Grau, Gelb und Blau wahr. Trichromatisches Sehen war unter Altweltprimaten und Menschen üblich, nicht aber bei Neuweltprimaten. Nicht bei Seidenäffchen. Und auch nicht alle Menschen verfügten darüber. Farbenblindheit kam vor allem bei Männern häufig vor, und die meisten konnten nicht das volle Farbspektrum wahrnehmen, das Menschen eigentlich sehen sollten. Insektenaugen verarbeiten Farben, die sie sich gar nicht vorstellen konnte. All diese Farben, all dieses Licht. Jewgeni leuchtete beinahe davon. »Du bist stark reflektierend«, sagte sie.

Sie konnte sehen. Sie konnte die Reparatur ausführen.

Marcanta tauchte mit einem Tuch auf. »Tupf beide Augen ab, aber nicht wischen. Noch kein Druck, okay? Und kein Gezupfe.« Sie fragte, ob Nedda ein Stechen spüre, irgendeine Art von Schmerz, unangenehmen Druck.

Da war kein Schmerz, nur Staunen. Der Erdaufgang vom Mond aus war blau und kalt gewesen, hatte eher in ihren Zehen begonnen als in ihren Augen. Sie hatte geweint. Laut Dr. Stein ging das jedem bei Erdaufgang so. Jewgeni-Aufgang war warm gewesen, hell. Sein Gesicht, seine Augen, sein Leuchten waren ein einladender Mond gewesen.

Louisa gab Jewgeni einen Klaps auf die Schulter. »Mach mal Platz. Wir müssen Tests durchführen.«

»Misshandlung! Hilfe, ich werde misshandelt«, beschwerte er sich.

Louisa ignorierte ihn und rief eine Sehprobentafel auf dem Laborbildschirm auf. »Von oben nach unten. Erst mit dem Auge, das ich angebohrt habe, dann noch mal mit dem anderen. Kein Raten. Kein Schummeln.«

Sie war dazu erzogen worden, bei Tests gut abzuschneiden, die richtige Lösung zu finden, auch wenn ihr Informationen fehlten. Es widersprach ihrem Naturell, nicht zu versuchen, korrekt zu antworten. Die Buchstaben behielten ihre Grundform; sie kannte sie. »Bisschen verschwommen unten.«

»Nimm dir Zeit, aber kein Raten.«

Sie riet nicht.

»Louisa, wir werden ihn reparieren.«

Abends hing Marcanta an einer Sprosse in Neddas Kabine. »Zuerst ich, dann Singh, dann Jewgeni. Wir müssen mich machen, bevor wir irgendeinen Versuch am Generator starten.«

»Leuchtet ein. So kann Singh es auch noch mal probieren, falls ich geröstet werde.« Ein Flachmann schwebte zu ihr herüber. Nedda schraubte den Deckel ab und trank einen Schluck Rum, den Marcanta liebte, der für Nedda aber verbrannt und sauer schmeckte.

»Das sollte ich keiner Antwort würdigen, aber ja, stimmt. Bei mir wirst du es machen müssen. Ich werde es dir so gut beschreiben wie möglich. Wenn wir miteinander sprechen, das Video laufen lassen, sollte es klappen.«

»Das ist mutig von dir.«

»Nein, es ist einfach nur klug, Singh nicht mit dem Vitrektor in meine Nähe zu lassen. Außerdem bist du du. Du wirst lernen. Wenn du es einmal vermasselst, kriegst du es beim nächsten Mal hin, Singh dagegen würde den Vitrektor nie wieder anfassen. Er hat zu viel Angst, etwas kaputt zu machen. Ich kann menschliches Versagen verzeihen. Er nicht.«

»Wusstest du, dass er früher telepathisch mit seiner Schildkröte kommunizieren wollte?«

Grinsend trank Marcanta noch einen Schluck Rum. »Wundert mich nicht.« Sie quetschte sich neben Neddas Schlafsack. »Falls wir den Planeten erreichen …«

»Wenn wir ihn erreichen.«

»Falls wir ihn erreichen, wird sich dein Sehvermögen höchstwahrscheinlich wieder umkehren, deshalb machen wir erst mal nur ein Auge bei jedem. Auf dem Planeten sollte das schlechtere Auge wieder ein bisschen klarer werden, und das, das ich operiert habe, wer weiß? Ich werde Kochsalzlösung oder ein bisschen Öl reinträufeln, um den Druck auszugleichen.«

»Das wird schon wieder«, sagte Nedda.

Wie choreografiert reichten sie die Flasche zwischen sich

hin und her, schraubten sorgsam den Deckel auf und ab, hielten sie mit dem Daumen zu und reckten sich, um flüchtige Tröpfchen aufzufangen. Der Rum brannte, linderte aber die Einsamkeit.

Louisa telefonierte manchmal mit ihrer Schwester, und in diesen Momenten war ihr Lachen breit und ansteckend, aber es schwang immer Traurigkeit darin mit. Dann blieb Nedda in ihrem Labor, pfropfte und beschnitt, um sich davor zu verstecken. Michael hatte sie nie gekannt und daher diese Art von Vermissen nicht selbst erlebt. Sie hatte nur Denny, aber auch das war anders.

Jetzt lehnte Louisa den Kopf an Neddas Schulter. Ihr Gesicht war gerötet, eine warme Stelle durch Neddas Shirt hindurch. Ihr Hinterkopf fühlte sich in Neddas Handfläche rund an, die schwarzen Haare weich und seidig. Sie roch nach Rum und Reinigungsalkohol, Aloe und dem Inneren ihres Schlafsacks, ein Duft, so komplex und wohlig wie eine Babydecke.

Louisa hatte einen Ex, der Zahnarzt war. Singh fand die Vorstellung abstoßend und hatte das auch einmal zum Ausdruck gebracht, als sie gerade tranken. Er hatte einen Stiefel in eine Sprosse an der Wand des Gemeinschaftsbereichs gehakt und mitten in der Luft vor- und zurückgeschaukelt, wenigstens annähernd ein Ersatz für das befriedigende Gefühl, mit der Fußspitze aufzutippen. »Wie hast du den Zahnarztgeruch nur ausgehalten? Den Gestank nach Handschuhen und aufgebohrtem Zahn. Der ist wie verschmorte Haare, hängt sich in die Klamotten und geht nie mehr weg.«

»Wer vögelt denn jemanden angezogen?«, hatte Louisa geantwortet.

Nedda erinnerte sich nicht mehr exakt an Zahnarztgeruch, und es hatte sich einiges geändert, seit sie klein war und auf dem Stuhl in der Praxis von Dr. Lowell gesessen hatte. Bei ihr war noch nie gebohrt worden. Aber sie erinnerte sich daran, dass Zitrusöl wunderschön riechen und einem den Magen umdrehen konnte. Dass zwei Menschen ein und dasselbe völlig unterschiedlich riechen lassen konnten.

Handschuhe und verschmorte Zähne. Butter und Zitrone. Lötzinn und Ozon. Rum, Aloe, Reinigungsalkohol und Schlafsack. Louisa hatte den Geruch eines Zahnarztes geliebt. Nedda liebte den des Raumschiffs, den ihrer Gefährten. Für andere röchen sie nach verschmortem Zahn.

»Louisa, was, wenn ich dich blind mache?«

»Wirst du nicht.«

Louisa hielt sich an ihr fest, bis ihre Arme ermüdeten, der Rum machte sie locker. Nedda war auf Einsamkeit vorbereitet gewesen und wusste, wie man sie überlebte: mit Büchern, mit Arbeit, mit Neugier, mit Lernen. Mit dem Rest hatte sie nicht gerechnet.

Sie bekämen niemals Kinder. Das hatte in dem Moment wie ein so kleines Opfer gewirkt. Erforsche eine völlig neue Welt oder bekomm ein Kind in einer sterbenden? Sie hätten niemals Ehefrauen oder Ehemänner, was ebenfalls damals nicht so schlimm erschienen war. Sie waren Getriebene. Aber sie kannten einander, wie niemand sonst es jemals könnte. Sie waren zusammen Ehefrauen und Ehemänner und Kinder.

Sie waren das, was Licht reflektierte.

Der Bruch

Sie hatte ihren Vater als kleinen Jungen gesehen, als alten Mann und all die Menschen dazwischen, aber keiner dieser Väter war er. Als Sinus X kreuzte, kannte sie ihn wie ihr Zuhause, die Risse in den Verandastufen, die sie jeden Tag hinaufstieg, die knarzende Stelle im Küchenfußboden, den Geruch des Wohnzimmers nach ihnen allen zusammen. Sie kannte ihn, wie man den Duft von Schokoladenkeksen im Ofen kannte oder die Fasern einer Lieblingsdecke, in die man seine nackten Füße kuschelte.

»Es ist okay, wenn du mit ihm reden willst«, sagte Betheen.

Eine glatte Wand befand sich zwischen ihnen, das gleiche glitschige Gebilde wie um den Affen, um Denny, eine dünn gedehnte Zeitschicht. Durch sie hindurch sah sie seine zerkauten Fingernägel, ihre schartigen Spitzen.

»Ich habe den Halley'schen Kometen gar nicht gesehen. Das war gelogen.« Sie wartete darauf, dass er etwas sagte.

»Warum?« Er sollte doch alles wissen, immer eine Antwort haben. Darauf, warum er es getan hatte. Darauf, warum sie ihn angelogen hatte.

»Weiß ich nicht.« Sie wünschte, sie könnte seine Hand nehmen und verdrehen. »Warum willst du nicht, dass ich erwachsen werde?«

»Du solltest unendlich viel Zeit haben, um alles zu tun, was du willst. Zeit ist was Gutes, das Allerbeste.«

Alles, was sie wollte. Nedda wollte zum Mond fliegen, über seine Krater wandern. Sie wollte ihr eigenes Raumschiff und spüren, wie Schwerelosigkeit sich anfühlte. Sie wollte neue Dinge benennen und herumlaufen, wo noch niemand gewesen war oder vielleicht nie wieder sein würde. Sie wollte auf einem Labortisch einschlafen, während er ihr von den Sternen erzählte. Sie wollte in der Sonne auf einem Steg liegen und mit Denny angeln. Sie wollte Betheens Pistazien-Shortbread im Ofen riechen und ihr helfen, Torten zu backen, die wie Sekt-Regentropfen aussahen. Sie wollte ihren Bruder kennenlernen. Manches davon war geschehen, manches konnte nie geschehen, manches würde nie wieder geschehen. Seinetwegen.

Betheen zupfte sie am Rücken. »Nicht zu nah.«

Dass sie seine Hand nicht drücken konnte, hieß nicht, dass sie ihm nicht wehtun konnte. »Ich will erwachsen werden.«

»Es tut mir leid«, sagte er. Das reichte nicht. Es spielte jetzt keine Rolle.

»Ich glaube, wir können es stoppen«, sagte ihre Mutter. »Wir haben einen Elektromagneten gebaut. Wenn wir den richtigen Zeitpunkt erwischen, sollte er das Feld unterbrechen können.«

Sein Lächeln kam schnell. »Braves Mädchen, Beth.«

Mädchen. Wie eine Kleinigkeit, ein Nebengedanke. Nedda war ein Nebengedanke zu ihrem Bruder. Crucible sollte sie zwar davon abhalten, erwachsen zu werden, aber gebaut hatte er ihn wegen Michael.

»Theo, es betrifft die ganze Stadt.«

»Ich weiß. Der ganze Ort schwimmt, richtig? Die Stadt schwimmt. Die Anomalie liegt im Wasser und den Leitungen. Als sie erst mal drin war – ich habe nicht nachgedacht.

Du hättest es früher bemerkt, oder? Du hast schon immer all meine Fehler gefunden und korrigiert.«

»Es gab nicht viele«, sagte Betheen. »Der Magnet wird die Maschine zerreißen.«

»Ich weiß«, sagte er.

Crucible spuckte eisiges Licht aus, sodass Nedda und Betheen einen Satz rückwärts machten.

»Kleiner Tick, hör mir gut zu. Du musst weit weg sein, wenn es losgeht«, schärfte er ihr ein. »Es werden Gase austreten, radioaktive Strahlung, dann dürfen deine Mutter und du nicht mehr hier sein.«

Insgeheim hatte sie es sofort gewusst, als sie ihn so gesehen hatte, eingesperrt in der Blase. Insgeheim hatte sie es in dem Moment gewusst, als er zum ersten Mal *giftig* gesagt hatte. Sie ahnte, wie die Antwort lautete, zwang sich aber, zu fragen, um ihre Hypothese zu bestätigen. »Was ist mit dir?«

»Mach dir mal keine Sorgen um mich.«

Betheen unterbrach sie: »Der Elektromagnet soll dir entgegenwirken, der Zeit, in der du dich befindest. Es sollte einen Impuls geben, einen starken, wenn du … wenn du so wie jetzt bist. Pete McIntyre hat einen Startsequenzer. Den benutzen wir, um einen Zyklus zu starten und den Magneten fernzuschalten«, erklärte Betheen.

»Der Strom?«

»Zwei Generatoren«, sagte sie.

Er würde sterben. Bald würde er sich wieder verändern und sterben. Aber er würde auch wirklich sterben. Es gäbe kein Zurück. Es wurde kälter, und Neddas Zehen wurden taub. Sie würden den Magneten ins Labor ziehen, die Generatoren anwerfen und den Sequenzer im Flur bedienen. Dann würde Crucible zerstört. Ihr Vater würde Gasen und radioaktiver Strahlung ausgesetzt. Ihre Eltern sprachen zärtlich miteinander und sahen einander in die Augen.

»Papa?« Sie wollte ihn umarmen, das Hüpfen von elektrischen Impulsen spüren, Licht.

»Alles wird gut, Nedda.« Er streckte die Hand aus, als tastete er nach den Rändern dessen, was ihn umgab, wo er war. »Denny wird wieder gesund. Es tut mir leid, dass das passiert ist. Aber ich habe keine Angst, und du brauchst auch keine zu haben.«

»Ich werde dich nie wiedersehen.«

»Bitte, mach dir keine Sorgen. Es ist schon passiert, und es ist okay. Versprochen. Kleiner Tick, dir wird es gut gehen und mir auch. Was, habe ich dir erzählt, wird aus uns allen? Gas und Kohlenstoff. Hitze und Licht. Ich werde in der Luft sein, ich werde im Boden sein. Ich werde immer bei dir sein.«

»Das ist blöd«, rief sie, wünschte sich dann, sie hätte es nicht getan. Es konnten die letzten Worte sein, die er von ihr hörte. Aber es *war* blöd.

»Nein«, sagte er. »Du warst schon bei mir, bevor du geboren wurdest. Alles, was dich ausmacht, war schon hier, wartete darauf, du zu werden. So wird es sein, versprochen. Es wird sein, als würde ich auf dich warten.«

»Wird es wehtun?«

»Nein«, sagte er.

Sie wollte ihm glauben.

»Beth, wenn du kannst, nachdem …« Ein Scheppern übertönte ihn; Mr. Pete hatte einen der Generatoren fallen lassen.

»Mache ich«, sagte sie.

»Kannst du ein Weilchen bleiben«, fragte er, »aber gehen, wenn ich nicht mehr weiß, was passiert?«

»Natürlich«, sagte Betheen.

Sein Gesicht verrutschte, wurde zu dem eines anderen Mannes, zu einem anderen Zeitpunkt, zu einem Film, der zurückgespult wurde. Nedda lehnte sich an Betheen und war dankbar für ihre spitzen Hüftknochen, ihre drahtigen Arme, ihren Körper, der nicht nachgab.

»Nedda, du wartest besser draußen.« Im Türrahmen stand Mr. Pete, den Elektromagneten auf dem Wägelchen. Er hatte eine merkwürdige Gesichtsfarbe bekommen. »Das … das solltest du nicht sehen.«

Sie hatte es satt, dass Leute sagten, was sie tun oder nicht tun sollte. Sie drehte sich von ihm weg, zu Crucibles Kreiseln um, der Kälte, die er verströmte, und dem sich krümmenden Körper ihres Vaters. »Ich muss zusehen.«

»Bist du sicher?«, fragte Betheen.

»Ja, bin ich.«

»Sie schafft das, Pete.«

Sie blieben einen ganzen Zyklus bei ihm. Sein Körper schrumpfte in sich zusammen, Arme und Beine wurden kürzer, dünner. Er wurde kleiner, jünger, bekam Pausbacken. Die Schuppenflechte kroch an seinem Körper auf und ab, und wenn sein Gesicht zu schwer zu ertragen war, beobachtete Nedda die Veränderung seiner Haut, ein Silber und Rot, das von Kopf bis Fuß über ihn tanzte. Seine Haut hatte Nebelflecken.

»Mama. Er wird sterben.«

Betheen kraulte ihr sachte den Nacken, unterhalb ihres Zopfes. »Wir kommen zurecht, Nedda. Im Moment ist es nicht gut, aber es wird wieder.«

Als Baby war er rundlich und schrie wie eine Puppe, als gehörte er jemand anderem, nicht ihr.

An ihrem Ohr flüsterte Betheen und kitzelte dabei die feinen Härchen mit ihrem Atem: »Ich verrate dir ein Geheimnis. Du wirst stärker werden. Nicht gleich. Zuerst wirst du ihn schrecklich vermissen. Du wirst dich fühlen, als würde dir ein Stück deines Herzens fehlen. Du wirst glauben, dass du vielleicht gestorben bist. Aber du wirst lernen, damit zu leben, wenn du verletzt wirst, zu arbeiten, wenn du dich unvollständig fühlst, besser als alle anderen zu sein, auch wenn du leidest. All die anderen Jungen und Mädchen, die ein leichtes Leben haben, die nicht wissen, wie man Schmerz erträgt – wenn sie erwachsen werden und jemanden verlieren, wird es sie zurückwerfen. Aber dich nicht, weil du es schon erlebt hast. Und ich werde da sein, ich werde dich nicht alleinlassen. Nie. Selbst wenn du groß bist und mich nicht mehr brauchst, werde ich da sein, nur für alle Fälle. Das hier ist es.« Sie küsste Nedda auf die Schläfe. »Nichts wird je mehr wehtun als das jetzt gerade.«

»Es ist ungerecht.«

»Ja, stimmt. Aber es wird wieder okay.«

Okay reichte nicht. Okay war, zur Schule zu gehen und mit Papierkügelchen beschossen zu werden. Okay war, wenn ein Freund bei einem auf dem Boden schlief, weil er nicht nach Hause konnte. Okay war, sein ganzes Leben lang nicht zu wissen, dass man einen Bruder gehabt hatte, der gestorben war, bevor man ihn kennenlernen konnte. Okay war, immer nach etwas zu greifen, was man nie erreichen konnte. Einer Raumfähre. Dem Mond. Ihm. Okay war, mit einem starr verkrampften Herzen herumzulaufen, zu atmen, als ginge einem die Luft aus. Nedda presste sich die Handballen gegen die Augen, wartete darauf, dass der Druck Farben erzeugte, wartete auf den Schmerz.

Das Licht veränderte sich, ein Aufblühen von Wärme, eine Helligkeit, die durchs Zimmer huschte. Die Kühle wich, ihr Atem kondensierte nicht mehr.

»Betheen?« Seine Stimme war weich, hoch.

Er war jung. Ungefähr zwischen Neddas Alter und seinem echten. Er hatte Angst; sein Mund war genauso wie ihrer, wenn sie sich fürchtete.

»Betheen, du siehst …«

»… alt aus«, sagte ihre Mutter. »Ich weiß.«

»Was ist passiert?«

»Du hattest einen Unfall.«

Es war mehr als das, aber auch nicht. Nedda versuchte, sich abzuwenden, als er sie entdeckte, schaffte es aber nicht. Die Ratlosigkeit in seiner Miene tat weh.

»Beth, wer ist das?«

»Das ist Nedda Susanne. Sie ist elf und hochintelligent.«

Er kannte sie nicht. Das war schlimmer als alles andere, schlimmer, als Betheen prophezeit hatte. Aber er sah sie an wie sie den Mond. Als läge er auf dem Rücken und betrachtete die Sterne.

»Bist du …«, setzte er an.

»Sie ist das klügste Mädchen in ihrer Klasse. Sie hat jetzt schon einen Jahrgang übersprungen. Sie ist wundervoll, und sie vergöttert dich, als hättest du das gesamte Universum gebaut.«

»Ich habe dich geheiratet? Wir haben eine Tochter.« Er versuchte aufzustehen und fiel wieder hin wie ein zerbrochener Ast.

»Ja«, sagte Betheen.

Da lachte er, so ein heftiges Lachen, das einem den Bauch verkrampfte. »Ich verdammter Glückspilz.«

»Lass ihn dich ansehen, Nedda.«

Ihr Vater suchte den Fußboden nach seiner Brille ab, gab aber auf. Er kniff ein Auge zusammen, um besser sehen zu können. Ohne seine Brille, ohne seine Falten bemerkte

Nedda, dass seine Wangen wie ihre aussahen, auch seine schmale Nase, die dünne Oberlippe.

»Bin ich ein guter Vater?«

»Ja«, sagte sie. In ihrer Tasche ertastete sie das Stück Papier von ihrem Missions-Emblem und knetete sich den letzten Rest des roten Apfels in den Daumen. Es gab noch andere Worte, aber sie klebten ihr am Gaumen. Sie konnte den Raum nicht hören, Crucible oder die Hände ihrer Mutter, die ihr über den Kragen strichen; sie hörte eine Erinnerung: seine Stimme, die ihr den Himmel öffnete. Den Zeigefinger auf einen Punkt in der Schwärze gerichtet, hatte er gesagt: *Siehst du? Pluto ist unser ferner Sternsegler.*

»Wir müssen bald gehen, Theo.«

Er zog die Beine fest an die Brust und schlang die Arme darum. So saß auch Nedda besonders gern. Ein Klumpen bildete sich in ihrem Magen.

Als er sich über die Schläfe rieb, kam ein rötlicher Ausschlag zum Vorschein, auf dem keine Haare wuchsen, eine Stelle, über die er sich schon länger Gedanken gemacht hatte. »Nedda Susanne?«

»Ja, Papa?« Er war noch nicht ihr Vater, würde es aber eines Tages werden. In einer Stunde oder einer Minute war er es, irgendwann, nachdem sie gegangen waren.

»Das muss komisch für dich sein. Ich kenne dich noch nicht, aber du mich.«

»Ein bisschen.«

»Theo, du bleibst nicht lange wie jetzt, und was danach kommt, ist unschön.«

»Du bist perfekt«, sagte er zu Nedda, nur für sie. »Falls du mich nicht wiedersiehst, falls ich nicht da bin, sollst du wissen, dass du perfekt bist. Das war mein erster Gedanke, als ich dich sah.«

Crucibles Beine bewegten sich weiter, eine kreiselnde Spinne, und ihr Vater begann, sich zu verändern. Nedda konnte es nicht mit ansehen.

Betheen packte sie am Arm, so fest, dass es vermutlich einen blauen Fleck geben würde, und zog Nedda aus dem Labor. Sie weinte, deshalb schloss sie die Augen und stellte sich den Mond vor. Sie stellte sich sieben Rauchwolken am Himmel vor, Gas, Kohlenstoff, Licht und Hitze. Verbrennung, die zu schnell vor sich ging, um wehzutun.

Da die Lampen im Flur nicht brannten, wirkte der Sequenzer wie ein unförmiger dunkler Klotz, die Drähte wie lauernde Schlangen. Licht strömte durch das Laborfenster – aus Crucible sickerte Zeit.

Als Mr. Pete den ersten Generator anschaltete, erbebten die Wände. Er sah hinter Mitzis Schatten hervor und rief: »Der andere Generator ist bereit. Sagt mir nur, wann.«

Der Generator versorgte den Sequenzer mit Strom. Der Sequenzer war an den zweiten Generator angeschlossen, der wiederum den Elektromagneten betrieb. Die Gleichung ihrer Mutter war wunderschön. Eine einzelne Zeile in eleganter Handschrift, die gleichen schrägen Striche, mit denen sie Rezepte notierte. Betheen konnte *Sanft die Eiweiße schlagen* schreiben und eine Gleichung, die Crucible zerreißen und ihren Vater töten würde.

»Wie lange noch?«, fragte Nedda.

Betheen holte die Eieruhr aus der Tasche. »Zwanzig Minuten, dann schalten wir ihn an. Wir dürfen wirklich nicht länger warten.«

Sie konnte die Zeit bei ihm verbringen, im Labor. Aber es wäre schmerzhafter, oder nicht? Würde er es überhaupt bemerken? Nedda lehnte sich an den Sequenzer, ihre Jackenknöpfe klapperten an Mitzis Metallhülle. Nedda saß daneben, berührte sie, aber auch nicht.

»Ich könnte es für euch machen«, sagte Mr. Pete.

»Nein«, sagte Betheen. »Würden Sie bitte im Auto auf uns warten?«

Er murmelte, er bleibe in der Nähe, dann verhallten seine Schritte im Flur. Wenn man im Himmel starb, wurde man verbrannt, die Asche verbreitete sich mit dem Wind, und man bedeckte Land und Meer wie Nebel, wie die Pflanzenschutzmittel, die früher vom Flugzeug aus über Prater Citrus versprüht worden waren. Man wehte quer über den Himmel, und eine Zeit lang, vielleicht für immer, flog man. Vielleicht war man Licht.

Betheen zog Nedda fest an sich. Als es Zeit war, sagte sie: »Es ist so weit.«

Ihre Mutter liebte ihn. Es schwang in ihren Worten mit.

»Ich mache es«, sagte Nedda.

Sie hatte den Schalter schon einmal gedrückt, als der Sequenzer noch auf Mr. Petes Grundstück gestanden hatte. Von Sonne und Regen war Mitzis Beschriftung fast verblasst. Sequenz an war oben. Der Knopf war silberfarben, die gleiche Art von Schalter, die ihr Vater benutzt hatte, als er ihr zeigte, wie man einen Schaltkreis baute, die gleiche Art von Schalter, die Crucible hatte.

»Das musst du nicht«, sagte Betheen.

»Doch.« Schalter waren logisch: an/aus, wenn/dann. *Wenn* Betheen den Schalter drückte, *dann* würde Nedda ihr die Schuld geben. *Wenn* Betheen den Schalter drückte, *dann* käme einmal ein Moment, in dem Nedda eine Entscheidung treffen musste und sich darauf verließ, dass jemand sie ihr abnahm. *Wenn* Nedda den Schalter drückte, *dann* wüsste sie, dass sie das Schwierigste überhaupt tun konnte.

Er hatte Schmerzen.

Wichtige Dinge sind immer Furcht erregend.

Du sollst wissen, dass du perfekt bist.

Für das Gemeinwohl.

Das Klicken war leise, mehr Empfindung als Geräusch. Im Inneren des Sequenzers surrten Ventilatoren. Rote Ziffern zeigten Sekundenbruchteile an, zählten Zeit, bis der Generator anspringen und einen Stromstoß in den auf Crucibles Herz gerichteten Elektromagneten – die Nadel – senden würde. Wenn er groß genug war, stark genug, würde er die Maschine zerreißen. Der Elektromagnet würde sich einschalten, sobald die Blase am dünnsten war. Daraufhin gäbe es eine Spannungsspitze, und Spannungsspitzen erzeugten Funken, und Funken in Räumen voller Gase waren schlecht. Verbrennung war die kühnste chemische Reaktion. Gas. Kohlenstoff. Licht.

Der Metallkasten des Sequenzers fühlte sich kühl an ihrem Ohr an. Das Innere klang wie Dominosteine, die klackernd gegeneinanderfielen, umkippten, oder Vier-gewinnt-Steine, die in eine Spalte geworfen wurden.

Licht waberte aus der Labortür.

Auf einmal lagen Arme um Neddas Taille, zerrten sie durch den Flur, die Treppe hinunter, weg von der Hitze und dem pulsierenden Licht. Sie wurde durch das Gestrüpp geschoben, das die Tür überwucherte. Quirlen, rühren, schlagen, kneten – kleine Bewegungen, häufig wiederholt in einem bestimmten Zeitraum, erzeugten Kraft. Ein zweites Paar Hände grub sich unter ihre Arme, sie rochen nach Rost und Motoröl. Dann saß sie auf dem mittleren Sitz des Pickups, eingezwängt zwischen Mr. Pete und ihrer Mutter.

Jemand drückte Schalter für Raumfähren; es gab immer einen, der solche Dinge tat. Jemand hatte den Schalter für die *Challenger* gedrückt. War es schlimmer, wenn man einen Schalter drückte, ohne zu wissen, dass er jemanden umbringen würde? Ihr Vater wüsste die Antwort. Sie würde auf der Motorhaube liegen, durch ein Teleskop spähen und nach Kometen suchen, und er würde sagen, dass keine Arbeit, die von Bedeutung war, je ohne Konsequenzen blieb. Er würde es ernst meinen. Sie würde nicht lügen, um ihm eine Freude zu machen.

Sie stellte sich sein Gesicht vor, nicht den kleinen Jungen, nicht den alten Mann oder den jungen, der gesagt hatte, sie sei perfekt. Ihn.

»Mama, werde ich vergessen, wie er aussieht?«

»Ja und nein«, sagte Betheen. »Bilder werden helfen.«

Mr. Pete kurbelte das Fenster herunter und zündete sich eine Zigarette an. Der Rauch kringelte sich wie ein Band. Luftschlangen. Verbrennung und Oxidation. Asche.

»Wohin fahren wir, Mrs. Papas?«

»Ich will zu Denny«, sagte Nedda.

»Seine Mutter ist bei ihm«, sagte Betheen. »Sie braucht Zeit allein mit ihm, okay?«

Sie brauchte auch Zeit. Nur zur Sicherheit, damit das Letzte, was er von ihr sah, nicht ihr Weglaufen gewesen war. »Was, wenn sie ihm die Kaffeebeeren nicht gebracht hat? Was, wenn er es nicht weiß?«

»Sie braucht Zeit, Nedda.«

In diesem Moment war ihr Vater noch im Labor am Leben. Denny war im Geräteschuppen. Sie saß in einem Pick-up mit ihrer Mutter und Mr. Pete, und sie hatte etwas Schwieriges getan, worauf sie stolz sein konnte, selbst wenn sie es niemals jemandem erzählen durfte. Bisher hatte sich noch nichts geändert. Wenn ihr Vater starb, wenn er nicht mehr da war und sie es spürte, würde sie es auch nicht richtig sehen. Es wäre schon vorbei. Das Licht der Explosion würde vom Labor durch die Luft und durch das Autofenster und dann in ihre Augen fliegen. Es würde dauern. Die Entfernung könnte genauso gut eine Million Lichtjahre sein.

Mr. Pete redete. »Wenn Sie sich ganz sicher sind. Bei Annie klang es, als wollte die ganze Stadt gleich losziehen und ihn teeren und federn.«

Ihre Mutter sah aus dem Fenster. »Aber sie liegt hoch, ist ein gutes Stück entfernt, und die Leute werden dorthin gehen. Hinterher.« Der ungesunde Himmel hatte sich orange gefärbt, beleuchtete ihre Mutter wie ein Feuer. »Am besten stellt man sich einer Sache direkt.«

Sie waren auf dem Weg zur Schule.

Gebüsch blockierte das Ende des College Drive und zwang sie, zurückzusetzen. Die Straßen schienen sich zu verschieben, während sie darauf fuhren, und alles roch nach Sägespänen und schmelzendem Gummi. Der Island Paradise Park war über die Bäume hinweg gerade eben zu erkennen. Kudzu war an der Seite des Betonkopfes emporgekrochen und gab ihm einen Bart. Die Gaslichter flackerten immer noch in seinen Augen.

Die Acacia Lane war die einzig freie Strecke zur Schule. Sie kamen an Neddas Haus vorbei, der Traufe über ihrem Zimmerfenster und dem Spalier, an dem Denny immer hochkletterte. Es brannte kein Licht. Eigentlich sollte im Keller Licht zu sehen sein, hin und wieder ein Aufblitzen, ein Funke. Sie fuhren am Haus der Praters vorbei. Dennys Sachen waren darin, seine Kleider und Baseballkarten und seine Angel, wie ein Umriss von ihm.

Die Eieruhr piepte.

Nedda bekam eine Gänsehaut, und sie reckte den Hals.

»Nicht«, sagte Betheen. »Er würde nicht wollen, dass du es siehst.«

Doch, würde er. Das wusste sie.

Eine Explosion war vieles; diese bestand aus sich in Wellen bewegenden Photonen und Elektrizität, die ins Universum trieb, ausströmte wie eine Flut. Es war gar nicht so anders als im Fernsehen. Es gab einen Lichtblitz, aber keinen Schrei, kein Rennen und niemanden, der sie zum Beten aufforderte. Ihr Vater war darin. »Wir sind nicht da«, sagte sie. »Licht, das wir sehen, stammt von dem, was schon passiert ist.«

Ihre Mutter hielt das Gesicht geradeaus gerichtet, den Rücken durchgedrückt, die Hand um den Türgriff geklammert. »Das ist ein guter Gedanke, stimmt aber nicht ganz. Man ist immer da, Nedda. Es passiert immer.«

Was wurde aus Menschen? Was sie immer gewesen waren: Kohlenstoff, Hitze und Licht, zusammengequetscht, sodass sie für eine gewisse Zeit etwas anderes wurden. Ein Stern, ein Affe, ein Junge. Ein alter Mann. Ein Baby.

»Näher kann ich nicht. Den Rest müssen wir laufen«, sagte Mr. Pete.

Autos verstopften das Schulgelände, versperrten den Eingang. Als ihre Mutter sich nicht rührte, griff Mr. Pete über sie hinweg, um die Tür zu öffnen. Die Luft, die hereinwehte, roch nach Cafeteria, nach Zwiebeln, süß, schmutzig und sauer, schrecklich in ihrer Alltäglichkeit.

Sie schlugen die Wagentüren nicht extra zu. Sie rannten zwischen den Autos hindurch, die auf dem Gras standen, sich betrunken auf die Straße lehnten. Nedda erkannte einige davon. Ellery Rees' Gremlin, den komischen Kleinlaster, den Krissies Vater fuhr. Das Postauto. Hitze kam hinter ihnen auf, wurde stärker. Sie suchte nach dem Auto von Dennys Mutter und Dennys Fahrrad, in dem Wissen, dass sie nicht da waren.

Die Tür ging auf.

Hände auf ihrem Rücken – ihre Mutter, Mr. Pete – schoben sie in ein Gewühl aus Armen, Körpern und Menschen.

Als ihre Augen sich an die Schwärze gewöhnt hatten, waren da Gesichter, Mrs. Wheeler, Joan aus dem Bird's Eye, Kinder aus der Schule. Vicki und Madeline. Jimmy La Morte und seine Mutter.

Papa Prater. Er stieß Leute zur Seite, um zur Tür zu gelangen, zu ihnen zu kommen. Sie konnte es sehen, seine Faust, die Denny aufs Auge schlug. Trotz allem, was ihr Vater getan hatte, weil er nicht wollte, dass sie erwachsen wurde, trotz allem, was schiefgelaufen war, er hätte sie niemals geschlagen. Ein Kind absichtlich zu schlagen, hätte er sich nie verziehen.

»Desmond«, sagte ihre Mutter.

Ein Blitz zuckte.

Licht fraß den Himmel. Hitze barst durch die Tür, sengend, trocken, wie Easter nie war. Was auch immer Papa Prater gerade hatte sagen wollen, erstarb, bevor es seinen Mund verließ. Übrig blieben nur Hitze und Gedränge. Die Hüfte ihrer Mutter, der Rücken von Mrs. Wheeler. Mr. Petes schwere Stiefel neben ihrem Fuß. Irgendein kratziges Kleid. Die Feuchtigkeit von Atem, ein und aus.

Dann gab es nur noch Licht. Lodernd gelbgrün.

Nedda spürte sie, jeden Menschen in Easter, sie flossen zusammen wie Wassertröpfchen, separate Einheiten, die miteinander verschmolzen, alle mit einer Haut. Eine Zeitwelle, die durch sie hindurchwogte. Sie waren eins.

Die Leiber der Stadt klammerten sich aneinander wie eine einzige strudelnde Masse: Plantagenpflücker und Hotelgammler, Kinder und Eltern, ehemals altes Geld, die Hunderennbahn-Männer mit ihren Rattenschwänzen und der faltigen Haut vom nächtlichen Schnaps, Leute, die immer weiter nach Osten gezogen waren und sich niedergelassen hatten, wo das Land zu Ende war. Crucibles Spur zerriss die Luft, den Himmel und die dünnen Mauern, die sie zu separaten Menschen machten. Ohne diese Grenzen waren sie ein einziger Gedanke. Voller Sehnsucht.

Voller Sehnsucht nach einem Liebhaber, nach einem Hausboot, einem robusten Gefährt, um lange und träge Tage darauf zu verbringen; danach, Mamas Hand wieder zu halten und ihr zu sagen, dass sie geliebt wurde; nach Geld und Behaglichkeit; nach einem Baby, endlich Mutter zu werden; nach Ruhm; nach Schlaf ohne Albträume; nach einem Tag ohne schmerzende Gelenke; nach Arbeit; danach, dass Missy zurückkam; nach jemandem, der wirklich zuhörte, nur ein Mal, Himmelherrgott; nach einem Sohn, einem verdammten Sohn; nach der süßen Orangenlimo, die nicht mehr hergestellt wurde; nach nur noch einer Stunde, und das wäre genug; nach einem Mann, der alles zurücknahm und noch mal neu anfing; nach einem Pick-up; nach einem Baumhaus mit drei Stockwerken, Falltür und Strickleiter; nach Weltraumtorte; nach einer Nacht in einer Küche mit Salz und Dampf in der Luft; nach einem Raumschiff; nach einem Vater.

Der Himmel zersprang golden und verblasste dann. Sie lösten sich voneinander, Haut und Gedanken kribbelten.

Ein sachtes Reißen eines ausgefransten Fadens.

Neddas Vater war nicht mehr da. Wo er gewesen war, klaffte ein Loch. Sie konnte es in sich ertasten, nicht in ihrem Herzen, aber daneben, um es herum, eine Hautschicht, die fehlte.

Nedda presste ihr Gesicht an Betheen, Wange gegen ihr Schlüsselbein, als im Vorraum das Licht anging. Sie atmete ihre Mutter ein und begann zu zählen. Sekunden an der linken Hand, Zehner an der rechten. Zwei Minuten. Die Regel besagte, dass nach zwei Minuten alles gut war. Dieses Mal würde sie sich nicht ablenken lassen.

»Ich glaube, es ist vorbei«, sagte Betheen.

»Ich will nach Hause«, sagte Nedda.

Als sie das Schultor öffneten, blinzelten sie in die Helligkeit eines Nachmittags, der heiß war wie im Frühsommer. Ein blauer Himmel mit Wolken, die sich bewegten wie seit Tagen nicht mehr.

Die Leute drängten sich an ihnen vorbei, liefen zu ihren Autos, sahen in den Himmel und rieben sich verblüfft den Nacken.

Papa Prater rief nach ihrer Mutter, aber sie blieben nicht stehen.

Sie gingen durch den Wald, den Pfad, den Denny und sie immer benutzten. Ihre Mutter musste es auch gespürt haben, den reißenden Faden. Bei den Kaffeesträuchern hob Nedda den Kopf und sah, dass Betheen weinte. Ihre Haare hatten sich aus dem Knoten gelöst. An ihren Mantelärmeln war Schmieröl und Rost, breite bräunliche Schlieren auf rosa Wolle.

Sie liefen über Mr. Petes Grundstück. Hinter seinem Haus war ein blasser Fleck wie eine Narbe, wo Mitzi, der Sequenzer, gestanden hatte. Alles hinterließ Umrisse.

»Mama?«

»Ja?«

»Papa hat gesagt, wenn man stirbt, wird man wieder das, was man vorher gewesen ist, und alles kommt vom Kohlenstoff. Wir werden Kohlenstoff, Gas und auch Hitze. Ich wollte wissen, was Gedanken sind, was mit den anderen Sachen hinterher passiert, mit allem, was man denkt und was man ist, was man fühlt und allem, was einem je passiert ist, mit den Erinnerungen. Er hat gesagt, das sind alles elektrische Impulse, Licht und Strom und so. Und wenn man überlegt, wie Elektrizität sich fortbewegt, dann ist da lauter Licht dabei, und sie hört nie auf. Stimmt's? Sie bewegt sich immer weiter. Vielleicht für immer, hat er gesagt. Dass das ganze Licht vom Anfang des Universums immer noch unterwegs ist.«

»Es war nett von ihm, das zu sagen.«

Es tat auch mehr weh, zu wissen, dass er an Orte kam, die sie nie sehen würde, dass er immer noch im Universum war, sie aber ohne ihn.

Nedda schälte sich aus ihrer Jacke, traute sich nicht, sich über die Hitze zu wundern. Traute sich nicht, sich zu fragen, was jenseits des Labors geschehen war, jenseits der Plantage.

»Mama.«

»M-hm.«

»Ich habe ihn sterben gespürt.«

Betheen machte ein Geräusch wie eine Maus, die keine Luft bekam. »Ich auch. Wir schaffen das schon«, sagte sie, als sie wieder zu Atem gekommen war. »Wir lernen, damit umzugehen.«

Wenn sämtliches Licht des Universums sich immer weiter fortbewegte und nie starb, wenn sämtliches Licht des Universums noch da war, dann war auch ihr Vater – wie Judy, wie die sieben Astronauten – noch da. Ihr Bruder ebenfalls. Sie wünschte sich mehr als alles auf der Welt, mehr als ein eigenes Labor, mehr, als auf dem Mond zu stehen, mehr, als sie sich das Weltall und eine Agena-Rakete wünschte, dieses Licht wieder zu berühren.

»Ich hab dich lieb«, sagte Betheen.

Hätten sie auf dem Küchenboden gelegen und an die Decke gestarrt, mit ihrem Vater im Keller, hätte Nedda es auch gesagt und sich gar keine Gedanken gemacht, ob sie es so meinte. Jetzt war es anders. Es gab Dinge über ihren Vater, die sie nie erfahren würde, einen komplett anderen Menschen, den sie niemals kennenlernen oder verstehen würde. Als der Mixer kaputtgegangen war, hatte ihre Mutter etwas von einem Strampler gesagt, an das Nedda sich nicht genau erinnerte. Auch das hatte etwas anderes bedeutet. Sie griff nach dem kleinsten Finger ihrer Mutter. Mehr hätte zu wehgetan.

Moleküle, Partikel – jeder bestand aus Winzigkeiten, und wenn sie sie ganz fest hielt, konnte sie genauso gut auch das Ganze von etwas festhalten.

Sie kamen an Haverstone House vorbei und blieben stehen, wo Denny abgebogen wäre.

Annie Praters Auto stand vor dem Haus. Das Licht brannte.

Sie wusste es, wie sie die Namen der Sternbilder wusste: Denny war zu Hause.

Offenbarung

Randall Holt schlief in seinem Laster, und das, seit er den Okefenokee durchquert hatte. Eigentlich durfte er sich nicht auf den Autopiloten verlassen, aber wie sollte man bitte schön sechsunddreißig Stunden am Stück durchhalten. Die Firma überprüfte die Fahrtenschreiber nicht, nur wenn es einen Unfall gab, und die Atlantikroute kannte er im Schlaf. Nur das hielt seine Frau davon ab, jedes Mal einen Anfall zu bekommen, wenn er das Haus verließ. Er träumte gerade von Marla und ihren schönen Füßen, ihre Zehennägel waren lebendige Schmetterlinge. Sie hatte Angst, daraufzutreten, deshalb musste er sie überallhin tragen, über der Schulter wie ein Feuerwehrmann oder auf beiden Armen, als wären sie frisch verheiratet. Jetzt, in seinem Traum, hatte sie ihre Füße neben ihm auf dem Handschuhfach abgelegt, und die Flügel der Schmetterlinge flatterten in der Sonne.

Als das Licht auf seinem Armaturenbrett aufleuchtete, schlief er immer noch. Der Board-Computer suchte und fand per GPS eine Tankstelle. Er blinkte, häufiger und korrekter, als Randall es jemals getan hätte, und zog auf die linke Spur des Highways. Um fünf Uhr morgens war die Straße fast leer.

Randall drehte sich um, als der Computer eine Ausfahrt nahm. Jetzt war Marla in einer Fernsehsendung, und alle sagten, ihre Schmetterlingszehen bedeuteten, dass sie Königin von irgendwas war. Er hatte allmählich keine Lust mehr, sie zu tragen. Seine Arme waren ausgeleiert wie Spaghetti und schleiften auf dem Boden.

Der Computer des Lkw konnte vieles, die Route korrigieren, Unfälle vermeiden, einen Unfallhergang so lenken, dass er den voraussichtlich geringsten finanziellen Schaden verursachte, aber er konnte sich nicht selbst betanken, weshalb Randall als Fahrer arbeitete und weshalb er, als er schließlich aufwachte, das Schild von Easter Benzin & Mehr vor der Nase hatte.

Benzin. Wer tankte denn noch Benzin? Er hatte seit seiner Kindheit keine Benzintankstelle mehr gesehen.

Nach ein paar hundert Kilometern waren die Knie steif und die Blase bis zum Platzen voll. Er sprang aus dem Führerhäuschen, verschloss die Tür mit der Handfläche und ging sich nach einem Klo und der Ladestation umsehen. Die bescheuerte KI konnte Gewitter in zweihundert Kilometern Entfernung ausweichen und an jedem Floh vorbeinavigieren, aber eine Steckdose fand sie genauso wenig wie ihren eigenen Arsch.

Easter. Komischer Name für eine Stadt. Er beäugte die Zapfsäulen. Keine Ladestation. Weiter hinten standen Autos. Alte, wuchtig aussehende Kisten mit langen Motorhauben und scharfen Kanten. Er war in einer Oldtimer-Werkstatt gelandet. Das erklärte das Benzin. Trotzdem, keine Ladestation? Das schien ihm ein Scheißgeschäftskonzept zu sein. Er lief zum Kassenhäuschen, klopfte an die Tür, aber niemand öffnete.

»Hallo. Ich hab hier einen Sattelschlepper, der Saft braucht. Könnten Sie mir sagen, wo die nächste Ladestation ist?«

Durch das Fenster konnte er einen Kühlschrank voller

Plastikflaschen uralter Cola erkennen und auf der Theke ein Telefon mit Wählscheibe.

Puristen. Wahrscheinlich ein paar Zwanzigjährige mit weiten Hosen und Fingernageltattoos.

»Hallo?«

Tja, Scheißdreck.

Letztlich pinkelte er am Straßenrand in einen Kanal. Er sah sich gründlich um. Wenn man nicht aufpasste, strullerte man auf einen Alligator, was nie gut endete. Er stand im Schatten einer Reklametafel und blinzelte nach oben. Prater Citrus. Kam ihm bekannt vor.

Als er sich gerade wieder anschnallte, fiel es ihm ein. Seine Großmutter hatte ein Poster von Prater an ihrer Wohnzimmerwand gehabt. Ein Mädchen in einem Bikini aus Orangen, das auf einem Reiher mit zwei riesigen Grapefruits in den Klauen ritt. Seine Großmutter hatte Grapefruits im Ofen gebacken, mit braunem Zucker darauf, sodass sie nach Zuckerwatte und Sommer schmeckten. Sie hatte immer gesagt, die von Prater seien die süßesten, die rote Sorte. Aber dann bekam man sie nicht mehr. Prater war pleitegegangen oder lieferte nicht mehr nach Georgia. Mein Gott, sie war vor über dreißig Jahren gestorben. Die Reklametafel allerdings war blitzblank und neu, als wäre sie erst vor einer Woche aufgestellt worden. Randall liebte Grapefruits, aber heutzutage waren sie fast nicht mehr zu kriegen. So oder so, er konnte was zu essen vertragen, und in Kleinstädten an Autobahnausfahrten gab es normalerweise anständige Lokale.

Randall brüllte sein Telefon an, ihm die nächste Ladestation anzuzeigen, und es fand eine in Titusville. Das klang vernünftig. Er ließ den Computer übernehmen. Der Sattelschlepper rumpelte von der Tankstelle, während er sich aus dem Fenster lehnte, um den Sonnenaufgang zu betrachten, mit einem Stoßgebet, dass die Batterie noch reichte.

Der Laster fuhr in eine Stadt, die eine Filmkulisse hätte sein können, mit Autos, die aussahen wie aus den späten Siebzigern oder frühen Achtzigern. Ein Kino warb für einen Streifen namens *Der stählerne Adler*.

Die KI ließ ihn mehrmals abbiegen, bis er auf die Red Bug Road kam. Die Straßen waren leer, aber ein Mann fegte den Bürgersteig vor dem Schaufenster eines Diners. Mit verchromter Theke. Ein Fossil in einer Fossilstadt.

»Hallo, haben Sie offen?«

Der Mann beäugte misstrauisch Randalls Laster. »Ja, ich mach grade auf. Wollen Sie das Ding etwa da parken?«

Randall Holt war seit fünfzig Jahren der erste Mensch, der Easter betrat.

Ellery Rees servierte dem Mann aus dem seltsamen Laster gebackene Grapefruits. Was für ein Lkw hatte denn keinen Auspuff? Außerdem aß der Kerl die Grapefruits, als hätte er in seinem ganzen Leben noch keine gesehen. An diesem Vormittag war nicht viel los, und Ellery fühlte sich noch leicht angeschlagen. Er hatte sogar überlegt, gar nicht zu öffnen. Gestern war noch Winter gewesen, heute plötzlich Sommer, und von dem Wechsel fühlte er sich zittrig und spürte, dass ein Schnupfen im Anzug war, unter anderem. Aber als er im Bett lag und die Decke anstarrte, hatte er auch nichts mit sich anzufangen gewusst, außer den Diner zu öffnen. Also hatte er ein paar Tassen Kaffee runtergeschüttet, sich mit dem kubanischen Zeug verarztet und einem Mann mit dem wildesten Laster, den er je gesehen hatte, fast vier ganze Grapefruits serviert. Wieso hatte das Ding keinen Kühlergrill? Wo war die Motorhaube? Um nicht allzu auffällig zu starren, blätterte Ellery die Zeitung durch.

»Haben Sie davon noch eine?«, fragte der Fernfahrer.

»Nee, aber ich bin fast durch. Nehmen Sie meine. Ist sowieso schon zwei Tage alt. Der Zusteller hat es vorgezogen, sich nicht blicken zu lassen.« Ellery warf sie ihm zu.

Der Mann hob sie auf, als hätte er noch nie eine Zeitung gesehen. »Stimmt das?«

»Was denn?«

»Das Datum.«

»Wie gesagt, ist schon zwei Tage alt.«

»Ach du große Scheiße«, sagte der Mann. »Sie verarschen mich doch nicht, oder?«

Ellery berechnete dem Fernfahrer die Grapefruits und den Kaffee nicht. Er war froh, ihn los zu sein.

Nicht lange danach tauchten mehrere Streifenwagen der Polizei von Titusville auf. Dann der erste Reporter.

Der Staat reagierte mit Katastrophenmanagement. Strom- und Wasserversorger mussten Leitungen und Rohre wieder in Betrieb nehmen, die jahrzehntelang nicht benutzt worden waren. Psychologen wurden geholt. Die Fernsehnachrichten nannten es *Zukunftsschock*. Psychiatern fiel es schwer, eine Diagnose für die spezielle zeitliche Dissoziation zu finden, an der die Einwohner Easters litten. Häufig weigerten die sich, die Existenz bestimmter Technologien überhaupt zur Kenntnis zu nehmen. Mobiltelefone verstörten sie genau wie Computer, Elektroautos, Kameras ohne Film, Tablets, Fernsehen, das Internet, die unübersehbaren Merkmale eines digitalen Zeitalters. Die einzig anderen Menschen mit ähnlichen Erfahrungen waren Gefängnisinsassen, die nach langen Haftstrafen entlassen wurden. Aber der Schock war ein anderer als bei den ehemaligen Häftlingen. Denn die Stadt wusste nichts davon, dass Zeit verstrichen war, dass sie alle sich nicht aus den Tagen nach der *Challenger*-Katastrophe fortbewegt hatten.

Die Boulevardpresse taufte sie *Aussetzer* wegen der Zeit, die sie verpasst hatten.

Wissenschaftler trafen ein, untersuchten den Boden, die Pflanzen, das Blut der Bewohner. Sie nahmen Proben von einem Labor im College, das explodiert war: Gold- und Glaspartikel, verkohlte Drahtstückchen.

In der zweiten Woche befragten die Ermittler eine Frau, deren Mann bei der Explosion ums Leben gekommen war. Sie erklärte, er habe an einer Therapie für degenerative Gelenkerkrankungen gearbeitet, unter Verwendung kleiner Mengen radioaktiver Stoffe.

Das Labor und die umliegenden Gebäude wurden abgerissen und unter einer Betonschicht begraben.

299.792.458 m/s

Er hatte sein gesamtes Leben in Florida verbracht, war nur einmal von Tarpon Springs an die Atlantikküste umgezogen. Je stärker sein Körper ihn einschränkte, desto tiefer wurden die Reisen in seinem Geist. Im Tod dehnte sich alles aus. Von einem einzelnen an Fleisch gebundenen Punkt breitete sein Ich sich aus. Anfangs war sein Licht im Labor eingeschlossen, prallte von Crucibles Überresten ab, dessen eines Bein seine ehemalige Brust durchbohrt hatte. Dann sickerte sein Licht unter der Tür hindurch, den Flur entlang und hinaus, in den Himmel empor, durchstach die durchsichtige Zeithaut, an deren Entstehung er entscheidend mitgewirkt hatte. Jede Facette seines Lebens verdichtete sich zu einem Wunsch oder einem Impuls, sandte Photonen in die Nacht und darüber hinaus.

Als die Zeit über Easter wieder hereinbrach, schwebte Theo, flog durch Jahrzehnte von Tag und Nacht als flackernde Aura, flüssig und durchscheinend. Seine Gedanken glitten über Wellenkämme. Alles war im Fluss.

Der Moment des ehrfürchtigen Staunens, als er Betheen zum ersten Mal in seinem Unterricht gesehen hatte, einen mintgrünen Bleistift hinter das Ohr geklemmt, erreichte den Mond und rutschte an den Montes Taurus entlang, strich über jeden Vorsprung und jeden Spalt wie damals über die zarte Haut unter ihrem Ohr. Der Moment, in dem er Michaels Daumen berührt hatte, drang tief ins All ein, ließ sich von einer langsamen Strömung treiben, strebte nach dem Ende des Universums. Der Tod seines Vaters begab sich zur Mitte des Pferdekopfnebels, wo er auf andere Lichter traf, andere, die gewesen und jetzt nicht mehr waren. Ihre Lichter vermischten sich, Wellen verstärkten sich, strömten zusammen.

Das Licht, das Theo Papas war, schwebte durch das Universum.

Teile fielen von ihm ab, absorbiert von Schwärze, hängen geblieben an anderen Gedanken, bis er eine einzelne strahlende Welle war. Der Rest von Theo flog als Licht weiter, als Erinnerung an ein Geräusch: das erste Mal, dass er eine Münze hinter dem Ohr seiner Tochter hervorgezaubert und sie lachen gehört hatte. Sie war fünf gewesen, wunderbar, eulenäugig, und ihr Lachen war wie klirrendes Glas gewesen. Er war fast geplatzt vor lauter Glück. Dieses letzte Stückchen von ihm war eine Freude, die so vollkommen war, dass sie schmerzte, ohne die Angst, die durch Michaels Verlust entstanden war, durch Betheens Abwendung von ihm, die Angst, die entstanden war, weil Nedda älter wurde, die Sorge, dass sie verletzt, allein sein, ihn verlassen würde. Dieses strahlende Glück – sein bestes Ich, dasjenige, das sie mehr liebte als alles andere – durchquerte das Sonnensystem, schoss durch einen leeren Fleck des Himmels, den sie oft betrachtet hatten, segelte zu fernen Sternen.

Dieser Gedanke berührte einen kleinen Planeten in einem nahegelegenen System, färbte sich rosig, als er die Oberfläche streifte. Terraformer und Roboter begannen, sich mit Leichtigkeit zu bewegen, und feiner rötlicher Staub rieselte von ihren Gelenken, als würde er von einer sanften Brise fortgeweht. Atmosphärengeneratoren brummten, berührt von der flüchtigen Essenz eines Menschen, der Maschinen liebte und verstand. Die Bagger und Bodenfräsen, Geräte wie von einer Orangenplantage, begrüßten alle sein Licht, die Welle des Lachens.

Er umkreiste die Roboter, den eingeebneten Boden und die Berge, legte sich über die Oberfläche des Planeten, eine Welle, die unablässig voranstrebte. In der Luft, die ihm nachfolgte, lag etwas von Orangen, ein Hauch Lötzinn und das dezente Salz, das einen Menschen ausmachte. Jenes beste Licht vermischte sich mit dem Licht einer anderen Sonne, dem Stern, unter dem seine Tochter den Rest ihrer Tage verbringen würde. Um sie zu Hause willkommen zu heißen.

Und danach

»Komm schon. Wir gehen ins Bird's Eye. Wir müssen was essen, auch wenn wir traurig sind.« Ihre Mutter griff unter die Decke, um Neddas Knöchel zu schütteln.

Am Abend vorher hatten sie nichts mehr gegessen. Sie hatten im Wohnzimmer übernachtet, waren bei rauschendem Radio eingeschlafen. Sie hatten nicht geduscht, sich nicht umgezogen. Betheen war zerknittert, schmutzig und nah, so nah, dass Nedda erwogen hatte, von der Couch zu steigen und bei ihr auf dem Boden zu schlafen.

Sie hatte nach Michael gefragt. Sie hatte etwas über Trauer erfahren.

»Hätte ich irgendwie anders sein können, wäre ich es gewesen«, hatte Betheen ihr erklärt. »Könnten wir uns aussuchen, wie sehr wir leiden, würde jeder sich aussuchen, weniger zu leiden. Wenn du an deinen Vater denkst, vergiss das bitte nicht. Hätten wir besser sein können, wären wir es gewesen.«

Nedda war weinend aufgewacht, heiß am ganzen Körper, als Betheen sie schüttelte. Sie fühlte sich immer noch wackelig auf den Beinen.

Sie gingen zu Fuß.

»Das Auto holen wir später bei Mr. McIntyre ab«, entschied Betheen.

Es war albern, dass sie ihn immer noch nicht Mr. Pete nennen wollte. Oder einfach nur Pete.

Die Straßen waren frei, und alles war anders. Reporter waren angekommen. Es standen komische abgerundete Lieferwagen mit Satellitenschüsseln auf dem Dach und lustig geformte Polizeiautos herum, als wären sie aus Luftballons gemacht. Nedda hätte sie gern platzen lassen. Vor Ginty's Angelladen stand ein Krankenwagen und daneben zwei riesige Kästen, die wie Wohnwagen aussahen. MEDIZINISCHE VERSORGUNG war in großen Buchstaben daraufgeschrieben, von denen sich Linien wegschlängelten.

»Mama? Was ist denn hier los?«

»Weiß ich nicht.« Betheen erkannte eine Frau, deren Haut Nedda an ein zerknülltes Taschentuch erinnerte, und ging auf sie zu.

»Claire, was soll das alles hier?«

»Ach, jeder muss sich gegen Grippe impfen lassen«, sagte die Frau. »Vorschrift. Die Gesundheitsbehörde hat extra Leute hergeschickt, stell dir vor. Offenbar gibt es einen landesweiten Ausbruch, und zwar einen heftigen. Ich würde ja einen Reporter danach fragen, aber ich sehe furchtbar aus.« Sie strich sich über Haare, die aussahen, als hätten sie einmal eine aggressive Dauerwelle gehabt, und lächelte Nedda an. »Ist das deine süße Tochter?«

»Ja, das ist Nedda. Nedda, das hier ist Mrs. Fergusson vom Rotary Club.«

»Die haben extra jemanden von der Gesundheitsbehörde in unsere kleine Stadt geschickt, zu unserem Schutz. Hast du da nicht das Gefühl, was ganz Besonderes zu sein?« Mrs. Fergusson sprach mit diesem kitschigen Tonfall, den Leute benutzten, die jeden, der jünger als sie war, für ein Baby hielten.

»Nein«, sagte Nedda. Mrs. Wheeler stieg gerade aus einem der Wohnwagen. Auf ihrem Arm klebte ein Pflaster. »Nehmen die auch Blut ab?«

»Davon weiß ich nichts. Mir hat man nur gesagt, dass es Vorschrift ist.« Sie wandte sich wieder an Betheen. »Hat euch denn niemand abgeholt? Der Bürgermeister lässt seine Leute von Tür zu Tür gehen, und einige von der Gesundheitsbehörde machen es sogar selbst. Mich hat Zinnia geholt, aber Darlene meinte, jemand hat in einem Schutzanzug bei ihr geklingelt. Sie dachte, er wäre ein Alien oder so was.«

»Ich kann mir vorstellen, dass das ein Schock ist, wenn man nicht damit rechnet.«

»Ach, und hat Desmond Prater deinen Mann endlich gefunden? Alles war so chaotisch nach der … na ja.«

Neddas Magen zog sich zusammen. Jemand mit OP-Maske und Kittel winkte jemand anderen zum Wohnwagen herauf.

Betheens Hand umklammerte ihre fester. »Weißt du, was, ich bin mir gar nicht sicher. Es war schön, dich zu sehen, Claire, aber Nedda braucht dringend was zu essen.«

Es war voll in den Straßen, ein geschäftiges Treiben, und es war warm. Im Januar hätte es eigentlich nicht so warm sein dürfen.

Vor der Post hielt jemand Jimmy La Mortes Mutter ein Mikrofon vor die Nase.

Dann wurden sie entdeckt. Ein paar der Damen vom Geschichtsverein, für den Betheen backte. Die mit den weißen Haaren, deren Shampoo sie lavendel färbte, wechselte die Straßenseite, um ihnen aus dem Weg zu gehen. Mr. Mitchell vom Lebensmittelladen senkte den Blick, wie man es machte, wenn man so tun wollte, als hätte man jemanden nicht gesehen. Als wäre der Bürgersteig sehr interessant. Jimmy La Morte starrte sie hingegen unverhohlen an.

»Kopf hoch, Blick geradeaus. Du hast nichts falsch gemacht«, sagte Betheen und zog sie weiter.

Nedda glaubte ihr nicht.

Ihr Vater war tot.

Ihr Tisch im Bird's Eye kochte in der Sonne, und Neddas Hände klebten an dem glänzend grünen Plastikbezug der Bank fest. Als Ellery kam, um ihre Bestellung aufzunehmen, war er bleich und verschwitzt.

»War der Bürgermeister bei euch?«

»Nein, noch nicht. Außer wir haben uns verpasst.«

»Und habt ihr schon mit einem Reporter gesprochen?«

»Dazu sehe ich keinen Grund«, sagte Betheen.

»Dann wisst ihr noch nichts?« Puderzucker und Schweiß verklumpten die Spitzen seines dunklen Schnurrbarts. »Angeblich sind ungefähr fünfzig Jahre vergangen. Es soll jetzt 2036 sein. Einunddreißigster Mai 2036.«

Betheen fuhr zusammen, so schwach, dass Ellery sicher nichts bemerkte, aber Nedda sah das winzige Zucken unter ihrem linken Auge. Es war so eine Sache, die einem nur auffiel, wenn man jemanden in- und auswendig kannte. Betheen hatte Angst, aber ihr Lächeln war immer noch hübsch wie das einer Orangenblütenkönigin.

»Tja. Wir hätten gern zwei Stück Weltraumtorte.«

Nedda konnte ihres nicht essen. Nach drei Bissen hörte auch Betheen auf.

Sie saßen stundenlang dort, und Ellery ließ sie. Noch mehr Laster rollten lautlos in die Stadt. Keiner der Motoren machte ein Geräusch. Große glänzend schwarze Platten wurden vom Dach eines Sattelschleppers ausgeklappt, und Männer und Frauen steckten Kabel in den Laster ein und wickelten sie die Straße hinunter ab, Richtung Feuerwehr, Richtung Polizeiwache. Bald schon wurden Lampen daran angeschlossen.

Eine Zeit lang beobachtete Ellery das Treiben mit ihnen

zusammen. »Haben Sie eine Ahnung, was um alles in der Welt das ist?«

»Fotovoltaikmodule, könnte ich mir vorstellen«, sagte Betheen.

»Sonnenenergie«, sagte Nedda, als Ellery eine fragende Miene aufsetzte.

»Ach, solche Dinge, wie Jimmy Carter auf das Weiße Haus gebaut hat? Aha.« Er trank einen großen Schluck aus seinem Kaffeebecher, bevor er ging.

Betheens Gabel klirrte zu laut auf dem Teller. »Zwanzig sechsunddreißig. So lange ist er schon nicht mehr da.«

Ein Mann flitzte auf einem Skateboard mit nur zwei Rollen vorbei. Ohne Anschieben. Neddas Magen schlug einen Purzelbaum. Eine Frau brüllte in ein durchsichtiges Plastikrechteck, das um den Rand herum neonfarben leuchtete.

Sie schloss die Augen.

Jahre dehnten sich aus und fielen in sich zusammen. Nedda hatte ihren Vater vor einigen Stunden noch gesehen, sein junges Ich, und sich von ihm verabschiedet. Die Welt hatte sich weitergedreht, während Easter festsaß wie das Äffchen auf Mr. Petes Pick-up. Hatte jemand versucht, sie zu finden? Hatte der Affe überlebt? Hatte er seine Familie gefunden? War sie inzwischen tot? Neddas Vater war nicht mehr da, und das schon sehr lange. Fünfzig Jahre. Sie war gleichzeitig elf und einundsechzig. Zählte diese Zeit trotzdem? Sie zupfte eine Kokosflocke aus dem Kuchen. Gab es jetzt Mondkolonien oder Siedler? Gab es einen Aufzug, mit dem man durch die Atmosphäre hinauffahren konnte? Möglich, dass Menschen auf dem Mars lebten; alles war möglich. Aber ihr Vater war nicht mehr da.

Nichts passte in ihrem Inneren zusammen, und der Orangensaft drohte ihr wieder hochzukommen. Traurig, wütend, hoffnungsvoll, beschämt und ängstlich zugleich zu sein, war, wie sich den Magen zu verderben. Zu viele Gedanken.

»Mama? Ich bin seit fünfzig Jahren und sieben Monaten elf.«

Unter dem Tisch presste Betheen ihr Knie an Neddas. »Es fühlt sich gar nicht echt an, oder? Wir könnten versuchen, ins Labor zu kommen, wenn du möchtest. Nur um zu sehen, was noch übrig ist, ob überhaupt was übrig ist. Vielleicht hilft das, es zu verarbeiten. Aber nur, wenn du möchtest.«

Es wäre sicher gut. Zum einen wollte Nedda sehen, ob noch Bruchstücke von Crucible vorhanden waren, zum anderen wollte sie irgendwie glauben, dass ihr Vater noch lebte, vielleicht ein bisschen jünger, vielleicht ein bisschen älter, aber jedenfalls lebte. Doch er war fort, und das seit dem reißenden Faden. Sie drückte sich die Faust in den Bauch, ins Zwerchfell, damit es nicht hüpfte und damit sie nicht auf ihren Teller weinte.

»Nein«, sagte sie. Dann: »Scheiße.«

»Scheiße«, pflichtete Betheen ihr bei.

Die Blutabnahme verlief normal, obwohl die Frau, die sie durchführte, volle OP-Bekleidung samt Maske trug. Es war eine Spritze, wie Nedda sie kannte, und das Schwindelgefühl kam nur davon, dass sie einen Teil von ihr ihren Körper verlassen sah. Sie biss sich auf die Lippe. Fest.

»Alles okay bei dir? Du darfst atmen«, sagte die Frau. Eine ruhige Stimme, eine gute Stimme.

»M-hm. Sind Sie wirklich von der Gesundheitsbehörde?«

»Ja. Es kommt dir wahrscheinlich nicht so vor, ich werde jedenfalls nicht gern gepikst, aber wir sind nur zu eurer Sicherheit hier.«

Die Impfung war anders. Die Frau hielt etwas in der Größe und Form von Neddas Murmeln in der Hand. Es war durchsichtig und blau, mit einer Flüssigkeit darin. Und als die Ärztin die Kugel an ihren Arm drückte, spürte sie ganz viele Nadeln auf einmal zustechen, dann ertönte ein leises Zischen. Eine faustgroße Stelle auf ihrem Arm wurde taub.

»Was ist das?«

»Das ist gegen die Pan-Euro-Grippe. Sie kann trotzdem auftreten, aber kürzer und in abgemilderter Form. Dazu ist auch die Maske da, sie beschützt dich vor mir, nicht umgekehrt.«

Sie wollte sagen, dass es eine Scheißimpfung war. Aber es war schwer, überhaupt etwas zu jemandem zu sagen, der eine Maske trug und dessen Miene man nicht erkennen konnte. Medizinisch gebotene Distanz gab Anonymität.

Vor dem Wohnwagen rieb Nedda sich über den Arm. Betheen machte das Gleiche.

»Tja, wenigstens besser als die Pockenimpfung«, sagte Betheen.

»Vergessen Sie nicht, sich Ihr Wasser abzuholen«, rief jemand. Auf dem Heimweg kamen sie an neu eingetroffenen Lastern vorbei, aus denen Menschen mit Handschuhen Flaschen verteilten.

Betheen musste beschlossen haben, dass sie für diesen Tag genug Schlange gestanden hatte, denn sie lief einfach weiter.

»Mama?«

»Ich kann jetzt gerade nicht, Nedda.«

Nedda spähte um aufgestapelte Wasserflaschen herum durch das Fenster in der Tür. Die Frau auf ihrer Veranda war Reporterin. Ein Lieferwagen, ein weißer Kasten mit schrägen Kanten, der mehr wie ein Marshmallow als wie ein Auto aussah, stand quer in der Einfahrt und daneben ein Kameramann. »Mama? Sie ist wieder da.«

»Wir warten einfach, bis sie geht«, entschied Betheen. »Wir müssen gar nichts sagen, und wenn dich jemand was fragt, was du nicht beantworten willst, musst du auch nicht. Nie.«

Sie verriegelten die Tür, versteckten sich in der Küche und ließen die Reporterin an die Tür hämmern. Es war leicht, zu tun, was ihre Mutter sagte, leicht, ihren Anweisungen zu folgen. Sie sah zu, wie Betheen eine ganze Flasche Wasser trank. Der Katastrophenschutz erklärte, dass ihre Leitungen erst auf Blei untersucht werden mussten, bevor sie wieder ihr eigenes Wasser trinken durften. Dass ihre Infrastruktur abgelaufen sei, was auch immer das bedeutete. Es waren viele Flaschen, aber wenn man etwas Salz hineinstreute, nachdem sie leer waren, schmolz das Plastik und floss als gelatineartiger Glibber in den Abfluss.

Das Klopfen hörte nicht auf.

»Betheen Papas? Hier ist Angela Valentini von News 6. Von Behördenseite heißt es, dass Ihr Mann etwas mit der Explosion zu tun hatte. Möchten Sie das kommentieren?«

Nedda holte sich Kekse aus dem Glas neben dem Spülbecken, Zitrone. Fünfzig Jahre alte Kekse, die zugleich auch vier Tage alt waren. Durch den dünnen gelben Vorhang bemerkte sie etwas vor Dennys Haus. Papa Prater, der die Tür zu seinem Wagen aufzog. Er war so groß und kräftig wie eh und je, rot von der Sonne, und er war ihr immer noch unheimlich. Er stieg ein.

Die Verandatür öffnete sich.

Denny. Dünn, mit zerzausten Haaren. Er ging wie früher, bewegte sich wie früher, wie vor dem Morgen auf dem Baumschneider. Er war so, wie er sein sollte: zwölf Jahre alt.

Sie klopfte an die Scheibe. Winkte.

Denny sah sie an und verharrte eine Sekunde. Er wirkte nicht wütend oder verängstigt, strahlte aber etwas anderes aus, etwas, was sie nicht ganz deuten konnte. Er war nicht mehr er selbst, nicht so, wie er am Mittwoch gewesen war oder sogar am Dienstag oder am Tag davor. Er rannte zum Pick-up seines Vaters. Papa Prater wuschelte ihm durch die Haare.

Betheen reichte ihr eine Scheibe Toast, weich von einem Rinnsal geschmolzener Butter. »Der meldet sich schon wieder«, beruhigte sie. »Aber du iss jetzt und ruh dich aus.«

In ihrem Zimmer breitete sie die Missions-Embleme aus. Auf dem Boden lag eine Kaffeebeere, die aus Dennys Rucksack gefallen sein musste. Mrs. Prater hatte sie ihm wahrscheinlich gar nicht gezeigt.

Sein Auge war nicht mehr blau gewesen.

Am Abend klopfte die Reporterin erneut. Nedda wusste nicht, ob sie zwischendurch nach Hause gefahren oder einfach zu dem Schluss gekommen war, dass das Klopfen dieses Mal Erfolg haben würde. Betheen wollte immer noch nicht die Tür öffnen, aber die Klopferei machte Nedda wahnsinnig.

Vor der Tür stand eine Frau mit kurzen, glatten schwarzen Haaren. Ihre Lippen hatten eine seltsame Farbe, die aussah wie beige und Haut.

»Hallo, du bist die Tochter, oder? Nedda? Ich bin Angela.«

»Sie wollen Fragen stellen.«

»Nur wenn deine Mama dich mit mir reden lässt.«

»Warum schreien alle ständig in diese Dinger?«

Die Reporterin hielt das Plastikrechteck hoch. »Das hier? Das ist ein Telefon.«

»Wie funktioniert es?«

»Äh, weiß ich nicht.«

»Das ist dumm. So was sollten Sie wissen.« Die Reporterin riss die Augen auf. Zum ersten Mal, seit es passiert war, hatte Nedda die Kontrolle. »Welches Jahr haben wir?«

»Zwanzig sechsunddreißig.«

»Ist es Mai?«

»Der einunddreißigste, genau. Was ist der letzte Tag, an den du dich erinnerst?«

Betheen trat hinter sie, die Dielen knarzten. Nedda huschte auf die Veranda, ehe ihre Mutter herauskommen konnte, schloss die Tür und lehnte sich dagegen. »Am Mittwochmorgen ist die *Challenger* explodiert. Ich will wissen, wann sie wieder geflogen sind. Gibt es eine Kolonie auf dem Mond? Haben wir dort eine Weltraumstation?« Die Fragen entstanden in ihrer Brust, in dem leeren Raum, in dem ihr Vater vorher gewesen war. Sie musste alles über die Raumfähren erfahren, über das All. Ob die Russen Leute auf den Mond geschickt hatten. Ob Menschen jetzt in den Weltraum flogen. Wohin. Wohin sie selbst fliegen sollte.

»Ich sollte nicht ohne deine Mutter mit dir sprechen«, sagte die Frau.

»Sie will nicht mit Ihnen reden. Kommen Sie wieder, wenn Sie mir was Wichtiges erzählen können.«

Die Schulen blieben geschlossen, bis Strom und Wasser wieder normal liefen. Die unvermittelte Beanspruchung nach dem langen Dornröschenschlaf der Stadt hatte das Energieversorgungsnetz überfordert, weshalb ein Großteil der Haushalte fast sofort wieder im Dunkel versunken war. Zeitungen tröpfelten langsam ein. An einem Samstagabend entdeckte Nedda ein Bild von sich selbst über einem Artikel, auf dem Weg zum Lebensmittelladen. *Tochter des Wis-*

senschaftlers, elf Jahre. Sie berührte es, und an ihren Fingern blieb Druckerschwärze hängen. Sie schnitt das Foto aus und legte es in ihre Schublade, neben das von Judy.

Dann klappte sie ihr Heft auf.

Liebe Judy,

ich habe über Zeit nachgedacht, wo du bist und wo ich bin. Du bist wahrscheinlich inzwischen durch das ganze Sonnensystem geflogen. Ich bin noch am selben Ort. Ich habe mich gar nicht bewegt, aber ich habe mich trotzdem vorwärtsbewegt. Ich hab mal über Elektronen gelesen, dass sie hüpfen wie eine Platte mit Sprung. Du warst unterwegs wie eine Platte, die ganz normal durchläuft. Ich habe den ganzen Mittelteil eines Lieds übersprungen.

Das Spalier klapperte unter Schuhen, die Bougainvillea beiseiteschoben. Eine Woche. Denny hatte eine Woche lang nicht mit ihr gesprochen. Eine Woche und fünfzig Jahre. Sie horchte auf das leise Klopfen an der Fensterbank.

»Kann ich reinkommen?«

»Von mir aus.«

Er kletterte herein wie immer, als hätte sie ihn nicht verrückt werden und sich die eigenen Haare ausreißen sehen, als hätte die Stadt nicht Jahrzehnte ausgesetzt, als wäre ihr Vater nicht tot. Im Schneidersitz ließ er sich auf dem Fußboden nieder. Er trug die Reeboks, die er sich seit Wochen wünschte. 1986 waren sie nagelneu gewesen, jetzt aber so altmodisch, dass der Laden sie verschenkte. Nedda musterte ihn, ob er sich verändert hatte.

»Wie geht's dir?«, fragte er.

»Weiß ich nicht.« Es ging ihr nicht gut, aber das durfte man nicht sagen, nicht einmal zu Menschen, die Bescheid wussten. »Wie geht's dir? Erinnerst du dich an irgendwas?«

»Alles ist irgendwie verschwommen. Mama glaubt, dass ich mir vielleicht den Kopf am Baumschneider angehauen habe. Papa ist auch total nett, kann also sein. Ich weiß noch, dass die *Challenger* explodiert ist. Meine Mama sagt, dass dein Vater gestorben ist. Tut mir echt leid.«

»Ist schon gut.« Es war schlimmer, es jemand anderen sagen zu hören. Niemand verstand, nicht einmal Denny. Vielleicht gerade Denny nicht. Ihr Vater war Licht und Hitze und Energie wie Judy und die anderen Astronauten, wie ihr kleiner Bruder, wie der Urknall. Denny nagte an seinem Daumen. Das hatte sie ihn noch nie tun sehen. »Ist dein Auge wieder gut?«

»Hm?«

»Was ist das Letzte, woran du dich erinnerst?«

»Du hast Jimmy La Morte Wichser genannt und wurdest nicht mal dafür ausgeschimpft.«

Unten stapelte Betheen die Hefte, um sie zurück in das Regal ihres Vaters zu legen oder sie wegzuwerfen. Das Klatschen auf dem Tisch war regelmäßig wie ein Herzschlag.

»Weinst du?«

»Ja«, sagte Nedda. Ihr Vater hatte etwas Gutes getan, etwas richtig Gutes. Für Denny hatte sich die Zeit zurückgespult, nur ein bisschen, einen schlimmen Teil übersprungen, nämlich den, in dem sein Vater ihn geschlagen hatte.

»Du vermisst ihn bestimmt.«

»Nein«, sagte sie. Jemanden, der überall war, konnte man nicht vermissen. Er hatte gesagt, dass er das wäre, und sie glaubte ihm. Jemanden, auf den man böse war, konnte man nicht vermissen. Jemanden, den man umgebracht hatte, konnte man nicht vermissen.

Trotzdem vermisste sie ihn.

»Ich kann mich nicht mal erinnern, dass ich in den Schuppen gegangen bin. Ich wünschte, ich wüsste, warum ich auf dem Baumschneider saß.«

Es gab sehr wenig, was Nedda in Ordnung bringen konnte. Das hier gehörte dazu. Er wusste nicht, was sein Vater getan hatte oder dass sein Vater etwas Schlimmes tun, ihm wehtun konnte. Da die Lüge aus guter Absicht erfolgte, ging sie ihr leicht über die Lippen.

»Ich wollte, dass du mir beibringst, wie man ihn fährt«, sagte sie. »Ich hab dich dazu überredet, dass wir heimlich auf die Plantage fahren. Du wolltest es mir gerade zeigen, da sah es aus, als würdest du vom Blitz getroffen. Deshalb hab ich Angst bekommen und bin weggerannt. Entschuldige.«

Denny kaute noch heftiger auf seinem Daumen herum, klemmte sich ein langes Stück Haut zwischen die Zähne. »Da hätte ich auch Angst gekriegt«, sagte er. »Willst du immer noch lernen, den Baumschneider zu fahren?«

»Okay.«

Der Zweck einer Lüge war, elf Jahre lang der einzige Stern am Himmel ihrer Eltern gewesen zu sein. Sie konnte ihren Vater nicht mehr haben; vielleicht hatte sie ihn nie gehabt, nicht so, wie sie geglaubt hatte. Sie hatte ihn sich mit Michael geteilt. Der Zweck einer Lüge war, jemanden zu beschützen. Ihm seinen Vater zu schenken.

Der Zweck einer Lüge war, Denny zu schonen.

1989: Amadeus

Das schrille Summen und Klicken von Avi Liebowitz' Drucker übertönte das dezent schlechte Gewissen, das er trotz aller Begeisterung hatte. Es war gute Arbeit. Solide Arbeit. Die beste seit Jahren, auch wenn sie nicht von ihm war. Zumindest genug davon stammte von ihm, um ihn aus Oak Ridge zu holen und wahrscheinlich zurück zur NASA zu bringen, zum JPL. Dass der Großteil nicht von ihm war, daran konnte er nun mal nichts ändern.

Er hatte es versucht.

Nach den letzten Notizen hatte er Theo angerufen. Die endgültigen Diagramme waren gut, wenn auch der Maßstab zu groß war. Die Auswahl der Materialien war ebenfalls fragwürdig, aber Struktur war schon immer Theos Schwachpunkt gewesen. Wackeliges Grundgerüst. Trotzdem war es genial. Avi hatte angerufen, um ihm das mitzuteilen, um über andere Materialien zu diskutieren, aber die Leitung war tot gewesen. Im College hatte er es ebenfalls probiert, kein Anschluss. Vielleicht war er entlassen worden. Nicht unwahrscheinlich. Papas war nicht gerade ein sonderlich taktvoller Mann; sonst hätte er es leichter gehabt, eine Anstellung in einem Labor zu finden. Es war zwar seltsam, dass es den Anschluss im College gar nicht mehr gab, aber wer verstand schon die Tücken der Telefonanlagen kleiner Hochschulen.

Möglich war auch, dass Theo es selbst abgestellt hatte, wenn er sich gerade in einer Konzentrationsphase befand. In seinen letzten Notizen hatte etwas von den gastronomischen Experimenten seiner Frau gestanden, die ihn aus dem Haus getrieben hatten. Darüber hatte Avi lächeln müssen. Er hatte Betheen nur ein paar Mal getroffen und sie gern gemocht. Einmal, auf einer Institutsparty, hatte er einen Kommentar abgegeben, dass die meisten Praktikanten nur noch ein Glas von einer Orgie entfernt seien, und war rot geworden, als ihm auffiel, dass er zu laut gesprochen hatte und Betheen neben ihm stand.

»Verzeihung, Mrs. Papas.«

»Gut, dass wir nicht im Institut für Chemie sind, sonst hätten sie selbst gekochte Amphetamine eingeworfen und würden rammeln wie die Karnickel«, entgegnete Betheen.

»Und Sie wären diejenige gewesen, die sie gekocht hat«, bemerkte Theo grinsend.

»Aus reiner Neugier«, hatte sie erwidert.

Eine Woche später hatte er erneut angerufen, aber die Leitung war immer noch tot gewesen. Er hatte sich über die Auskunft die Nummer der College-Zentrale geben lassen, aber es hatte geklingelt und geklingelt, bis der Ton irgendwann aufgehört hatte. Es war eine kleine Hochschule, was bedeutete, dass die Finanzierung vermutlich nicht stabil war, wobei Theo nichts davon erwähnt hatte, dass sie vielleicht geschlossen würde.

Frustriert schrieb er einen Brief.

Zwei Monate später kam er als unzustellbar zurück, Adresse unbekannt.

Eineinhalb Jahre lang hatte Avi versucht, Theo zu finden. Vermisstenanzeigen waren praktisch unmöglich aufzugeben, wenn die betreffende Polizeibehörde selbst vermisst wurde.

Wie verschwand eine ganze Stadt?

Er setzte seine Arbeit an Theos Notizen fort, korrigierte, feilte an den Materialien, konzentrierte sich auf die Beschleunigung. So vieles von Theos Überlegungen war darauf ausgerichtet, Verfall zu verlangsamen, aber das Potenzial lag darin, die Halbwertszeit zu verkürzen. Die Möglichkeiten waren schier unendlich. Kompakter Treibstoff für lange Reisen, Eindämmung von Strahlenwirkung. Wäre so etwas in Tschernobyl eingesetzt worden, hätte der verheerende Schaden vielleicht begrenzt werden können. Er schrieb und schrieb weiter und entwickelte nach und nach einen Generator.

Kompakt, leicht, leistungsstark und perfekt für eine Raumsonde.

Als er fast fertig war, verbrachte er viele Stunden in einer Cafeteria im Oak Ridge National Laboratory, trank Kaffee und schrieb wie ein Wahnsinniger, zerbrach Bleistiftminen, ließ Bläschen in seiner Tasse kreisen. Beobachtete, wie sie sich drehten und sich an den Rändern festsetzten.

Eine der Hilfskräfte stellte ein Tablett neben Liebowitz ab. Er sah immer noch wie ein Teenager aus, Pickel zwischen den wenigen dürren Bartstoppeln. So hatte Avi selbst einmal ausgesehen, nur mit bedauernswerten roten Haaren, die sich weder richtig locken noch glatt hinlegen wollten. Dann hatte er gelernt, sich den Kopf fast zu rasieren und gelegentlich das Gesicht zu waschen. Er schlug mit dem Löffel gegen den Rand seines Kaffeebechers.

»Haben Sie schon mal davon gehört, dass eine ganze Stadt verschwindet?«

Der Praktikant wirkte erschrocken. Sicher, es war eine verrückte Frage, aber es war auch eine verrückte Situation. Theo war wie vom Erdboden verschluckt, wie alles um ihn herum.

»Was meinen Sie damit?«

»Genau das. Eine ganze Stadt, weg. Puff. Mit allen Einwohnern. Schon mal gehört, dass so was passiert ist?«

Der Junge schüttelte den Kopf. »Nein. Ich hab mal ein Auto in ein Senkloch fallen sehen, und ein Sandsturm hätte das Ganze zudecken können, vermute ich mal. Ich meine, darum geht es bei der Archäologie. Glaube ich.«

»Glauben Sie. In welcher Abteilung sind Sie?«

»Werkstoffkunde.«

»Und bei wem arbeiten Sie?«

»Dr. Stanger.«

»Tun Sie sich selbst einen Gefallen. Sagen Sie Stanger wenigstens ein Mal, dass er Sie mal kann. Er mag Praktikanten, die ihm Kontra geben.«

Der Gedanke mit dem Senkloch prägte sich ihm ein. Es war typisch Florida, passend für die komische Kleinstadt, in der Theo wohnte.

Liebowitz riss vorsichtig die letzte ausgedruckte Seite an der perforierten Kante von der vorherigen ab. Es war gute Arbeit, Pionierarbeit. Sehr gern hätte er sie als seine eigene ausgegeben, aber es war auch die von Theo. Er würdigte ihn, wo er konnte, wie er konnte, sodass keine Fragen über seinen fehlenden Kollegen aufkommen konnten. Falls Theo jemals wieder auftauchte, konnten sie das immer noch klären.

Theos Vorname war ellenlang. Avi hatte ihn nur ein- oder zweimal auf Formularen gesehen. Selbst auf seinem Mitarbeiterausweis hatte nur ein T. gestanden. Theo hatte erzählt, seine Eltern hätten ihn gewählt, weil er ihre Kirche und seinen Großvater auf einen Streich zufriedengestellt habe. *Theophilos.*

Liebowitz taufte den Generator Amadeus. Für Theophilos, dessen Name, wie der des musikalischen Genies, bedeutete »Freund Gottes«.

Pasadena gefiel Avi besser als jeder andere Ort auf der Welt. Zum ersten Mal in seinem Leben wurde er braun. Er konnte schwitzen, ohne zu kleben, und er fand endlich eine Sonnenbrille, die zu den Proportionen seines Gesichts passte. Er trug sie morgens zum Lesen, bevor er zum JPL fuhr. Die NASA interessierte sich für den Antrieb, den er entworfen hatte, und das Jet Propulsion Lab war der beste Platz für die Entwicklung, was bedeutete, nach Pasadena zu ziehen und das Klima zu entdecken, für das er, ohne es zu wissen, geboren war. Theos Briefe lagen auf einem Glastisch ausgebreitet – ein Luxus, den Avi in dem Moment für besonders kalifornisch gehalten hatte, wenn er auch in seiner Junggesellenwohnung fehl am Platz wirkte. Es war nicht perfekt. Beinahe, aber nicht ganz. Das schlechte Gewissen nagte an ihm. Er profitierte von einer Arbeit, die nicht ausschließlich seine eigene war, und er vermisste seinen Freund. Immer wieder durchforstete er die Notizen, die Theo geschickt hatte, wobei ihm die Größe der zittrigen Schrift auffiel. Warum waren die Diagramme so groß geraten? Die Zeichnungen selbst, ja, größer war ihm vielleicht an manchen Tagen leichter gefallen, wenn er kaum einen Stift halten konnte. Aber die Messgrößen? Dann begriff er: Theo konnte aus dem gleichen Grund nicht klein bauen, aus dem er nicht klein schreiben konnte.

Theo hatte nicht nur theoretisiert. Er hatte diese Maschine gebaut. Und benutzt.

Was wäre ein Senkloch, wenn es nicht im Boden klaffte? Was wäre es in der Zeit?

Chawla

Eine Schnur verband Nedda mit *Chawla* wie ein Kind mit seiner Mutter. Sie war über den Mond gelaufen, wo der kreidige Boden unter ihren Stiefeln zerstoben war, war gesprungen, als wollte sie fliegen. Nach dem ersten Langstreckentraining mit der Crew hatte sie auf der Marsstation gearbeitet. Die Oberfläche des Mars war körniger als der feine Mondstaub. Dort war sie leichter gewesen als auf der Erde, wenn auch ohne die freien Flüge wie auf dem Mond. Auf der Erde hatten sie trainiert, in der Mikrogravitation zu navigieren, indem sie lange Stunden im Tauchbecken verbrachten und unter Wasser Montagearbeiten durchführten. Irgendwann hatte sie das Gefühl bekommen, Luft wäre zu leicht. Während der ganzen Zeit hatte sie nie einen Weltraumspaziergang gemacht. Amit und Jewgeni schon. Louisa würde es nie brauchen; ihre Funktion war auf den Innenraum beschränkt, genau wie Neddas.

Die Schwärze, in die sie seit Jahren sah, war nicht schwarz; es war ein mattes Licht, zart wie die Strahlen auf dem Grund eines Schwimmbeckens. *Chawlas* Beleuchtung tauchte den Rumpf in helle Blautöne, und Neddas Schatten fiel trotz des klobigen Raumanzugs und des Pullovers lang und dünn über die Außenhaut.

Als die Schleusentüren zuschlugen, spürte sie die Erschütterung.

»Türen geschlossen und abgedichtet.« Amits Stimme klang blechern in ihrem Ohr. »Papas?«

»Geschlossen und abgedichtet. Gehe los.«

Es war schwieriger, sich zu bewegen, als sie erwartet hatte, schwieriger, dem Drang zu widerstehen, sich aus ihren Haftstiefeln zu befreien und in das dünne, saubere Licht zu fliegen.

»Fünfzig Meter nach unten, Richtung Antrieb. Die Klappe, die du suchst, hat die Nummer …«

»CAN1283. Schon gefunden.«

»Genau. Sie wird von zwölf Kacheln gehalten, darunter befindet sich der Druckverschluss. Wenn du die Luke aufmachst, halt dich vorsichtshalber fest. Es könnte Luft eingedrungen sein, als wir Wasser zu Amadeus geschleust haben. Eigentlich sollte keine drin sein, aber wenn doch, könnte sie dich vom Modul wegblasen.«

»Dazu ist ja die Leine da.« Nedda hängte sich den Fliesenheber über einen Arm. Mit dem anderen hielt sie den Synchronisator, den sie wegen seiner Größe Baby getauft hatten. Beide Werkzeuge waren an ihr festgebunden wie sie an *Chawla.* Das jahrelange Lauftraining hatte dem Muskelschwund nicht so gut entgegengewirkt, wie sie gehofft hatte; ihre Oberschenkel brannten, nachdem sie ihre Füße ein paar Mal von *Chawlas* Oberfläche gelöst hatte.

»Jetzt die Leiter runter. Im Wasserspeicher ist es dunkel, aber das ist dein Rückzugsraum.« Der Wasserspeicher war mit schwerem Schutzmaterial abgeschirmt. Gewicht spielte eine geringere Rolle, wenn man vom Mond aus startete. »Jewgeni hat ein Monitorlicht eingeschaltet, aber das bringt nicht viel. Lass deine Helmlampe an.«

»Amit?«

»Ja?«

»Halt die Klappe. Du verdirbst mir den Weltraum.«

Sie war allein im Universum mit Singhs Lachen. Dreißig Sekunden lang stand Nedda still und berauschte sich daran, dass nichts über ihrem Kopf war. Vor vier Sonnenjahren hatte es einen Unfall auf einem Raumfahrzeug im Marsorbit gegeben. Ein Astronaut hatte auf einem Routinegang im All sein Visier hochgeklappt und war erfroren. Das Ereignis löste international Trauer und psychologische Gutachten für alle am Programm Beteiligten aus. Die neuen Visiere ließen sich nicht mehr ohne eine bestimmte Abfolge eindeutiger Befehle öffnen. Der Mann hatte sich der wildesten Versuchung hingegeben – im All zu sein, Teil davon, es zu berühren, hautnah. Einen Moment lang verstand sie ihn. Es war der Ort, an den sämtliches Licht reiste, und sie befand sich darin. Es gab keinen größeren Himmel.

»Gehe jetzt weiter«, sagte sie.

Neben Amits Mikro flüsterte Louisa: »Gott sei Dank.«

Chawlas Rumpf war bauchig und vom Mondgestein zerkratzt. Er war von einem Gitternetz aus Türen und dicht schließenden Scharnieren überzogen, mit deren Hilfe auf dem Zielplaneten ein Wohnraum geschaffen werden sollte. Jede Tür war von ihrem Produzenten mit Herkunftsort und Funktion beschriftet. CAN1283. CAN: Kanadische Territorien. 1283: Wasserspeicherzugangspunkt.

Die Verkleidung war ein Schiebepuzzle, das nur unter ganz bestimmten Umständen entfernt werden sollte. Die zwölf Kacheln klickten und glitten um den Zugangspunkt, bis Nedda die Platte zur Seite schieben konnte und die Luke darunter zum Vorschein kam. Nedda faltete die Kachelplatte zu einem kleineren Quadrat, das sich zu einem Würfel zusammenklappte, den sie am Griff der Luke befestigte. Stille. Ohne das Rütteln von *Chawlas* Antrieb herrschte absolute Ruhe. Bevor das Universum entstanden war, hatte es nichts als Stille gegeben. Sie öffnete die Luke und wartete darauf, dass die Luft sie ins All blies, ihre Leine riss und sie ins Nichts trieb.

Herzschläge.

»Richte Jewgeni aus, er lässt gute Lüftchen fahren.«

»Das sag ich ihm nicht. Wir teilen uns alle eine Kabine«, sagte Amit.

»Ich löse jetzt die Sicherung.« Nedda hakte ihre Leine an der Seite der Luke ein. Die Leiter im Inneren führte in einen großen Raum, in dem sich normalerweise das Wasser für die Dämpfung der Landung befinden sollte. Er wurde von einer einzigen Lampe beleuchtet, in deren trübem Licht sie die silberne Abschirmung der Kammer erkennen konnte. Sobald sie drin war, schloss sie die Luke.

»Papas.«

»Alles in Ordnung.« Sie hangelte sich durch die Kammer und hakte sich mit den Stiefeln ein, wo immer es ging. Am anderen Ende gab es eine Luke mit Drehrad. Dahinter: Amadeus.

Sie griff nach der Luke. »Amit, ich bin da. Fluten.«

Ihr Instinkt sagte ihr, dass eine Flut eine Woge war, ein überlaufender Kanal und Alligatoren in den Straßen, im Keller schwimmende Ratten, ein versinkendes Auto. Aber das Wasser bewegte sich nicht auf diese Weise. Es war eine riesige zähflüssige Blase, die zersplitterte, als sie auf andere Gegenstände traf, als sie auf Nedda traf. Im Weltall hatte sie noch nichts gesehen, was einer Dusche näher kam. Als weiteres Wasser kam, vereinigten sich die versprengten Tropfen wieder, gelierten miteinander.

»Der Wasserspeicher füllt sich.«

»Ich sag dir Bescheid, wenn die Pegel gleich sind.«

»Okay.« Wasserstücke – und es fühlte sich wirklich an wie Stücke – blieben an ihr hängen. Das, was ihr radioaktiver Landungsdampf werden würde. Falls Neddas Anzug ein Loch hatte, würde die Strahlung sie umbringen. Falls ihr Anzug ein Loch hatte, würde der Luftverlust sie umbringen. Falls ihr Anzug ein Loch hatte, würde die Kälte sie umbringen.

»Amit, ich will mit Jewgeni reden.«

»Hallo, Nedda. Ich habe zugehört.«

»Shenja, erzähl mir was Schlimmes. Was richtig Schlimmes. Schlimmer als das hier, ja?«

»Als Nächstes ist meine Weckmusik an der Reihe, und ich habe eine neue Band entdeckt. Du wirst begeistert sein. Die Musiker benutzen Fundinstrumente, ohne sie vorher zu reparieren. Die Töne, die man aus einem kaputten Saxofon rausholen kann, sind besser als bei einem reparierten.« Sie konnte ihn lachen hören.

»Nein, katastrophal schlimm. Tschernobyl-schlimm.«

»Kurz bevor du unseren kleinen Reaktor aufmachst? Nein.«

»Bitte.«

»Wie wär's mit Fukushima? Eine atomare Katastrophe und ein Tsunami.«

»Darüber weiß ich nicht viel. Da war ich nicht da, glaub ich.«

»Ich auch nicht, aber ich musste es lernen. Sind alle Aussetzer faul?«

»Nein, nur ich.« Eine wabernde Wasserkugel legte sich um ihre Taille.

»Dachte ich mir schon. Was willst du wissen?«

»Danach. Erzähl mir, was danach mit den Menschen passiert ist.«

»Der schnelle Tod? Den haben nicht viele erlebt. Die Krankheit? Ja. Die ist schlimm. Schlimmer, als du glaubst. Eine ganze Generation kriegt sie und die nächste auch. Nach Tschernobyl hat sich das Genom für einen Großteil Eurasiens geändert. Kinder wurden mit Löchern im Herzen geboren, Bluterkrankungen, Knochenerkrankungen. Selbst ich bin deswegen anders.«

Sie trugen das gesamte Genom für ihre Spezies, sie vier.

»Aber«, sagte er, »es ist auch was Schönes passiert. Alle Menschen sind weggegangen. Ich meine nicht die, die gestorben sind – der Tod ist selbstverständlich schrecklich.« Das Wort *selbstverständlich* rollte auf seiner Zunge. »Die Menschen, die sonst in der Gegend geblieben wären, mussten weg. Das Gebiet blieb unberührt und wurde zum Niemandsland, und das Gras und die anderen Pflanzen wuchsen. Es wurde wieder zur Wildnis, so wie es war, bevor es bebaut wurde. Ein unerschlossener, unbesiedelter Ort, so wie es sein sollte. Es war wunderschön. Ich hab Fotos gesehen. Es war die letzte Oase in der Ukraine. Der Tod bringt Schönheit hervor.«

Um sie herum sammelte sich das Wasser und bremste sie. Ähnlich einer Zeitblase. Wie die Sekttorten ihrer Mutter, und sie war das darin eingeschlossene Sprudeln.

Louisa schaltete ihr Mikro an. »Papas? Dein Herzschlag beschleunigt sich. Langsam atmen.«

»Mir geht's gut.«

»Shenja, hör mit deinen Verstrahlungsgeschichten auf.«

»Willst du sie in einem volllaufenden Raum warten lassen, ohne dass jemand mit ihr redet? Grausame Frau.«

Ihr Gekabbel beruhigte Nedda genauso wie der Gedanke an eine verstrahlte ländliche Welt. So würde die Erde sein, wenn sie alle weg waren. Vielleicht sollte es so ablaufen.

»Der Wasserpegel ist ausgeglichen«, sagte Amit.

»Okay. Ich gehe rein.«

Sie öffnete die Luke und hangelte sich in einen Raum, der von vertrautem gelbgrünen Licht erfüllt war. Sie erinnerte sich an den Geruch von Lötzinn und Alkohol, versetzt mit einer Spur Zitrusduft, als wäre er in ihrem Helm. Sie erkannte die Form wieder, war aber überrascht von der Größe.

Amadeus war klein, kaum größer als der Printer in ihrer Kabine. Wasser schwebte in hübschen Blasen durch den Raum.

»Die Schnittstelle, die du brauchst, ist an der S-Wand.« Sie hatte sich schräg an der Wand arretiert, und das *S* lag auf der Seite.

»EUR2020«, meldete sich Jewgeni.

Das Licht von Amadeus war so hell, dass es ihre Helmlampe überstrahlte. Sie hätte sich zur Schnittstelle hangeln und den Synchronisator anschließen sollen, aber sie war starr vor Schreck.

Alles war ihr vertraut: die Drehung, die Schaufeln. Belüftungsschläuche waren durch Rohre ersetzt worden, aber die Ähnlichkeit war so groß, dass sie sich eine Miniaturversion ihres Vaters vorstellte, die sich unter die Leitungen duckte, sich vorbeugte, um eine Schraube zu justierten, die Hand ausschüttelte. Langsam rückte sie näher. Gold, in der Mitte sollte Gold sein, sodass es aussah wie eine sich drehende Sonne, eine Kapsel nur für sie.

Es war Crucible.

Ach, du kleines Licht, das so viel Ärger gemacht hat. Ach, du kleines Licht. Das war es, was ihr Vater unbedingt hatte bauen wollen, aber nicht hatte bauen können. Er war ihr hierher gefolgt. Sie streckte den Arm aus, strich mit den Spitzen der

Handschuhe über das gelbgrüne Licht und spürte dasselbe wie vor Jahrzehnten, glatt wie Glas.

Wäre die Welt perfekt gewesen, hätte sich seine Hand auf der anderen Seite befunden.

Gas, Kohlenstoff, Wärme, Licht. *Das ist es, wozu wir alle werden*.

Und Zeit. Von Zeit hatte er nichts gesagt.

»Nedda? Sprich mit mir.« Dieses Mal war es Louisa. »Dein Blutdruck ist in die Höhe geschossen.«

»Hattest du schon mal ein Déjà-vu?«

»Ja, klar. Wir können darüber reden, wenn du nicht gerade kurz davor stehst, verstrahlt zu werden. Steck Baby ein und hau ab.«

»Okay. Bin dabei, bin dabei.«

Sie steuerte auf die Schnittstelle zu. EUR2020 in fetten schwarzen Buchstaben. Nach leichtem Widerstand löste sich die Abdeckung und enthüllte ein Geflecht aus Kabeln. Sie entwirrte Babys Schnur.

Obwohl sie den Synchronisator benutzten, um eine Blase platzen zu lassen, hatte sie der Versuchung widerstanden, ihn Nadel zu nennen. Sie hatte auch überlegt, ihn »Space Needle« zu taufen, aber der Turm war vor einem Jahrzehnt eingestürzt, nachdem eine Flutwelle irreparablen Schaden angerichtet hatte.

Sie hatten Baby, einen Elektromagneten, aus Drahtwindungen konstruiert, die sie aus *Chawlas* Andockvorrichtung ausgebaut hatten. Auf dem Mond und dem Mars war sie wichtig gewesen, jetzt aber würde es keine Andockmanöver mehr geben, keine Begegnungen mit anderen Schiffen. Die restlichen Materialen stammten aus Louisas tragbarem MRT, den sie bereitwillig geopfert hatte.

Nedda tätschelte das ehemalige Gehäuse des MRT. Sie

hatte Louisa Frösche hineinschieben sehen, Amits Bein, Jewgenis Arm. Sie klemmte Baby an eine Sprosse und begann, es anzuschließen. Jewgeni hatte Amit bei der Verkabelung angeleitet. Nedda hatte die Gleichungen beigesteuert. Ein elektromagnetischer Stoß würde der Zentrifugalkraft entgegenwirken und ein Verbiegen der problematischen Pleuelstange verhindern, sodass sie dicht an Amadeus' Kern blieb. Der Magnet würde synchron zu den Spannungsspitzen pulsieren und sie schon im Vorfeld unterbinden.

Baby.

Amadeus existierte, weil ihr Vater nicht wollte, dass noch jemand auf dieselbe Art ein Kind verlor wie er und Betheen. Er existierte, weil ihr Vater wollte, dass sie die Zeit hatte, die ihr Bruder nicht gehabt hatte. Sie hatte oft an ihn gedacht, aus dem Fenster nach seinem Licht Ausschau gehalten und sich gefragt, ob sie merken würden, wenn es sie berührte. Sie wusste jetzt, warum sie gelogen hatte, als sie sagte, sie habe den Halley'schen Kometen gesehen. Sie hatte nicht gewollt, dass er glaubte, sie verschwendete ihre Zeit. Sie hatte gewollt, dass er die Sterne sah.

Ein ganzes Leben später, und er sah sie.

»Nedda? Du brauchst zu lange. Hoffentlich habe ich die Strahlenkrankheit nicht zu schön dargestellt«, sagte Jewgeni.

»Ich bin fast fertig.«

»Gut. Dann mach, dass du verschwindest, verdammt noch mal«, meldete sich Louisa.

Durch die Schichten des Anzugs spürte Nedda Wärme am Rücken. Wenn sie versuchen würde, Amadeus mit bloßen Händen zu berühren, würde sich die Barriere um den Apparat warm anfühlen, so wie bei Denny, so wie bei ihrem Vater, als er durch sein Leben gerast war.

Sie verdrillte die Kabel und ließ Baby einrasten.

»Ich gehe jetzt raus«, sagte sie, dann zog sie sich in den Wasserspeicher zurück und schloss die Luke hinter sich.

Sie sah sich nicht nach dem unmöglichen Apparat um, der nicht hier sein sollte, nach Amadeus' Licht, nach Crucibles Licht. Das Licht ihres Vaters, heißer als die Sonne.

Sie wartete, bis derselbe Druck das Wasser wieder aus dem Raum gepresst hatte. Vor Jahrzehnten, vor einem Menschenleben, hatte er ihr von einer Schüssel mit Murmeln erzählt, eine Hälfte rot, die andere weiß, und wie sie sich vermischten, wenn man sie schüttelte. Als Nedda die Luke über ihrem Kopf öffnete, wurden die Tröpfchen, die dem Vakuum entkommen waren, sofort zu Eisperlen. Aber oh, wie sie das Licht einfingen!

Nedda hakte sich wieder an die Leine. Dann sah sie nach oben.

Es gab kein Oben und kein Unten. Osten und Westen waren nichts. Richtungen waren bedeutungslos auf der Landkarte des Universums; relative Entfernung war das Einzige, was zählte, und sie veränderte sich ständig. Wenn ein kleines Mädchen auf einer fernen Welt mit einem ausreichend starken Teleskop nach oben sähe, würde es die *Chawla* erkennen. Das Mädchen würde sie sehen, Tausende Jahre, nachdem sie gelebt hatten und gestorben waren. Neddas Leben neigte nicht zum Chaos. Wenn sie die Trennwand zwischen vorher und nachher hätte durchbrechen können, wäre ihr Leben immer noch geordnet. Ihr Vater wäre bei ihr, ihre Mutter zu Hause. Denny wäre unter der Sonne und sie in den Sternen. So, wie es sein sollte. Crucible funktionierte. Chaos existierte nur insofern, als man die Vielzahl der möglichen Ergebnisse nicht vorhergesehen hatte.

Um ein Haar hätte sie ihre Maske abgenommen.

»Papas«, sagte Jewgeni. »Was ist das für ein schrecklicher Vogel, den du dir jeden Morgen anhörst?«

»Ruhe. Mir geht's gut. Ich komme rein.« Sie packte die Leine und lächelte unter ihrer Maske, während sie zurück zur Schleusentür kroch.

Eine Stunde verbrachten sie ineinander verschlungen, Nedda in der Mitte. Amit hatte das Programm gestartet. Nedda hatte ihn darum gebeten. Sie hatte in ihrem Leben schon genug Schalter umgelegt. Die Lichter flackerten, als die Stromversorgung für das Lebenserhaltungssystem wieder auf Amadeus umgeschaltet wurde. Jetzt konnten sie nur noch abwarten.

Sie warteten in Amits Kabine und drückten sich gegen die Wände, damit sie nicht herumschwebten, sich nicht voneinander lösten. Louisa schmiegte ihr Gesicht in Neddas Haare. Jewgeni hielt sie um die Taille gefasst, und Amit schlang sich um sie und Jewgeni. Warm. Nach all den Monaten und Jahren war ihr endlich warm.

Absturz und Aufstieg

Rover und Terraformer zwitscherten durch die Computer der *Chawla*, gaben Koordinaten und Flugbahnen ein. Fortschritt. Auf der Plattform lag Staub, der sich in einem vorbeiziehenden Windsturm aufgehäuft hatte. Eine Reihe von Daten ließ darauf schließen, dass Trio ihn dazu benutzte, um den Landeplatz aufzufüllen und zu ebnen. Nedda verfolgte die Arbeiten durch Trios Kameras, eine lange, rosagraue Fläche, die aussah wie Beton, aber keiner war. Obwohl sie durch Trios Auge schauen konnte, sah sie den Roboter selten; nur wenn Dué oder Un zufällig seinen Weg kreuzten. Es wäre eigenartig, ihnen endlich gegenüberzustehen, den geduldigen kleinen Helfern, auf die sie sich verließen. Nedda wechselte die Kamera, in der Hoffnung, einen Blick auf Trio zu erhaschen, aber Un filterte gerade Sauerstoff in einem Zellzelt, und Due schaufelte Tunnel. Tessera und Fiver kartografierten und sammelten Daten.

Jewgeni zog sich aus dem Korridor herein. Die Haut um sein Auge war immer noch wund vom Entfernen des Pflasters, ein blaues Auge mit viel Schorf. »Heute Abend sehen wir den Planetenaufgang. Müsste ein guter werden.«

Nedda ließ die Konsole los. »Hast du Angst?«

Jewgeni stieß ein Seufzen aus, eines der wenigen, das sie im Laufe der Jahre bei ihm erlebt hatte. »Was bringt es, sich zu fürchten? Momentan sind wir am Leben. Wir haben

Arbeit. Wir tun Außergewöhnliches. Ich kann einen Berg nach meiner Mutter benennen, wenn ich möchte.« Er sagte etwas auf Russisch. In ihrer gemeinsamen Zeit hatte Nedda einiges aufgeschnappt, diese Wörter allerdings noch nicht gehört. Man vergaß leicht, wie viel er aufgegeben hatte, Menschen, die ihn verstanden, wie es nur ein Muttersprachler konnte. Mittlerweile reichte die Tyrannei des Englischen weit über sein heimisches Sonnensystem hinaus.

»Es ist wie Joggen«, erklärte er. »Die Angst ist ein Seitenstechen. Es ist da, es tut weh, ich weiß, dass es zu mir gehört, aber höre ich deshalb auf? Nein. Nicht, wenn ich weiß, warum ich jogge.«

»Und das wäre?«

Er rieb sich über die Haut unter dem Auge. »Ach, weil die Erde stirbt und wir losmüssen, um menschliches Leben fortzusetzen. Und warum sollte mein Leben nicht für einen guten Zweck geopfert werden? Das ist was Positives. Für die Wissenschaft und die Hoffnung.« Er sprach mit der Großspurigkeit eines Politikers, mit einem gewissen Charme, der Nedda fehlte, aber seine schrägen Mundwinkel verrieten noch weitere Gedanken. »Das Staunen«, sagte er schließlich. »Jedes Seitenstechen, jede Blindheit, selbst Sterben – das alles ist doch nichts im Vergleich zum Staunen.«

Die Roboter trällerten, schickten einen neuen Datensatz, als Un vom Sauerstofffiltern zum Bohren von Pfostenlöchern für den späteren hydroponischen Garten wechselte. Dué pfiff fröhlich, während er neue Materialien förderte. Seit Jahren unterhielten sie sich miteinander und reparierten sich bei Bedarf gegenseitig. Sie waren eine kleine Familie, die sich umeinander kümmerte.

Auf einmal hatte Nedda den perversen Drang, sie so zu belassen. Was, wenn sie, Amit, Louisa und Jewgeni nie ausstiegen und den Rest ihrer Tage an Bord der *Chawla* verbrachten? Die Roboter würden weiterbauen, kartieren, einander reparieren und Lieder durch ihre Welt piepsen.

Sie hatte geglaubt, dass in ihr nach 1986 keine Furcht mehr übrig, dass diese spezielle Emotion damals durch Entschlossenheit ersetzt worden wäre. »Ich dachte, ich hätte keine Angst, habe ich aber doch«, gestand sie.

»Genau wie der erste Mensch, der einen Hummer gegessen hat. Aber er hatte auch Hunger.«

Das Lachen tat besser als alles andere seit langer Zeit.

»Hast du Lust, dir den Planetenaufgang anzusehen?«

»Aber klar doch«, antwortete er.

Louisa und Amit waren beim großen Fenster im Gemeinschaftsbereich, die Hände auf die Scheibe gepresst. Nedda und Jewgeni blieben in der Tür, er auf der einen Seite, sie auf der anderen, doch ihre Körper berührten einander in dem schmalen Durchgang.

Das Licht, das durch das Fenster strömte, war einladend, beinahe vertraut. Sie waren noch zu weit weg, um Einzelheiten zu erkennen; ihr neues Zuhause war mehr ein Mond in der Ferne als ein Planet – ein Gedanke, noch Tage davon entfernt, Realität zu werden. Zu Hause. Dort wären sie bald zu Hause.

Amit und Louisa waren Silhouetten vor dem Glas, klein, aber auch alles.

Sie war dazu bestimmt, den Planeten aufgehen, als Erste mit bloßen Augen eine neue Welt zu sehen. Innerhalb eines Jahres würden einer oder mehrere von ihnen sterben. An radioaktiver Strahlung, an Kälte, an einer Krankheit, die Louisa nicht heilen konnte, an Hunger, falls es Nedda nicht gelang, Nahrung zu züchten. Sie würden eingeäschert oder in fremder Erde begraben. Im Missionshandbuch gab es ein Kapitel über die Entsorgung menschlicher Überreste, über das Recyceln ihrer selbst. Nedda weigerte sich, es zu lesen, bis es notwendig wurde. Falls sie als Erste ging, wäre es nicht notwendig. Irgendwann gäbe es nur noch einen, und keiner wollte der oder die Letzte sein. Sie mieden es, darüber zu sprechen oder nachzudenken, dass Dinge, die zu Beginn edelmütig schienen, Angst machten, je weiter man sich ihrem Ende näherte. Der Printer gab einen stetigen Strom von Pillen aus: Medikamente zum Dämpfen von Panik, zum Heben oder Senken des Blutdrucks, zur Steigerung der Knochendichte. Die Tage waren gezählt.

Und doch.

Das war es, was sie Denny hatte fragen wollen: Wie es gewesen war, so lange allein zu sein.

Finger umschlossen ihre. Jewgeni stieß sie an der Hüfte an. »Komm schon.«

»Zeig mir, wo du deinen Skihang anlegen willst.«

Mit seiner breiten Hand schob er sie sanft gegen den Rücken von Louisa und Amit. Sie griffen ineinander wie Puzzleteile, routiniert. Licht streifte sachte Neddas Gesicht, und es waren Amits Haare, Louisas Finger, Jewgenis Lachen. Eine einzelne reine Sekunde lang war die *Chawla* das Herz, das sie sein sollte.

»Hier werden wir sterben«, sagte Amit.

»Nicht morgen«, erwiderte Jewgeni. »Morgen fangen wir zu bauen an, und dann fangen wir zu sterben an. Jetzt in diesem Moment beobachten wir nur. Wir sind die einzigen Menschen, die das hier erleben dürfen.« In seiner Stimme lag ein Eifer, die Leichtigkeit einer Zunge, die mit etwas Süßem rechnete. Das, erkannte Nedda, war der Grund, warum sie ihn liebte.

Louisas Hand drehte sich in Neddas Griff. Sie strich

über ihre Knöchel, die Krümmungen und Linien, aus denen Louisa bestand. Berührung war ein wunderschönes Aufeinandertreffen von Elektronen, von Atomen und Molekülen. Mit jedem Körperkontakt wurden sie ein bisschen weniger sie selbst, ein bisschen mehr zum jeweils anderen. Hatte sie ein Stückchen von Denny mitgebracht, wie einen blinden Passagier, der mit ihr durch das Universum schwebte? Ein Stückchen von Betheen? Ein Stückchen ihres Vaters vielleicht, obwohl die Wahrscheinlichkeit deutlich unter dem messbaren Bereich lag.

Auf diesem fremden Planeten mit seinem rosa Staub wären sie zu Hause, bis sie in seinem trockenen Boden zu nichts verteilt würden. Sie hatten schon viele Orte Zuhause genannt: eine Wohnung in einem Turm mit Blick auf grünes Wasser und eine versinkende Stadt; ein winziges Zimmer voller Bücher in einem alten Haus, zusammengehalten von Jahrhunderten schlampigen Flickwerks; eine gammelige WG dreier Studenten, die nach Schnaps, Sex und Leben roch; ein verwinkeltes Haus mit einem Spalier an der Fassade, durchweht vom Duft nach Orangen und Salz. Zuhause war ein blauer Planet gewesen. Zuhause war ein Raumschiff gewesen, drei weitere Leiber und das versöhnliche Brummen von Maschinen. Zuhause wäre bald, was sie bauen konnten.

Sie waren nicht mehr sie selbst. Sie wurden zu allen.

Einer trug einen Kontinent in sich, für die Lebenden veranstaltete Beerdigungen, eine tausendköpfige Familie, tausend in den Himmel gereckte Hände.

Eine trug sämtliche Medizin in sich, die Menschen je erdacht hatten, aufgehoben in einem einzigen Verstand, brüchigen Zellen, die täglich blockierten und abstarben. In ihr lebte die Empathie, die die beste Eigenschaft der Menschheit war, weiter.

Einer trug ein Gemüt, das Eis nicht von Knochen frieren konnte, das lachte im Angesicht von Feuer und Flut und Hungersnot. Die Leichtigkeit der leidenden Seele.

Eine trug Frauen in sich, alle Frauen, und naturgemäß die Männer, die sie zerstört hatten, jene, die sie bestärkt hatten, und Frauen, die es versucht hatten und gescheitert waren.

Der Himmel war violett, womit Nedda nicht gerechnet hatte, aber die Oberfläche der Welt und die Atmosphäre gaben ihm diese Farbe. Farben waren, was das Licht reflektierte. Licht hatte Nedda hierhergeführt, Jahrzehnte von da weg, wo sie begonnen hatte. Im violetten Schein des Planeten fand sie ihren Vater, den Bruder, den sie nie gekannt hatte, und seine eine schmerzliche Stunde. Sie sah sie, die sieben, die ihr Verständnis dafür wachgerufen hatten, dass das Leben einen Schlusspunkt hatte und dass ein Ende von Bedeutung durchdrungen war. Sie hatten sie dazu gebracht, den ganzen Himmel zu durchreisen. Sie hatten sie zum Leben erweckt. Nedda sah ihre Mutter.

Sie entzog Louisa ihre Hand und griff in die Tasche. Darin lag ein Stückchen Papier, so abgerieben, dass kaum mehr als eine Ahnung davon übrig war. Sie drückte den Daumen darauf, ertastete die noch verbliebene Tinte. Ihr gesundes Auge tränte, aber es weinte nicht. Es zerfloss. All die Wörter, die sie ein Leben lang in sich zurückgehalten hatte, lösten sich auf.

Sie sah.

Sie berührte das Angesicht Gottes.

Danksagung

Es wäre kriminell, ein Buch über das Weltall zu schreiben, ohne die außergewöhnliche Offenheit, Hilfsbereitschaft und Großzügigkeit der NASA zu erwähnen. Jegliche Fehler und jegliches Politisieren in diesem Buch sind der Autorin zuzuschreiben und nicht dieser fantastischen Einrichtung. Ich betrachte die NASA und ihre Mitarbeiter als unsere größte Hoffnung und unsere besten Lehrer für Hoffnung.

Das North Brevard Historical Museum in Titusville, Florida, bot mir wichtige Informationen über die Geschichte von Zitrusfrüchten und die Menschen entlang des Indian River. Das American Space Museum & Space Walk of Fame hat mein Verständnis für die Kultur des Weltalls und die Menschen, die es lieben, entscheidend gefördert. Ohne das gäbe es keine Mitzi.

Dieses Buch ist das Ergebnis von Hoffnung und tiefer Überzeugung. Unermesslich dankbar bin ich Michelle Brower, die sich nach wie vor für mein Schreiben einsetzt und mir Mut macht, wenn mein Glaube an mich schwindet. Ihr Rat und ihre Unterstützung sind unübertrefflich. Lea Beresford glaubte genauso stark wie ich an Nedda und ihre Familie. Sie stand ihnen und auch mir mit einer Einfühlsamkeit und einer Großherzigkeit zur Seite, die zu Höchstleistungen antreiben.

Das Team bei Bloomsbury war so enthusiastisch und hilfsbereit, wie es sich jeder Schriftsteller nur erträumt.

Jeff Heckelman, Elizabeth Kazanjian und Kris Waldherr haben mir großzügig ihre Zeit, ihre Augen, Köpfe und ihre Freundschaft zur Verfügung gestellt. Meine Weggefährten in diesem Zeitreise-Zirkus sind Jennifer Ambrose, Karissa Chen und Juliet Grames. Die Bücher, die sie in sich tragen, sind genauso wichtig und wunderschön wie die Menschen, die sie sind. Adrienne Celt, Jason Gurley, Louise Miller, Aline Ohanesian und J. Ryan Stradal schreiben hervorragende Worte und haben diese Reise weniger einsam gemacht. Sie geben einem das Gefühl, Romane zu schreiben sei ein edles Unterfangen. Lydia Chiu, Rune Conti-Reilly, Caterina D'Alessio, Vanessa Hambidge, Samara Kind und Fran Stephens: Dank euch bleibe ich bei Verstand und ehrlich. Danke für die Chatgruppe meines Lebens.

Alles, was ich tue, verdanke ich zu großen Teilen meinen Eltern und meiner etwas merkwürdigen Kindheit. Ihre Opfer haben mir ein Leben ermöglicht, in dem ich schreiben darf. Ich vermisse sie jeden Tag und hoffe, dass ich sie stolz gemacht habe.

Dankbar bin ich Karen Swyler, weil sie weiß, was wahr ist und was ich meine. Neddas blaue Satinjacke gehörte ihr. Ich bin immer noch neidisch darauf.

Und ich danke Robert für seine Geduld mit mir, für einen Anruf, den ich nicht erledigen konnte, und für einen Schreibtisch, der mir zu rennen gestattete. Ich würde dich immer wieder aussuchen.